PEQUEÑOS CONTRATIEMPOS

Jennifer Weiner

Pequeños contratiempos

Traducción de Eduardo G. Murillo

Umbriel Editores

Argentina • Chile • Colombia • España
Estados Unidos • México • Uruguay • Venezuela

Título original: *Little Earthquakes*
First published by Atria Books, a division of Simon & Schuster, Inc.,
New York
Published by arrangement with Linda Michaels Limited,
International Literary Agents
Traducción: Eduardo G. Murillo

© 2007 *by* Ediciones Urano, S. A.
Aribau, 142, pral. – 08036 Barcelona
www.umbrieleditores.com

ISBN: 978-84-89367-27-2
Depósito legal: B. 26.830 - 2007

Fotocomposición: Ediciones Urano, S. A.
Impreso por Romanyà Valls, S. A. – Verdaguer, 1 – 08760 Capellades (Barcelona)

Impreso en España - *Printed in Spain*

Para Lucy Jane

—¿Qué es REAL? —preguntó el Conejo un día, cuando estaban tendidos uno al lado del otro cerca de la chimenea del cuarto de los niños, antes de que Nana viniera a limpiar la habitación—. ¿Significa que dentro tienes cosas que zumban?

—Lo real no es de lo que estás hecho —dijo el Caballo de Cartón—. Es algo que te pasa. Cuando un niño te quiere durante mucho, mucho tiempo, no sólo para jugar, sino que te quiere DE VERDAD, entonces te conviertes en real.

—¿Hace daño? —preguntó el Conejo.

—A veces —dijo el Caballo de Cartón, porque siempre era sincero—. Cuando eres real, te da igual que te hagan daño.

Margery Williams
El Conejo de Terciopelo

ABRIL

LIA

La observé durante tres días. Yo estaba sentada sola en el parque bajo un olmo, junto a una fuente vacía con varios bocadillos en el regazo y el bolso al lado.

Bolso. En realidad, no es un bolso. Antes tenía bolsos, un Prada falso, un Chanel auténtico que Sam me había regalado para mi cumpleaños. Lo que tengo ahora es un bolso Vera Bradley gigantesco, rosa, estampado con flores, lo bastante grande para contener una cabeza humana. Si este bolso fuera una persona, sería la tía abuela canosa y anticuada de alguien, que olería a bolas de naftalina y caramelos con mantequilla, e insistiría en pellizcarte las mejillas. Es horrendo. Pero nadie se fija en él como tampoco en mí.

En otros tiempos, tal vez habría tomado medidas para asegurarme de ser invisible: una gorra de béisbol inclinada sobre la frente o una sudadera con capucha para ayudarme a esquivar preguntas que siempre empezaban con «Eh, ¿no eres tú?», y siempre terminaban con un nombre que no era el mío. «No, espera, no me lo digas. ¿No te he visto en algún sitio? ¿A que sé quién eres?»

Ahora, nadie mira y nadie pregunta, y nadie me mira dos veces. Como si fuera un mueble. La semana pasada, una ardilla se me subió al pie.

Pero no pasa nada. Eso es bueno. No estoy aquí para que me vean. Estoy aquí para mirar. Por lo general, ella aparece a eso de las tres. Dejo a un lado el bocadillo y aprieto el bolso contra mí, como si fuera una almohada o una mascota, y miro. Al principio, no deduje nada, pero ayer se detuvo a mitad de camino de mi fuente y se masajeó la región lumbar. *Yo hacía lo mismo*, pensé, y sentí un nudo en la garganta. *Yo también hacía lo mismo.*

Me gustaba este parque. Como crecí en el nordeste de Filadelfia, mi padre me llevaba a la ciudad tres veces al año. En verano íbamos al zoo, en primavera a la exposición de flores, y en diciembre a Wanamaker's, para ver el espectáculo de luces de Navidad. Me compraba alguna golosina (chocolate caliente, un helado de fresa) y nos sentábamos en un banco, y mi padre inventaba historias sobre la gente que pasaba. Un adolescente con una mochila era una estrella del rock disfrazada; una señora de pelo azul con un abrigo de piel largo hasta los tobillos era una espía de los rusos. Cuando volaba en avión sobre Virginia, pensaba en este parque, en el sabor de las fresas y el chocolate, y en el brazo de mi padre que me rodeaba. Pensaba que aquí me sentiría a salvo. Me equivoqué. Cada vez que parpadeaba, cada vez que respiraba, sentía que la tierra temblaba bajo mis pies y se abría. Sentía que las cosas empezaban a desmoronarse.

Fue así desde que sucedió. Nada podía conseguir que me sintiera a salvo. Ni mi marido, Sam, que me abrazaba, ni la terapeuta de ojos tristes y voz dulce que me había buscado, la que me dijo: «Sólo el tiempo te será de ayuda, y has de superarlo día a día».

Eso es lo que hemos estado haciendo. Superarlo día a día. Comer sin saborear la comida, tirar los contenedores de espuma de polietireno. Cepillarnos los dientes y hacer la cama. Un miércoles por la tarde, tres semanas después de que sucediera, Sam había sugerido una película. Había sacado ropa para que me la pusiera: los pantalones pirata de hilo verde lima, cuya cremallera aún no me podía subir del todo, una blusa de seda color marfil con cintas rosa bordadas, un par de zapatillas rosa. Cuando cogí la bolsa de pañales que había junto a la puerta, Sam me miró de una manera extraña, pero no dijo nada. Antes la había llevado en lugar del bolso, y la seguí llevando después, como un osito de peluche o una manta bienamada, como algo querido de lo que no me podía desprender.

Me porté bien cuando subí al coche. Igualmente cuando entramos en el aparcamiento, Sam me abrió la puerta y me condujo hasta el vestíbulo de terciopelo rojo que olía a palomitas fritas y margarina. Y después, me quedé inmóvil, incapaz de avanzar ni un centímetro más.

—¿Sucede algo? —me preguntó Sam.

Negué con la cabeza. Estaba recordando la última vez que habíamos ido al cine. Sam me compró bolas de leche malteada, gominolas y la Coca-Cola gigante que yo quería, aunque tenía prohibida la cafeína y cada sorbo me provocaba un eructo. Cuando la película terminó, tuvo que utilizar las dos manos para levantarme del asiento. *Entonces lo tenía todo*, pensé. Los ojos empezaron a escocerme, mis labios a temblar, y sentí que mis rodillas y cuello temblaban, como si los hubieran rellenado de grasa y cojinetes. Apoyé una mano contra la pared para no perder el equilibrio y desplomarme. Recordé haber leído algo acerca de un equipo informativo que había entrevistado a una persona atrapada en una casa en el terremoto de Northridge de 1994. «¿Cuánto duró?», preguntó el soso y bronceado locutor. La mujer, que había perdido su casa y su marido, le miró con ojos alucinados y contestó: «Aún no ha acabado».

—¿Te pasa algo? —insistió Sam.

Le miré: sus ojos azules, la mandíbula fuerte, la piel lisa. «No te fíes de los guapos», decía mi madre, pero Sam había sido dulce conmigo desde el momento en que le conocí. Desde que había ocurrido, sólo se había comportado con dulzura. Y yo le había traído la tragedia. Cada vez que me miraba, veía lo que habíamos perdido. Cada vez que yo le miraba, veía lo mismo. No podía quedarme. No podía quedarme y hacerle más daño.

—Vuelvo enseguida —dije—. Voy al baño.

Me colgué al hombro mi bolso Vera Bradley, dejé atrás el cuarto de baño y salí por la puerta de la calle.

Nuestro apartamento seguía tal como lo habíamos dejado. El sofá estaba en la sala de estar, la cama en el dormitorio. El cuarto del final del pasillo estaba vacío. Vacío por completo. Ni siquiera flotaba una mota de polvo en el aire. *¿Quién lo había hecho?*, me pregunté, mientras entraba en el dormitorio, agarraba puñados de ropa interior y camisetas, y los metía en la bolsa. *Ni siquiera me he dado cuenta*, pensé. *¿Cómo es posible que no me haya fijado?* Un día, la habitación estaba llena de juguetes y muebles, una cuna y una mecedora, y al día siguiente, nada. ¿Podías llamar a algún servicio, marcar un número, acceder a una página web, y entonces se presentaban hombres con bolsas de basura y aspiradoras y arramblaban con todo?

«Sam, lo siento —escribí—. No puedo estar contigo. No puedo verte tan triste y saber que es por mi culpa. No me busques, por favor. Llamaré cuando esté preparada. Lo siento...» Dejé de escribir. Ni siquiera existían palabras para explicarlo. No había nada que se pareciera. «Lo siento por todo», escribí, y después salí corriendo por la puerta.

El taxi me estaba esperando delante de nuestro edificio de apartamentos, y por una vez, no había atascos en la 405. Media hora después, me encontraba en el aeropuerto con un fajo de billetes recién sacados de un cajero automático en la mano.

—¿Sólo ida? —me había preguntado la chica que atendía detrás del mostrador.

—Sólo ida —dije, y pagué mi billete de regreso a casa. El lugar donde te han de aceptar. A mi madre no le había hecho mucha gracia, pero nunca le había hecho gracia casi nada de mí, desde que era adolescente y mi padre se marchó. Pero tenía un techo sobre la cabeza y una cama donde dormir. Hasta me había regalado un abrigo para los días fríos una semana antes.

La mujer a la que había estado observando cruzó el parque, con los rizos pelirrojos amontonados sobre la cabeza, una bolsa de lona en la mano, y yo me incliné hacia delante, aferrada a los bordes del banco, intentando que todo dejara de dar vueltas. Dejó la bolsa en el borde de la fuente y se agachó para acariciar a un perrito con manchas negras y blancas. *Bien*, pensé, e introduje la mano en mi bolsa del tamaño de un saco y saqué el sonajero de plata. «¿Deberíamos grabarle el nombre?», había preguntado Sam. Yo puse los ojos en blanco y le dije que había dos clases de personas en el mundo, las que se hacían grabar las cosas en Tiffany's y las que no, y nosotros éramos sin la menor duda del Tipo Dos. Un sonajero de plata de Tiffany's sin grabar nunca utilizado. Me acerqué con cautela a la fuente, antes de recordar que me había hecho invisible y nadie me miraba, hiciera lo que hiciera. Introduje el sonajero en su bolso y me marché.

BECKY

Su móvil sonó cuando estaba enderezándose. El perro ladró y se alejó trotando, y la mujer del pelo rubio largo y el abrigo azul pasó junto a ella, tan cerca que sus hombros se rozaron. Becky Rothstein-Rabinowitz se apartó los rizos de los ojos, sacó el teléfono del bolsillo, se encogió cuando vio el número que aparecía en la pantalla y devolvió el teléfono a su sitio sin contestar.

—Mierda —murmuró a nadie en particular.

Era la quinta llamada de Mimi, su suegra, durante las dos últimas horas. Mimi y ella habían llegado a un alto el fuego razonablemente pacífico mientras Mimi había vivido en Texas con el último de sus cinco maridos en serie, pero el matrimonio no había durado. Ahora estaba a punto de mudarse a Filadelfia, y al parecer no acababa de asimilar el sencillo dato de que su nuera tenía un empleo y estaba embarazada, y de que, por lo tanto, tenía cosas mejores que hacer que «dejarse caer» por la tienda que el decorador de Mimi le había recomendado y «echar una miradita» a las cortinas que Mimi había encargado. Becky tampoco tenía «un segundito» para conducir durante media hora hasta Merion y «echar una rápida ojeada» a los adelantos de la obra (su suegra estaba inmersa en la construcción de una minimansión con columnas, gabletes y galería que, en opinión de Becky, parecía la morada de Scarlett O'Hara, si Tara se hubiera encogido al lavarla). Betty aferró su bolso y atravesó el parque a buen paso en dirección a su restaurante, Mas.

Eran las tres de la tarde, y la pequeña cocina ya olía a codillo en salsa de canela, a salsa de cilantro y ajo, y a pimientos asados. Becky respiró hondo, satisfecha, y estiró los brazos sobre la cabeza.

—Creía que hoy librabas —dijo Sarah Trujillo, su socia y mejor amiga.

—Pasaba por aquí —dijo Becky, y el móvil volvió a sonar.

—Déjame que lo adivine —dijo Sarah.

Becky suspiró, miró el número, sonrió y abrió el teléfono.

—Hola, cariño —dijo. Hacía dos años que se habían casado, y antes ya habían salido durante otros tres, pero el sonido de la voz de Andrew todavía la excitaba.

—Hola. ¿Te encuentras bien?

Ella se miró. Bolso, tetas, panza, pies, todos presentes y sin novedad.

—Sí, estoy bien. ¿Por qué?

—Mi madre acaba de llamarme al busca y me ha dicho que ha intentado ponerse en contacto contigo, pero no contestabas.

Mierda, volvió a pensar Becky.

—Escucha, ya sé que puede llegar a ser muy agobiante. Tuve que vivir con ella, ¿te acuerdas?

—Sí —dijo Becky. *Y lo más enigmático es que llegaras a ser una persona normal*, se abstuvo de añadir.

—Síguele la corriente un poco. Pregúntale cómo va la mudanza.

—Puedo seguirle la corriente —replicó Becky—, pero no tengo tiempo para hacerle recados.

—Lo sé —contestó su marido. Becky oía los sonidos del hospital al fondo, otro médico al que le sonaba el busca—. No has de hacerlo. No espero que lo hagas. Mimi tampoco.

Entonces, ¿por qué sigue insistiendo?, se preguntó Becky.

—Habla con ella —continuó Andrew—. Está sola.

Está loca, pensó Becky.

—De acuerdo —dijo—. La próxima vez que llame, hablaré con ella, pero dentro de poco voy a desconectar el teléfono. Yoga.

Sarah enarcó las cejas.

¿Yoga?, preguntó, moviendo los labios sin hablar.

—Yoga —repitió Becky, y colgó el teléfono—. No te rías.

—¿Por qué tendría que reírme? —dijo Sarah, y sonrió con dulzura.

Tenía los ojos de color chocolate negro, lustroso pelo oscuro y cuerpo de bailarina, aunque no se había anudado sus zapatillas de ballet desde que se había lesionado ambas rodillas a los diecisiete años. Ella era la razón de que hubiera tres filas de clientes apelotonados ante la barra de seis asientos de Mas todas las noches de la semana, y cuatro filas los viernes. La razón de que, entre todos los restaurantes de Rittenhouse Square, Mas pudiera tener ocupadas sus treinta y seis plazas todas las noches, pese a las dos horas de espera. Cuando Sarah se aplicaba el pintalabios rojo y se abría paso meneando las caderas entre la muchedumbre, con una bandeja de empanadas de invitación en las manos y sandalias de tacón alto en los pies, las protestas se acallaban y las miradas al reloj cesaban.

—¿De qué es la sopa? —preguntó Sarah.

—Puré de ajo y alubias con aceite de trufa —dijo Becky, mientras recogía el bolso e inspeccionaba el comedor todavía vacío, cada una de las doce mesas dispuesta con manteles de hilo, copas de vino y un platito de cristal azul con almendras especiadas en el centro.

—¿Por qué crees que me reía del yoga?

—Bien —dijo Becky, y levantó su bolso de lona—. Sólo porque no voy a clase desde hace... —hizo una pausa, contó los meses, los años— un tiempo.

Su última experiencia con clases de gimnasia había sido en la universidad, donde tuvo que someterse a un semestre de educación física antes de licenciarse. Había dejado que Sarah la convenciera de matricularse en danza interpretativa, donde pasó cuatro meses moviendo de un lado a otro un pañuelo, fingiendo ser, alternativamente, un árbol agitado por el viento, la hija de unos alcohólicos y la resignación. Casi había esperado que el ginecólogo le prohibiera los ejercicios y le ordenara quedarse en casa con los pies en alto durante las últimas doce semanas de embarazo, pero el doctor Mendlow había mostrado un entusiasmo casi indecente cuando Becky le llamó y pidió permiso para matricularse.

—Igual piensas que el yoga sólo es para debiluchos.

—¡No, no! —exclamó Sarah—. El yoga exige mucho. Estoy impresionada de que hagas esto por ti, y sobre todo por tu hijito.

Becky miró a su amiga y entornó los ojos.

—Quieres algo, ¿verdad?

—¿Puedes cambiarme los sábados?

—Claro, claro —gruñó Becky. No le importaba trabajar los sábados por la noche. Andrew iba a estar de guardia, lo cual significaba que se quedaría tirada delante del televisor, al menos hasta que su marido tuviera que ir a ocuparse de una apendicitis o una obstrucción intestinal, o que tendría que aguantar más llamadas telefónicas de Mimi.

Sarah colocó la jicama que había cortado en juliana en un cuenco, secó la tabla para cortar y arrojó el paño a un cesto del rincón. Becky lo recuperó y se lo volvió a tirar.

—Dos paños por noche, ¿recuerdas? La factura de la lavandería del mes pasado fue bestial.

—Mil perdones —dijo Sarah, y empezó a desgranar la mazorca para la ensalada de maíz asado.

Becky subió por la escalera de atrás hasta una diminuta habitación del piso de arriba, un ropero reconvertido en la vieja casa adosada que era Mas. Cerró las persianas y volvió a aspirar el aroma de la comida: el mole que cocía a fuego lento, los cortes de cuartos delanteros especiados que se asaban poco a poco, los matices del ajo, las notas brillantes del cilantro y la lima. Oyó el alboroto del personal a medida que iba llegando, las camareras que reían en la cocina, los lavaplatos que cambiaban la WXPN por una emisora de salsa. Dejó el bolso sobre el escritorio, encima de las montañas de facturas y hojas de pedidos, y sacó de la taquilla el uniforme de yoga. «Prendas holgadas y cómodas», había leído en el folleto de yoga. Lo cual, con suerte, era lo que siempre utilizaba.

Becky se quitó los pantalones negros de cintura elástica y se puso otros azules también de cintura elástica, y añadió un sujetador de gimnasia que le había costado tres cuartos de hora de búsqueda en Internet, hasta que localizó el sitio llamado, Dios la ayudara, Bigmamas.com. Se puso una camiseta larga, se calzó unas zapatillas de deporte y recogió sus rizos en un moño que sujetó con uno de los palillos que Sarah había dejado sobre la mesa. «Estiramientos suaves y rítmicos —decía el folleto—. Visualización creativa y meditación para la futura madre.» Imaginaba que lo aguantaría. Y si no, diría algo acerca de su acidez de estómago y se largaría.

Mientras embutía la ropa en el bolso, las yemas de sus dedos rozaron algo frío, desconocido. Tanteó y sacó un sonajero de plata. Siguió rebuscando en el bolso, pero no encontró una tarjeta, un envoltorio de papel o una cinta. Sólo un sonajero.

Le dio vueltas, lo sacudió, y después bajó a la cocina, donde el lavaplatos, el ayudante del chef y el responsable de repostería hacían compañía a Sarah.

—¿Esto es tuyo? —preguntó a Sarah.

—No, pero es bonito —repuso ella.

—No sé de dónde ha salido.

—¿La cigüeña?

Becky puso los ojos en blanco, y después se colocó de costado delante del espejo que había al lado de la puerta del comedor, con el fin de iniciar otra ronda de lo que se había convertido en su juego favorito: *¿Embarazada, o sólo gorda?*

Era tan injusto, pensó, mientras se retorcía, giraba en redondo y hundía las mejillas. Había soñado que el embarazo sería el gran nivelador, aquello que había estado esperando toda su vida, el momento en que todas las mujeres se ponían tan gordas que nadie hablaba ni se preocupaba de su peso durante nueve benditos meses. Bien, ni soñarlo. Las chicas esqueléticas se quedaban esqueléticas, salvo que desarrollaban adorables vientres lisos y prietos como la piel de un tambor, en tanto que las mujeres de la talla de Becky parecía que se habían puesto las botas comiendo.

¿Y ropa de premamá extragrande? Olvídalo. Las mujeres de talla normal se ponen ropa deportiva de *lycra* que anuncia a los cuatro vientos: «¡Eh! ¡Estoy embarazada!» Entretanto, cualquier mujer embarazada más grande que una panera ha de escoger entre las ofertas de un, sí, exactamente uno, fabricante de ropa de premamá, cuyos pantalones abombados y blusas gigantescas proclaman a voz en grito: «¡Eh! ¡Soy una viajera del tiempo de 1987! ¡Incluso estoy más gorda de lo normal!»

Se miró de perfil, enderezó los hombros, suplicó a su estómago que sobresaliera más que los pechos. Se volvió hacia Sarah.

—¿Parezco...?

Sarah negó con la cabeza, mientras se dirigía hacia la freidora con una bandeja de buñuelos de maíz que Becky había preparado aquella mañana.

—No te oigo, no te oigo —canturreó, mientras los buñuelos empezaban a chisporrotear. Becky suspiró, dio un cuarto de vuelta y miró a Juan, el lavaplatos, que de repente estaba muy interesado en los platos que estaba amontonando. Lanzó una mirada hacia la parrilla y descubrió a dos camareras que desviaban la vista, muy ocupadas removiendo, fileteando, e incluso, en el caso de Suzie, repasando el horario de la semana como si más tarde fuera a participar en un concurso.

Becky volvió a suspirar, recogió su bolso, junto con una copia del horario de la semana y los especiales del fin de semana, y salió por la puerta para cruzar el parque, recorrer dieciocho manzanas en dirección este, hacia el río, y cumplir su cita con el destino de la Nueva Era.

—Bienvenidas, señoras.

La monitora, Theresa, llevaba pantalones negros holgados, con la cintura justo debajo de las caderas, y un top marrón con tirantes que exhibía unos deltoides y bíceps exquisitamente definidos. Tenía la voz grave y arrulladora. Hipnótica, a decir verdad. Becky reprimió un bostezo y paseó la vista alrededor del estudio, situado en el cuarto piso de la casa de Society Hill propiedad de Theresa. La sala era acogedora y la temperatura agradable, sin llegar a niveles asfixiantes. Las luces eran tenues, pero ardían velas votivas en los antepechos de las ventanas altas que daban al oeste, hacia la línea del horizonte parpadeante de la ciudad. Una fuente gorgoteaba en un rincón, un CD portátil emitía el sonido de carillones desde otro, y el aire olía también a naranja y clavo. El móvil vibró en su bolsillo. Becky pulsó el botón de colgar sin mirar, se sintió culpable al instante y se prometió que llamaría a Mimi en cuanto saliera de clase.

Devolvió el teléfono a su sitio y miró a las otras siete mujeres. Daba la impresión de que todas se encontraban en su tercer trimestre. A la derecha de Becky había una chica menuda con una coleta de pelo rubio como el trigo y una graciosa barriguita. Llevaba uno de esos conjuntos de gimnasia de premamá que se vendían en talla S y XS: pantalones de gimnasia a rayas blancas, top negro con un ribete que hacía contraste ciñendo sus pechitos. Había dirigido a Becky un cordial «Hola» antes de rociar su colchoneta con una botella de jabón bactericida.

—Microbios —había susurrado.

A la izquierda de Becky estaba la mujer más hermosa que había visto en su vida, salvo en películas. Era alta y de piel color caramelo, con pómulos capaces de cortar la mantequilla, ojos que parecían topacios a la luz de las velas y una barriga que tensaba la sudadera de cachemira marrón claro. La manicura de las uñas era perfecta, y cuando se quitó los calcetines, Becky vio que lo mismo podía decirse de los dedos de los pies. Además, exhibía un diamante en la mano izquierda del tamaño de un terrón de azúcar. *La conozco*, pensó Becky. No pudo recordar el nombre, pero sabía a qué se dedicaba. Esta mujer, de nombre un tanto exótico, pensó Becky, estaba casada con el hombre a quien los Sixers acababan de fichar, una superestrella de Texas con una media de puntos conseguidos por partido altísima, y que también, según había explicado Andrew a Becky durante un partido que había visto con él, lideraba la liga en rebotes.

Theresa se sentó en el suelo sin utilizar las manos. *Así de sencillo*, pensó Becky.

—Empecemos —dijo Theresa con voz lenta y arrulladora, que dio ganas a Becky de aovillarse y echar una buena siesta—. Podéis ir diciendo por turno el nombre, de cuánto estáis, cómo va el embarazo y algún detalle personal.

¡El nombre de Yoga Barbie resultó ser Kelly! ¡Una organizadora de eventos y celebraciones! ¡Era su primer embarazo! ¡Tenía veintiséis años, y estaba embarazada de veintisiete semanas! ¡Y se sentía de maravilla, aunque al principio le había resultado difícil porque sangraba! ¡Y tuvo que guardar cama! *Mira que bien*, pensó Becky, y reprimió otro bostezo. Ahora era su turno.

—Soy Rebecca Rothstein Rabinowitz —dijo—. Estoy de veintinueve semanas y media. Voy a tener una niña. Es mi primer hijo y me siento muy bien, aunque... —Echó una mirada de desdicha a su estómago—. Creo que aún no se nota, y eso es una lata. —Theresa cabeceó en señal de solidaridad—. ¿Qué más? Ah, soy chef y encargada de un restaurante llamado Mas, en Rittenhouse Square.

—¿Mas? —exclamó Kelly—. ¡Oh, Dios mío, si yo he estado!

—Estupendo —dijo Becky.

Caramba. Su madre no se había mostrado tan entusiasta sobre la comida de Mas, pero el restaurante acababa de aparecer en el *Philadelphia Magazine* como uno de los «Siete Lugares Por Los Que Vale La Pena Salir De Las Zonas Residenciales», y habían publicado una bonita foto de Becky y Sarah. Bien, sobre todo de Sarah, pero se podía ver el lado de la cara de Becky en el borde de la instantánea. También algo de pelo, si te fijabas bien.

—Me llamo Ayinde —empezó la hermosa mujer que estaba al otro lado de Becky—. Treinta y seis semanas. También es mi primer embarazo, y me encuentro bien. —Enlazó sus largos dedos sobre el estómago y dijo, en un tono entre desafiante y de disculpa—: Ahora no trabajo.

—¿Qué hacías antes del embarazo? —preguntó Theresa. Becky apostó para sí que la respuesta sería «modelo de bañadores». Se llevó una sorpresa cuando Ayinde les dijo que había sido reportera.

—Pero eso fue en Texas. Mi marido y yo sólo llevamos un mes aquí.

Kelly abrió los ojos de par en par.

—Oh, Dios mío —dijo—, tú eres...

Ayinde enarcó una ceja perfecta. Kelly cerró la boca al instante, y sus mejillas pálidas enrojecieron. Theresa indicó con un cabeceo a la siguiente mujer, y la ronda continuó. Había una asistente social y una banquera de inversiones, la directora de una galería de arte y la productora de una radio pública, y una mujer con el pelo recogido en una coleta que ya tenía un hijo de dos años y dijo que era mamá a tiempo completo.

—Vamos a empezar —dijo Theresa.

Se sentaron con las piernas cruzadas, las manos apoyadas sobre las rodillas con las palmas hacia arriba, ocho mujeres embarazadas sentadas sobre un suelo de madera que crujió bajo su peso, mientras las velas parpadeaban. Las mujeres se balancearon de un lado a otro.

—Dejad que el aliento fluya desde la base de vuestra columna vertebral. Que conforte vuestro corazón.

Becky se meció de izquierda a derecha. *De momento va bien*, pensó, mientras Theresa les guiaba a través de una serie de giros de cuello e inhalaciones conscientes. No era más difícil que danza interpretativa.

—Y ahora, vamos a trasladar el peso a nuestras manos, levantar la cola y ascender leeeeentamente hacia la postura del gato descendente —entonó Theresa. Becky se apoyó sobre las manos y los pies, notó la esterilla de yoga pegajosa contra las palmas y alzó la rabadilla. Oyó que Yoga Barbie suspiraba a su lado cuando adoptó la postura, y a la mujer hermosa, Ayinde, gemir por lo bajo.

Becky intentó inmovilizar sus codos para que sus brazos no temblaran. Echó una mirada de soslayo. Ayinde se estaba encogiendo, con los labios muy apretados.

—¿Te encuentras bien? —susurró Becky.

—Mi espalda —susurró Ayinde.

—Sentíoooooos enraizaaaaadas en la tieeeeerra —dijo Theresa.

Me voy a sentir caída en tierra dentro de un momento, pensó Becky. Sus brazos temblaban..., pero Ayinde fue la primera en caer, y osciló hacia atrás sobre las manos y las rodillas.

Theresa se arrodilló a su lado al instante, con una mano sobre la espalda de Ayinde.

—¿Te parece demasiado difícil la postura? —preguntó.

Ayinde negó con la cabeza.

—No, la postura está bien. Ya he hecho yoga otras veces. Es que... —Se encogió de hombros—. Hoy no me encuentro bien.

—¿Por qué no te sientas un momento? —dijo Theresa—. Concéntrate en respirar.

Ayinde asintió y rodó de costado. Diez minutos después, tras realizar las posturas del guerrero orgulloso y el triángulo, además de una molesta postura arrodillada que Becky decidió bautizar como paloma agonizante, y que debía ser bastante más fácil sin pechos, el resto de la clase se sentó.

—*Shivasana* —dijo Theresa, y aumentó el sonido de los carillones—. Sujetemos nuestros estómagos con delicadeza, respiremos profundamente, llenemos nuestros pulmones de oxígeno y enviemos a nuestros bebés un mensaje de paz.

El estómago de Becky gruñó. *Paz*, pensó, sabiendo que no iba a funcionar. Se había sentido agotada durante el primer trimestre, con el estómago revuelto durante el segundo, y ahora tenía hambre todo el tiempo. Intentó enviar a su bebé un mensaje de paz, pero en cambio terminó con un mensaje acerca de lo que iba a cenar. *Chuletas de ternera con gremolada a la naranja sanguina*, pensó, y suspiró de dicha, al tiempo que Ayinde tomaba aire de nuevo.

Becky se incorporó sobre un codo. Ayinde se estaba masajeando la espalda con los ojos cerrados.

—Un calambre —susurró, antes de que Becky pudiera preguntarle.

Después de que Theresa enlazara las manos sobre su pecho, de una firmeza envidiable, y les deseara a todas *namaste*, las mujeres se encaminaron hacia la escalera de caracol y salieron al crepúsculo. Kelly siguió a Becky.

—Me encanta tu restaurante —dijo con entusiasmo, mientras caminaban por la calle Tres en dirección a Pine.

—Gracias —contestó Becky—. ¿Recuerdas lo que pediste?

—Pollo con mole —dijo Kelly con orgullo, y pronunció la palabra hispana con gesto triunfal—. Estaba delicioso y... ¡Oh, Dios mío! —dijo Kelly por tercera vez aquella noche. Becky miró hacia donde señalaba y vio a Ayinde apoyada con ambas manos contra la ventanilla del pasajero de un todoterreno del tamaño de un tanque, con algo blanco que aleteaba sobre el parabrisas.

—Caramba —dijo Becky—, o se ha tomado muy mal la multa de aparcamiento o...

—¡Oh, Dios mío! —repitió Kelly. Ayinde las miró con aire de impotencia cuando se acercaron.

—Creo que he roto aguas —dijo, y señaló el dobladillo mojado de sus pantalones—. Pero es demasiado pronto. Sólo estoy de treinta y seis semanas. Mi marido está en California...

—¿Desde cuándo tienes contracciones? —preguntó Becky apoyando una mano entre los omóplatos de Ayinde.

—Aún no he tenido —contestó Ayinde—. Me ha dolido la espalda, pero nada más.

—Puede que padezcas una contractura —dijo Becky. Ayinde la miró sin comprender—. ¿Sabes lo que es una contractura?

—Íbamos a matricularnos en un cursillo en el hospital de Texas —dijo Ayinde, y apretó los labios—, pero entonces ficharon a Richard, nos trasladamos, y todo fue... —Respiró hondo, con la frente apoyada contra la ventanilla del coche—. No puedo creer que me esté pasando esto. ¿Y si no llega a tiempo?

—Que no cunda el pánico —dijo Becky—. Las primerizas tardan más en dilatar, y el que hayas roto aguas no significa que vayas a dar a luz pronto...

—Oh —dijo Ayinde. Lanzó una exclamación ahogada y se llevó la mano a la espalda.

—Muy bien —dijo Becky—. Creo que deberíamos ir al hospital.

Ayinde alzó la vista e hizo una mueca.

—¿Me podéis parar un taxi?

—No seas tonta —dijo Becky. *Pobre criatura*, pensó. Dar a luz sola, sin un marido o una amiga que te sujeta la mano, era lo peor que podía imaginar. Bien, eso y que tu estómago apareciera en uno de esos reportajes informativos tipo «Obesidad. Una epidemia nacional»—. ¡No vamos a ponerte en un taxi y a abandonarte!

—Mi coche está ahí —dijo Kelly. Levantó el llavero, apretó un botón y un Lexus todoterreno aparcado al otro lado de la calle empezó a pitar. Becky ayudó a Ayinde a sentarse en el asiento del pasajero y se acomodó en la parte posterior—. ¿Quieres que llamemos a alguien?

—Me lleva el doctor Mendlow —dijo Ayinde.

—Ah, bueno, a mí también —dijo Becky—. Tengo su número en el móvil. ¿Alguien más? ¿Tu madre, alguna amiga?

Ayinde meneó la cabeza.

—Acabamos de mudarnos —dijo, mientras Kelly ponía en marcha el coche. Ayinde se volvió y aferró la mano de Becky—. Por favor —dijo—. Escucha, mi marido... —Arrugó el ceño—. ¿Crees que se podrá entrar por la parte trasera del hospital? No quiero que nadie me vea así.

Becky enarcó las cejas.

—Bien, es un hospital —dijo—. Están acostumbrados a ver gente acribillada a balazos y otras cosas mucho peores. No se van a escandalizar por unos pantalones mojados.

—Por favor —dijo Ayinde, y apretó su mano con más fuerza todavía—. Por favor.

—De acuerdo. —Becky sacó de su bolsa el jersey negro grande, junto con una gorra de béisbol—. Cuando bajemos, átate este jersey a la cintura, y si crees que puedes subir la escalera, llegaremos a admisiones y no tendrás que esperar al ascensor.

—Gracias —dijo Ayinde. Se encasquetó la gorra y después alzó la vista—. Lo siento. No recuerdo vuestros nombres.

—Becky —dijo Becky.

—Kelly —dijo Kelly. Ayinde cerró los ojos, mientras Kelly ponía en marcha el coche.

AYINDE

—Bien, no cabe duda de que ha roto aguas.

La joven residente se quitó los guantes con un chasquido y miró por enésima vez hacia la puerta, como si esperara ver entrar de un momento a otro al gran y eminente Richard Towne. *Un deseo bastante razonable*, pensó Ayinde, mientras alisaba la liviana bata azul sobre sus piernas desnudas. Durante los últimos tres cuartos de hora, había dejado docenas de mensajes en una lista mareante de números. Había llamado al móvil y al busca de Richard, había dejado mensajes a su agente y a su entrenador, a relaciones públicas del equipo, a la criada de su nueva casa de Gladwyne. Hasta el momento, nada. No debía sorprenderse, pensó. Era la primera ronda de los *playoffs*, y todo el mundo tenía la mente en los partidos y los teléfonos apagados. Mala suerte.

—Pero sólo ha dilatado un centímetro. Cuando esto ocurre, preferimos que el bebé nazca antes de transcurridas veinticuatro horas, porque el riesgo de infección aumenta. No tiene muchas alternativas —dijo la residente.

Ayinde asintió. Kelly y Becky también asintieron. La residente (DRA. SÁNCHEZ, decía su tarjeta de identificación) volvió a mirar hacia la puerta. Ayinde desvió la vista y tuvo ganas de taparse los oídos para no oír la cháchara que procedía de la cama de al lado.

—¡Richard Towne! ¡De los Sixers! —Había una cortina entre la cama de Ayinde y la de al lado. Era evidente que la vecina de Ayinde había decidido que una cortina era lo mismo que una pared, y estaba susurrando a pleno pulmón, pese al cartel de «PROHIBIDO UTILIZAR MÓVILES»—. Sí. ¡Sí! ¡Justo a mi lado! —Bajó bastante la voz. De todos modos, Becky, Kelly y Ayinde oyeron cada palabra—. No sé si lo es o no. ¿Tal vez mulata? —La mujer lanzó una risita—. ¿Aún se puede decir esa palabra?

Ayinde cerró los ojos. Becky apoyó una mano sobre su hombro.

—¿Te encuentras bien?

—Sí —murmuró Ayinde.

Kelly le sirvió un vaso de agua. Ayinde tomó un sorbo y lo dejó a un lado.

—No, no, aquí no —insistió la mujer de la cama contigua—. Aún no le he visto, pero tiene que estar por aquí, ¿no?

Eso sería lo normal, pensó Ayinde. Posó los pies en el suelo y desconectó el monitor de la presión sanguínea. El crujido del velcro provocó que su vecina callara de repente. La residente consiguió apartar los ojos de la puerta.

—¿Puedo ir a la sección de partos? —preguntó Ayinde.

—¿Estás segura? —dijo Becky—. Podrías ir a casa, dar un paseo, echar una siesta y descansar en tu cama. Algunos estudios demuestran que las mujeres, cuanto más tiempo dedican al parto en casa, menos tiempo pasan en el hospital, y menos riesgo existe de que se produzca una cesárea o se utilicen fórceps durante el parto.

—¿Eh? —preguntó Kelly.

—Voy a clases de parto natural —dijo Becky, un poco a la defensiva.

—No quiero ir a casa. Vivo en Gladwyne —dijo Ayinde—. Es un rollo ir y volver aquí otra vez.

Además, pensó, no podría, ¿cómo lo había dicho Becky?, «dedicar tiempo al parto en casa» delante de la cocinera, la criada y el chófer.

—¿Alguien se puede quedar contigo? —preguntó Becky—. Podríamos acompañarte a tu casa y traerte al hospital de nuevo cuando estuvieras a punto..., o podrías venir un rato a mi casa.

—Eres muy amable, pero aquí estaré bien. —Dio su móvil a Becky—. ¿Te importa salir al pasillo y llamar a mi casa? —pidió—. Di que te pongan con Clara. Dile que necesito mi maleta, tiene una cinta amarilla atada alrededor del asa y está dentro de mi vestidor, y después pídele que Joe la traiga al hospital.

—¿Estás segura? —preguntó Becky—. No hay motivos para que te quedes en el hospital, a menos que sea necesario. Podrías tardar horas.

La residente asintió.

—Los partos primerizos son más bien lentos.

—Vente —dijo Becky—. Estoy a un cuarto de hora a pie de aquí, y te puedo traer en coche en un momento.

—No podría... —empezó Ayinde.

—Yo también vendré —dijo Kelly—. Es mejor que pasar otra noche sentada en casa leyendo *Qué esperar cuando estás esperando*.

—Estarás muy bien atendida. Mi marido también es médico —dijo Becky.

—¿Estáis seguras? —preguntó Ayinde.

—No deberías quedarte aquí sola —insistió Becky—. Ni siquiera unas pocas horas. Llamaremos a tu marido, y tú debes intentar relajarte.

—Yo aconsejaría lo mismo —dijo la residente—. Si quiere saber mi opinión, es mejor que se vaya con sus amigas.

Ayinde no se molestó en corregirla.

—Gracias —murmuró a Becky. Después recogió su ropa y desapareció en el cuarto de baño. Cerró en silencio la puerta a su espalda.

Amigas, pensó Ayinde, mientras se ponía los pantalones y se alisaba el pelo con manos temblorosas. No había tenido una amiga de verdad desde segundo de bachillerato. Toda su vida se había sentido fuera de lugar: mitad negra, mitad blanca, ni una cosa ni otra, nunca encajaba en ningún sitio.

«Sé valiente», le decían sus padres con frecuencia. Les recordaba inclinados sobre su cama cuando era pequeña, sus rostros serios en la oscuridad, el de su madre color chocolate con leche y el de su padre como la nieve. «Eres una pionera —le explicaban, y sus ojos brillaban, rebosantes de buenas intenciones—. Tú eres el futuro.

No todo el mundo va a entenderlo, no todo el mundo te va a querer como nosotros, de modo que has de ser valiente.»

Era fácil creerles de noche, en la seguridad de su cama con dosel situada en el centro del dormitorio, en el segundo piso del dúplex de ocho habitaciones del Upper East Side. De día era más difícil. Las chicas blancas del colegio privado y el internado habían sido muy amables, con notables excepciones, pero su amistad había poseído siempre una especie de trasfondo empalagoso, como si Ayinde fuera un perro extraviado al que hubieran rescatado de la lluvia. Las chicas negras, las pocas que había conocido en Dalton, las ganadoras de becas en Miss Porter's School, no habían querido saber gran cosa de ella, una vez superado el nombre exótico y descubierto que su árbol genealógico la situaba mucho más cerca de las chicas blancas ricas que de ellas.

Abrió la puerta. Becky y Kelly estaban esperando.

—¿Todo listo? —preguntó Becky. Ayinde asintió y la siguió hasta fuera.

Sabía que casarse con un hombre como Richard comportaría ciertos peligros, y si había albergado alguna duda, su madre, la ex Lomo Mbezi, supermodelo de la década de 1970, se apresuró a confirmarlo.

—No tendrás vida privada —anunció—. Propiedad pública. Eso son los deportistas. Y sus esposas también. Espero que estés preparada para ello.

—Le quiero —dijo Ayinde a su madre. Lolo había ladeado la cabeza, con la intención de exhibir mejor su perfil.

—Espero que baste con eso —contestó.

Hasta ahora, pensó, mientras Kelly ponía en marcha el coche, *había bastado,* Richard había sido más que suficiente. Su amor había conseguido algo más que compensar todo cuanto había echado de menos en su infancia.

Había conocido a Richard trabajando, cuando era reportera de la filial de la CBS en Fort Worth y la enviaron a entrevistar a uno de los compañeros de equipo de Richard Towne, una promesa de dieciocho años seleccionado en la tercera ronda llamado

Antoine Vaughn. Había entrado sin vacilar en el vestuario como si Gloria Steinem, la escritora y política norteamericana en persona le hubiera abierto la puerta. Casi choca contra una taquilla abierta cuando el primer jugador pasó contoneándose, todavía mojado de la ducha, sin nada más que una toalla alrededor de la cintura.

—Mantén los ojos justo por encima del ecuador —susurró Eric, el cámara. Ella tragó saliva y carraspeó.

—Perdonen, caballeros. Soy Ayinde Walker, de la KTVT, y he venido a ver a Antoine Vaughn.

Oyó silencio. Risitas. Susurros que no consiguió distinguir.

—Por fin han enviado reporteros de primera, eh? —dijo un hombre que, por suerte, todavía llevaba puesto el chándal.

—¿Eres la sustituta del culo cansado de Sam Roberts?

—Oye, nena, no hagas caso del chaval. Ven aquí. ¡Te voy a conceder una entrevista!

—Tranquilos, tíos —dijo el acompañante obligatorio del equipo, un tipo de edad madura y traje arrugado, que no tenía aspecto de estar por la labor de mantener la calma, ni siquiera de moverse.

Ella volvió a tragar saliva y escudriñó el campo cambiante de cuerpos masculinos semidesnudos.

—¿Alguien sabe dónde está Antoine Vaughn?

—¡Puedes llamarme Antoine! —clamó el tipo que había preguntado si era la sustituta de Sam Roberts, el reportero de deportes de la cadena—. ¡Puedes llamarme lo que quieras, cielo!

Ella lanzó una mirada de desesperación al tipo del rincón, que éste fingió no ver.

—Estoy aquí.

Se volvió... y allí estaba Antoine Vaughn, tendido de espaldas sobre uno de los bancos. Le reconoció por la foto que el equipo le había enviado. Por supuesto, la foto era sólo de cabeza y hombros. E iba vestido.

—Como ves, es verdad —dijo, señaló hacia el sur y se puso a reír. No cabía duda de que había ensayado el comentario—. ¡En Texas, todo es más grande!

Ayinde enarcó una ceja y juntó las rodillas para que nadie se diera cuenta de que estaban temblando. Aquella situación le traía malos recuerdos. En su muy exclusivo colegio privado de Nueva York, algunas de las chicas (*chicasblancas*, las llamaba, formando una sola palabra) la habían metido a empujones en el cuarto de baño de los chicos. No había pasado nada (en realidad, los chicos se habían mostrado más avergonzados que ella), pero nunca había olvidado el terror inicial que experimentó cuando la puerta se había cerrado a su espalda. Ahora, en el vestuario, respiró hondo, tal como le habían enseñado, para que las palabras surgieran de su diafragma y se oyeran con claridad.

—En ese caso —dijo—, tú no debes ser de aquí.

—¡Capullo! —gritó uno de los jugadores.

—¡Te lo acaba de dejar claro, tío!

Antoine Vaughn miró a Ayinde con los ojos entornados y rodeó su cintura con una toalla.

—Qué graciosa —masculló, se incorporó y avanzó hacia ella.

—Eh.

Ayinde se volvió en redondo y alzó la vista... más y más.

—Trata bien al chico —dijo Richard Towne. El uniforme le dejaba los brazos y las piernas al descubierto. Su piel de color castaño relucía a causa del sudor, y sus dientes brillaron cuando sonrió. Pero no estaba dispuesta a rendirse..., ni aunque Richard Towne (uno de los deportistas más famosos de Estados Unidos, que jamás concedía entrevistas a nadie, y que, en persona, era todavía más atractivo que en foto) se lo dijera.

—Dile que se tape y tal vez lo haga.

—Vístete, tío —dijo Richard a Antoine Vaughn, el cual saltó del banco con tanta rapidez como si Dios Todopoderoso le hubiera ordenado ponerse suspensorios. Después Richard se volvió hacia Ayinde.

—¿Estás bien? —preguntó en voz tan baja que sólo ella pudo oírle.

—Sí —dijo, si bien sus rodillas temblaban con tal violencia, que se asombró de que no entrechocaran. Richard apoyó una de sus manos de fama mundial sobre su hombro, la sacó del vestuario y la acomodó en una de las sillas de pista del estadio.

—Te estaban tomando el pelo —dijo.

—No era divertido. —Parpadeó con furia para reprimir las lágrimas que se habían materializado como por arte de magia—. Sólo intentaba hacer mi trabajo.

—Lo sé, lo sé. Toma —dijo, y le tendió un vaso de agua. Ella bebió y pestañeó, consciente de que una sola lágrima estropearía su rímel y su aspecto ante la cámara.

Respiró hondo.

—¿Crees que hablará conmigo?

Richard Towne reflexionó.

—Si yo se lo digo, lo hará.

—¿Se lo dirás?

Él volvió a sonreír, y aquella sonrisa fue como pisar la playa después de tres meses de crudo invierno y sentir el sol tropical sobre la piel.

—Lo haré si cenas conmigo.

Ayinde no dijo nada. Era incapaz de creerse lo que estaba pasando. Richard Towne le estaba pidiendo una cita.

—Te he visto en el telediario —dijo—. Eres buena.

—Excepto cuando estoy rodeada de adolescentes desnudos.

—Oh, ya estabas ganando la batalla —dijo él—. Yo me limité a acelerar el resultado. ¿Cenarás conmigo?

Ayinde oyó la voz de su madre en la cabeza, hablando con el acento casi inglés que había adoptado después de pasar diez días en Londres cuando Ayinde tenía unos doce años. «Que se lo curren», la había adoctrinado Lolo.

—No creo —dijo como un autómata. Lo habría dicho aunque Lolo no hubiera elegido aquel momento para surgir de su inconsciente y susurrarlo en su oído. Richard Towne tenía cierta fama.

Él rió.

—Conque sí, ¿eh? ¿Ya tienes pareja?

—¿No has de jugar un partido de baloncesto?

Habló con voz serena, y desvió la vista apenas un poco, pero no pudo reprimir una sonrisa.

—Cuesta seguir tu juego —dijo él, mientras recorría con un dedo el dorso de su mano.

—No estoy jugando —replicó ella—. Estoy trabajando. —Le miró a la cara, un movimiento que le exigió hacer acopio de todo su valor—. Y la verdad, no me veo manteniendo una relación con un tipo que trabaja en pantalones cortos.

Hubo un momento en que él se limitó a mirarla, y Ayinde sintió que el corazón le daba un vuelco, al pensar que se había pasado, que lo más probable era que nadie se burlara de él nunca, que nadie se atreviera... y que no habría debido decir «relación», cuando él sólo le había pedido que fueran a cenar juntos. Por fin, Richard Towne echó la cabeza hacia atrás y lanzó una carcajada.

—¿Y si prometo ponerme pantalones largos?

—¿Para trabajar?

—Para cenar.

Ella le miró con detenimiento.

—¿Y camisa también?

Quería oírle reír de nuevo.

—Hasta chaqueta y corbata.

—Entonces... —Enmudeció, para hacerle esperar, para que se lo curarra—. Supongo que podría pensármelo.

Llamó al cámara, que había ido a rodar unos planos de las animadoras, doce mujeres que meneaban las caderas y el pelo, con aspecto de ser presas de un ataque de epilepsia colectivo.

—Eric, ¿estás preparado para tomar otro plano de Antoine?

El cámara desvió su atención de las bailarinas y sus ojos se le salieron de las órbitas cuando vio a Richard Towne.

—¡Eh, tío, buen partido contra los Lakers!

—Gracias, señor —dijo Richard, y devolvió su atención a Ayinde—. ¿El viernes por la noche?

Un jugador de baloncesto, pensó. *¿Cómo les llamaban las adolescentes? «Peloteros».* En su vida social nunca había incluido a ningún jugador de baloncesto. Había habido médicos, abogados y ejecutivos, y una vez, para deleite de su director de programas, echó una cana al aire con el presentador de la NBC, y sus nombres aparecieron en los periódicos durante los tres meses que duró su relación.

—Escucha —dijo—, quiero dejar clara una cosa. Agradezco tu ayuda, pero si crees que soy sólo una damisela en apuros, estás muy equivocado.

Richard Towne meneó la cabeza. Ayinde se sentía embriagada por la visión de su cuerpo, el tamaño de sus bíceps, sus antebrazos nervudos, sus manos enormes.

—No te preocupes —dijo—. No voy en plan de redentor. Soy un hombre sencillo —dijo, y extendió las manos—. Sólo quiero jugar un poco a baloncesto, tal vez ganar otra liga. Disfrutar de la vida, ¿sabes? Eres una chica seria. Lo valoro. Pero hasta las chicas que trabajan han de comer.

—Eso es verdad —contestó ella, y se permitió una sonrisa.

—Te llamaré a la cadena.

Le dedicó una especie de reverencia y se alejó. Cuando Ayinde volvió a la cadena, un enorme ramo de lilas y lirios la esperaba en recepción. *Esto es lo que llaman estrategia defensiva agresiva*, rezaba la tarjeta. Ayinde había lanzado una carcajada, antes de descolgar el teléfono para llamar a Richard Towne y decirle que el viernes por la noche le iba bien.

Ayinde cerró los ojos e intentó superar la contracción.

—Muy bien —dijo Becky—. Respira... Respira... Lo estás haciendo muy bien, sigue respirando...

Ayinde lanzó un suspiro mientras la contracción cedía al fin. Becky la ayudaba a mantener el equilibrio sobre un gigantesco juego de pelotas azules, en mitad de su diminuta sala de estar, en una de las estrechas callecitas cercanas a Rittenhouse Square. Ayinde se había estado balanceando de atrás adelante, procurando contener los chillidos.

—Sesenta segundos —dijo Kelly desde la esquina del sofá, donde se había envuelto en una manta con una libreta y su reloj.

—¿No deberíais ir ya al hospital, chicas? —preguntó una voz desde la escalera.

—Mamá, estás espiando —dijo Becky sin volver la cabeza.

—No estoy espiando —replicó Edith Rothstein, la cual, en efecto, estaba espiando desde la escalera, visible sólo de cintura para arriba, sin pisar la sala de estar, y se estaba retorciendo las manos desde que las tres mujeres habían entrado por la puerta cinco horas antes—. Sólo estoy preocupada.

—¡Espiando! —dijo Becky. Su madre, una mujer esbelta con el pelo rubio rojizo muy bien peinado y una ristra de perlas que no paraba de manosear, se humedeció los labios. En teoría, Edith había venido para asistir a la boda de una prima en Mamaroneck, pero, confesó Becky, su auténtica intención era contemplar su barriga y conversar a todas horas con su nieta no nata—. No me importaría tanto —dijo Becky—, de no ser porque a mí apenas me habla. Es como si su campo de visión terminara en mi cuello.

Ayinde se secó la frente y paseó la vista a su alrededor. La sala de estar de Becky era del tamaño de su vestidor, y estaba segura de que ningún decorador la había ayudado a elegir las estanterías rebosantes y las mantas de punto que cubrían el sofá y las butacas, pero la habitación era acogedora y se sentía mucho más a gusto que en el hospital.

Pero no era lo suficientemente acogedora para la madre de Becky.

—Andrew —susurró, en voz lo bastante alta para que las tres mujeres la oyeran—, ¿estás seguro de que todo va bien?

—No pasa nada, Edith —dijo Andrew desde la cocina, que estaba en el sótano—. Parece que las chicas lo tienen todo controlado.

—¿Qué están haciendo ahí abajo? —preguntó Ayinde, mientras pensaba en lo afortunada que era Becky por tener un marido tan encantador, un marido que, lo más importante, estaba aquí y no a cinco mil kilómetros de distancia. Andrew le recordaba un poco a su padre..., o mejor dicho, admitió, a los papeles que su padre interpretaba en Broadway, o a veces en la pantalla grande. Se había ganado un lugar a base de encarnar a padres cariñosos y amantísimos, y en los últimos tiempos, incluso abuelos.

—Andrew está conectado a Internet, y Edith estará clasificando por orden alfabético las conservas —susurró Becky—. Estamos bien, mamá —dijo en voz alta—. De veras.

Edith meneó la cabeza de nuevo y desapareció, como un conejo que se refugiara en su madriguera. Ayinde cogió su móvil por enésima vez desde que había roto aguas, marcó el número de Richard, y después respiró hondo mientras el teléfono sonaba sin cesar y otra contracción empezaba a torturar su cuerpo.

—Otra —dijo, y se encogió en posición fetal.

Kelly palideció cuando Ayinde intentó respirar pese al dolor.

—¿Qué se siente? —preguntó cuando la contracción terminó.

Ayinde sacudió la cabeza. Era un dolor horrible, el peor que había experimentado en su vida, peor que cuando se había roto el tobillo mientras cabalgaba a los catorce años. Era como si su vientre estuviera rodeado de bandas de hierro, y las estuvieron apretujando más y más a medida que la contracción tenía lugar. Era como flotar a la deriva en un inmenso mar sin orillas, sin que nadie acudiera al rescate.

—Mal —dijo sin aliento, y apretó los puños contra la espalda—. Mal.

Becky apoyó las manos sobre los hombros de Ayinde y la miró a los ojos.

—Respira conmigo —dijo. Sus ojos eran tan serenos como su voz, y sus manos, fuertes y firmes—. Mírame. Vas a sentirte bien. Vamos a oxigenar un poco a tu bebé. Vamos, Ayinde, respira...

—¡Oh, Dios! —gimió ella—. No puedo seguir así... Quiero a mi madre.

La contracción aflojó su presa por fin. Ayinde se puso a llorar, lágrimas de desdicha y derrota.

Justo entonces, por fin, su teléfono sonó.

—¿Nena?

Richard sonaba agobiado y distraído. Ayinde oyó el sonido de la multitud de fondo.

—¿Dónde estás?

—Camino del aeropuerto. Camino de casa. Lo siento, Ayinde. Apagué el móvil cuando empezó el calentamiento...

—¿Y nadie te avisó?

Oyó que la puerta de un coche se cerraba con estrépito.

—Hasta ahora no.

Hasta que el partido terminó, pensó Ayinde con amargura. Hasta que ya no le necesitaron.

—Date prisa —dijo, y aferró el teléfono con tanta fuerza que, por un momento, pensó que lo iba a romper en pedazos.

—Llegaré lo antes posible. Estás en el hospital, ¿verdad?

—Ahora no —dijo ella, y sintió que otra contracción empezaba, consciente de que no tendría tiempo de explicar dónde estaba y cómo había llegado allí—, pero nos encontraremos allí. Date prisa —repitió, y cortó la comunicación, se dobló en dos, aferrando el teléfono con una mano y arañando con la otra su espalda, que sentía como si estuviera ardiendo.

—Sesenta segundos —dijo Kelly, y paró el reloj.

—De acuerdo —dijo Becky, con una voz tan serena y arrulladora que habría podido pasar por monitora de yoga—. Creo que es hora de marcharnos. —Ayudó a Ayinde a tenderse sobre el sofá—. ¿Quieres que llame a tu madre?

Una carcajada se abrió paso entre los labios de Ayinde.

—Mi madre —repitió—. Nunca la he llamado así. No me dejaba. Quería que la llamara Lolo. La gente que no nos conocía pensaba que éramos hermanas. Nunca les corregía. —Emitió un repentino sonido estrangulado. Kelly y Becky tardaron un momento en comprender que se estaba riendo—. ¿Sabéis lo que dijo cuando le anuncié que estaba embarazada?

Kelly y Becky negaron con la cabeza.

—Dijo: «Soy demasiado joven para ser abuela». No «felicidades». No «me alegro mucho por ti». «Soy demasiado joven para ser abuela.» —Ayinde meneó la cabeza, después se llevó las manos a la espalda y volvió a doblarse en dos—. No... la... llaméis —jadeó—. Ni siquiera vendría.

La mano de Becky dibujó pequeños círculos sobre el centro de la espalda de Ayinde.

—De acuerdo —dijo—. Vamos al hospital.

Edith se materializó de la nada en la habitación, tan deprisa que Ayinde imaginó que habría estado sentada en la escalera, a la espera de que la necesitaran. *No es justo*, pensó. Becky tenía a su madre. Becky tenía a su marido. Ayinde estaba empezando a pensar que no tenía nada en absoluto.

—¿Puedes coger algo de ropa, camisetas y todo eso, por si nos tenemos que quedar más de lo previsto? Y unas botellas de agua. —dijo Becky. Edith salió a toda prisa. Ayinde reprimió un gemido, mientras Kelly se agachaba, le ponía los zapatos y la ayudaba a salir con pasos vacilantes. Andrew Rabinowitz las estaba esperando en el coche—. Kelly, pasa delante —indicó Becky, al tiempo que ayudaba a Ayinde a subir detrás. Un indigente las observaba desde la acera de enfrente, meciéndose atrás y adelante sobre los talones.

—¡Eh! —gritó—. ¡Van a necesitar un calzador!

—Muy útil —murmuró Andrew, que estaba sujetando la puerta para que pasara su mujer. Ayinde cerró los ojos con fuerza, mientras se ponía el cinturón con una mano y agarraba el móvil con la otra. El dolor estaba recorriendo su cuerpo como un depredador, saltaba desde las piernas hasta la espalda, y después al estómago, la sacudía entre sus fauces como un león sacude a una gacela medio muerta. Tenía la sensación de que saldría volando en pedazos si abría los ojos. Becky le apartó el pelo de la sien.

—Aguanta. Enseguida llegamos —dijo.

Ayinde asintió, respiró, contó hacia atrás desde cien, llegó al cero y empezó a contar de nuevo, pensando que le bastaba con sobrevivir hasta llegar al hospital y entonces le darían algo, algo que alejara el dolor y la humillación, que le resultaba más penosa que las contracciones. *Preñada y sin marido*. Eso pensaría todo el mundo que la viera, a pesar de su anillo, porque ¿dónde estaba su hombre?

Andrew frenó ante la entrada de urgencias del Hospital de Pennsylvania, y las mujeres bajaron del coche, Ayinde con la camiseta y los pantalones de pijama que Becky le había prestado, Becky en pantalones y jersey, con los rizos recogidos en un moño. Kelly había rechazado las ofertas de Becky y aún llevaba su elegante conjunto de gimnasia de premamá. Las rayas alegres y la *lycra* ceñida contrastaban con la expresión asustada de su cara pálida.

—Admisiones —dijo Becky, y guió a Ayinde y a Kelly hasta el ascensor. Llegaron a la tercera planta, y Ayinde aferró el borde del mostrador de recepción, mientras intentaba deletrear su nombre.

—A-Y-I-N...

—¿Amy? —aventuró la enfermera.

—¡Ayinde! —dijo ella con voz ahogada—. ¡Ayinde Towne! ¡La esposa de Richard Towne!

Le daba igual que supieran quién era. Le daba igual recordar si el relaciones públicas le había dicho que firmara con su nombre de soltera o no, le daba igual todo, salvo conseguir que el dolor cesara.

—Bien, ¿por qué no lo has dicho antes, cariño? —dijo la enfermera con placidez, al tiempo que señalaba un cubículo y tendía una bata a Ayinde—. Todo fuera de cintura para abajo, tiéndete en la cama, la residente vendrá enseguida. —Miró por encima de la cabeza de Ayinde, en dirección a la puerta—. ¿Tu marido está aparcando?

Ayinde agarró la bata y avanzó hacia el cuarto de baño sin decir palabra.

—Bien —resopló la enfermera—, buena suerte. —Se volvió hacia Becky y Kelly—. ¿Él va a venir?

Kelly se encogió de hombros.

—Eso creemos —dijo Becky. El rostro cansado de la enfermera se iluminó.

Dejaron a la mujer marcando un número de teléfono y encontraron a Ayinde de rodillas en el cuarto de baño, el pantalón del pijama arrugado en el suelo y la bata sobre los hombros.

—La epidural —dijo Ayinde. Se secó la boca, movió las manos en busca de la cadena, y consiguió tirar de ella y ponerse en pie—. Ayudadme a encontrar un médico, por favor. Quiero que me pongan la epidural.

—De acuerdo —dijo Kelly—. Vamos a acostarte.

Abrió la puerta del cuarto de baño. Al instante, un grupo de tres personas con guantes de plástico, un hombre y dos mujeres, retrocedieron.

—¿Es ella? —oyó Ayinde que susurraba una. Cerró los ojos y dejó que Becky la guiara hasta la cama. Segundos después, apareció un sonriente médico.

—¡Hola, señora Towne! —dijo como si la conociera de toda la vida—. Soy el doctor Cole.

—Quiero que me pongan la epidural —dijo Ayinde, al tiempo que colocaba las piernas en los estribos, sin importarle si golpeaba al médico en el pecho, sin importarle que le vieran lo que fuera.

—Bien, vamos a echar un vistazo —dijo el médico con energía, introdujo los dedos y Ayinde reprimió un chillido, al tiempo que intentaba permanecer inmóvil—. Ha dilatado seis centímetros, puede que siete. Llamaremos al busca del doctor Mendlow, y enviaremos al anestesista de inmediato.

La enfermera de cara pálida ayudó a Ayinde a sentarse en una silla de ruedas y la condujo a su habitación.

—Hora de despedirse —dijo—. Sólo se permite el acceso al parto a la familia próxima, a menos que lo hubieran solicitado con antelación.

—Somos sus hermanas —dijo Kelly.

La enfermera las miró boquiabierta: tres mujeres, dos blancas, una negra, las tres embarazadas.

—Es un gran año para nuestra familia —dijo Kelly risueña. En su cama, Ayinde consiguió sonreír.

—Bien, supongo que podemos hacer una excepción —dijo la enfermera—. Nada de móviles, buscas o comida.

Ayinde bebió del vaso de agua que Kelly le acercó. Oía a la mujer de la habitación de al lado, que sonaba como si estuviera en las últimas.

—¡Vamos, cariño, empuja, empuja, empuja! —la animaba su marido. Se preguntó si el marido sería entrenador de la Liga Infantil de Béisbol los fines de semana, la clase de tipo que se ponía detrás de media docena de críos de seis años y les enseñaba a sujetar bien el bate.

—¿Te encuentras bien? —susurró Kelly. Ayinde asintió, y después agarró los bordes de la sábana, retorció el cuerpo e intentó huir del dolor de la contracción más fuerte hasta aquel momento.

—Será... mejor... que corra —consiguió articular. Becky se acuclilló junto a la cama y sujetó sus manos. Kelly le masajeó la espalda y clavó la vista en la puerta.

—Buenas noticias —dijo—. Tu epidural ha llegado.

Ayinde abrió los ojos y vio a un hombre corpulento pelirrojo que se presentó como doctor Jacoby, dijo que estaba encantado de conocerla y logró esquivar el tema del ausente Richard Towne, todo ello en menos de medio minuto. Mientras Ayinde descansaba su peso sobre los hombros de la enfermera, el doctor Jacoby frotó su espalda con betadine, para luego elegir una aguja tan larga, que hasta la incondicional Becky palideció y abandonó la habitación, farfullando algo acerca de que iba a buscar agua.

—Oye —dijo la enfermera en la que Ayinde estaba apoyada—, cuando las cosas se calmen un poco, ¿tu marido podría firmarme un autógrafo?

—Estoy segura de que no habrá ningún problema —contestó Ayinde en un esfuerzo por ser educada, ya que deseaba que la epidural surtiera efecto. Empezó a cabecear.

—¡Oh, no, no se mueva! —exclamaron médico y enfermera al unísono, de forma que se mantuvo inmóvil, mientras el calor y después el bendito entumecimiento descendían desde sus caderas.

Dejó que sus ojos se cerraran, y cuando los abrió, eran las cinco de la mañana y la puerta se abrió, dejando entrar un resquicio de luz áspera.

—¡Mira quién está aquí! —dijo Becky.

Ayinde vio al doctor Mendlow al pie de la cama, su cuerpo larguirucho y su dulce sonrisa, el pelo rizado metido dentro del gorro, que estaba levantando el dobladillo de la bata. Y detrás de él estaba Richard, sin afeitar y preocupado, con sus dos metros seis de estatura, todavía vestido con el equipo de entrenamiento y sonriente, seguido de un cuarteto de enfermeras.

Buscó sus manos.

—Hola, nena.

Sus ojos se arrugaron en las comisuras. Su sonrisa era idéntica a la de la tele, donde vendía cereales, refrescos y su propia línea de zapatillas de deporte. Ayinde cerró los ojos, apoyó la cara contra la piel cálida de su chaqueta, percibió su olor consolador a jabón y loción para después del afeitado, un tenue matiz de sudor, sin importar el tiempo transcurrido entre partido y partido, entre sesiones de entrenamiento...

Ayinde echó la cabeza hacia atrás.

El doctor Mendlow, sepultado entre sus piernas, alzó la vista.

—¿Te he hecho daño? Lo siento.

—Chisss, no pasa nada. Papá está aquí —dijo Richard, que se acercó un poco más y se rió de su propia broma. Ayinde respiró hondo, y sí, allí estaba, un olor a algo diferente mezclado con el aroma consolador de su marido. *Perfume*. Su mente dio vueltas a la posibilidad, y después la desechó enseguida. Había jugado en el partido, después había participado en una conferencia de prensa, y después había viajado en el avión de regreso. Reporteras, azafatas, admiradoras delante del estadio y el hotel, que torcían el cuello cuando pasaba y apretaban pañuelos de papel húmedos en sus manos... Tal vez la enfermera que le había guiado por el pasillo... O quizás estaba tan agotada que lo había imaginado todo, debido al dolor y al miedo, tras detectar rastros de Chloe u Obssesion.

—Nueve centímetros. Casi diez. Está a punto —dijo el doctor Medlow. Paseó la vista entre Ayinde y Richard—. ¿Preparados para tener un hijo?

Las enfermeras entraron en tromba en la habitación, bajaron la cama, doblaron el tercio inferior y levantaron los pies de Ayinde. Richard sujetó una mano y Becky la otra.

—¿Quieres que nos vayamos? —susurró, mientras entregaban a Richard guantes y bata. Ayinde apretó la mano de Becky con fuerza y negó con la cabeza.

—Quédate, por favor —dijo—. Tú también —dijo a Kelly, quien estaba mirando desde la butaca. La joven parecía muy cansada. Ayinde supuso que su aspecto era todavía peor. Daba la impresión de que la noche se estaba prolongando eternamente, y lo peor aún estaba por venir.

—Bien, nueva contracción —dijo el doctor Mendlow—. ¿Preparada para empezar a empujar?

Ayinde asintió, y la habitación se llenó de ruido y de gente: el anestesista, las enfermeras, la enfermera, aunque pareciera increíble, provista de una libreta y un bolígrafo, las máquinas que pitaban y silbaban, y alguien que, junto a la cabeza de Ayinde, decía: «¡Empuja! ¡Empuja! Agacha la cabeza, respira hondo y empuja fuerte, un poco más, un poco más, un poco más, vamos, vamos, Anna... Anya...»

—¡Ayinde! —jadeó ella, y dejó caer la cabeza sobre la almohada, y alguien oprimió una mascarilla de oxígeno sobre sus mejillas—. ¡Mi nombre es Ayinde!

—Ésta es mi chica —dijo Richard. El orgullo de su voz era inconfundible. Becky apretó su mano. Ayinde abrió los ojos y escudriñó los de su marido.

—Buen trabajo —dijo él, al tiempo que acercaba su cabeza a la de ella—. Vamos, nena. Acabemos de una vez.

—¡Empuja! —gritaron las enfermeras. Ayinde clavó los ojos en los de su marido y empujó con todas sus fuerzas.

—¡Ya sale la cabeza! —anunció el doctor Mendlow.

Las enfermeras sujetaban sus piernas, Richard sujetaba su mano, la enfermera susurró en su oído una vez más: «Ánimo, empuja, acaba ya, vamos, una vez más. Empuja, empuja, empuja».

—¡Empuja! —dijo Becky.

Ayinde obedeció, con la mascarilla de oxígeno ladeada, los ojos cerrados y, ah, sí, apareció la cálida, sedosa e impecable cabecita del niño, apoyada contra las yemas de sus dedos, lo más vivo que había tocado jamás. Tanteó en busca de la mano de Richard.

—Richard —dijo—. Mira. Mira lo que hemos hecho.

Él se agachó, apretó los labios contra su oído.

—Te quiero, nena —susurró.

Ayinde empujó una vez más, casi hasta incorporarse sobre la cama, hasta que el mundo empezó a parpadear.

—¡Oh, Dios, ya no puedo aguantar más! —chilló.

—Sí que puedes, ya lo creo que sí —susurró una de las voces en su oído—. Sólo una vez más, Ayinde, una vez más, casi has terminado, vamos, ¡Empuja!

Perfume, susurró la mente de Ayinde, con una voz sospechosamente parecida a la de la formidable Lolo Mbezi (nacida Lolly Morgan, pero su madre había renunciado a ese apellido). *Ha venido oliendo al perfume de otra mujer.* Y entonces cerró los ojos, apretó los dientes, contuvo el aliento y empujó con tal fuerza que tuvo la sensación de estar desgarrándose, lo hizo con la fuerza suficiente para silenciar la voz que susurraba en su mente, para olvidar el olor de una vez por todas. Empujó hasta que fue incapaz de ver y oír, y después se derrumbó sobre la almohada, agotada y sin aliento... y convencida. *Perfume.*

Un coro de voces se elevó a su alrededor. «Bien, cariño, relájate... Despacio, despacio, tranquila... Ya salen los hombros.»

Experimentó una gran liberación, un repentino y sorprendente vacío que le recordó su primer orgasmo, que la había pillado por sorpresa y robado el aliento.

—¡Mira, Ayinde! —gritó el doctor Mendlow, sonriente, bajo el gorro azul.

Ella alzó la vista. Allí estaba su bebé, envuelto en una capa blanco grisácea, una cabeza cubierta de pelo negro pegado al cráneo, los labios gruesos entreabiertos, la lengua temblorosa, los puños temblorosos.

—Julian —dijo. *Perfume*, susurró su mente. *Cállate*, le dijo ella, y estiró los brazos para recibir a su hijo.

MAYO

KELLY

—Bien, somos Mary, Barry, después yo, Kelly, luego Charlie, Maureen y Doreen, las gemelas, Michael y Terry. Es la más pequeña —dijo Kelly—. Maureen vive en San Diego y Terry va a la Universidad de Vermont. Todos los demás siguen en Nueva Jersey, salvo yo.

Becky y ella habían llegado a casa de Ayinde media hora antes; derrocharon cumplidos acerca del pequeño Julian, diez días y casi tres kilos, y aceptaron el agradecimiento de Ayinde y las bolsas de pañales Kate Spade que les había regalado («Oh, esto es demasiado», había dicho Kelly, quien en su fuero interno estaba emocionada y sólo deseaba que el nombre de Kate Spade estuviera escrito con letras más grandes y visibles). Después visitaron la sala de estar de la planta baja, el comedor, la cocina con encimera de granito, nevera Sub Zero y fogones Viking, la despensa, el solárium. Por fin, la charla se había desviado hacia la numerosa familia de Kelly, cuyos miembros podía recitar ésta de un tirón (*MaryBarryyoCharlieMaureenyDoreensongemelasMichaelyTerryeslamáspequeña*), aparte de que estaba ansiosa por encontrar un tema que la pusiera a la misma altura de sus nuevas amigas.

—Mi marido es un gran admirador de los Sixers —dijo—. Se crió en Nueva York, y antes era fan de los Knicks, pero desde que fue a Wharton sólo habla de Allen Iverson. Y de Richard, por supuesto.

Se reclinó en el sofá, satisfecha de haber encontrado una forma discreta de haber introducido Wharton en la conversación.

—¿Cuánto hace que estáis casados? —preguntó Becky.

—Casi cuatro años —contestó Kelly.

—Señor, debías de ser una cría —dijo Becky.

—Tenía veintidós años —contestó Kelly—. Supongo que era un poco pronto, pero sabía lo que quería.

Las mujeres estaban sentadas en la sala de estar de Ayinde, quien estaba dando de mamar a Julian, un diminuto bulto de ojos adormilados y labios fruncidos, embutido en un pijama azul con una gorra a juego sobre los rizos. Kelly y Becky estaban sentadas en el sofá, bebían té y mordisqueaban las galletas que una muchacha vestida con un uniforme blanco y negro había servido. Kelly estaba encantada con la sala. Todo en ella, desde las alfombras de trabajados dibujos a los almohadones con borlas que cubrían los sofás, así como el espejo de marco dorado que colgaba sobre la chimenea de mármol, era perfecto. Kelly quería quedarse para siempre en la sala o, mejor aún, tener una igual algún día.

—¿Queréis tener familia numerosa? —preguntó Becky.

—Oh, Dios, no —repuso Kelly, con un estremecimiento que no logró reprimir—. Bueno, en mi caso no fue tan horrible. Teníamos una gran furgoneta que la iglesia nos dejó a buen precio (somos católicos, lo sé, gran sorpresa) y una mesa de comedor muy grande, y... —Se encogió de hombros—. Eso era todo.

—Debía ser agradable —dijo Ayinde en tono melancólico, mientras acariciaba el pelo del bebé con la mano libre—. Siempre debías tener alguien con quien hablar.

Kelly asintió, aunque no era del todo cierto. Maureen era la única con quien podía hablar. Sus demás hermanos y hermanas pensaban que era mandona, acusica, o que se le habían subido los humos a la cabeza, cuando intentaba decirles qué debían comer y vestir, o cómo debían comportarse. Dios, ojalá le hubieran dado un centavo por cada vez que uno de ellos le había dicho: «¡No eres mi madre!» Como si su madre real hubiera sido tan maravillosa. Kelly recordó el día que Paula O'Hara había descubierto su álbum de recortes, cuando tenía ocho años. El álbum de recortes era un antiguo álbum de fotografías que estaba destinado a ser el diario de la infancia de las gemelas, pero su madre se había cansado enseguida, de manera que sólo contenía unas pocas instantáneas de Maureen y Doreen cuando las habían traído a casa después del parto. Kelly había llenado el resto con fotos que conseguía, recortadas de ejemplares viejos de *Ladies' Home Journal*, *Newsweek* y *Time*, provenientes de la consulta del dentista ubicada al final de la calle, que la recepcionista apilaba en el bordillo. A Kelly no le interesaban las fotos de gente, tan sólo las fotos de cosas. Había recortado fotografías de grandes mansiones coloniales, en las que la pintura de los postigos no se desconchaba en largas franjas curvas; fotos de relucientes monovolúmenes nuevos en los que no se podían distinguir las palabras «MARÍA MADRE DE LA PAZ» pintadas en un costado; fotos de jarrones azules llenos de narcisos, y de zapatos de baile de charol, y de una bicicleta Huffy rosa con un brillante asiento color banana. Fotos de vestidos, fotos de zapatos, una foto de un abrigo con piel de conejo auténtica en el cuello y en los puños, con el que Missy Henry había ido al colegio el invierno anterior. Su madre había guiado a Kelly hasta la sala de estar, donde nunca se permitía la entrada a los niños, le había ordenado que se sentara en el sofá de plástico con la funda verde y amarilla, y había blandido el álbum ante su cara y lo agitó con tal violencia que una foto del pabellón de caza de una duquesa se soltó y cayó aleteando al suelo.

—¿Qué es esto?

Era absurdo intentar mentir.

—Fotos de cosas que me gustan.

Su madre entornó los ojos. Kelly olfateó su aliento con disimulo, pero sólo percibió café. De momento.

—La codicia es un pecado.

Kelly bajó la vista, y si bien sabía que debía guardar silencio, no pudo reprimir la pregunta.

—¿Por qué es malo tener cosas bonitas?

—Debería preocuparte el estado de tu alma, no el de tu cuenta bancaria —replicó Paula. Sus rizos castaños estaban cortados de cualquier manera, y pocas veces se tomaba la molestia de peinarlos. Llevaba vaqueros y una de las viejas camisas a cuadros de su marido con los faldones por fuera—. Es más fácil para un camello pasar por el ojo de una aguja que para un rico entrar en el reino de los cielos.

—Pero ¿por qué? ¿Por qué es malo ser rico? ¿Por qué es malo tener cosas bonitas?

—Porque a Dios le son indiferentes las cosas bonitas —había replicado su madre. Paula intentaba hablar en tono plácido, incluso instructivo, como una maestra de la escuela dominical, pero Kelly se dio cuenta de que estaba perdiendo la paciencia—. A Dios sólo le importan las buenas obras.

—Pero ¿por qué no quiere Dios que la gente buena tenga cosas bonitas? —preguntó Kelly—. ¿Qué pasa si tienes cosas bonitas y, además, haces buenas obras? ¿Y si...?

—Basta —dijo su madre, y se puso el álbum bajo el brazo—. Lo voy a guardar, Kelly Marie. Quiero que vayas a tu cuarto, y quiero que hables de esto con el padre Frank el domingo.

Kelly nunca habló con nadie del álbum. Aquel domingo confesó su ristra habitual de pequeñas transgresiones («Perdóneme, padre, porque he pecado. Ha pasado una semana desde mi última confesión. Tomé el nombre del Señor en vano y me peleé con mi hermana pequeña.») ¿Qué debía decir? ¿Por qué era tan malo lo que había hecho? *¿Perdóneme, padre, porque he pecado. Recorté una foto de la cocina blanca y negra de una estrella de cine de un ejemplar de* Life *de hace tres meses?* Su madre no había escondido muy bien el álbum de recortes. Lo había embutido en su armario, debajo del álbum con tapas de polipiel blanca en las que se leían las palabras «NUESTRA BODA» estampadas en pan de oro en la portada. El álbum contenía algunas fotos de la boda celebrada en Santa Verónica y de la recepción que tuvo lugar a continuación en el Salón de los Caballeros de Colón. El esmoquin de su padre tenía las solapas anchas de la época disco. El traje de talle imperio de su madre no había conseguido disimular el bulto que sería Mary cinco meses después. Kelly rescató su álbum de recortes la noche siguiente, y lo guardó hasta que fue a la universidad.

Kelly se reclinó en el sofá de piel de Ayinde y dejó con todo cuidado la taza de té sobre el platillo. Se alisó el pelo. Sabía que, desde un punto de vista objetivo, tenía buen aspecto, al menos teniendo en cuenta que estaba embarazada de siete meses y medio. Como mínimo, el peinado era decente. El doctor Mendlow habría pensado que estaba loca, porque la primera pregunta que le planteó la primera vez que acudió a su consulta no fue acerca de la dieta, los ejercicios o el parto en sí, sino: «¿Puedo hacerme reflejos en el pelo?» Claro que, pensó Kelly, el doctor Mendlow ignoraba que su pelo era del mismo tono que el agua sucia de lavar platos si no se lo teñía.

Tomó otro sorbo de té. Mataría por tener el pelo de Becky. Se jugaría cualquier cosa a que aquellos rizos eran naturales. Con el pelo de Becky y la casa de Ayinde se sentiría como una reina.

—Háblanos de la organización de eventos y celebraciones —dijo Becky—. ¿Organizáis bodas?

—Sólo unas cuantas y sólo de alto copete. Las novias están locas —dijo Kelly, y arrugó la nariz—. Bueno, tienen derecho a estarlo, desde luego, es su gran día, pero es mucho más fácil organizar cosas para empresas. Para ellas no se trata de algo personal.

Becky puso los ojos en blanco.

—Algún día te contaré cómo fue mi boda.

—¿Por qué ¿Qué pasó?

Becky meneó la cabeza.

—Es una larga y trágica historia. En otro momento.

Kelly confiaba en que llegara otro momento y las tres se convirtieran en aquellas mujeres que había visto en el parque o en las aceras, que charlaban con naturalidad mientras empujaban los cochecitos de sus bebés. Maureen siempre había sido su mejor amiga, pero se había casado con un banquero inversionista y se había ido a vivir al oeste, y ninguna de sus amigas de la universidad tenían hijos todavía. De hecho, sólo unas pocas tenían maridos.

—¿Tenéis hermanos? —preguntó. Pasó un dedo a toda prisa sobre el borde dorado del platillo, y se preguntó si sería hortera darle la vuelta para ver el nombre del fabricante. Decidió que, por desgracia, la respuesta sería afirmativa. A Steve y a ella les habían regalado Wedgwood para la boda, la misma vajilla que había patrocinado una de sus actrices favoritas, según la revista *Style*. Pero la porcelana de Ayinde era más bonita que cualquiera que había visto a la venta en tiendas. Antigua probablemente.

—Soy hija única —dijo Ayinde. Apretó los labios y meció al bebé en brazos—. Creo que mi madre no quiso poner en peligro su figura con más hijos.

—¿En serio? —preguntó Kelly.

—Ya lo creo —dijo Ayinde—. Lolo se toma muy en serio su figura. Trabajó de modelo en la década de 1970. Fue la segunda mujer negra que apareció en la portada de *Vogue*. Cosa que te dirá ella misma al cabo de diez minutos de conocerla.

—¿De dónde sois? —preguntó Kelly.

Uf. Mal jugado. Kelly la directora de crucero, la llamaba su hermano Barry. En las comidas familiares, después de bendecir la mesa, su madre se derrumbaba en la silla, miraba el plato con desgana, y su padre paseaba la vista de rostro en rostro, con expresión furiosa y perpleja alternativamente, como si fuera incapaz de imaginar cómo habían llegado aquellos chicos a la mesa. Sus hermanos y hermanas se llenaban la boca de comida, y Kelly era la única que intentaba sostener el peso de la conversación, con tal esfuerzo que le dolían los dientes. «¿Cómo os ha ido el colegio hoy?», preguntaba. «*Doreen, ¿qué tal el hockey?*» Su hermana decía: «Cierra el pico, Pollyanna. No eres mi madre. Y Paula lanzaba a Kelly aquella mirada desde su silla». «No, no eres su madre», mascullaba a veces, con una voz airada y algo confusa al mismo tiempo, como si lo estuviera diciendo en voz alta para convencerse de que era cierto. Pero alguien tenía que ser su madre, pensaba Kelly. Alguien, al menos, tenía que intentarlo, y después de las cuatro de la tarde, no había manera de que Paula estuviera por la labor. De modo que ella lo intentaba. «Michael, ¿cómo ha ido tu examen de ciencias?», «Terry, ¿te has acordado de decirle a mamá que firmara tu hoja de permiso?» Uno a uno, sus hermanos llevaban los platos a la sala de estar para comer delante del televisor, y dejaban a Kelly y a sus padres solos en la mesa, en una habitación tan silenciosa que se podían oír los cuchillos y tenedores cuando se movían sobre los platos.

Becky les había contado que había crecido en Florida, pero que se había trasladado a Filadelfia por la residencia de su marido. Ayinde había nacido en Nueva York, pero había estudiado en el

Instituto Miss Porter en Connecticut, y después en la Universidad de Yale, y pasaba los veranos en el extranjero. *En el extranjero.* Kelly creía que nunca podría emplear esa expresión en una frase, aunque técnicamente sí era posible, porque había ido a París de luna de miel. Tenías que ser guapa para utilizar una palabra como ésa. También era útil no ser de Nueva Jersey.

Ayinde acomodó a Julian sobre su hombro para que eructara, Becky se removió en el sofá y dio unas palmaditas sobre su barriga, como si un perro se hubiera tumbado sobre su regazo, y Kelly experimentó la sensación de que el silencio se prolongaba de una manera incómoda. Había un millón de preguntas que deseaba formular a Ayinde. *¿Cómo era el parto en realidad?*, la principal de todas. Su madre había tenido tantos hijos que Kelly pensaba que tendría alguna idea, pero no era así. Paula se marchaba en plena noche o en pleno día, y regresaba a casa unos días después, con aspecto de estar más agotada de lo habitual, con un nuevo bulto en los brazos para que Kelly lo lavara, le pusiera los pañales y lo arrullara. Había intentado formular algunas preguntas a su hermana Mary, la única que tenía hijos, pero ella se la había quitado de encima.

—Tu parto irá bien y tu bebé será perfecto —dijo Mary, mientras se oían los berridos de sus tres hijos como ruido de fondo, durante la llamada telefónica de primeros de mes de su hermana—. Y si no, lo devuelves, que hay garantía.

—Ja ja, muy graciosa —había dicho Kelly.

—He de bañarlo —dijo Ayinde—. Anoche se le soltó el pañal.

—Tendríamos que irnos —dijo Becky, al tiempo que se levantaba con un esfuerzo del mullido sofá. Kelly se puso en pie.

—Muchas gracias por la bolsa de pañales —dijo—. Es muy amable de tu parte.

—La verdad —dijo Ayinde mientras alisaba la manta del bebé— es que me estaba preguntando si podríais quedaros a echarme una mano. Las enfermeras me enseñaron a hacerlo en el hospital... Me pareció muy fácil, pero...

—¡Claro que podemos quedarnos! —exclamó Becky.

—Puedo ser útil —dijo Kelly. Se ruborizó, con la esperanza de no haber aparentado demasiada ansiedad—. Bañé un millón de veces a mis hermanos.

Recordó las veces que había estado delante del fregadero desportillado de la cocina, las canciones de cuna que había cantado mientras estrujaba un paño sobre sus diminutas cabezas para aclarar el champú.

—Me alegro de que una de nosotras sepa lo que hay que hacer —dijo Ayinde. Las condujo escaleras arriba hasta el baño, que estaba atestado de toallas con capucha, paños y, se alegró Kelly de ver, la misma bañera de plástico azul que ella había comprado cuatro semanas antes. Becky llenó la bañera. Ayinde desvistió al bebé, y después le miró, desnudo en sus brazos, y respiró hondo—. ¿Queréis que empecemos? —preguntó.

—Claro —dijo Kelly. Levantó a Julian y lo metió en el agua por los pies—. Vamos a darle su primer baño, señor. ¿A que es divertido? Poquito a poco —dijo a Ayinde—, para que no se asuste... ¡Ya está!

Metió al bebé en la bañera. Julian emitió unos ruiditos y después empezó a golpear el agua con las manos y a chillar.

—Hola, guapo —dijo Kelly, mientras tiraba agua sobre el estómago de Julian—. Creo que le gusta.

Al cabo de unos minutos en el agua, y de lavarlo con el paño, extendió una toalla sobre su pecho, sacó al niño del agua y lo arropó, antes de devolvérselo a su madre.

—Gracias —dijo Ayinde—. Muchísimas gracias a las dos.

Kelly llegó a su apartamento justo cuando el teléfono empezaba a sonar para la conferencia mensual de las chicas.

—Hola, hermanita —dijo Doreen—. ¿Cómo va el embarazo?

—¡Fenomenal! —dijo Kelly.

Dejó las bolsas del supermercado en el vestíbulo vacío, atravesó la sala de estar y el comedor desiertos con la caja de Pottery Barns Kid y entró en el cuarto del niño, que, aparte del dormitorio, era la única habitación de la casa que tenía muebles. Kelly no quería comprar cosas baratas que luego tendrían que sustituir, de modo que había decidido esperar hasta que pudieran permitirse lo que ella deseaba: el tresillo tapizado de verde muy claro de líneas curvas, las cortinas para las ventanas Robert Allen de estilo rural, los aparadores de caoba, el sofá de dos plazas Mitchell Gold de ante color hongo, todos ellos marcados y catalogados en la carpeta de favoritos del ordenador de Kelly. «¿Todavía recortando fotos?», le había preguntado su madre la última vez que la vio (su madre estaba en el hospital en aquel momento, del mismo color amarillo de un plátano maduro). «No, ya no me dedico a coleccionar fotos», había contestado Kelly. Recordó la primera vez que había visto su apartamento, y más en concreto, cuando supo lo que costaba el alquiler. «No deberíamos, Steve», le dijo a su marido, y él había tomado su mano y contestado: «Nos lo merecemos. Te lo mereces», y firmó el contrato de alquiler en el acto.

—¿Qué podemos hacer por ti? —preguntó Mary—. ¿Qué necesitas?

—Nada, nada —se apresuró a decir Kelly, pues ni siquiera deseaba imaginar qué consideraría su hermana un regalo adecuado para un bebé—. Hace tiempo que tenemos preparada la habitación del niño.

Sus hermanas rieron.

—Ésta es nuestra Kelly —dijo Maureen.

Kelly frunció el ceño cuando se sentó en la mecedora, con su almohadón de funda roja y blanca hecho de encargo. *Lemon*, el golden retriever que habían comprado a un criador el año anterior, se aovilló muy contento a sus pies.

—No quería correr ningún riesgo. Aunque lo pidas por correo, la gente puede equivocarse. Por ejemplo, pides la sábana de cuna de guingán a cuadros rojos que sale en la página treinta y dos del catálogo de *Pottery Barn Kids*...

—Por ejemplo —dijo Mary. Su sonora carcajada se transformó en un ataque de tos. Había intentado dejar de fumar una vez más, pero, por lo visto, no lo había conseguido.

—Pides eso —continuó Kelly empecinada—, pero alguien podría decidir enviarte una sábana de guingán roja de otro sitio, o incluso una sábana roja que compraron de rebajas...

—Dios nos asista —dijo Doreen.

—¡Y no puedes devolverlo! —concluyó Kelly—. ¡Te lo has de quedar!

—Qué horror —dijo Mary, y lanzó una de sus carcajadas sonoras. Kelly cerró los ojos y se maldijo por contar algo a sus hermanas. Mary, su marido y sus tres hijos vivían en la vieja casa de Ocean City, donde todo era sucio, se estaba cayendo a pedazos y olía a tabaco. A Mary le daba igual de qué color fuera una sábana, siempre que estuviera limpia. Y tal vez ni siquiera se preocupaba por eso.

—Da igual —dijo Maureen—. Si el cuarto del niño está listo, ¿qué más necesitas? ¿Juguetes, una bolsa para llevar los pañales o algo por el estilo?

—Tengo prendas usadas —sugirió Mary. Kelly hizo una mueca y cambió de tema: novio de Doreen, Anthony, el agente de policía, y lo que Doreen debía ponerse cuando fuera a conocer a sus suegros.

—Las flores siempre quedan bien —dijo Kelly.

—¿Vino no?

—Bien, no sabes si beben, y no querrás que piensen que tú sí.

—¡Pero yo bebo!

—Sí —dijo Kelly con paciencia—, pero no hace falta que se enteren enseguida. Compra un ramo bonito. No gastes más de veinticinco pavos, porque daría la impresión de que te estás esforzando demasiado, y nada de claveles.

En cuanto la conferencia terminó, Kelly encendió la luz y miró con orgullo la habitación del niño. La mecedora era de madera pintada de blanco, con almohadones a rayas rojas y blancas. El armario ya estaba lleno de prendas limpias y dobladas, calcetines, petos, gorritos y bufandas que había comprado y escondido mucho antes de quedar embarazada, incluso antes de conocer a Steve. No al estilo de la excéntrica señorita Havisham, el personaje de *Grandes esperanzas*, la novela de Dickens, sino un encantador gorrito para el sol por aquí, un par de perfectos petos vaqueros por allí. Para estar preparada. Para que todo saliera bien.

Kelly agitó los pies para quitarse los zapatos y acarició con los dedos la alfombra de Peter Rabbit. Emitió un suspiro de satisfacción cuando *Lemon* le lamió la mano.

Nuevas amigas. Kelly cerró los ojos, con la habitación de Ayinde todavía flotando como una visión detrás de sus párpados, y se meció. Había tenido amigas en el instituto y en el colegio, pero desde que conocía a Steve había perdido el contacto con sus amigas. Todavía iban de solteras en la ciudad, copas en la *happy hour*, historias de horror de citas a ciegas, el sueldo dilapidado en maquillaje y zapatos. Ahora Kelly se encontraba en un lugar diferente. Un lugar mejor. Se habían terminado las preocupaciones acerca de si un tío llamaría o si se quedaría sola en casa un sábado por la noche. Se meció adelante y atrás, suspiró de satisfacción, pensó en Steve y en si llegaría a conocer a Richard Towne, y si en ese caso haría el ridículo. De vez en cuando, Steve se pasaba de la raya, prolongaba un apretón de manos hasta el punto de que la otra persona se sentía incómoda, hablaba demasiado o en voz demasiado alta sobre el matrimonio gay, el impuesto de tasa única o cualquiera de los montones de temas sobre los que se había forjado opiniones contundentes.

No le gustaba pensar en eso, pero la verdad era que había conocido a su marido de rebote, después de que el tipo con el que había salido durante dos años rompiera con ella. Se llamaba Scott Schiff. Le había querido con desesperación, y creía que él también estaba enamorado de ella. Pero una noche fue a su apartamento y trató de sentarse en su cama, y él pegó un bote en cuanto su trasero tocó el edredón. *Oh, Dios*, pensó ella, y el corazón le dio un vuelco. *Esto no va bien.*

Él paseó de un lado a otro de la habitación, se frotó las manos como si tuviera frío, y ella se enteró de lo que estaba diciendo sin escuchar ni una sola palabra.

—¡Estupendo! —dijo, e interrumpió su discurso sobre cuánto la quería, aunque no creía en un futuro compartido. A juzgar por sus palabras, dio la impresión de que ella era una mercancía en la que él no deseaba arriesgar su capital—. ¡Estupendo!

Sabía por qué quería romper. Había visto su expresión cuando aparcaron delante de la casa de la familia O'Hara para asistir al funeral de su madre. Observó la forma en que se habían ensanchado las ventanas de su nariz al ver la vieja furgoneta en el camino de entrada, la alfombra raída en la escalera, el único cuarto de baño en el segundo piso que los ocho hermanos habían compartido. En casa de sus padres, colgaban acuarelas originales en las paredes. Las paredes de la casa de los O'Hara estaban decoradas con fotos enmarcadas del retrato de graduación en el instituto de cada hijo y (oh, cómo se había censurado por no haber pedido a Maureen que lo bajara) un enorme crucifijo con un Salvador en cueros, apenas cubierto con un sucinto taparrabos, con chillonas gotas de sangre pintadas en sus manos. Scott era un buen partido, cuatro años mayor que Kelly, y estaba estudiando administración de empresas en Wharton. Ella no había mentido, al menos no del todo, cuando le dijo que había crecido en la costa. Era cierto técnicamente, pero él había imaginado algo más parecido a la casa de verano de seis habitaciones que sus padres tenían en Newport, en lugar de esa casa desvencijada situada en una ruinosa población de clase obrera en la costa de Jersey. Imaginó que aún debía estar agradecida por el hecho de que se hubiera quedado a su lado un minuto después de que enterraran a su madre.

—¿Te encuentras bien? —preguntó Scott, mientras ella saltaba de la cama.

—Estoy bien. De hecho, es una especie de alivio —dijo—. Yo he estado pensando lo mismo. Tampoco imaginaba un futuro compartido. —Se obligó a mirarle, y parpadeó varias veces, para impedir que las lágrimas rodaran por sus mejillas—. Espero que no hubieras pensando en..., ya sabes..., un futuro compartido. Porque yo no. —Cruzó la habitación hacia él, que estaba con los pies bien separados, las manos enlazadas, el vivo retrato del futuro director general, y tomó sus manos—. Lamento haberte dado una impresión equivocada.

Su breve discurso le dejó desconcertado y mudo, tal como ella había esperado. Recorrió a toda prisa la casa, recogió sus cosas (un cepillo de pelo, un par de zapatillas de deporte, su ejemplar de *Smart Women Finish First*), porque sabía que no soportaría verlo de nuevo cargado con una caja llena de sus cosas.

—Oye —dijo él, con una voz tan dulce que, si le miraba, se pondría a llorar y a suplicar que la dejara quedarse—. No hace falta que hagas eso ahora. —Carraspeó con expresión desdichada—. Sé que este año ha sido difícil para ti. Tu madre...

—Oh, eso fue hace mucho tiempo. Habíamos hecho las paces. De veras. ¡No pasa nada! —dijo. Cepillo de dientes. Seda dental. Perfume Gap que había introducido en el frasco de Boucheron que su compañera de cuarto había tirado. Fue a la cocina en busca de una bolsa de plástico—. Ya nos veremos. ¡Cúidate!

Llegó al ascensor del edificio antes de tener que apoyarse contra la pared. *Respira*, se dijo, tal como había hecho cuatro meses antes cuando sonó el teléfono y oyó a Mary, de veintiséis años, pero que sonaba como si tuviera seis, llorando y llamándola por su mote de cuando era pequeña.

—Kay-Kay, mamá ha muerto.

Kelly se apartó de la pared con un esfuerzo sobrehumano, no fuera que Scott asomara la cabeza por la puerta para mirarla. Encajó la bolsa de plástico bajo el brazo, descendió a la planta baja, cruzó el campus y encontró un bar, ruidoso, caluroso y abarrotado. Se abrió camino entre la multitud y pidió un vodka doble, sin hielo, y lo engulló como un crío que tomara jarabe para la tos. No era una costumbre habitual. Sólo lo había hecho una vez desde el instituto, la víspera del funeral de su madre, en un bar de Wildwood con sus hermanas al lado, y no había sido vodka, sino Maker's Mark, la bebida favorita de su madre. Paula O'Hara la mezclaba con Tab, se arrellanaba en el sofá delante del televisor, con la lata rosa en las manos, las mejillas teñidas del resplandor azulado, y veía *Dinastía* y *Dallas* y cintas de *Days of Our Lifes* mientras las ocho iban y venían.

El camarero alzó la botella en el aire.

—Otra ronda —dijo Kelly. *Estúpida.* Dios, qué estúpida había sido al pensar que Scott Schiff era Él, rechazando a los demás chicos que habían querido salir con ella, guardando todos sus huevos en un bizcocho, una cesta o lo que fuera. Engulló la segunda copa, pidió la tercera, y ya estaba acercando la mano al bolso, mientras intentaba recordar cuánto dinero llevaba, cuando de pronto una mano se posó sobre la de ella.

—Deja que te invite.

Kelly alzó la vista y vio a un tipo con traje azul marino. *Bastante guapo*, pensó (un poco pálido y demacrado, los ojos un poco demasiado penetrantes), pero ¿quién en toda la Universidad de Pensilvania, dejando aparte a los profesores, llevaba traje un sábado por la noche? ¿Un traje con (bajó la vista y notó que se balanceaba sobre el taburete) zapatos de cordones?

Miró al tipo a través del humo de los cigarrillos. Tenía ojos azul claro, labios rojos finos, cabello castaño que ya empezaba a ralear muy bien peinado, y una nuez de Adán prominente sobre la corbata azul y dorada.

—¿Por qué llevas traje? —gritó, para hacerse oír por encima del murmullo de las voces y la música de Hootie and the Blowfish que salía de la gramola.

—Me gustan los trajes —gritó el tipo—. Soy Steven Day.

—Felicidades —dijo ella, y vació el vaso.

—Tómatelo con calma —dijo él. Ella le miró fijamente. La cabeza le daba vueltas.

—No me digas lo que he de hacer. No eres mi padre.

Porque si lo fueras, pensó, *llevarías barba de tres días y estarías atrapado con una familia a la que odias, y trabajarías de cartero y tu único traje tendría veinte años de antigüedad.*

Steven Day no pareció inmutarse.

—Salgamos, Kelly —dijo, y agarró su codo con firmeza—. Vamos a tomar un poco de aire fresco.

Ella hizo una mueca, pero permitió que la bajara del taburete y la sacara del bar.

—¿Cómo sabes mi nombre?

—Te he estado observando.

Ella le miró y trató de ubicarle.

—¿Cómo? ¿Por qué? —Se dio cuenta de que estaba hablando en voz demasiado alta. Dentro del bar había mucho ruido, pero fuera la atmósfera era límpida y su voz se oía sin problemas—. ¿Por qué? —preguntó de nuevo en voz más baja.

—Porque creo que eres guapa —dijo él, y se pusieron a caminar por la acera. Ella notaba su aliento contra la mejilla cuando formaba cada palabra—. Vamos juntos al seminario de economía.

Recordó que había conocido a un tipo en el seminario de economía para graduados, del cual había hablado a su tutor hasta convencerle de que la dejara matricularse, pero era Scott Schiff. Aunque algo aleteaba en su memoria: un tipo trajeado que se sentaba al fondo del aula y podía convertir cualquier pregunta en una defensa apasionada del libre mercado, un tipo que llevaba traje, mientras todos los demás iban en vaqueros, sudaderas y zapatillas de deporte.

Un imitador barato de Alex Keaton, pensó, mientras oscilaba de costado y estaba a punto de estrellarse contra la marquesina de una parada de autobuses. Steven Day la enderezó.

—¿Te encuentras bien?

Media docena de sus respuestas típicas acudieron a sus labios. *¡Claro! ¡Estupenda! ¡Fantástica!* Sin embargo, Kelly se recostó contra él y dejó que sus ojos se cerraran.

—No. La verdad es que no.

—¿Estás preocupada por los exámenes finales?

Ella negó con la cabeza.

—En este momento, los exámenes finales son el último de mis problemas.

—¿Qué ha pasado?

—Bien, para empezar, no me dejaste tomar otra copa.

Se apartó el flequillo de los ojos. Se había hecho la permanente durante todo el tiempo que pasó en el instituto de Ocean City. Cuando llegó a Penn, se dio cuenta de que nadie más se hacía la permanente. No podía permitirse el lujo de alisarlo, de modo que después del segundo día de clase descubrió una barbería a unas cuantas manzanas del campus. Se acomodó en la butaca de cuero negro, delante del estupefacto barbero, y dijo, *Córtemelo a lo garçon.* Llevó el pelo corto hasta terminar la carrera. Era su aspecto característico, y a doce pavos el corte, el que se podía permitir.

Le miró. Su cara, en la oscuridad, colgaba sobre ella como la luna.

—¿De veras crees que soy guapa?

Él asintió, muy serio.

—Ven. Vamos a mi casa.

Ella se enderezó, armándose de dignidad y sobriedad.

—No voy a ir a tu casa. Acabamos de conocernos. —Se humedeció los labios, se pasó las manos por su pelo alborotado y le miró a través de la neblina del vodka—. Antes has de invitarme a cenar.

—Siéntate aquí —ordenó Steven Day, y ayudó a Kelly a sentarse en el banco que había dentro de la marquesina de la parada—. No te muevas.

Ella cerró los ojos y se quedó muy quieta. Cinco minutos después, Steven Day, con zapatos de cordones y todo, apareció ante ella con una fragante bolsa de McDonald's manchada de grasa.

—Toma —dijo, y la puso en pie—. La cena.

Durante dos manzanas. Kelly caminó frente a grupos de estudiantes, mientras se metía patatas fritas en la boca y contaba a Steven la breve pero trágica historia de Scott Schiff.

—De todos modos, no era un chico tan bueno —dijo, mientras masticaba patatas fritas. En aquel momento, después del vodka, se sentía capaz de confesarlo todo a Steven Day, como si nadie la hubiera comprendido jamás como él—. ¿Quieres saber lo que pienso?

Steven Day jadeó y apartó a Kelly del montón de hojas recién recogidas sobre el que pretendía tumbarse.

—Claro.

—Creo que quería una chica rica. Alguien con un apellido elegante y una buena dote.

—Creo que las mujeres ya no tienen dote.

—Oh, ya sabes a qué me refiero. Soy de Nueva Jersey, ¿sabes? No es elegante. Mi padre es cartero. Mi madre... —Se interrumpió. Estaba bebida, pero no lo bastante para ponerse a hablar de su madre—. No es impresionante.

—Creo que, últimamente, Estados Unidos se ha convertido en una meritocracia.

Ella parpadeó, hasta que su aturdido cerebro alumbró una definición de meritocracia.

—Sí, bien, la meritocracia aún no ha llegado al dormitorio de Scott Schiff.

Engulló más patatas y se puso a llorar. Eso que ella nunca lloraba. Ni siquiera cuando Mary la llamó, ni durante el funeral, ni después, cuando su padre, recién afeitado y embutido en un traje que Kelly recordaba de la primera comunión de su hermana pequeña, le dijo que su madre había dejado un testamento. Doreen recibía los pendientes de perlas de Paula, Terry el collar con el solitario de diamantes que su padre le había regalado por su décimo aniversario, y Maureen el brazalete de oro que había heredado de su madre. Dejaba a Mary sus anillos de boda. Su madre había legado a Kelly sus rosarios y su Biblia. Cuando su padre le dio la Biblia, una estampa de san José cayó en el regazo de Kelly. La estampa señalaba una página del Eclesiastés, y un rotulador amarillo destacaba las palabras que Paula había querido legar a su hija, en lugar de diamantes y perlas: «Emprendí grandes obras, me construí palacios... y vi que todo era vanidad y esforzarse tras el viento y que no hay provecho alguno debajo del sol».

—Soy tan idiota —lloró Kelly, mientras Steven abría la puerta de su apartamento. Sabía que estaba cubriéndole de mocos la solapa del traje, pero no podía parar—. Pensaba que me quería.

—Chisss —dijo Steven, y le apartó el pelo de la cara. Le quitó los zapatos y el jersey, y le pasó una de sus camisetas sobre la cabeza—. Déjame —susurró, y ella le miró parpadeando. Su aliento olía a pasta de dientes con sabor a menta, y lo notó frío contra la mejilla. En aquel momento, estaba tan cansada, tan triste, tan vacía (sin

Scott, sin madre, sin nada) que le habría dejado hacer cualquier cosa con tal de no estar sola.

Se sentó en el desordenado dormitorio de Steven, con las sábanas azules plisadas aferradas en las manos.

—¿Dejarte qué? —susurró.

Él apoyó su cabeza sobre la almohada y la besó, primero en la frente, y después, con mucha delicadeza, en los labios.

—Deja que cuide de ti.

Aquella noche, más tarde, ella despertó sola en la cama desconocida y miró al hombre que la había llevado hasta allí, sentado al otro lado de la habitación. Seguía vestido de pies a cabeza, incluidos los zapatos de cordones, con una manta subida hasta la barbilla. Sus ojos brillaban en la oscuridad. Eran las cinco de la mañana. *Tú*, pensó. Sabía que sonaba como un ama de casa que estuviera eligiendo un melón en un supermercado. Sabía que aún estaba borracha, aún se sentía mortificada y furiosa cuando pensaba en Scott Schiff, y en su madre y en aquel fragmento burlón de las Escrituras. Nada de ello importaba. Había tomado una decisión. Y cuando Kelly decidía algo, lo llevaba a la práctica. Había sido así desde los seis años. *Tú*, pensó, y punto.

Se habían besado la noche siguiente, y durmieron juntos aquel fin de semana, y seis meses más tarde, justo después de la graduación, estaban comprometidos, y seis meses después, justo después de que Kelly cumpliera veintidós años, eran marido y mujer, y vivían en este apartamento de tres habitaciones situado en la planta dieciocho de un edificio nuevo de Market Street, bajo el cual toda la ciudad se extendía y relucía a sus pies. Técnicamente, el alquiler se hallaba por encima de sus posibilidades (según las fórmulas que había visto, debías gastar la tercera parte de tus ingresos en la vivienda, y estaban gastando más de la mitad), pero no había podido resistir la tentación. El apartamento contaba con dos cuartos de baño completos, y cada uno tenía *jacuzzi* y suelos de mármol. Las alfombras de pared a pared eran nuevas, así como los electrodomésticos de la cocina, y las paredes no olían a décadas de comidas ajenas, sino a pintura fresca. Cierto, la falta de muebles representaba un problema. Sus hermanas se habían reído lo suyo cuando vieron la sala de estar desnuda, y se quejaron porque tuvieron que comer en el suelo, pero fue un inconveniente de escasa importancia, y Kelly estaba segura de que no duraría mucho. Si Steven seguía ganando tanto dinero como ahora, dentro de uno o dos años podría comprar todo cuanto deseaba. Y Oliver tendría lo mejor de lo mejor: nada de ropas de segunda mano, ni abrigos de invierno que olieran a humo de cigarrillos, ni juguetes que un hermano menor había destrozado. Si quería algo, sólo tendría que pedirlo.

Oyó la llave de Steven en la puerta y se levantó. *Oliver James*, susurró. Besó las yemas de sus dedos y tamborileó sobre el colchón de la cuna. Perfecto. Todo iba a salir perfecto.

LIA

Cuando volé por primera vez a Los Ángeles, tenía dieciocho años y me tocó el asiento de en medio. El hombre sentado al lado de la ventanilla tendría unos treinta años, pelo rubio rizado, un anillo de casado y un maletín lleno de caramelos. Su hija, dijo, se los había dado para el viaje. Hablé con él durante las cinco horas del vuelo. Me eché el pelo recién teñido de rubio sobre los hombros, le hablé de los papeles que había interpretado en los musicales del instituto, de las clases de interpretación a las que iba a ir y del nombre del agente que me habían dado. Durante cinco horas, el hombre me alimentó a base de Hershey's Kisses y chicles con sabor a frutas, rió y asintió, desconcertado, supongo. Debido al tinte deficiente y a las ideas equivocadas que me había forjado sobre Los Ángeles, debí parecerle un espantajo. Cuando empezamos el descenso, me cedió el asiento de la ventanilla para que pudiera ver California («la tierra prometida», la llamó) antes que él.

Mi vuelo de regreso a Filadelfia once años después fue diferente. Atravesé el aeropuerto dando tumbos como una zombi, pagué dos asientos para que ningún niño pudiera sentarse a mi lado. La semana antes, había recorrido Beverly Center por hacer algo, un bebé se había puesto a llorar y mis pechos habían empezado a perder leche, y tuve ganas de morir en el acto. Pagué en metálico el coche de alquiler en Filadelfia, y deposité billetes sobre el mostrador mientras el empleado de Budget me miraba y me preguntaba una y otra vez si no prefería cargarlo en la tarjeta de crédito. Pero Sam habría podido seguir mi rastro gracias a la tarjeta de crédito, y yo no estaba preparada para que me encontraran. Todavía no.

Estaba preocupada por si no sabía dar con el camino a casa, pero me acordé. Era como si el Kia rojo que había alquilado funcionara solo: salir de la I-95, dejar atrás el Franklin Mills Mall, su aparcamiento abarrotado como de costumbre, dejar atrás los restaurantes pertenecientes a cadenas y los complejos de apartamentos baratos, con pancartas de «ALQUÍLAME AHORA» aleteando flácidas sobre las cunetas sembradas de basura. Girar a la izquierda en Byberry, atravesar el Bulevar, girar a la izquierda y a la derecha y a la izquierda otra vez, mientras las ruedas del coche alquilado rodaban sobre calles que se me antojaban más pequeñas y oscuras que cuando vivía allí. Los revestimientos de aluminio de las pequeñas casas de campo, incluso el asfalto de mi calle, se habían desteñido, y daba la impresión de que las casas se habían encogido a la sombra de los árboles, que habían crecido. Pero algunas cosas no habían cambiado. Mi vieja llave, la que había guardado en el llavero durante todo aquel tiempo, todavía giraba en la cerradura. Dejé mi bolsa al pie de la escalera y me senté en la sala de estar sin encender las luces, viendo desfilar los minutos en el reloj del vídeo.

Mi madre llegó a casa a las cuatro y cuarto, justo media hora después de que sonara el timbre del colegio. Siempre llegaba a casa a esa hora exacta. En verano, cambiaba su rutina un poco, y en lugar de ir a la escuela de enseñanza primaria de Shawcross a las siete y cuarto de la mañana, iba a desayunar a una cafetería, después al gimnasio para nadar un poco, y luego a la biblioteca, donde llegaba a las nueve en punto, cuando se abrían las puertas, y se marchaba a las cuatro en punto, con un descanso a eso del mediodía para sentarse en la escalera de delante y comer el bocadillo (que alternaba entre atún con pan de centeno y queso cremoso con aceitunas con pan blanco) que había guardado en el bolso.

—¿Qué haces allí todo el día? —le pregunté una vez, cuando tenía catorce años y aún hablábamos. Ella se encogió de hombros.

—Leo —dijo.

Tal vez no era su intención decirlo como una crítica, y yo no tenía por qué imaginar el inevitable «No te haría daño coger un libro de vez en cuando, en lugar de tumbarte en bikini en el patio trasero, peinándote el pelo con zumo de limón», pero eso fue lo que oí.

Entró en la sala de estar con su bolsa de nailon negra para los libros en una mano y el bolso en la otra. Parpadeó en mi dirección dos veces. Aparte de eso, su rostro no se alteró. Era como si cada semana me dejara caer por su casa para sentarme en la sala de estar con las persianas bajadas y las luces apagadas.

—Vaya —dijo—. Puedo descongelar otra pechuga de pollo para cenar. ¿Aún comes pollo?

Las primeras palabras que me dirigió. Las primeras palabras en once años. Estuve a punto de echarme a reír. Todo lo que había sufrido, la distancia que había recorrido, para acabar donde había empezado, sentada en el mismo sofá azul, y mi madre preguntándome si aún comía pollo.

—Sí —contesté.

—Te lo pregunto —dijo—, por si te has vuelto vegetariana.

—¿Por qué lo has pensado? ¿Sólo porque me fui a California?

—Tal vez lo leí en algún sitio —musitó.

Me pregunté qué más habría leído sobre mí, hasta qué punto estaba enterada de la historia. No mucho, decidí. Nunca había sido muy aficionada al cine ni a las revistas de cine. «Basura —decía—. Para descerebrados.» Mi padre era quien me llevaba al cine, quien me compraba palomitas de maíz con mantequilla y cajas de perlas de regaliz Good & Plenty, y me limpiaba la cara con todo cuidado antes de volver a casa.

Pasó rozándome cuando subía la escalera, se quitó los zapatos y se dirigió a la cocina. Llevaba pantalones negros y camisa blanca con un lazo en el cuello, que creí recordar de antes de irme de casa.

La seguí escaleras arriba y vi que metía el pollo en el microondas. Y después buscaba la caja de pan rayado, un huevo de la nevera y el cuenco blanco roto. Había colocado los pedazos de pollo en ese cuenco, antes de meterlo en la bandeja del horno, desde tiempo inmemorial. Se había encogido durante mi ausencia, al igual que el resto del barrio. Su pelo color arena parecía deslustrado, sus hombros se veían hundidos bajo la blusa de algodón y poliéster, y detecté manchas marrones en el dorso de sus manos. Estaba envejeciendo, observé, y eso me sorprendió. El paso del tiempo en abstracto era una cosa, pero verlo era algo muy diferente. Abrí la boca, pensando que tenía que empezar por algún sitio, por alguien, que tenía que comenzar a pensar cómo contar mi historia. *Fui a California y me enamoré...* Se me hizo un nudo en la garganta. Imaginé a Sam en el vestíbulo del cine, tal vez provisto de un cubo de palomitas de maíz, preguntándose adónde habría ido. Parpadeé varias veces, me humedecí los labios, descubrí un cogollo de lechuga iceberg en la nevera y empecé a partirlo en pedazos. Mi madre miró mi monstruosidad de Vera Bradley, acurrucada en la base de la escalera.

—Bonita bolsa —dijo, y me tendió una botella de aliño baja en calorías—. Bien —continuó, en cuanto el pollo estuvo en el horno y un par de patatas empezaron a girar en el microondas—, ¿qué te trae de vuelta?

Su tono era cuidadosamente neutral. Tenía los ojos clavados en los pies. La respuesta se posó en la punta de mi lengua, pero fui incapaz de pronunciar las palabras. Y puede que estuviera equivocada, pero me dio la impresión de que a ella le pasaba lo mismo: abría la boca, y después la cerraba. Una vez me llamó por el nombre, pero cuando me volví, se limitó a encogerse de hombros, carraspear y seguir mirando el suelo.

Sacó dos salvamanteles individuales de plástico del mismo cajón donde los salvamanteles individuales de plástico siempre habían estado.

—Tu abuela murió —dijo—. Durante tu ausencia. Te habría llamado, pero...

Se encogió de hombros. No tenía mi número, y no sabía cuál era mi nuevo nombre.

—¿Le atravesaron el corazón con una estaca para asegurarse?

Se humedeció los labios.

—Veo que California no ha cambiado tu sentido del humor.

No dije nada. La madre de mi padre había vivido en Harrisburg, a una esquina de distancia de la otra hija y mis tres primos. Nunca me había dedicado mucho tiempo. La veía una vez al año, el día después de Acción de Gracias. Siempre llevaba una sudadera con tres huellas de manos pintadas, una por cada uno de mis primos. Cuando tenía ocho años, pregunté por qué no estaba la huella de mi mano. Lo pensó un poco, señaló la más pequeña de las huellas y dijo que podía fingir que era la mía. Caramba, gracias.

—Mamá... —empecé, antes de caer en la cuenta de que no tenía ni idea de por dónde comenzar la historia. Miré mi plato y pinché el pollo.

—Puedes quedarte, si quieres —dijo en voz baja, sin mirarme a los ojos.

—Mamá... —repetí. *Conocí a un hombre y nos casamos, y algo terrible ocurrió...*

—Eres mi hija —continuó—, y siempre tendrás un sitio aquí. —Esperé a que me tocara, a sabiendas de que no lo haría. Nunca me había tocado cuando vivía con ella. Mi padre era el de los abrazos—. Supongo que te acuerdas de dónde está tu cuarto —dijo, y se levantó de la mesa, tiró los restos de su pollo, que casi no había tocado, al cubo de la basura, y juro que era el mismo cubo de la basura que tenía desde que se había mudado a esta casa, veinte años antes—. Hay sábanas limpias en la cama.

Y con esto, se marchó.

Mi dormitorio estaba tal como lo había dejado: alfombra rosa, carteles de Tom Cruise en las paredes, una diminuta cama individual que crujía y se inclinaba a la izquierda cuando me acostaba. La cama tenía una colcha de Tarta de Fresa, la que yo había deseado y suplicado a mis padres cuando tenía ocho años. Mi madre me dijo que ya tenía una colcha perfecta, y que me cansaría de Tarta de Fresa antes de un año. «No —rogué—. ¡Por favor! La quiero de verdad, y nunca más volveré a pedir algo.» Al final, fue mi padre quien cedió y me compró la colcha para mi cumpleaños. En cuanto se fue, mi madre me obligó a conservar la colcha en mi cama durante todo el instituto. «Las colchas no crecen en los árboles», dijo. Pero tenía dinero suficiente para gastarlo en su ropa, la mía y, observé, una colcha nueva para ella, beige sobre beige, rellena de una especie de poliéster rígido que emitía una especie de chirrido cada vez que la tocabas. No era una cuestión de dinero. La colcha era mi castigo, un recordatorio de lo que obtenían las chicas cuando llori-queaban y se ponían pesadas: un padre que se había largado de casa, una colcha andrajosa manchada de Kool-Aid derramado, con el rostro de un personaje de dibujos animados del que nadie se acordaba. Al final de secundaria, dejé de pedir una nueva colcha, y dejé de llevar amigas a mi cuarto. Nos quedábamos en la sala de estar mientras mi madre estaba en el trabajo, veíamos la MTV y to-mábamos tragos clandestinos de las botellas polvorientas de Bai-leys guardadas en el mueble bar.

Me estiré sobre la cama y me tapé los ojos con las manos. Eran las siete de la noche, las cuatro de la tarde en California. Pensé en mi marido, en nuestro apartamento, que tenía macizos de rosas en mi-niatura, plantados en macetas que descansaban sobre la estrecha te-rraza, y cortinas doradas en el dormitorio, y nada que fuera beige. «Podemos comprar una casa —me había dicho Sam en cuanto fir-mó el contrato para la comedia—. Tal vez en las colinas. No dema-siado grande, pero algo bonito.» Hicimos planes para empezar a buscar. Llamamos a inmobiliarias, visitamos algunas casas en venta, subimos los caminos sinuosos con el cinturón de seguridad apreta-do sobre mi estómago. Recordé la sonrisa de Sam bajo la gorra de béisbol, cómo me hacía reír cuando intentaba pronunciar las abre-viaturas tal como estaban escritas en los anuncios clasificados.

Le imaginé sentado solo a la mesa de nuestro comedor, con el periódico o las pizzas congeladas que comía cuando yo no estaba, o junto a la piscina, con un sombrero viejo de vaquero en la cabe-za, sacando las hojas e insectos muertos del agua con la red de man-go largo. El complejo de apartamentos tenía contratado a un tipo que venía cada dos días, pero a Sam le había dado por llevar a cabo tareas de limpieza.

—Es como meditar —me dijo—. Y más barato que el yoga, ¿verdad?

No podría encontrarme aquí, del mismo modo que mi madre no habría podido localizarme en la costa Oeste. Como miles de mujeres antes de mí, utilicé el traslado a Los Ángeles para reinven-tarme. Elegí un nombre nuevo que estuviera a juego con mi cuerpo adelgazado, los labios siliconados, la nariz reducida y el pelo cuyo color cambiaba tres veces al año, como mínimo. *Lia Frederick*, decían mis tarjetas de crédito y el permiso de conducir. Frederick era el nombre de mi padre, y Lia el mío, menos una ese. Recité a amigos y novios, Sam incluido, la biografía de la chica con la que había compartido habitación durante dos semanas en el campamento de Girl Scouts de Poconos. Por lo que sabía mi marido, yo era de Pittsburgh, donde mi padre era director de banco y mi madre daba clases de quinto. Tenía un hermano pequeño, y mis padres estaban felizmente casados. Ésa era la frase operativa. En cuanto me di cuenta de que Sam estaría interesado, como era natural, en conocerles y pasar una temporada con el adorable clan que había descrito, los maté en un accidente de coche durante las vacaciones de primavera de mi último año de instituto. «Pobre pequeña», había dicho Sam.

Pero no todo lo que dije era mentira. Mi madre era profesora de quinto, y había estado a cargo de la misma aula en la misma escuela elemental de ladrillo rojo a lo que yo había ido. Pese a recortes presupuestarios, despidos y seis directores diferentes, mi madre, Helen, no había cejado en su empeño de enseñar sociales, inglés y ortografía a clases cada vez más numerosas de niños de diez y once años. Tenía todas las fotos de sus clases colgadas en la escalera, un desfile enmarcado a través del tiempo. A cada paso hacia arriba, mi madre envejecía y las clases pasaban de dieciocho chicos blancos a veintiocho de todas las razas. En cada una de las fotos, mi madre llevaba una versión del mismo lápiz de labios, el mismo atuendo y la misma sonrisa. También las fotos de mi clase estaban enmarcadas y colgadas en lo alto de la escalera. No había sido una niña guapa. Eso llegaría después. En quinto, todavía tenía los dientes salidos, aparatos correctores y cabello castaño largo hasta la cintura. Iba a la misma clase de mi madre, pero me esforzaba por colocarme lo más lejos de ella. En la foto, llevo una falda a rayas rojas y verdes, blusa blanca y leotardos, y mi madre blusa blanca y pantalones negros. Exhibe su típica sonrisa glacial mientras sostiene un cartel que reza: «SEÑORA URICK. QUINTO GRADO», y yo miro a otro lado, sin sonreír, claramente desesperada por estar en otro sitio, lejos de éste, lejos de ella.

En la cama, enlacé las manos sobre la piel de mi estómago, que noté fofa y arrugada. Abajo, el televisor se encendió. Primero *Jeopardy!*, después *La rueda de la fortuna*. Mi madre decía en voz alta las respuestas, mientras atravesaba el estudio con su blusa, pantalones y medias. Imaginé las pilas de papeles sobre la mesita auxiliar, el tazón con las palabras «LA PROFESORA MÁS ESTUPENDA DEL MUNDO» lleno de café descafeinado sobre el brazo del sofá, escuchando todo cuanto la ABC podía ofrecer hasta después del telediario de las once. En esta casa, el canal nunca se cambiaba. Yo había roto el mando a distancia hacía años (en un accidente que debía estar relacionado con aquellos tragos clandestinos de Baileys), y ella nunca se había molestado en sustituirlo.

Rodé de costado para que mi mejilla quedara apretada contra la funda de la almohada. La habitación seguía oliendo igual, a suavizante y huevos fritos. Las mismas rozaduras en la pared, de cuando había intentado mover mi cama, la misma esquina abollada de la puerta del armario a la que había propinado una patada en un ataque de furia cuando tenía dieciocho años.

—¡No me escuchas! —grité—. ¡Nunca me escuchas!

Se me quedó mirando desde el umbral de la puerta, con los brazos cruzados sobre el pecho.

—Menuda representación —dijo, cuando callé para recuperar el aliento—. ¿Has acabado, o habrá un bis?

—¡Que te jodan! —chillé. Me miró impasible—. ¡Que te den por el culo! —Se encogió un poco —. ¡Te odio! —Nada—. ¡Y sabes una cosa? ¡Tú me odias! —Eso consiguió, al fin, que algo real sucediera en su cara. Por un breve instante, apareció una expresión de sorpresa e infinita tristeza. Después sus facciones dieron paso a otra expresión de muda expectativa, como alguien que espera la última bajada del telón en el teatro para recoger el abrigo y marcharse a casa—. ¡Me voy a vivir con papá!

—Estupendo —dijo—. Si crees que él va a estar de acuerdo...

Fue cuando le di la patada a la puerta. Tres semanas después, había ido a una casa de empeños de South Street y vendido el anillo de compromiso de oro y diamantes que mi bisabuela me había legado al morir. Dos días después, iba camino de California, aceptaba caramelos de un desconocido y hablaba sin parar, en dirección a mi nueva cara, mi nuevo nombre y el futuro que me conduciría de manera inexorable hasta Sam. Y, al final, hasta aquí otra vez. A casa.

Abajo, mi madre hacía preguntas al televisor. *¿Quién es Tab Hunter? ¿Qué es el mercurio? ¿Quién es Madame Bovary? ¿Qué es Sidney, Australia?* Cerré los ojos. *Adiós adiós, adiós adiós, la luna es un gajo de tarta de limón...* La cama se inclinó de costado, y desperté sobresaltada.

Mi madre estaba sentada en el rincón más alejado de mi cuerpo, sobre la extensión más pequeña de colcha rosa y sábana que podía ocupar sin caerse al suelo. Gracias a la luz del pasillo, vi que no tenía tanto pelo como antes.

—Lisa —dijo—, ¿puedes decirme qué pasa?

Cerré los ojos y controlé la respiración, y cuando extendió la mano (para tocar mi cabello, mi mejilla, lo ignoro), me aparté. Cuando volví a abrir los ojos, ya había amanecido, y el sol estaba brillando sobre Tarta de Fresa y sobre mí. Salté de la cama, me puse la ropa de Los Ángeles, me puse al volante del coche de alquiler sin ningún destino en mente, al azar, Dos horas después, estaba en el parque donde me sentaba con mi padre, temblando debido al frío del invierno avanzado con un bocadillo sin tocar sobre el regazo. Cerré los ojos y ladeé la cabeza hacia el tibio sol. *¿Por qué?*, pensé. *¿Por qué, por qué, por qué?* Esperé, pero no hubo respuesta. Sólo la mujer a la que había estado observando, con una mano sobre su barriga, los rizos agitándose al caminar.

BECKY

—Hay una mujer en el parque que siempre me está mirando —dijo Becky.

—¿Qué? —preguntó Andrew, que se había quedado dormido con un brazo sobre la cara. Sin abrir los ojos, extendió la mano hacia la mesita de noche, cogió el tubo de Rolaids y se lo entregó a su mujer.

—No tengo acidez —dijo Becky. Eran las dos de la mañana, la semana treinta y dos de su embarazo y llevaba despierta tres horas. Andrew suspiró y devolvió los antiácidos a su sitio—. ¿Pues sabes una cosa? Sí que tengo.

Andrew volvió a suspirar y tiró los Rolaids sobre la cama.

—No puedo dormir. Estoy preocupada —dijo Becky. Masticó, y se volvió del lado derecho.

—¿Por qué estás preocupada? —preguntó él, que sonó apenas un poco más despierto—. ¿Por la mujer del parque?

—No, no, por ella no. Estoy preocupada... —En la oscuridad, Becky se mordió el labio—. ¿Crees que va a ir todo bien con Mimi? Quiero decir, ¿crees que se calmará en cuanto se haya instalado?

—¿A qué te refieres? —preguntó Andrew. Ahora, parecía despierto por completo, y no muy feliz, observó Becky.

—Bueno, ya sabes. Las llamadas telefónicas. Los correos electrónicos. Parece muy sola —dijo ella con cautela, pensando que «necesitada» habría sido la palabra más precisa. Además de *loca*.

—Es duro abandonar un hogar y atravesar medio país.

—Sí, pero no es la primera vez que ella lo hace...

Cinco veces. Su suegra se había casado con más hombres de los que Becky había salido en serio. Después de su fracasado quinto matrimonio con un magnate de bienes raíces de Dallas, había empacado sus cosas, cobrado su pensión alimentaria y comprado lo que siempre llamaba su «pedazo de Paraíso» en Merion.

—Eres el único hombre que nunca me abandonará —dijo, al tiempo que pasaba los brazos con un gesto melodramático alrededor de la nuca de Andrew, después de que les comunicara el traslado. *Pero es mi hombre*, había pensado Becky, mientras Andrew palmeaba la espalda de su madre. *No es tuyo.*

—Está muy nerviosa —dijo Andrew—. Ya se calmará. Hemos de ser pacientes con ella.

—¿Prometido?

La besó en la mejilla y pasó el brazo alrededor de su barriga.

—Prometido —dijo. Se dio la vuelta de nuevo y se quedó dormido al instante, dejando a Becky despierta del todo e incómoda.

El niño pataleó.

—No empieces tú también ahora —susurró Becky, y se dio la vuelta. Apoyó la mano sobre el hombro de Andrew y lo apretó hasta que él la sujetó.

Lo había conocido ocho años antes. Ella tenía veinticinco y vivía en Hartwick, New Hampshire, donde había ido a la universidad. Una mala elección pero afortunada, pensaba ahora. Eligió Hartwick después de quedarse deslumbrada con las magníficas fotos del otoño de Nueva Inglaterra que llegaron con los documentos de admisión, y pensó que le convenía un cambio del sempiterno verano de Florida. Hartwick, cuyo lema extraoficial era «No somos de la Ivy League, pero al menos estamos cerca», no había sido la elección perfecta. El hermoso campus resultó estar poblado por hermosas chicas rubias, muchas de ellas equipadas con los BMW que sus papás les habían comprado como regalo de graduación del instituto. Becky se había sentido un tanto desplazada. «¡Oh, Florida!», exclamaban las delgadísimas chicas, mientras Becky, vestida de un negro adelgazante, intentaba no sentirse enorme o incompetente. «¡Vamos de vacaciones cada año!» Además, ella no bebía mucho, y eso era prácticamente lo único que hacían los estudiantes de Hartwick los fines de semana... y los fines de semana empezaban el jueves y no terminaban hasta la madrugada del lunes.

Había pasado por delante de Poire, el único restaurante agradable de la ciudad, al menos una docena de veces, antes de que se armara de valor para entrar y preguntar acerca del letrero de «SE NECESITA PERSONAL» del ventanal. Desde el día en que la habían contratado como ayudante de camarera, se había sentido más como en casa, con los suelos de madera dura pulida, los manteles blancos y almidonados, la estrecha cocina y la barra reluciente de roble ahumado del restaurante, que en cualquier otro lugar del campus. Y Sarah, que compaginaba sus estudios con un empleo de camarera de barra en Poire, se convirtió en su primera amiga de New Hampshire.

Becky pasó de ayudante a camarera. Para cuando se graduó, Darren, el gerente, la había contratado a tiempo completo. Estaba aprendiendo a cocinar desde hacía un año, cuando conoció a Andrew. Había sido la primavera de las píldoras para adelgazar, que marcó el primero, último y único intento de Becky de seguir una dieta.

—¡Son un milagro! —había exclamado Edith Rothstein, exhibiendo sus seis kilos menos cuando Becky volvió a casa por Hanukah*—. Te he pedido hora con el doctor Janklow...

Becky puso los ojos en blanco. Su madre la imitó.

—Si no quieres ir, cancela la cita. No pasa nada.

Becky se hizo de rogar, pero al final accedió a que su madre la llevara a la mañana siguiente a la consulta del doctor Janklow, quien le extendió la receta y le deseó buena suerte. Un año después, el doctor Janklow se había prejubilado apresuradamente debido a los rumores de una denuncia por mala praxis, presentada por la familia de una mujer que había querido perder a toda prisa ocho kilos antes de casarse, y se desplomó muerta en mitad del ensayo de la fiesta.

—¿Antes del postre o después? —preguntó Becky.

Su madre la fulminó con la mirada.

* Fiesta judía, que celebra la inauguración del altar del Templo tras su purificación por Judas Macabeo. (*N. del T.*)

—¿Quién hace esas preguntas? —replicó.

Las píldoras aceleraban su corazón. Sentía el interior de la boca como si estuviera chupando una bola de algodón. Quintuplicaron su nivel de energía, de forma que se sentía nerviosa e inquieta. Perdió ocho kilos en doce semanas. Por primera vez desde el instituto, pudo comprar ropa en Gap. Cierto, apenas podía embutirse en la talla más grande que tenían, ¡pero bueno! Compró una minifalda tejana que se ponía para trabajar en Poire, y cuando se la quitaba, la dejaba del revés en el suelo de su apartamento sólo por el placer de pasar a su lado y ver la etiqueta.

Las noches que no cocinaba, combinaba la minifalda con una blusa escotada de terciopelo rojo vino, pendientes de plata y botas negras de tacón alto. Llevaba lápiz de labios rosa, toneladas de rímel y los rizos sueltos. Los tíos la perseguían. No sólo los borrachos. Pero desde la primera vez que le vio, sólo tuvo ojos para Andrew.

Llegó a Poire un jueves muy ajetreado, con la obligatoria chica esquelética del brazo, una noche en que dos camareras habían llamado diciendo que estaban enfermas, porque, decretó más tarde Sarah, no podías llamar diciendo que «estabas follando, con resaca y muy avergonzada». Las camareras estaban agobiadas, y Becky, que aquella noche ejercía de jefa de comedor, se ocupó de la mesa siete con mucho gusto.

—Hola, y bienvenidos a Poire —dijo al tiempo que les daba las cartas—. ¿Les digo cuáles son nuestros platos especiales?

—Claro —dijo el tipo.

Oh, pensó ella mientras le miraba. *Oh, ñamñam.* Era guapo, con el pelo corto, ojos grandes y hombros anchos, pero había algo más que eso. La forma de agachar la cabeza, sonriente, mientras ella describía el osobuco con polenta, o la forma en que la miraba mientras hablaba, lo cual llevó a Becky a preguntarse cómo sería el tacto de sus manos, cómo sonaría su voz al despertarse por la mañana. O tal vez lo único que pasaba era que como siempre tenía hambre, pensar en el sexo que no iba a practicar se había convertido en un sustituto de pensar en la comida que intentaba no comer.

—Oh, Dios —gimió la chica—. Osobuco. ¡Cinco millones de calorías!

—Seis millones, de hecho —dijo Becky—. Pero vale la pena.

—Lo probaré —dijo él—. ¿Qué me recomienda de primero?

Yo, pensó Becky.

Durante toda la cena, sintió que él la miraba mientras servía y quitaba los platos, descorchaba el vino, ponía cubiertos limpios, más pan, más mantequilla, una servilleta limpia cuando él dejó caer la suya. Cuando llegaron a los postres (café exprés para el ligue, un cuadrado tembloroso de budín al chocolate flotando en *crème anglaise* para el amor de la vida de Becky, quien había tomado una cucharada, suspirado y afirmado que no existía nada parecido en la cafetería del hospital), ya se había casado con él, elegido la vajilla y bautizado a sus hijos Ava y Jake. Cuando la cena terminó, hizo algo que jamás había hecho hasta el momento: escribió su nombre y su número de teléfono en la cuenta antes de depositarla en el centro de la mesa y alejarse con el corazón más acelerado que de costumbre, rezando para que la señorita Café exprés-de-postre no intentara pagar.

Por suerte, Andrew se ocupó de la cuenta. La miró, sonrió, dejó dentro la tarjeta de crédito, y cuando se marchó, Becky tenía una nota con «Te llamaré. Andrew Rabinowitz» escrito en ella y una propina del treinta por ciento, por añadidura.

¡Andrew Rabinowitz! Andrew. Andy. Drew. Señor y señora... No, ¡doctor y señora! Andrew Rabinowitz.

—Rebecca Rothstein-Rabinowitz —ensayó. Sarah enarcó una ceja.

—¿Cómo sabrá la gente que eres judía? —dijo.

Becky le dedicó una sonrisa descerebrada y flotó hasta el aparcamiento, para luego dirigirse a su pequeño apartamento, donde, por supuesto, había un mensaje de Andrew en el contestador.

Salieron seis semanas: tazas de café; comidas y cenas; cines, donde se cogían de las manos, después se besaban, después se metían mano; los largos paseos obligatorios junto al río, que pronto se convertían en largas sesiones de magreo sobre la manta de picnic que Becky llevaba, junto con el pollo asado a las hierbas y el crujiente pan francés. Pero no se acostaron hasta la noche del veinticinco cumpleaños de Sarah.

La fiesta había empezado después de que Poire cerrara. Hubo chupitos de vodka seguidos de Budweiser. Chupitos de tequila seguidos de más tequila. Por fin, cuando ya sólo quedaban seis personas, Darren, el propietario de Poire, abrió una botella de whisky de malta de veinticinco años y brindaron por Sarah. Becky y Andrew salieron tambaleantes a la calle y terminaron en la única casa de comidas de Hartwick. Hacía un calor inusual para ser abril. Todas las ventanas del local estaban abiertas de par en par, además de la puerta principal. Becky notó la brisa de primavera sobre sus mejillas sonrosadas.

—Me gustas —le dijo, y dio un gran bocado al pringoso bollo—. La verdad es que me gustas mucho.

Andrew había extendido la mano y enredado uno de sus rizos alrededor de un dedo.

—Tú también me gustas —contestó.

—Lo sé —dijo ella sonriente—. Bien, pues... ¿en tu casa o en la mía?

Ninguno de los dos estaba en condiciones de conducir, pero al cabo de media hora y tres tazas de café, consiguieron llegar al coche de Andrew. Becky imaginó que sentía la carretera oscilar bajo ellos mientras Andrew conducía, ondulando como un río lento y perezoso. Recorrió su apartamento, examinó las espantosas alfombras rojas y naranjas, las paredes que parecían desconchadas de tanto arrastrar muebles de un sitio a otro, las obligatorias librerías de madera contrachapada y ladrillos, abarrotadas de tratados sobre medicina y revistas, y un ordenador último modelo sobre un escritorio en una esquina.

Y el futón, su único mueble. Dio vueltas a su alrededor poco a poco, como si fuera un perro que amenazara con morderla.

—No me gustan los futones —dijo—. No son ni chicha ni limoná. ¡Soy una cama! ¡Soy un sofá! ¡Soy una cama! ¡Soy un sofá!

—Soy un estudiante de medicina muerto de hambre —dijo Andrew, al tiempo que le tendía una botella de vino blanco frío y su llavero, que tenía un sacacorchos incorporado. Ocho noventa y nueve, anunciaba la etiqueta del precio. *Eh, menudo derrochón*, pensó Becky mientras descorchaba la botella. Luego sirvió las copas y se bebió la mitad de la suya de un trago.

Él tomó su mano y la condujo hasta el futón, que continuaba todavía en posición de sofá, y se recostaron el uno contra el otro hasta que su hombro cubierto de terciopelo se apretó contra la tela Oxford de la camisa de Andrew. De cerca, la piel de su cuello parecía arañada, como si se hubiera afeitado con una navaja poco afilada, y vio que sus dientes delanteros se superponían en parte. Esos defectos sólo consiguieron que sintiera más ternura por él.

Le lanzó el aliento al oído y notó que se ponía a temblar. Enardecida, le besó en la oreja. Después le lamió. Después chupó un lóbulo con suavidad, y después con más fuerza. Él suspiró.

—Oh, Dios...

Ella murmuró en su oído y pensó en cosas que no había comido desde que había empezado la dieta de las píldoras. Budín de chocolate, *mousse* de chocolate, helado de coco servido con cucharadas de auténtica crema batida. Mandarinas.

—Mandarinas —susurró—. Me gustaría darte de comer mandarinas y que me lamieras el zumo de los dedos.

—Caramba —susurró él. Ella le sonrió con dulzura, agarró su mano derecha y le lamió la palma con la delicadeza de una gata que sorbiera crema.

—Becky —dijo, y apretó sus hombros contra el futón. *Ahora*, pensó ella, y arqueó la espalda para presentarle los pechos de la forma más atrayente. Notó la presión de su miembro contra el muslo, lo cual ahuyentó sus temores de que le estuviera asqueando en lugar de excitarle—. Becky —repitió él, más como un maestro de escuela que como un hombre al que acababan de lamer la palma de la mano. Suspiró. No fue una expresión de pasión. Era como el ruido que había hecho el padre de Becky cuando descubrió a su hermano pintando con el dedo el capó de su coche deportivo—. Becky, creo que no deberíamos hacerlo.

Ella se sentó, con los pechos peligrosamente cerca de salírsele del top.

—¿Por qué?

—Bien —dijo él, carraspeó y se sentó, con las manos apretadas—. Mmm. Es que... —Otra pausa—. Nunca he tenido novia.

—Oh —dijo ella. *¿Eh?*, pensó. Andrew tenía veintiocho años. ¿Quién no había tenido una novia a esa edad—. ¿Me estás diciendo que te reservas para el matrimonio?

Él cerró los ojos.

—No. Es que...

Becky empezaba a notar una sensación de ansiedad en su algo disminuido estómago. En su experiencia, las frases que empezaban con «es que» no acababan bien. Sobre todo si las pronunciaba un hombre al que acababas de lamerle la palma de la mano.

No quiero oírlo, pensó. Pero no pudo reprimir la pregunta.

—¿Es que qué?

Andrew suspiró y se miró el regazo. Su expresión era triste y desdichada.

—Quiero una novia. Pero... Mmm... —Se mordió el labio—. Supongo que no eres exactamente lo que había pensado.

—Porque soy gorda —dijo ella.

Él no dijo que sí. Pero tampoco dijo que no.

—Bien —dijo ella, al tiempo que enderezaba el top—, buena suerte con Cindy Crawford.

Notó que las piernas le temblaban mientras recogía el bolso, pero consiguió llegar a la puerta y cerrarla con un estrépito muy satisfactorio, antes de recordar que su apartamento distaba ocho kilómetros. Entonces, recordó que aún guardaba las llaves del coche de Andrew en el bolsillo. Podía usar su coche, pero ¿cómo llegaría él al campus? Decidió, mientras se sentaba al volante, que no le importaba demasiado.

Dejó las llaves del coche en el buzón de su despacho aquel lunes por la mañana, junto con una lata de Slim-Fast encima por si no había captado la indirecta, y pasó las dos semanas siguientes con la sensación de ser una caja de palomitas de maíz arrollada por un camión de mudanzas: aplanada, vacía y muy desdichada.

—Que le den por el culo —dijo Sarah, mientras le pasaba un café irlandés—. Para empezar, no es Cary Grant. Y tú eres guapa.

—Sí, sí —dijo Becky.

—Oh, no, nada de depres —dijo Sarah con un estremecimiento—. Odio las depres. Lo que tienes que hacer es encontrar a otro tío. Enseguida. ¡Ya!

Becky siguió el consejo de su amiga. Mientras esperaba en la cola del cine una noche, conoció a otro tipo, un estudiante de ingeniería que era alto y delgado, y con una alopecia galopante. No era guapo, ni de lejos se acercaba a la calidad de Andrew, pero sí dulce. También era un poco aburrido, pero no le importaba porque después del doctor Andrew vino-barato-futón-apartamento-vulgar-no-eres-exactamente-lo-que-había-pensado Rabinowitz, el aburrimiento no estaba tan mal.

El problema era que sus habilidades culinarias habían menguado. Quemó toda una cazuela de pollo relleno una ajetreada noche de viernes, envió un lenguado baboso y medio crudo, y olvidó añadir azúcar a la *mousse* de chocolate negro. Su pollo con limones en conserva, que habría debido ser un feliz matrimonio de agrio y dulce, sabía tan amargo como los pensamientos de Becky, y sus *soufflé* se deshinchaban con un suspiro en cuanto los sacaba del horno.

—Una mujer con el corazón partido no debe cocinar —sentenció Eduardo, el chef, mientras quitaba la piel de uno de los pollos carbonizados de Becky. La apuntó con el cuchillo—. Has de solucionar esto.

Becky lo intentó. Se concentró en su nuevo novio. Y justo cuando empezaba a creer que ella no era una mujer del tamaño de Plutón, o al menos de una de sus lunas, Andrew volvió a Poire.

Era junio, dos semanas antes del cumpleaños de Becky. La atmósfera era suave y olía a lilas, reinaba en el campus y en la ciudad una sensación de alegría y relajamiento, un presagio del fin de curso, como si en cualquier momento todo el mundo fuera a tirar los libros, quitarse la ropa y rodar por la hierba recién cortada.

Aquella noche llovía, una llovizna suave y gris. Sarah volvió a la cocina y dijo que Andrew estaba sentado en la barra, solo.

—¿Quieres que escupa en su vaso?

—La oferta es generosa, pero no.

No le necesito, se dijo. Pero no pudo resistir la tentación de mirar. Andrew vestía una chaqueta de ante marrón, tenía una mirada de abatimiento y había círculos purpúreos debajo de sus ojos. *Tengo un novio*, pensó Becky. E iba a marcharse a casa a prepararle una cena tardía, después de lo cual gozarían de una sesión de sexo satisfactoria, aunque algo descafeinada, así que te den por el culo, Andrew Rabinowitz. Pero después de limpiar su sección, envolver los cuchillos y salir por la puerta de atrás, se topó con él, que la estaba esperando, con los brazos alrededor del cuerpo bajo la lluvia, de pie al lado del coche.

—Vaya, vaya —dijo ella—. Mira quién está aquí.

—Becky —dijo él—, quería hablar contigo.

—Estoy ocupada.

—Por favor.

Parecía desesperado. Lo único que podía hacer para fortalecerse era recordar cómo la había herido, lo que le había dicho.

—He de irme. —Hizo una pausa para que su siguiente frase obrara un efecto mayor—. Mi novio me está esperando.

—Sólo será un momento. —Hablaba en voz tan baja que apenas podía oírle—. La cuestión es que...

Murmuró algo que no logró distinguir.

—¿Perdón?

Él alzó la cabeza.

—He dicho que creo que estoy enamorado de ti.

—Oh, bla, bla, bla, etcétera. —Consiguió fingir indiferencia, aunque su corazón estaba latiendo con tal fuerza que pensó que tal vez él podía oírlo—. ¿Sabes una cosa? —Levantó la bolsa—. No deberías follar con alguien provisto de cuchillos.

—Pues quiero hacerlo. Becky, eres divertida, inteligente...

—Y gorda —terminó ella.

Se agachó, abrió la puerta del coche, tiró los cuchillos en el asiento de atrás y se sentó al volante. Andrew dio la vuelta al coche y apoyó la mano en la puerta del pasajero.

—Oh, no —dijo ella—. Apártate del vehículo.

—No dije exactamente eso. Y no es lo que pienso. Creo que eres guapa, pero te estaba ahuyentando porque...

Ella le miró a través de la niebla.

—He de decirte algo —continuó Andrew, y carraspeó—. Algo personal.

—Adelante —le invitó ella mientras paseaba la vista por el aparcamiento desierto—. No creo que haya nadie escuchando.

—¿Podría...? —empezó, y extendió la mano hacia la manija.

—No.

—Bien. —Andrew respiró hondo y apoyó las manos en el techo del coche—. Antes que nada, quiero decirte que lamento haber herido tus sentimientos.

—Disculpas aceptadas. No fue para tanto. Me han llamado cosas peores.

—Becky —suplicó—. Escucha, por favor. Déjame terminar.

Hizo una pausa, curiosa, incapaz de reprimirse.

—Verás... Mmm... —Andrew removió los pies—. La cuestión es que soy... tímido.

Ella lanzó una carcajada de incredulidad.

—¿Ése es tu gran secreto? ¿Es lo mejor que sabes hacer? Oh, por favor.

Cerró la puerta con estrépito.

—¡No, espera! No es eso. La cuestión es...

La ventanilla subida ahogaba su voz.

—¿Qué?

Andrew dijo algo que Becky no pudo oír. Se inclinó hacia el otro lado y bajó la ventanilla del pasajero.

—¿Qué?

—¡Es algo relacionado con el sexo! —susurró, y miró a su alrededor como si esperara descubrir a un público pendiente de cada una de sus palabras.

—Oh.

Algo relacionado con el sexo. *Oh, Dios.* Es un travestí. Es impotente. Es un travestí impotente, y viste una talla menos que yo.

Andrew metió la cabeza en el coche, pero no la miró mientras hablaba.

—¿Sabes cuando te acostumbras a hacer algo de una manera determinada, y sólo puedes hacerla de esa manera? Por ejemplo, para ir al trabajo sigues una ruta concreta, y al cabo de un tiempo ya no tomas otra.

No, pensó.

—Sí —dijo.

—Bien, pues yo soy así. Lo mismo me pasa con el...

Indicó su entrepierna.

—¿Sexo?

Él asintió con expresión abatida.

—¿De modo que sólo lo puedes hacer, digamos, en la postura del misionero?

Él suspiró.

—Ojalá. De hecho, nunca...

Ella tardó un momento en comprender lo que estaba diciendo.

—¿Nunca?

—Sólo lo puedo hacer solo. Tengo un método específico y...

—¿Qué? —preguntó ella, y se removió hasta que sus muslos se rozaron. Estaba intrigada. Y muy caliente—. ¡Dímelo! A menos que esté relacionado con la faja de tu madre, o algo por el estilo. En cuyo caso, te concedo permiso para mentir.

Se oyó un ruido sordo cuando Andrew se golpeó la cabeza con el techo del vehículo.

—No puedo.

Becky le dio unos golpecitos en el pecho a través de la ventana abierta.

—¿No me lo puedes decir, o no puedes hacerlo?

—Es una idiotez —dijo—. Es una estupidez de tal calibre que nunca lo he hablado con nadie.

—¿El qué?

Su mente estaba barajando posibilidades, cada una más terrorífica que la anterior. Cuero. Látigos. Cinta aislante. Oh, Dios.

Él se encogió.

—No puedo creerlo —dijo, como si hablara para sí—. No puedo volver a hablar de esto.

—Sí que puedes —replicó Becky, lanzada bajo la lluvia tibia de junio, deseosa de olvidar, por el momento, a su novio estudiante de ingeniería, que la estaría esperando en la cama, con sus sábanas de percal beige—. Vamos a tu casa y cuéntamelo. —Abrió la puerta del pasajero—. Prometo que no me burlaré.

Media hora después, ambos estaban nuevamente instalados en el futón de Andrew. La habitación estaba iluminada con dos velas que ardían sobre el televisor. Andrew tenía un vaso lleno de whisky en la mano, y había cerrado los ojos con fuerza, como si no pudiera soportar mirarla.

—Mi madre... —empezó.

Oh, Señor, pensó Becky. Que no se trate de algo indecente relacionado con su madre.

—Es muy... entrometida. Cuando era pequeño, no me dejaba tener cerradura en la puerta de mi dormitorio. El único lugar donde podía tener cierta intimidad era el cuarto de baño. Así que aprendí a...

—Masturbarte —suplicó Becky.

Él sonrió apenas, con los ojos todavía cerrados.

—Exacto. Lo hacía tendido sobre el estómago encima de la alfombrilla del baño. Frotándome.

Becky exhaló el aliento que había contenido sin darse cuenta. Teniendo en cuenta las posibilidades (uniformes de enfermera, enemas, disfraces de animales disecados y aún peor), estaba completamente segura de que se las podría arreglar con la alfombrilla del baño.

—No hay para tanto.

Echó un vistazo hacia la puerta cerrada del cuarto de baño, y trató de recordar si había visto una alfombrilla y si debería tener celos.

—No hay para tanto hasta que intentas hacerlo de otra manera. —Su voz se suavizó—. Como con una chica, por ejemplo.

—Así que nunca has...

Tomó un trago de whisky y meneó la cabeza, con el ceño fruncido.

—No. Nunca. Ni una sola vez.

¡Dios! Sintió pena por él..., pena y excitación. Un tío virgen. Nunca había estado con un tío virgen. Apenas podía recordar cuándo había sido virgen ella.

Su mente bullía de posibilidades y preguntas. Se preguntó qué habría pasado durante sus experimentos. ¿Llegaría hasta determinado punto con una amiga, y después se iría corriendo al cuarto de baño para frotarse contra la alfombrilla y llegar al final? ¿Fingía el orgasmo? ¿Los hombres podían hacer eso?

—¿Qué es lo peor que podría pasar? —preguntó.

Él le dedicó otra sonrisa fantasmal.

—No lo sé. ¿Morir virgen?

Becky se encogió.

—Bien, sí, es lo peor que podría pasar, pero creo que podremos solucionarlo.

Andrew abrió los ojos.

—Te lo agradezco. De veras. Pase lo que pase, nunca olvidaré tu... —su voz se quebró— amabilidad.

—De nada —dijo ella. En su mente se estaba formando un plan—. ¿Qué opinas? ¿Deberíamos probar?

Él se puso en pie de un brinco, al tiempo que se llevaba la mano a la hebilla del cinturón.

—¡Eh, vaquero! ¡Tranqui!

Andrew dejó caer las manos, confuso.

—Pensé que íbamos a...

—Oh, sí, desde luego, pero esta noche no. Esta noche sólo vamos a meternos mano.

Andrew sonrió, con expresión de auténtica felicidad por primera vez desde que había llegado a Poire.

—Creo que podré hacerlo —dijo.

Tres horas después, Becky tenía los labios tumefactos y las mejillas y la barbilla arañadas por la barba de varios días de Andrew.

—Por favor —gimió él, apretado contra ella—. Por favor, Becky, sé que saldrá bien, por favor...

Con una fuerza de voluntad que ignoraba poseer, Becky se apartó de él. Sabía que, si continuaban besándose, si él seguía tocándola, si las yemas de sus dedos rozaban la entrepierna de sus medias una vez más, no sería capaz de esperar.

—El viernes —dijo sin aliento—. Después del trabajo. —Tendría que dar alguna excusa a su novio—. ¿Podrás recogerme?

Él aceptó. Ella le besó, le besó, le besó, mientras preparaba el menú en su cabeza.

Pese a la carrera de Becky en Poire (y pese a lo que la gente había deducido de su figura), la buena cocina no corría por las venas de la familia Rothstein. Cuando Becky era adolescente, casi todos los platos de su madre llegaban en la forma de una mezcla batida espolvoreada que había combinado con cubitos de hielo y, si se sentía muy animada, plátanos. Ronald Rothstein comía cualquier cosa que le pusieran delante, sin dar la impresión jamás de saborearlo, ni tan sólo mirarlo. «Delicioso», decía, tanto si era cierto como si no.

La abuela Malkie era la cocinera de la familia. Con su abundante busto y las caderas temblorosas, también era la peor pesadilla de Edith Rothstein. «Ess, ess», canturreaba a la pequeña Becky, al tiempo que introducía en su boca trozos de *rugelach* y *hamantaschen* cuando su madre no miraba. A Becky le encantaba pasar las noches en casa de su abuela, porque podía acostarse tarde, espatarrada sobre su gran colcha de raso color melocotón, jugar al Uno y comer anacardos con sal. A la abuela Malkie acudió Becky con lágrimas en los ojos después de que Ross Farber la hubiera llamado «Gorda, gorda como una vaca», cuando regresaban de las colonias de la escuela hebrea.

—No le hagas caso —había dicho la abuela Malkie, al tiempo que tendía a Becky un pañuelo limpio—. Tienes el aspecto que te corresponde. El que debería tener tu madre, si comiera un plato decente de vez en cuando.

—A los chicos no les gusto —dijo Becky, mientras sorbía por la nariz y se secaba las lágrimas.

—Eres demasiado joven para preocuparte por los chicos —decretó la abuela Malkie—. Pero te contaré un secreto. ¿Sabes qué les gusta a los chicos? Una mujer satisfecha consigo misma, que no lo pase fatal con los vídeos de Jane Fonda y que no se queje todo el rato de que tiene alguna parte del cuerpo demasiado grande. ¿Y sabes qué más les gusta? —Se acercó más y susurró en el oído de su nieta—: La buena comida.

Becky había empezado a cocinar cuando tenía catorce años, como método de autodefensa, bromeó más adelante, pero en realidad lo hizo en honor a su abuela. Con la ayuda de Julia Child y un ejemplar de *The Joy of Cooking* que su madre había recibido como regalo de bodas y nunca había abierto, descubrió la nata montada, la cebolleta y la escalonia, las chuletas de cordero asadas sobre la parrilla de gas que se había comprado con el dinero del *bar mitzvah*, *quiches* y *soufflés*, milhojas y *éclairs*, guisados, estofados y ragús, y el pescado fresco de Florida en *papillotte*, aderezado tan sólo con zumo de limón y aceite de oliva.

Ya había cocinado para hombres. Había tenido un novio en segundo muy adicto al salmón después de leer que ayudaba a prevenir el cáncer de próstata, pero sólo se lo podía permitir en lata, que le suministraba en grandes cantidades.

«Pastel de próstata», anunciaba Becky, y en una ocasión en que se sentía ambiciosa y quería desembarazarse de media lata de migas de pan y tres huevos, «hogaza de próstata».

Pero éste tendría que ser su mayor esfuerzo: una comida digna de un rey. O al menos una comida digna de un hombre que había pasado la última década haciendo el amor con la alfombra del baño.

Higos, pensó. Higos de primero. Pero ¿no sería demasiado descarado? Recordó una pizza con mermelada de higos que había comido en un restaurante de Boston, de pasta delgada con jamón y queso. Podía intentar hacerla. Y algo de carne como segundo, dorada por fuera, jugosa y rosada en el centro. Puré de patatas con nata montada. Espárragos, porque decían que eran afrodisíacos, y después, como postre, algo muy decadente. Tal vez un pastel de queso con miel de lavanda orgánica. *¡Baklava!* ¡Trufas de chocolate! ¡Frambuesas con crema!

Su mente no paraba de barajar posibilidades. Se le hacía la boca agua. Su cuenta bancaria no podría resistir el asalto que había planeado: sólo los vinos le costarían una fortuna. Becky desenterró muy contenta su tarjeta de crédito Sólo Para Emergencias, sin ni siquiera molestarse en preocuparse por lo que haría cuando recibiera la factura.

Andrew la estaba esperando de nuevo en la barra el viernes por la noche, con aspecto mucho menos desolado que la vez anterior.

—¿Habéis hecho las paces? —preguntó Sarah.

—Algo por el estilo —contestó Becky, pero su tono debió delatarla, porque Eduardo y Dave se pusieron a proclamar a coro, en una combinación de inglés y español, que Becky, aún con el *culo* disminuido, estaba de nuevo enamorada y, Dios mediante, dejaría de arruinarse a base de pagar las cenas de los clientes. Sacó sus bolsas de comestibles de la alacena donde las había guardado, añadió una hogaza de pan y dos botellas de vino, y salió corriendo a encontrarse con Andrew en la barra.

—¿Qué es todo esto? —preguntó él, al tiempo que echaba un vistazo a las bolsas.

—Comida.

—¿Vas a cocinar? —preguntó. Estaba claro que, en sus planes, la cena no entraba.

—Voy a cocinar —contestó Becky. *Te vas a enterar de lo que soy capaz*, pensó. *Voy a conseguir que te olvides de todas las demás chicas que has besado. Voy a conseguir que me quieras hasta el fin de tus días.*

Ya en su apartamento, Andrew encendió velas, mientras Becky untaba con mermelada de higos la masa de pizza, añadía queso y finas laminillas de jamón y la metía en el horno.

—¿Qué estás haciendo? —preguntó él, vigilando todos sus movimientos mientras trabajaba en la diminuta cocina. Becky confiaba en que le gustara lo que estaba viendo. Lucía su minifalda vaquera de Gap (Vieja Amiga la llamaba), y esperaba, no haberse puesto demasiado perfume.

—Unos aperitivos —contestó. Él rodeó su cintura con los brazos y la apoyó contra la encimera, mientras olisqueaba su nuca.

—Hueles bien.

Estupendo, no se había pasado con el perfume.

—He comprado algo —dijo Andrew, e introdujo la mano en un armarito. Ella sonrió cuando le entregó una lata de mandarinas. Se había acordado. Eso era bueno.

Sacó la pizza del horno, puso agua a hervir para los espárragos y rebozó en harina las finas láminas de ternera, mientras él probaba la pizza.

—Caramba —dijo—, esto está riquísimo.

—¿Verdad que sí?

No era noche de falsas modestias. Y la pizza estaba fantástica, y el queso picante se había fundido a la perfección con la mermelada de higos dulce.

—Ven aquí —dijo Andrew. Becky se anudó un delantal alrededor de la cintura, puso a saltear la ternera con aceite de oliva y mantequilla y obedeció.

—Estás guapísima —susurró él—. Y todo huele delicioso.

—Paciencia —contestó ella sonriendo—. Acabamos de empezar.

Sirvió el vino, troceó los espárragos, cubrió con queso azul la ternera, y la introdujo en el horno precalentado. Las patatas estaban hirviendo. Los quesos adquirían la temperatura ambiente sobre la encimera. Ella le pasó los platos, las copas, el vino, dos servilletas de hilo y los tenedores que no utilizarían durante mucho rato, había decidido, y le guió hasta la sala de estar.

—Relájate —le dijo. Con los hombros tensos y un tic en la comisura de la boca, Andrew parecía más un hombre citado con un dentista que alguien preparándose para una noche de orgías gastronómicas y sexuales—. Te prometo que, pase lo que pasc, no te hará daño.

Veinte minutos después, se sirvió la cena. Andrew extendió una sábana sobre el suelo y se sentó con las piernas cruzadas, aunque una rodilla no dejaba de moverse espasmódicamente.

—Oh —dijo—. Caramba.

Comieron en silencio unos minutos, mientras se miraban con timidez y lo probaban todo.

—Está muy bueno —dijo Andrew mientras apartaba el plato—. Pero es que no tengo mucha hambre. —Intentó sonreír—. Supongo que estoy nervioso.

—Cierra los ojos —dijo Becky. Parecía preocupado. Tal vez imaginaba que ella iba a saltarse todas las restricciones o a sacar una cámara de vídeo, pero obedeció.

Ella acercó la copa de vino a sus labios.

—Toma un sorbito —le dijo—. Y no abras los ojos.

Andrew bebió. En sus labios se dibujó una sonrisa.

—Ábrelos —ordenó ella, y le dio a probar la ternera. Él masticó con lentitud.

—Mmmm.

—¿Quieres probar?

Andrew le introdujo con delicadeza en la boca un tallo de espárrago. Oyó su respiración acelerada cuando le rozó las yemas de los dedos con los labios. Después él tomó un pellizco de arroz. Ella le lamió los granos de los dedos, después los chupó y le oyó suspirar.

—¿Puedo...? —susurró Andrew. Ella entreabrió los ojos. Él había hundido los dedos en la copa de vino y los extendía para que ella los chupara.

Lanzó un gemido cuando Becky se metió su dedo índice entre los labios. Después ella tomó un sorbo de vino, lo retuvo en la boca, se inclinó hacia delante y le besó, dejando que resbalara sobre la lengua de Andrew. Se besaron una y otra vez, apartaron los platos, y después él se puso encima de ella a la luz parpadeante de las velas. La cabeza de Becky olía de maravilla, a vino, queso, pan recién horneado y a su piel.

—Becky —susurró él con voz ronca.

Ella se tumbó sobre el futón y Andrew se apretó contra ella.

—¿Significa esto que nos vamos a saltar el plato de quesos? —preguntó ella con voz entrecortada.

—Ahora —jadeó él—. No puedo esperar más.

—Sólo una cosa más.

Becky corrió a la cocina, buscó la lata de mandarinas entre los quesos, la miel y el champán que había llevado, la abrió, tiró la fruta y el zumo en un cuenco. En la sala de estar, Andrew estaba tendido en el futón, sin camisa, y la miró con tal intensidad que se sintió mareada.

—El postre —dijo Becky mientras tomaba uno de los gajos entre los dedos y se lo introducía lentamente en la boca.

Él suspiró.

—Becky —murmuró.

—Espera —susurró ella

Elevó una veloz plegaria para que Andrew no estallara en carcajadas cuando hiciera lo que había planeado a continuación, pero ¿cómo se iba a reír un hombre que había compartido sus más íntimos momentos con una alfombrilla de baño? *A la mierda*, pensó, *dejémonos de historias.* Se quitó la blusa, dejando sólo el sujetador de encaje negro, e inclinó el cuenco para derramar un hilillo de almíbar sobre sus pechos.

—Ven aquí —dijo, y le atrajo hacia ella. La lengua de Andrew se demoró en su cuello. Ella deslizó otro gajo resbaladizo entre sus pechos, y él se lanzó al ataque. Becky pensó en los cerdos que buscaban trufas, en los pioneros que hacían bajar cubos al fondo de los pozos, en busca de agua dulce y transparente. Las velas parpadeaban, proyectaban sombras que bailaban sobre el rostro de Andrew. Notó su erección contra el muslo, mientras tomaba un gajo de mandarina resbaladizo entre los dientes, le besaba y utilizaba la lengua para metérselo entre los labios. Le bajó la cremallera, le bajó los pantalones y... *Oh, Dios mío.*

—¿Es una broma? —le preguntó, sin dejar de mirarle.

—Nada de bromas —dijo Andrew con voz estrangulada, mientras intentaba quitarse los pantalones con los zapatos puestos.

—¿Es de verdad?

—De verdad —confirmó él.

—Santo Dios —exclamó Becky—. ¿Has actuado en alguna peli o espectáculo porno?

—Sólo en la facultad de medicina —dijo Andrew, y le agarró la mano.

—¿Cuánto mide?

—No lo sé.

—Oh, venga, claro que lo sabes.

—Nunca me la he medido.

—Es gigantesca —dijo Becky, y procuró no mirar.

Dejó que él tomara sus dedos para que se apoderaran de aquel prodigio. Pensó en barras de cuarto francesas, todavía calientes en el papel de envolver. Pensó en ciruelas, rollos de primavera envueltos en pasta de arroz, crepes rellenas de mermelada de albaricoque, *blinis* rellenos de caviar y salsa agria, todas las cosas deliciosas que había probado en su vida. Quería que fuera la mejor mamada de su vida, pero pronto quedó claro que, de momento, sería la única. La agarró por el pelo y movió las caderas con tanto vigor, que estuvo a punto de atragantarse.

—Tranqui —dijo.

—Lo siento —dijo Andrew, y se incorporó.

—No hay de qué preocuparse —dijo Becky—. Espera un momento. Tengo una idea.

Fue a la cocina, abrió los armarios y la nevera, hasta encontrar lo que estaba buscando: el aceite de oliva que había usado para cocinar. Él lo había guardado en la nevera, una monstruosa equivocación, pero imaginó que no tardaría en recuperar la temperatura normal, y ya le daría lecciones más tarde. Volvió a la sala de estar y se acomodó en el futón.

—Ven aquí —susurró Becky. Cuando él se plantó ante ella, todavía con la camisa y los zapatos, ella se quitó el sujetador, cogió el aceite de oliva y vertió un poco en las manos de Andrew.

Se sentó a horcajadas sobre ella, se frotó con las manos aceitosas, rodeó sus pechos y se frotó entre ellos.

—Ah —dijo, mientras se deslizaba arriba y abajo, tras haber captado la idea.

—¿Estás bien? —susurró ella.

—Creo... —jadeó Andrew—. Necesito...

Becky vertió más aceite sobre su mano, la metió debajo de él y le acarició mientras él se deslizaba sobre ella, que estaba prácticamente sin aliento bajo su peso.

—Ah —gimió él, y se alzó sobre las manos. Un momento después, se derrumbó sobre ella, susurrando su nombre contra el pelo.

Diez minutos después, estaban despejando el futón.

—Caramba —exclamó Andrew. Los restos de la cena estaban diseminados sobre el suelo, platos todavía incrustados de gorgonzola fundido y patatas en el suelo, copas de vino medio llenas, con manchas de dedos, depositadas junto al reloj digital.

—Lo sé.

—¿Puedo hacer algo por ti? —susurró Andrew. Ella negó con la cabeza. Cierto sentimiento de culpabilidad aleteó en su estómago cuando pensó en su novio, que debía estar esperándola con dos filetes de pez espada, blancos e inofensivos, en la nevera. Pensó que, si no hacían el amor, sería menos tramposo, algo más parecido a una misión humanitaria, esas cosas que granjeaban a ex presidentes el Premio Nobel de la Paz.

—Becky —susurró Andrew—. Mi heroína.

—Duérmete —susurró ella. Un minuto después, todavía sonriente, Andrew la obedeció.

Salieron durante dos años, mientras Andrew cumplía el cuarto y quinto año de residente, y después, cuando le concedieron una beca en el Hospital de Pennsylvania, se mudaron a Filadelfia. Becky convenció a Sarah de que abandonara al estudiante marxista con el que salía y se fuera a vivir con ella. Juntaron sus ahorros, más el dinero que el padre de Becky le había dejado, y alquilaron el espacio que se convertiría en Mas. La vida era maravillosa. Y Becky supo con toda seguridad lo que se avecinaba la noche que Andrew la condujo hasta el sofá y se sentaron. Sujetó sus dos manos y la miró a los ojos.

—Quiero preguntarte algo —empezó.

—Muy bien —contestó Becky, con la esperanza de haber adivinado lo que venía a continuación.

Andrew sonrió y la acercó más hacia sí. Ella cerró los ojos. *Ya está*, pensó, y se preguntó si ya le había comprado el anillo o irían a escogerlo juntos.

Andrew acercó la boca a su oído.

—Me gustaría que...

Fueras mi esposa, destelló en la mente de Becky.

—... conocieras a mi madre —dijo Andrew.

Ella abrió los ojos desmesuradamente.

—¿Cómo?

—Bien, creo que deberías conocerla antes de casarnos.

Ella entornó los ojos.

—Andrew Rabinowitz, eso ha sido una mala excusa.

Su futuro marido compuso una expresión contrita.

—¿De verdad?

—Insisto en que lo repitas.

Andrew se encogió de hombros e hincó la rodilla ante ella.

—Rebecca Mara Rothstein, te amaré eternamente, y quiero estar contigo el resto de mi vida.

—Eso está mejor —murmuró Becky, al tiempo que él sacaba un estuche de terciopelo negro del bolsillo.

—¿He de interpretar tu respuesta como un sí?

Ella miró el anillo y lanzó un chillido de placer.

—Es un sí —dijo. Deslizó el anillo en su dedo y trató de no pensar en que, pese a proponerle matrimonio, había mencionado antes a su madre.

—¿Estás despierta? —preguntó Andrew mientras hundía la nariz entre sus rizos.

—Mmm... —gimió Becky, al tiempo que miraba el reloj por encima del hombro de su marido. ¿Ya eran las siete?—. Necesito dormir un poco más —dijo, y se cubrió la cabeza con la almohada.

—¿Quieres que llame a Sarah y le diga que estás enferma? Puedes quedarte en la cama todo el día.

Becky negó con la cabeza, volvió a suspirar, se incorporó y se levantó de la cama. Su intención era trabajar hasta el momento del parto. Sarah, que había accedido a ser la comadrona de Becky, había enarcado las cejas.

—Tú sabrás lo que haces —dijo, pero en las últimas semanas había empezado a seguir a Becky por la diminuta cocina con el cartel de «PISO MOJADO», e insistido en que los cocineros mantuvieran una olla grande hirviendo «por si acaso».

Becky engulló sus vitaminas prenatales y extendió los brazos.

—Deprisa —dijo—. Ahora que aún sólo somos dos.

Andrew alzó su barbilla y se besaron. Becky cerró los ojos.

El teléfono empezó a sonar. Él pegó un bote sintiéndose culpable.

—Ya lo cojo yo —dijo.

Becky suspiró y meneó la cabeza. Sabía quién estaba llamando sin ni siquiera mirar la pantalla. El correo electrónico era la primera herramienta de comunicación de Mimi, y si no recibía respuesta al cabo de una hora, empezaba a llamar, fuera la hora que fuera. Y si Andrew no la telefoneaba al instante, le llamaba al busca.

—¿Qué pasa si no contestas al mensaje? —le había preguntado Becky en una ocasión. Andrew frunció el ceño.

—Supongo que empezaría a llamar a los hospitales. Y a los depósitos de cadáveres.

Becky se aovilló en el sofá.

—Hola, mamá —dijo Andrew, y dedicó a su esposa un encogimiento de hombros contrito. Sabía que su madre no le caía muy bien, pero ignoraba que Becky, durante sus noches de insomnio, fantaseaba con la idea de que su suegra moría de alguna extraña enfermedad que, al principio, la dejaba muda, para luego enviarla a una tierra desde la cual no podía enviar mensajes a buscas, correos electrónicos ni faxes, ni llamar por teléfono cada quince minutos. Intentaba no quejarse de Mimi porque, cuando lo hacía, Andrew se ponía serio y le largaba un discurso que, de manera inevitable empezaba con las palabras «Becky, es mi madre, y lo hace por amor».

Sería útil que Mimi y ella tuvieran en común algo más que Andrew. No era así. Para empezar, a Mimi no le gustaba comer. Era una campeona mundial de la frugalidad. Si tú pedías dos huevos escalfados y una tostada de pan blanco, ella pedía un huevo escalfado y una ensalada de tomate. Si sólo tomabas café, ella sólo bebía agua, y si sólo querías agua, ella pedía un vaso sin hielo.

Además, Mimi detestaba la pequeña casa adosada que Becky y Andrew habían comprado el año anterior.

—¡Tu cocina está en el sótano! —había gritado Mimi consternada cuando había volado desde Texas para visitarlos. Becky se mordió el labio al contemplar el espectáculo de Mimi, que casi nunca se mordía la lengua, irritada por el emplazamiento de la cocina. En cambio, Becky indicó el suelo de baldosas vidriadas a mano y las librerías empotradas, lo bastante grandes para albergar todos sus libros de cocina. Andrew, que vestía un uniforme de hospital viejo, había pintado cada piso de la casa de un color diferente: rojo vino intenso para la cocina, amarillo para la sala de estar de la planta baja, azul para el tercero, donde había levantado paredes para convertir un dormitorio grande en otro de tamaño mediano, un vestíbulo breve, un armario y un rincón soleado donde dormiría su hijo. Aquella noche había ido a la cama con pintura en el pelo, y ella le dijo que era justo lo que deseaba. *Y lo era*, pensó mientras Andrew se despedía por fin de Mimi y la levantaba del sofá para abrazarla.

—¿Estás segura de que no quieres un día de asueto? —preguntó.

Ella negó con la cabeza.

—¿Lo notas? —preguntó al tiempo que apretaba la mano de Andrew contra el estómago.

Él asintió. Becky cerró los ojos y se apoyó contra el hombro de su marido, mientras el niño pataleaba en su interior.

JUNIO

LIA

—Bien —dijo mi madre durante la novena semana de mi estancia bajo-su-mismo-techo-de-siempre—, ¿vas a quedarte?

Descubrió los dientes ante el espejo del cuarto de baño del primer piso y comprobó el estado de su pintalabios. Otro día más, otro conjunto de blusa/pantalones negros en la Casa Donde el Tiempo Se Detuvo.

Estaba sentada en el sofá, con la cabeza inclinada sobre el cesto de ropa que estaba doblando, y me sentía todavía más desequilibrada de lo normal. Había despertado pensando, no en el niño, sino en Sam. En Los Ángeles, había una sin techo que acechaba en la esquina de nuestro edificio de apartamentos de Hancock Park. Mañana tras mañana, embutida en tres abrigos pese a la temperatura de veintiún grados, allí estaba, acuchillando el aire con un dedo y hablando sola. Una noche, al llegar a casa después de cenar en un asador coreano y verla gesticulando en dirección a nuestro coche cuando pasamos, Sam tomó la decisión de conquistarla. Era por mi bien, dijo.

—Tengo entendido que hay chiflados por todas partes —explicó—, pero si va a haber uno cerca del niño, prefiero que sea un loco bondadoso.

Una mañana salió temprano, con camiseta, vaqueros y una gorra de béisbol, el hoyuelo en la barbilla y los brillantes ojos azules, con una manzana en la mano. Diez minutos después, regresó sin la manzana y con un chichón en la frente.

—Me la tiró —informó, en tono indignado y divertido al mismo tiempo, y yo me burlé de él, y le dije que era la primera mujer en mucho tiempo a la que no seducía con su apostura y su encanto tejano. Pensaba que ése sería el final de su proyecto relacionado con la sin techo, pero cada mañana, durante dos semanas, salía por la puerta con algo: un yogur, un bollo de pan, un menú de La Zona* envuelto (tuvimos una gran discusión al respecto: yo defendía que no había que dar a la gente hambrienta y sin techo alimentos bajos en calorías, y Sam aducía que no era justo tratar a nuestra dama de manera distinta a los demás ciudadanos de Los Ángeles que seguían alguna dieta). Creo que nunca llegó a hablar con Sam, pero sé que tampoco volvió a tirarle nada más... y cuando nació el niño y yo pasaba con mi carrito por delante de ella, retrocedía en señal de respeto y nos miraba con avidez hambrienta, como si estuviera presenciando un desfile.

Mi madre me estaba mirando, examinando mis pantalones de chándal grises de los tiempos del instituto y la camiseta desteñida de Pat Benatar con la nariz estrujada.

—¿Tienes planes?

Doblé una manopla y la dejé en el cesto.

—No estoy segura.

—¿Qué has hecho durante todo el día?

Examiné su voz en busca de un tono crítico, su típica ira apenas velada, pero no lo detecté. Tenía la mirada clavada en la bufanda que se estaba anudando alrededor del cuello, y sólo parecía picada por la curiosidad.

—Dormir, sobre todo —dije. Era cierto en parte. Dormía lo máximo posible, largas y borrosas horas sobre la colcha de Tarta de Fresa, con las persianas bajadas. Despertaba de las siestas con el corazón acelerado, un sabor amargo en la boca y el cuerpo cubierto de sudor, y me sentía menos descansada que cuando me había acostado, y después subía al coche alquilado y me dirigía a la ciudad, al parque, para ver a la mujer a la que había estado... ¿qué? *Acechando* era la vergonzosa palabra que emergía en mi mente. La semana anterior había dejado un chupete en la jardinera del restaurante donde trabajaba, pero eso no perjudicaba a nadie, ¿verdad?

---

* Dieta popularizada por el doctor Barry Sears. (*N. del T.*)

¿Qué más hacía durante el día? Entre las siestas de cuatro horas y los desplazamientos al parque, había intentado redactar una carta para mi marido. No estaba segura de qué debía decir. Lo único que sabía con absoluta seguridad era que Hallmark no tenía postales de ese estilo. *Querido Sam*, empezaba. *Lo siento.* Hasta ahí había llegado.

—¿No vas a contarme lo que ha pasado? —preguntó mi madre.

Negué con la cabeza.

—Algo pasó —le dije, y el mundo empezó a dar vueltas. Aferré el cesto de la ropa y cerré los ojos.

—Bien, Lisa, eso ya me lo había imaginado —replicó. Esperé a que su voz se elevara con el sonsonete admonitorio que tantos efectos devastadores causaba en mí cuando era adolescente. No ocurrió—. Tal vez te sentirías mejor si hablaras de ello —dijo. La miré y parpadeé varias veces para asegurarme de que era la misma madre de siempre: zapatos prácticos y peinado pulcro, mi misma nariz larga y afilada, el pintalabios que, sin la menor duda, acabaría manchando sus dientes en algún momento del día.

—No puedo —dije—. Todavía no.

—Bien —repuso—. Cuando te sientas preparada.

—No sé por qué lo preguntas —dije mientras recogía la colada—. Tampoco te importa.

—Oh, Lisa, no empieces con esas memeces de adolescente. Soy tu madre. Claro que me importa.

Pensé en lo que podía contarle y cuáles serían las consecuencias. Imaginé su rostro desmoronándose, los brazos extendidos hacia mí: ¡*Oh, Lisa!* ¡*Oh, cariño!* O tal vez no. Tal vez se limitaría a secarse los dientes con el dedo y me miraría como si estuviera bromeando o inventando cosas («¡Jovencita, quiero la verdad, no una de tus invenciones!»). Me había mirado de esa forma muchas veces antes de irme. Había mirado así a mi padre, antes de que él también se marchara.

Me puse en pie, con la colada apretada contra el pecho.

—Lisa —dijo—. Me importa.

Si me hubiera tocado, si hubiera apoyado la mano sobre mi brazo, incluso si me hubiera mirado, sólo mirado, quizá le habría contado toda la historia. Pero no lo hizo. Consultó su reloj y cogió las llaves del coche de la mesa que había junto a la puerta.

—Toma —dijo. Buscó en el armario, desechando mi chaqueta vaquera de cuando iba al centro de enseñanza secundaria y los impermeables de mi padre, y me tendió algo: un chaquetón largo hasta las pantorrillas y abultado, azul eléctrico, con botones—. Hoy hace frío.

Me miré en el espejo cuando se fue, vi los círculos debajo de mis ojos, los huecos de mis mejillas, mi cabello de dos tonos grasiento. Parecía a punto de emular a la dama que tiraba manzanas. Me puse el chaquetón, me acosté en mi cama precaria y saqué el móvil. «Tiene veintisiete mensajes nuevos», dijo el contestador de voz. «Lia, soy yo, ¿dónde estás? Lia, ¿podrías hacer el favor...?» Y después sólo: «Por favor». Apreté «borrar» veintisiete veces, y seguí tendida en la semipenumbra, pensando en mi marido. Aún me resultaba extraño pensar en Sam de aquella manera. Apenas hacía un año que salíamos cuando nos casamos, y sólo llevábamos casados diez meses cuando me marché.

Sam y yo nos habíamos conocido en un club donde ambos trabajábamos. Él se ocupaba de la barra. Mi trabajo consistía en abrir las puertas de los coches cuando frenaban ante el bordillo, agacharme lo suficiente para que los clientes obtuvieran una buena perspectiva de mi escote y decir: «¡Bienvenidos a Dane!», con una sonrisa que insinuaba la posibilidad, si no la probabilidad, de sexo anónimo en el lavabo de señoras.

—¡Dane's no! —vociferó el propietario a las seis modelos/actrices que había contratado, cuando se acercaron las cinco de la tarde—. No es Dane's. ¡Sólo Dane! ¡Bienvenidos a Dane! ¡Quiero oírlo!

—Bienvenidos a Dane —entonamos.

—Somos las Hare Krishna más guapas del mundo —dije una hora más tarde, apoyada contra la barra después de quitarme un zapato de tacón alto para poder masajearme una ampolla en formación.

Sam rió cuando me oyó... y más tarde me dio un Gimlet de vodka y no me lo cobró.

—Bienvenida a Sam —dijo. Tenía un leve acento tejano, incluso seis años después de vivir en Los Ángeles buscando trabajo de actor. Era guapo, pero también lo eran casi todos los hombres de la ciudad. Sam era más que guapo. Era amable.

—¿Estás seguro? —le pregunté cuando deslizó una tira de papel de fibra enrollada alrededor de mi dedo anular, el día después de que las tres pruebas de embarazo hubieran salido positivas, positivas y, cómo no, positivas. Di vueltas al trozo de papel una y otra vez, feliz, nerviosa y asustada.

—Estoy seguro —había dicho él. Introdujo la mano en el bolsillo y sacó un sobre de una agencia de viajes con dos billetes para Las Vegas—. Estoy seguro de ti.

Las Vegas era perfecto. Eliminaba la desagradable perspectiva de una boda por todo lo alto, con su familia presente y la mía ausente, ausente y muerta, creía Sam, en aquel trágico accidente.

—Ve a darte un masaje —me dijo después de inscribirnos en el hotel—. Hay para embarazadas. Lo he comprobado. —Cuando volví al cuarto, había una bolsa verde de ropa encima de la cama—. Sé que no tienes una familia que haga esto por ti —dijo. Extraje el contenido. Era un vestido de color crema, entre marfil y plata, de falda larga, hecho de una seda tan suave como pétalos—. Yo seré tu familia ahora.

Había pájaros en el vestíbulo del hotel, recordé, loros, guacamayos y cotorras, de brillantes plumas amarillas y verde esmeralda. Sus ojos daban la impresión de seguirme desde las jaulas de bambú mientras paseaba con mi marido, sujetando mi falda, mientras oía mis tacones repiquetear sobre el suelo de mármol. Si pudiera reescribir la historia a la manera de los hermanos Grimm, los pájaros habrían lanzado advertencias: «¡Vuelve, vuelve, hermosa novia!» Después, borraría lo que había escrito y regresaría hasta la noche en que nos habíamos conocido. Si no le hubiera hecho gracia mi broma; si no me hubiera invitado a aquella copa; si no me hubiera gustado la expresión de su rostro, y sus manos cuando pasó la chaqueta al otro lado de la barra y dijo que estaba muy atractiva con mis pantalones cortos.

Me ajusté el chaquetón que me había dejado mi madre y me levanté. La bolsa de pañales estaba al pie de la escalera, donde la había dejado. Me la colgué del hombro, me quité del dedo el anillo de compromiso y lo guardé en el bolsillo. Cerré con llave la puerta, y entonces recordé que la carta para Sam seguía encima de mi antigua cama. Decidí dejarla donde estaba. Que mi madre intentara extraer conclusiones. Que intentara imaginar quién era Sam y lo que yo lamentaba tanto haber hecho.

Tres cuartos de hora después estaba en la casa de empeños que había visitado por primera vez once años antes, con un anillo de diamantes diferente en la mano. El tipo que estaba detrás de la ventanilla dedicó lo que se me antojó una eternidad a examinar el anillo con la lupa, paseando la vista de los diamantes a mi cara, y viceversa.

—Es de Tiffany's —dije para romper el silencio.

—Siete mil —dijo él; sus primeras palabras—. Y si es robado, no quiero enterarme.

Quise discutir, regatear, decirle que el anillo valía mucho más que eso, y descubrí que no me quedaban fuerzas. Extendí la mano para recoger el dinero, y él me lo dio, un grueso fajo de billetes de cien dólares que doblé varias veces, para embutirlo por fin en uno de los numerosos bolsillos del bolso, de plástico con cremallera, pensados para toallitas o paños sucios.

Después fui a una cafetería de South Street, cogí un ejemplar de un semanario gratuito y empecé a rodear con un círculo anuncios de apartamentos. Mantuve la cabeza gacha y procuré no escuchar la voz de Sam en mi cabeza, cuando me hacía reír intentando pronunciar las abreviaturas, mientras se preguntaba por qué los anunciantes no podían pagar más y añadir las vocales.

«SUBARRIENDO, RITTENHOUSE SQUARE», rodeé con un círculo. «UNA HABITACIÓN, SUELOS DE PARQUET, DISPONIBLE DE INMEDIATO.» Sonaba perfecto, y el alquiler no suponía una merma sustancial para mi fajo de billetes. Marqué el número y me sorprendí cuando respondió una persona real, en lugar de un contestador automático. Acordamos una cita y me dirigí hacia el oeste, primero a Pine Street, después a Walnut, donde mis pies se detuvieron por voluntad propia delante de un cibercafé.

Pulsé las teclas con torpeza. Mi clave de acceso era la misma que me había adjudicado hacía años, LALia. La contraseña era el nombre de nuestro hijo. Tenía ciento noventa y tres mensajes nuevos, incluido uno de Sam por cada día que llevaba ausente. «POR FAVOR», rezaba el título de los más recientes. No «POR FAVOR, LEE ESTO». Sólo «POR FAVOR». Contuve el aliento y abrí uno.

«Querida Lia: respeto tus deseos y no intento localizarte, pero daría cualquier cosa por saber que estás bien.

»Pienso en ti siempre. Me pregunto dónde estás. Ojalá pudiera estar contigo. Ojalá pudiera convencerte de que nada de esto ha sido culpa tuya, sino algo terrible que ocurrió, sin más. Ojalá te lo pudiera decir en persona. Ojalá pudiera ayudarte.

»¿Puedo?»

No había firmado con su nombre.

Pulsé la opción «responder» antes de perder el valor. «Estoy en casa —escribí a mi marido—. Estoy bien. Te volveré a escribir cuando pueda».

Hice una pausa, mis dedos temblaron sobre el teclado. «Yo también pienso en ti», escribí. Pero no podía. Todavía no. Pulsé «borrar», dejé un billete de cinco dólares sobre el mostrador y em pujé la pesada puerta de cristal.

Tres cuartos de hora después estaba llamando a una puerta del piso dieciséis del Dorchester.

—Es un subarriendo de seis meses —dijo el administrador, un hombre de edad madura vestido con pantalones caqui y una corbata de la que tironeaba sin cesar. Abrió la puerta de un apartamento de un solo dormitorio vacío, suelos de parquet, dos armarios grandes, una cocina americana y vistas al parque.

—Lavavajillas, triturador de basura, lavadora que funciona con monedas en el sótano.

Recorrí el apartamento, oí la voz de Sam en mi cabeza. *¡Lvvjl! ¡Trit bsra! ¡Lvdra mndas!* El administrador me observaba con atención. Me ceñí el chaquetón de mi madre alrededor del cuerpo, bajé la vista y observé que mis pequeñas sandalias rosa, tan perfectas para recorrer el metro de acera que separaba el servicio de aparcamiento de cualquier destino de Los Ángeles, no tenían muy buen aspecto, después de utilizarlas durante varias semanas en Filadelfia.

—Y aquí tiene las vistas —dijo, y abrió las persianas con un giro teatral de la muñeca.

Toqué el cristal con las yemas de los dedos y miré el parque que había frecuentado las últimas semanas, observando y esperando. Dieciséis pisos más abajo, un hombre y un niño estaban atravesando el parque cogidos de la mano. El hombre llevaba vaqueros y camisa azul, y el niño, que tendría unos seis años, empujaba un patinete plateado.

—Oh, Dios —susurré, y apoyé las dos manos sobre el cristal.

—¿Se encuentra bien? —preguntó el administrador.

—Mareada —logré farfullar.

Se acercó a toda prisa para sujetarme por si me caía, y después se detuvo como petrificado, sin saber si tocarme o no.

—¿Quiere sentarse?

Quieresendarse, fue lo que oí. El acento de Filadelfia. Lo había olvidado.

—Estoy bien. De veras. Sólo un leve mareo. Demasiado café. O demasiado poco. —Intenté recordar cómo hablaba la gente entre sí. Había perdido la práctica desde mi regreso—. Se me ha puesto la carne de gallina —solté, y después me mordí el labio. Era una de las expresiones favoritas de mi madre, y me había salido de la boca como una paloma que surgiera de la chistera de un mago.

—¿Está segura de que se encuentra bien?

—Sí —dije—. Me encuentro bien.

Apreté con más fuerza la bolsa de pañales e intenté pensar en lo que debía decir a continuación, en cómo hablaban las personas normales. Pensé que había transcurrido una eternidad desde la última vez que lo había hecho.

—¿Qué le parece? —preguntó el administrador, y tiró una vez más de su corbata.

De acuerdo, Lia, tú puedes hacerlo, pensé.

—Es bonito. Muy bonito.

—¿Qué la trae por la ciudad?

Una gallina, pensé. *Se me puso la carne de gallina, y me trajo de vuelta a casa. Como la cigüeña, pero al revés.*

—La nostalgia, supongo. Soy de aquí. Bien, de aquí no, de Somerton. Cerca. Cerca de aquí.

Dios, Lia, cierra el pico, me dije.

—¿Irá a trabajar a Center City?

Contemplé mis zapatos sucios y recé para que se materializara una respuesta directa en mi boca.

—Sí —contesté—. A la larga. Pronto. Quiero decir, el dinero me irá bien —me apresuré a añadir, porque no quería que pensara que era una holgazana sin ganas de trabajar. Quería ese apartamento. Tenía buenas vibraciones, *feng shui*, lo que fuera. Me sentía segura en él—. Me gustaría quedarme el apartamento.

—Bien —dijo el hombre, como si yo fuera una colegiala que hubiera terminado una especie de suma—. Me alegro por usted.

Rellené la solicitud, y observé que las gruesas cejas del administrador se arqueaban cuando saqué del bolso el fajo de billetes para pagar el depósito.

—¿No tiene un talón...? —dijo—. Bueno, le extenderé un recibo —añadió, y contó los billetes con cierto nerviosismo.

—No se preocupe, no soy una traficante de drogas ni nada por el estilo —dije, y me propiné una patada mentalmente, pues sabía que sonaba como si fuera culpable de algo—. No lo soy —insistí en voz más baja—. El número que le di es el de mi madre. Puede llamarla, si quiere alguna referencia... —Volví a darme otra patada, y me pregunté qué diría mi madre de mí si el hombre llamaba—. Lo siento —dije en vano.

—No se preocupe —contestó el hombre con amabilidad, y

anotó mi número de móvil—. Me pondré en contacto con usted mañana por la mañana. Puede quedarse el rato que quiera. Sólo cierre la puerta al salir.

Entré en el dormitorio, y después abrí el armario, donde aspiré el olor a jabón de aceite Murphy y a los fantasmas de prendas del pasado. Había una docena de perchas vacías, algunas bolas de pelusa, soportes metálicos vacíos para zapatos.

Cansada. Estaba muy cansada. Hacía horas que no dormía. Fui a la puerta para asegurarme de que estaba cerrada. Después extendí el chaquetón sobre el suelo del dormitorio, bajé las persianas, me aovillé en el centro de la habitación y me quedé muy quieta hasta que el mundo dejó de dar vueltas y me dormí.

Soñé lo mismo que había soñado desde la noche de mi llegada. Siempre empezaba igual: yo estaba en la habitación de Caleb. Veía la alfombra color crema, las paredes que Sam y yo habíamos pintado de amarillo claro, la librería llena de libros ilustrados, el cartel de Babar haciendo yoga en la pared.

La cuna estaba donde debía estar, esperando en el centro del dormitorio. Caminé hacia ella, contemplé mis zapatos rosa manchados, los mismos que me habían transportado desde Los Ángeles a casa, y contuve el aliento, sabiendo lo que iba a descubrir incluso antes de inclinarme sobre la cuna, porque el sueño siempre terminaba igual. Extendí la mano, aparté la manta y encontré una pila de hojas donde habría tenido que estar el bebé. Cuando las rocé con las yemas de los dedos, salieron volando.

AYINDE

—Ojalá no tuvieras que irte —dijo Ayinde, con la mirada clavada en los hombros de Richard, recortados a la luz del vestidor, mientras acunaba a Julian en sus brazos. El bebé tenía cuatro semanas y pesaba tres kilos doscientos, pero aún lo sentía ligero como una bolsa llena de plumas en los brazos, e igual de frágil.

—Ojalá no tuviera que ir —replicó él, mientras elegía una maleta de la hilera que había justo detrás de la puerta del ropero—. Pero prometí hace más de un año a los fabricantes de zapatillas que lo haría, y no puedo decepcionarles.

Abrió la maleta y echó un vistazo al interior, aunque ya sabía lo que iba a ver: un traje, todavía dentro del plástico de la tintorería, una chaqueta deportiva y dos pares de pantalones, tres camisas de cuello con botones, el complemento obligatorio de pijamas, calcetines y ropa interior. Tenía media docena de bolsas como ésa, cada una preparada para estancias que oscilaban entre una noche y una semana fuera de la ciudad. De hecho, pensó Ayinde, había dos bolsas para una semana de ausencia, una con bañadores y chanclas, la otra con una parca de esquí, jerseys y bufandas de cachemira, y un par de botas forradas de piel. Cuando Richard volvía a casa, se limitaba a dejar la maleta junto a la puerta, y alguien (la criada, el mayordomo, alguien) la deshacía, lavaba la ropa interior, llevaba a la tintorería los trajes, tal vez incluso cambiaba la hoja de afeitar, volvía a hacer la maleta y la devolvía al armario, donde estaría preparada para el siguiente viaje.

Salió del ropero con semblante alegre. Ella sabía que, en su mente, ya estaba viajando, estrechando manos y exhibiendo su sonrisa de «día-de-partido». Tal vez estaba pensando en el avión, aquel gran asiento en primera clase, con una bebida sobre el apoyabrazos y los auriculares que le aislaban de los ruidos. Ni niños llorando, ni agotada y abnegada esposa, que se encogía cada vez que la tocaba. Cruzó la habitación con paso vivo, sacó un par de gemelos del cajón del tocador y unos mocasines de unos cubículos construidos a propósito para albergar todo tipo de cosas, desde zapatos de salón a palos de golf. Después miró a su mujer y a su hijo, los dos sentados en una butaca tapizada que el decorador había enviado aquella mañana.

—¿De veras quieres que me quede?

Sí, pensó ella.

—No —dijo—. No, vete. Sé que es importante para ti.

—Importante para los dos —la corrigió, al tiempo que añadía los últimos números de *Sports Illustrated* y *ESPN: The Magazine* a su bolsa de viaje de piel.

Ella asintió a regañadientes. Comprendía que Richard quisiera plegarse a las exigencias de los patrocinadores (hacer acto de presencia en determinados acontecimientos, comer y jugar al golf con sus ejecutivos, estampar el autógrafo en interminables pelotas de baloncesto para sus críos), porque eso le convertía en una inversión valiosa. Era curioso, meditó, mientras se removía en la silla y notaba todavía la entrepierna sensible, si bien el doctor Medlow le había asegurado que los puntos habían sanado a la perfección. Pensaban que le estaban dando unas vacaciones a Richard (una semana en el campo de golf de Paradise Island; un largo fin de semana en Vail), pero él se tomaba las escapadas como un trabajo, y muy en serio: investigaba los nombres y los historiales de los hombres con los que se iba a entrevistar con suficiente antelación, y así los dejaba estupefactos cada vez que introducía un nombre o un lugar en la conversación. «¿Cómo están Nancy y los chicos? Ya estarán enormes, ¿verdad?...» «¿Ocho y diez?» O: «Siento que su madre falleciera. ¿Cómo lo lleva?» Los rostros complacidos de los hombres contestaban: «¡Es increíble! ¡Richard Towne sabe el nombre de mi mujer! ¡Sabe la edad de mis hijos!»

Cuando vivían en Texas, a Ayinde no le había importado viajar. A veces se quedaba en su enorme mansión moderna, y los fines de semana iba a los estudios de televisión para compensar los fines de semana de partido en que estaba ausente. O bien, si Richard iba al este, volaba con él para ver a sus padres en Nueva York. Iba al cine con su padre, y su madre la arrastraba a Bergdorf Goodman o Barneys después de dejar la maleta de Ayinde sobre la cama, sujetar una falda o una chaqueta entre sus dedos y decir: «¿Eso es lo que queda elegante en el quinto pino?»

Observó a su marido mientras hacía el equipaje, y se preguntó cuándo terminarían todos los viajes, los fines de semana fuera, el incesante cortejo de los ejecutivos que vendían refrescos, zapatillas de deporte y cereales; cuándo Richard podría relajarse por fin y acceder a una merecida prejubilación. Perseguir patrocinadores ya era un trabajo en sí, y Richard no lo necesitaba. Pero se trataba de algo más que dinero, pensó. Se trataba de la seguridad que él no había conocido durante su adolescencia, la sólida certeza de que siempre habría dinero suficiente para comida, ropa e incluso para los estudios universitarios de su hijo.

—Ya sabes que no me gusta dejaros solos —dijo.

Ayinde asintió, y pensó que no dejaba de ser extraño, porque en su vida, *solos* significaba «solos, salvo por la criada, la cocinera, el chófer, el jardinero, el monitor de Pilates, que iba los viernes por la mañana, y la decoradora, quien poseía su propia llave y no dudaba en utilizarla». Ayinde ya se había topado dos veces con Cora Schuyler, de Main Line Interiors, antes de las ocho de la mañana, en una ocasión cuando fue a entregar un plato que quería colgar en la cocina, y otra vez cuando estaba dejando jabones artesanales en el tocador de señoras.

Luego estaba el director comercial, que ocupaba los ciento diez metros de oficina situados sobre el garaje para seis coches; el publicista a tiempo parcial, que trabajaba en la oficina contigua; y el guardaespaldas, que ganaba lo que Ayinde consideraba una cantidad de dinero desorbitada por el trabajo de conducir de un lado a otro de la calle en un Hummer de aspecto amenazador, y apuntar la matrícula de cualquiera que se metiera en su callejón sin salida. También había tenido una niñera a la que Richard contrató para una estancia de tres semanas. Ayinde la había despedido al cabo de cinco días. A la niñera, una mujer encantadora de unos cincuenta años llamada señora Ziff, se le había escapado que su siguiente cliente era una mujer que trabajaba con un niño de dos años y medio, y a la que sólo correspondían doce semanas de permiso de maternidad. Ayinde se sintió culpable porque Julian era hijo único, su exclusiva responsabilidad, y era absurdo acaparar el tiempo de esta mujer, aunque ella (bien, Richard) ya le había pagado.

—Llama a tus amigas de yoga —dijo Richard mientras cerraba la cremallera de las bolsas y las sacaba del armario. Por la noche, el chófer iría a buscarlas y las dejaría en el maletero del coche que conduciría a Richard al aeropuerto a primera hora de la mañana—. Ve a una despedida de soltera.

—Amigas —repitió ella. Él la miró.

—Son tus amigas, ¿verdad?

Ayinde asintió. Aún se sentía un poco sorprendida.

—Ve a un *spa* o algo por el estilo —insistió Richard—. Relájate un poco.

—Quédate, por favor —suplicó ella, lo cual sorprendió a ambos. Se levantó del sillón con Julian en los brazos, atravesó a toda prisa la habitación perfecta, con la cama cuyas almohadas ahuecaba Clara al menos dos veces al día, la chimenea de mármol y la repisa de caoba, con nuevas fotos enmarcadas del niño y ella.

—Oh, nena —dijo Richard. Ayinde hundió la cara en su hombro, sintió el calor de su piel a través del jersey de cachemira.

—Quédate —repitió con un hilo de voz—. Quédate, por favor.

Él extendió un brazo para abrazarla, y Ayinde vio confusión en la mirada de su marido. Ella no era así. No era dependiente, pegajosa, quejica, ni nada similar a las mujeres que giraban en torno a la órbita de Richard, al menos las que trabajaban para él. *No soy una damisela en apuros*, le había dicho... y en aquel momento había sido cierto.

—Lo siento —dijo, y se esforzó por componer una expresión natural. *¡Mentón arriba, hombros atrás, ten un poco de orgullo, muchacha!*, oyó susurrar a Lolo. Se alisó el pelo con la mano libre, y se arrepintió de llevar todavía el albornoz y el pijama que había utilizado todo el día (de hecho, casi toda la semana)—. Estaré bien.

Y era verdad. Siempre había estado bien sola. Recordó la Navidad de cuando tenía ocho años. Sus padres se habían marchado la noche anterior a una isla griega, pero Ayinde no había querido perderse la obra de teatro del colegio, en la cual tenía dos líneas en el papel de uno de los tres Reyes Magos. Quedó con una amiga para ir a dormir a su casa, y sus padres habían alquilado un coche para recogerla allí y conducirla al aeropuerto. Por desgracia, se habían llevado su pasaporte con ellos.

—Volveremos lo antes posible —había dicho su madre, con voz que sonó tenue pero irritada por encima de la conexión transatlántica, como si todo hubiera sido culpa de Ayinde, no de ella—. El lunes, como máximo.

Ayinde guardaba una llave de la casa en una cinta colgada del cuello.

—¿De vuelta tan pronto? —había preguntado el portero, mientras ella le deseaba feliz Navidad y se dirigía hacia el ascensor. Sabía que, si le contaba la verdad, se preocuparía por ella, y quizá hasta se perdería su fiesta familiar. Sabía que tenía hijos, porque tenía una foto de ellos encima del escritorio. Por lo tanto, Ayinde decidió que estaba bien, le saludó con la mano cuando las puertas del ascensor se cerraron y pasó dos días muy felices en el apartamento vacío, envuelta en su colcha, comiendo galletas de mantequilla de una lata que el ama de llaves había dejado como regalo de Navidad, tomando chocolate y sopa de fideos con agua del grifo de la cocina, porque no le permitían utilizar el horno, y leyendo libros de Nancy Drew* hasta que sus padres (Lolo disgustada, su padre pidiendo perdón, los dos cargados con regalos suficientes para una docena de niñas de ocho años) regresaron a casa.

Más de veinticinco años después de aquella Navidad, Ayinde bajó la vista. Conocía el trato al que se había comprometido cuando se casaron, y era demasiado tarde para cambiar las cláusulas.

---

* Detective femenina de ficción creada en la década de 1930. (*N. del T.*)

Había sido el vivo retrato de la mujer moderna: fuerte, inteligente, autosuficiente, apenas molesta por un vestuario lleno de hombres desnudos hostiles. Y cuando Richard prometía algo, lo cumplía, fuera lo que fuera. Eso también lo sabía.

—No te preocupes por nosotros —dijo, y se preguntó si a él, para empezar, se le había ocurrido preocuparse por ella.

—Que te diviertas —dijo él, sonrió y la besó, y después se agachó con cuidado, hasta que le crujieron las rodillas, para hablar al niño—. Cuida de mamá, pequeñín.

Cuida de mí, pensó Ayinde, y miró la cabeza de su marido y se quedó sorprendida al observar que se le empezaba a caer el pelo. *Cuida de mí*, pensó de nuevo, y acunó a Julian contra su corazón.

BECKY

—Siento llegar tarde —susurró Becky a Kelly, y se dejó caer en el asiento de la sala de actos del hospital. La conferencia sobre alimentación materna hacía cinco minutos que había empezado—. Crisis en el restaurante. Nuestro proveedor nos envió piñones en lugar de aguacates. Un desastre total.

En el escenario había una monitora, una enfermera libre de servicio con un uniforme azul oscuro sobre una camiseta de manga larga. Sostenía en la mano derecha un puntero láser. En la izquierda, el modelo a tamaño natural de un pecho, con pezón retráctil y todo.

—Buenas noches, señoras —dijo la enfermera—. Caballeros —añadió, y movió el pecho en dirección a un par de futuros padres—. Les felicito por estar aquí. Han dado un paso muy importante para asegurarse de que su bebé empiece a desarrollarse de la mejor manera posible. ¿Cuántas de ustedes fueron amamantadas?

Becky se quedó sorprendida cuando Kelly levantó la mano.

—¿De veras? —susurró.

—No es para impresionarse —susurró Kelly a su vez—. Mi madre no era progresista ni nada por el estilo. Creo que no podían permitirse leche maternizada para ocho críos.

—Esta noche contamos con algunos accesorios —dijo la enfermera. Se acercó al fondo del escenario y volvió con una caja de cartón llena de muñecas de plástico del tamaño de un bebé—. Cojan una muñeca y vayan pasando el resto.

Becky recibió un bebé de aspecto asiático con un pañal desechable y una camiseta del Hospital de Pennsylvania. Kelly introdujo la mano en la caja.

—¡Mira, me ha salido una negra! —exclamó. Gente situada dos filas más adelante se volvió a mirar.

—A Steve le hará mucha gracia —susurró Becky. La piel clara de Kelly enrojeció.

—Bien —dijo la monitora, después de que cada mujer recibiera su bebé—, ¿alguna de ustedes se ha sometido a cirugía mamaria? ¿Implantes?

Algunas manos se levantaron. Kelly se volvió para ver.

—No mires —dijo Becky, y golpeó el hombro de Kelly con su folleto de «Las preguntas más frecuentes sobre la lactancia materna».

—¿Reducciones de pecho?

Algunas manos más se levantaron. Kelly estudió la libreta de notas que había llevado consigo.

—¿A cuántas de ustedes les ha preguntado su médico si iban a amamantar al bebé?

Todas las mujeres levantaron la mano.

—¿A cuántas de ustedes les ha examinado el médico los pezones?

Nadie levantó una mano, salvo una mujer de la primera fila.

—Muy bien. ¿Cuántas de ustedes saben qué aspecto tiene un pezón invertido? —preguntó la enfermera. Silencio absoluto. La enfermera frunció el ceño y meneó la cabeza. Alzó el pecho artificial en el aire y aplastó el pezón.

—Uy —susurró Becky.

—Esto es un pezón plano —dijo la monitora—, y esto —presionó de nuevo el pezón— es un pezón invertido. Ambos pueden dificultar la lactancia materna, pero podemos hacer alguna cosa para ayudar.

—Podemos reconstruirte —murmuró Becky—. Podemos mejorarte.

—Habrá enfermeras en el baño durante el descanso, por si alguien quiere que le examinen los pechos —dijo la monitora.

—¿Vas a ir? —preguntó Kelly.

Becky negó con la cabeza.

—Mis pechos están bien —dijo—. Y la verdad, estoy harta de que me los miren.

Apretó los labios, y recordó el horror de su ecografía de los cinco meses de embarazo, tendida sobre la mesa mientras una sádica en uniforme restregaba su estómago con gel caliente, y procedía a apretar y estrujar el transductor contra su estómago, con tal fuerza que lanzó una exclamación ahogada.

—¿Puede ser un poco más delicada, por favor? —preguntó.

La enfermera se encogió de hombros y dijo, sin apartar la vista de la pantalla:

—Debido a su obesidad, me cuesta visualizar al bebé.

Obesidad. Becky habría querido morirse. Apretó los ojos con fuerza, sintió que su corazón se vaciaba de orgullo y entusiasmo y se llenaba de vergüenza. Se alegró de que Andrew estuviera ocupado en una operación y no hubiera escuchado aquellas palabras. Se incorporó en la mesa, se cubrió el vientre con la sábana y dijo a la enfermera que quería ver a su supervisora.

En el escenario, la monitora estaba utilizando su muñeca y el pecho gigantesco para mostrar posiciones diferentes «que son mejores para madres de pechos grandes».

—Y aquí tienen algunos folletos que pueden serles de utilidad —dijo. Becky cogió uno e hizo una mueca.

«Chupetes: las tetas del diablo», leyó.

—¿De veras? —dijo Kelly.

—Te voy a dar la versión abreviada —dijo Becky. Consultó su reloj y se puso en pie—. Vámonos

Diez minutos después, estaban con Ayinde en una cafetería de South Street, donde pidieron bebidas descafeinadas, hicieron carantoñas a Julian y se contaron cómo se habían quedado embarazadas.

—Fue como un mal chiste —dijo Kelly, mientras miraba con el ceño fruncido el té a la menta que había pedido en lugar del café exprés que le apetecía—. Mi madre se quedaba embarazada cada vez que miraba a mi padre, mi hermana Mary es absolutamente fértil, y sin embargo nosotros tardamos seis meses en lograrlo, y además necesitamos Clomid*.

* Medicamento para el tratamiento de la infertilidad. *(N. del T.)*

—Seis meses es lo normal —dijo Becky. Las campanillas del pomo de la puerta sonaron un momento cuando la puerta se abrió y se cerró. Una mujer con un chaquetón azul intenso avanzó vacilante hacia la barra.

—Sí, bien, se me hizo eterno. La verdad es que no estaba ovulando con regularidad, así que tomé Clomid y funcionó. Pero dio al traste con mis planes.

—¿Tus planes? —preguntó Becky.

—Bien, yo había pensado quedarme embarazada a los veinticinco años en lugar de a los veintiséis. De esa forma, tendría el primero a los veintiséis y el segundo a los veintiocho...

—Espera. Un momento. ¿Un segundo hijo? —preguntó Ayinde.

—Exacto. Steve y yo queremos dos.

—Estoy intentando sobrevivir a éste —dijo Ayinde, mientras miraba con ternura a Julian—. No puedo creer que ya estés planeando tener otro.

Kelly dejó caer los paquetes de azúcar y edulcorante sobre la mesa y se puso a ordenarlos por colores.

—Me gusta planificar las cosas —dijo—. Si quieres saber la verdad, lo ideal para mí habrían sido gemelos.

—Estás loca —dijo Becky—. ¿Tienes idea del trabajo que supondría? ¡Díselo, Ayinde!

—Es duro —dijo con una sonrisa de cansancio—. Ni siquiera deberíais estar aquí. Tendríais que iros a casa a dormir ahora que podéis.

—Bien, sé que puede ser muy duro los primeros meses, pero cuando tienes dos ya no te dan ganas de quedarte embarazada de nuevo... Además, puedes dar de mamar a dos bebés, ¿recuerdas? —dijo Kelly.

—El que la monitora pueda hacerlo con dos muñecos no significa que vaya a funcionar en la vida real —dijo Becky.

—¿Y tú? —preguntó Kelly—. ¿Te quedaste embarazada enseguida?

—Oh, que siga hablando Ayinde —dijo Becky—. Mi historia es breve.

—Supongo que fuimos normales —dijo Ayinde—. Tardamos unos seis meses. Tal vez un poco más. —Le quitó el gorro a Julian y lo guardó en el bolso—. Aunque creo que Richard creyó que había hecho bingo a la primera... —Se encogió de hombros—. Está acostumbrado a conseguir todo lo que desea. —Bebió de su vaso de leche—. Sé que soy afortunada —dijo—. Muchos jugadores tienen hijos por todas partes, les llueven pleitos por paternidad por todos los lados...

—Ah, sí, lo mismo pasa con los médicos —dijo Becky. Ensortijó un rizo alrededor del dedo—. Andrew no tenía prisa. Dijo que nos lo estábamos pasando muy bien solos, y que un bebé complicaría las cosas. Como así sucederá, por supuesto. Pero en el buen sentido. Eso espero, al menos.

—¿Te quedaste embarazada enseguida? —preguntó Kelly.

—Fue una especie de broma —dijo Becky—. Queríamos esperar hasta que Andrew hubiera terminado la residencia, para que así estuviera un poco más en casa, pero me quedé embarazada el primer mes que dejé de tomar la píldora. Aún no lo estábamos intentando de manera oficial, pero yo ya estaba convencida de que nunca me quedaría embarazada.

—¿Por qué? —preguntó Kelly.

—Bien, me dedicaba a leer en Internet todo eso acerca de mujeres con sobrepeso y embarazo. Tenía ciclos menstruales muy largos... —Becky tomó un sorbo de agua y dedicó un momento a reflexionar sobre lo raro que era hablar de sus ciclos menstruales con sus nuevas amigas, antes de decidir que no le importaba—. En cualquier caso, pensaba que padecía el síndrome del ovario poliquístico, que es cuando tienes el período pero no ovulas, y por lo tanto no puedes quedarte embarazada. Le pasa a montones de mujeres con sobrepeso. Incluso llamé a un especialista en fertilidad antes de dejar la píldora, sólo para que me hiciera una revisión. No podían atenderme hasta pasadas seis semanas, y cuando llegué... —Se encogió de hombros, incapaz de reprimir una sonrisa, al recordar su emoción cuando el médico le estrechó la mano y le recomendó que se fuera a casa y que se cuidara. Había sido la primera vez desde los doce años en que sentía algo que no fuera vergüenza en la consulta de un médico, donde las visitas empezaban con la balanza y siempre incluían una variación sobre «¿Qué vamos a hacer con su peso?»—. Y eso fue hace treinta y siete maravillosas semanas.

—¿Maravillosas? —preguntó Kelly, y arrugó la nariz.

—Bien, aceptables. Siempre estaba cansada al principio, e irritable hacia la mitad. Ah, y una semana sólo comí *muffins* ingleses. Aparte de eso, está siendo un embarazo aburrido y normal. —Sonrió de nuevo, y recordó lo que había sentido cuando su hija se movió por primera vez en la semana decimonovena. *Gases*, había dicho Andrew. *Gases*, había sentenciado su suegra Mimi con un cabeceo magistral, como si hubiera dado a luz docenas de hijos en lugar de sólo a Andrew. Pero Becky había sabido que, dijeran lo que dijeran, no eran gases. Era su hija. Kelly tomó otro sorbo de te e hizo una mueca.

—Mi embarazo ha sido espantoso —dijo—. Me ha ido tan mal que de haber podido habría devuelto el útero. Sangré durante todo el primer trimestre, así que tuve que quedarme en la cama una temporada para descansar, y después los análisis de sangre no dieron resultados claros, de modo que tuve que hacerme una amniocentesis y volver a descansar. ¡Me siento tan incómoda! —Bajó la vista y apoyó las manos sobre el montículo de su vientre—. ¡Nunca en la vida he estado tan gorda!

—Aún lo estás menos que yo antes de quedarme embarazada —dijo Becky—. No te desanimes.

—Vomitaba cada mañana hasta mi sexto mes —continuó Kelly—, y tenía una acidez de estómago horrible...

—Ah, la acidez. Yo también —dijo Becky. Se había olvidado de la acidez. Tal vez el embarazo no era tan estupendo como creía.

—Tuve que pedir recetas —dijo Kelly—. Los medicamentos sin receta no servían de nada. —Miró a Ayinde—. ¿Y tú?

—Fue bien —dijo, y apoyó una mano sobre el borde del asiento del cochecito. Alisó la manta de Julian y su enorme diamante destelló—. Hasta la sorpresa final.

—Oh, vamos —la animó Kelly—. Cuéntalo.

Ayinde no dijo nada.

—¿Sufrías acidez de estómago? —preguntó Kelly—. ¿Náuseas matutinas? ¿Te meabas cuando te reías?

Una leve sonrisa cruzó los labios de Ayinde.

—Los pies —dijo con un encogimiento de hombros—. Mis pies se han hinchado. Las pantorrillas también. Llevo estas botas con cremallera...

—Ah, cremalleras —dijo Kelly—. No me asustes.

—También se me hincharon las manos —continuó Ayinde, y las miró con pesar—. Aún están un poco hinchadas de hecho. Hubiera tenido que quitarme los anillos.

—Jabón y un poco de agua caliente van bien —dijo Becky.

—Oh, creo que habría podido quitármelos —dijo Ayinde—. Pero no lo hice.

—¿Por qué? —preguntó Becky.

—Porque me convertiría en otra mamá sin marido. Y no quiero que la gente piense eso de mí.

Su confesión enmudeció a Kelly y Becky.

—¿De veras crees que la gente...? —empezó Kelly.

—Ya lo creo —replicó Ayinde con una amplia sonrisa poco sincera—. Ya lo creo. Chica negra, sin anillo, la conclusión es evidente.

—Aunque seas...

Kelly calló.

Ayinde enarcó las cejas.

—¿Mulata? ¿De piel clara?

—Rica, iba a decir. —Las mejillas de Kelly habían enrojecido tanto que casi brillaban—. No sabía que eras mulata.

Ayinde apoyó una mano sobre el antebrazo de Kelly.

—Perdona —dijo—. No tendría que haberlo dado por supuesto. Mi padre es blanco y mi madre negra. Bien, afroamericana con ascendencia cherokee, según dice. Pero eso no es lo que ve la mayoría de la gente cuando me mira.

—Escuchad, chicas —dijo Becky en voz baja, mientras miraba

por encima del hombro de Kelly—. No miréis, pero la mujer de la esquina no nos quita el ojo de encima.

La cabeza de Kelly giró con tal brusquedad que Becky oyó el crujido de su cuello.

—¡No mires! —susurró, convencida de que la mujer parecía tan desequilibrada que si una mirada no le gustaba saltaría al instante. Ayinde desvió la vista con discreción a su derecha, donde una mujer con un chaquetón azul y cabello rubio lacio, que le colgaba por encima de los hombros, estaba sentada con las manos alrededor de una taza y un periódico extendido sobre la mesa.

—¿La conoces? —susurró Ayinde.

—La veo con mucha frecuencia —respondió Becky—. No sé quién es, pero la veo por todas partes.

—¿Está embarazada? —preguntó Kelly.

—No creo. ¿Por qué? —contestó Becky.

—Bien, desde que estoy embarazada, sólo veo mujeres embarazadas. ¿Os habéis dado cuenta de eso?

Becky asintió.

—Pero no creo que esté embarazada. Está por todas partes, punto. Sé que la he visto en el parque... y en la calle...

Kelly volvió la cabeza de nuevo.

—¡No mires! —la reprendió Becky—. Si lo haces, te atizaré otra vez con el folleto de los pechos.

—Parece... —Kelly arrugó la nariz— perdida.

—Como si fuera incapaz de localizar una calle o...

—No —dijo Kelly. Intentó encontrar algo mejor, pero la primera palabra parecía la más precisa—. Perdida.

La mujer alzó la cabeza y las miró. *Perdida*, pensó Becky. Kelly tenía razón. La mujer parecía perdida, triste y atormentada. Cuando habló, su voz sonó cascada.

—¿Un niño?

Las tres mujeres intercambiaron una veloz mirada de preocupación.

—Lo siento —dijo la mujer. Su modo vacilante de hablar condujo a Becky a preguntarse si su lengua materna era el inglés, o si estaba traduciendo de su lengua nativa—. ¿Su bebé es un niño?

—Sí —dijo Ayinde con cautela—. Sí, lo es.

La mujer asintió. Dio la impresión de que estaba a punto de decir algo o de levantarse y acercarse a ellas, pero cuando se puso en pie cambió de idea, les dirigió una mirada de desesperación y salió corriendo por la puerta.

KELLY

Kelly Day estaba sentada ante el escritorio, en su apartamento del rascacielos, mirando a través de las ventanas de suelo a techo las copas de los árboles pletóricas de hojas que flanqueaban su calle. Tenía puestos los auriculares del teléfono, la pantalla del ordenador portátil brillaba ante ella, su agenda Palm Pilot y la libreta estaban preparadas, y *Lemon* se hallaba aovillado tan contento en una esquina, mientras se lamía con languidez sus genitales. Nunca se había sentido más eficiente, más equilibrada, más feliz que en aquel momento, con una mano apoyada sobre la barriga y Dana Evans, director de Programas Especiales del Zoo de Filadelfia, lanzando preguntas en su oído.

—Muy bien —dijo Kelly, y empezó a revisar la lista—. De modo que no puede haber cebollas, ni ajo, ni curry, ni alimentos de color amarillos...

—Verduras de color amarillo —corrigió Dana Evans—. Creo que el arroz al azafrán sería aceptable, pero no los pimientos amarillos.

—Verduras de color amarillo no —dijo Kelly, tomó nota y pensó en que el príncipe Andrés Felipe, jefe de una pequeña y rica nación europea, conocida por la excelencia de su chocolate y la liberalidad de las leyes relativas al divorcio, parecía un caso mental grave—. Nada de café, nada de chocolate, nada de alcohol, nada de sabores alcohólicos en el postre...

—Es una pena —dijo Dana—. La *mousse* al Grand Marnier que tu empresa sirvió la última vez estaba buenísima.

—Me alegra que te gustara —dijo Kelly, y tomó nota del cumplido en su expediente de Dana Evans, para la siguiente persona que se ocupara de un evento relacionado con el zoo—. Bien, con respecto al orden del programa de actos, los estudiantes de arte dramático e interpretación cantarán nuestro himno nacional, después su himno nacional...

—¿Y la banda de metales?

—Trompetas cuando entre —dijo Kelly—. Un cuarteto de cuerda tocará durante la comida. Los entremeses servidos por mayordomos empezarán a las seis, durarán cuarenta y cinco minutos mientras los invitados vayan llegando, barra libre a cada lado de la carpa. Encargaré a seguridad que reserve una plaza de aparcamiento justo al lado de la puerta y le acompañe al interior de la carpa. Empezaremos a pedir a la gente que ocupe sus asientos a las seis cuarenta. A las siete, el responsable de donaciones especiales presentará al príncipe. Hará unos breves comentarios, tengo reservados cuatro minutos, y dará las gracias a los asistentes por la generosidad dispensada al zoo. El servicio de cena empezará a las siete, servicio francés, tal como acordamos, y los postres serán estilo bufet, con *petits fours* que acompañen a los cafés. El baile dará inicio a las ocho y cuarto, y tengo previsto que el príncipe se marche a las ocho y media.

—Una cosa más —dijo Dana—. El príncipe prefiere camareros de sexo masculino.

Kelly meneó la cabeza y tomó nota.

—¿Y el servicio ha de evitar mirarlo a los ojos?

—No ha dicho nada al respecto —contestó Dana—. ¿El hotel sabe que tendrán que lavar en seco y planchar su esmoquin?

—Puede dejarlo en recepción en cuanto llegue, o llamar a recepción para que lo recojan una vez que se haya acomodado en su habitación.

—Eres un ángel —dijo Dana—. ¿Te veré en la fiesta?

—No —sonrió Kelly—. Mi permiso de maternidad empieza esta noche. ¡Un año entero!

—En ese caso, no te entretengo más. ¡Buena suerte!

—Gracias —dijo Kelly.

Colgó el teléfono y apoyó sus pies descalzos sobre el costado tibio de *Lemon*, mientras terminaba de mecanografiar un memorando para su jefa con los detalles finales sobre la visita del príncipe. Después cerró el ordenador portátil y abrió su agenda Palm Pilot. El hombre de la tienda de telas vendría a medir las ventanas al día siguiente a las diez. Aún no podían permitirse el sofá de cuero capitoné al que había echado el ojo, ni mucho menos el televisor de plasma que había deseado desde la primera vez que vio el anuncio, pero las cortinas eran una forma de empezar y...

—Hola —dijo una voz cavernosa. Kelly pegó un bote y derramó una taza de café (descafeinado y, por suerte para ella, tibio) sobre el escritorio (IKEA y condenado a ser sustituido; había visto en un anticuario de Pine Street un secreter de un encantador tono verde dorado con patas cabriolé) y su perro. *Lemon* lanzó un chillido y salió corriendo del estudio con el rabo entre las piernas.

—¡Steve! ¡Me has asustado! —Levantó el portátil y empezó a limpiar el café con la manga—. ¿Qué haces en casa?

Su marido se hallaba inmóvil en mitad de la sala de estar vacía. El traje que tan bien le sentaba cuando se fue a trabajar por la mañana parecía ahora más grande. La chaqueta colgaba alrededor de su brazo en pliegues sueltos, los pantalones le caían de la cintura y los bajos se derramaban sobre sus zapatos. Miró la alfombra beige y murmuró algo. Kelly no le oyó.

—¿Qué? —preguntó. Oyó un eco de la voz de su madre en la de ella, cuando regañaba a sus hijos o aplicaba el tercer grado a su marido (*¿Dónde estabas? ¿Quién ha roto esto? ¿Qué hiciste anoche hasta las dos de la mañana?*), y eso le produjo dentera. Bajó la voz—. Lo siento, Steve. No te he oído.

El pelo de Steve colgaba lacio sobre el cuello de la camisa. *Corte de pelo*, pensó Kelly, y extendió la mano como un autómata hacia su Palm Pilot, antes de obligarse a mirar a Steve de nuevo.

—¿Qué pasa? —preguntó otra vez, y notó que el frío trepaba por su columna vertebral y se enroscaba alrededor de su vientre. Steve nunca tenía este aspecto. Siempre había sido... no un creído, no como Scott Schiff, quien debía tener aspecto de banquero de inversiones desde el día en que nació, pero sí seguro de sí mismo, seguro de que su inteligencia y dinamismo le conducirían al éxito de manera inevitable. Sólo que ahora, con la cabeza gacha y las manos colgando a los costados, Steven Day no parecía el director de e-business de una de las empresas farmacéuticas más grandes del país. Parecía un niño asustado.

—Despedido —repitió Steve, y su nuez de Adán se agitó al pronunciar las palabras—. La cagué en algo y... —Hizo una pausa—. Decidieron efectuar un recorte en sus programas de e-business.

Ella le miró, y tardó un momento en comprender a qué se refería.

—¿Te han echado? —soltó.

—Despedido.

Las palabras le sentaron como un disparo en el corazón.

—¿Me estás tomando el pelo?

—No —dijo Steve, y hundió los hombros—. Yo, Philip, la mitad de los programadores, tres recepcionistas...

Kelly apoyó las manos con fuerza sobre la tapa del ordenador portátil, y descubrió que no le interesaba nada la situación de los programadores, las recepcionistas y Philip, el amigo de Steve. En cambio, sentía una rabia tan feroz y absoluta que la asustó. *Esos capullos*, pensó, al tiempo que aspiraba aire. *¡Voy a tener un hijo! ¿Cómo pueden hacernos esto?*

—¿Saben que estoy embarazada? —preguntó, y detestó el tono chillón de su voz.

—Sí —dijo Steve—. Por eso me dan tres meses de indemnización en lugar de dos.

Tres meses. La mente de Kelly se puso en funcionamiento. Tres meses de paga, menos el alquiler, el pago de las tarjetas de crédito, los plazos del coche, el seguro médico...

—¿Aún conservamos el seguro médico? —preguntó, y oyó que su voz temblaba.

—Puedo pagarlo —dijo Steve. Tendremos cierta cobertura. Saldremos de ésta, Kelly. No te preocupes.

Ella respiró hondo.

—¿Qué ha pasado? —Casi sin pensarlo, tocó su móvil, la Palm, la montaña de facturas que aquella noche pensaba pagar a través de

Internet. *Y ahora ¿qué?*, pensó, y notó que su cabeza daba vueltas—. ¿Por qué te han hecho esto?

—La cagué, ¿vale? —chilló Steve—. No quería hacerlo. Sucedió. —Se mesó el cabello—. Me siento como un idiota —murmuró.

Kelly fue a la sala de estar y empezó a arreglar cosas, la cinta métrica que había dejado en el suelo, ejemplares de las revistas *Forbes, Money, Power* y *Qué cabe esperar cuando esperas*, todo apilado en el lugar donde iría la mesita auxiliar. Tenía una foto que había recortado de la revista *Traditional Homes* con los complementos para las ventanas que deseaba. La dobló en un diminuto cuadrado y la guardó en un bolsillo de sus vaqueros de premamá.

—¿Qué vamos a hacer? —preguntó, pensando en el trato al que habían llegado. Ella se tomaría un año libre para estar en casa con el niño. Él trabajaría y los mantendría.

Steve se alejó de la mesa y pasó ante ella sin mirarla a los ojos.

—Voy a correr —dijo.

—Vas a correr —repitió ella, pensando que como broma era de bastante mal gusto, esperando que él dijera que estaba bromeando. Correr. Y perder el empleo.

Fue a la cocina con una mano sobre el vientre, que sintió más pesado que nunca, y empezó a sacar cosas de la nevera: pechugas de pollo, bróculi, caldo de pollo para el arroz. Cinco minutos después, Steve salía del dormitorio, vestido con pantalones cortos, una camiseta y las zapatillas de deporte.

—No tardaré.

Y se fue.

Kelly se quedó en la cocina unos momentos, a la espera de que Steve volviera y le dijera que estaba bromeando, que todo iría bien, que mantendría la promesa que había hecho aquella primera noche, que cuidaría de ella. Como no regresó, metió el pollo en el horno y puso agua a hervir para el bróculi. Después fue al dormitorio, donde el traje, los zapatos y la corbata de su marido estaban apilados sobre la cama, y se aovilló sobre todo ello, apoyó la frente sobre una manga que todavía estaba húmeda y olía a café. La había cagado, ¿y qué podía hacer ella al respecto? En su mente, ya había dispuesto todo su glorioso futuro: la gran boda, el hermoso apartamento, los niños, todo ello basado en la carrera de su marido, en el sueldo que lo posibilitaría todo. *Te equivocaste otra vez, tonta,* susurró una voz en su oído. ¿Qué pasaría ahora? No había leyes que obligaran a indemnizar por maridos defectuosos. No podía hacerle una puesta a punto, ni llamar a su jefe para intentar reparar el error que le había costado el puesto de trabajo.

Cuando oyó que la puerta se abría una hora después, Kelly se quitó la ropa, se envolvió en un albornoz y entró en la sala de estar. Steve estaba tendido en el suelo, en el lugar donde iría un sofá. Se había quitado las zapatillas de deporte. La camiseta se pegaba a su pecho, que subía y bajaba.

Kelly le miró, mientras se esforzaba por encontrar el tono de voz adecuado, el de una esposa. Solidario. Comprensivo.

—Escucha —articuló—. Son cosas que pasan. Se cometen errores...

—Estupendo uso de la voz pasiva —dijo Steve.

—Bien, ¿qué quieres que diga? —preguntó Kelly. Steve se encogió como si le hubiera abofeteado. Eso no la impresionó—. ¿Quieres que diga que no pasa nada? ¿Que voy a tener un hijo y mi marido se ha quedado sin trabajo, pero no hay problema?

Steve alzó por fin la cabeza.

—Algo se está quemando.

Las alarmas antiincendios se dispararon. *Lemon* se puso a ladrar con furia.

—Mierda —dijo Kelly.

Entró en la cocina y vio que el agua había hervido hasta evaporarse y la olla se estaba quemando. Apagó el quemador, puso la olla al fregadero y la roció de agua fría. Una nube de vapor se elevó sobre su cabeza. Tuvo la impresión de que el bramido de la alarma era más estridente todavía.

Kelly entró corriendo en el cuarto de baño, sacó media docena de velas perfumadas de debajo del lavabo, canela, vainilla, Lluvia de Primavera, Galleta de Azúcar. Fue con ellas a la cocina y las encendió todas. Oyó que Steve estaba hablando por teléfono con el administrador del edificio y le decía que no pasaba nada.

—Un pequeño accidente culinario.

Y un pequeño desempleo, pensó Kelly. Dejó las velas encima del horno, corrió al cuarto de baño de delante para buscar un bote de ambientador y empezó a rociar. *Lemon* lloriqueó y se alejó corriendo del bote.

Steve le sujetó la muñeca.

—¿Qué estás haciendo?

Abrió la boca para intentar explicar cómo había sido la cocina de su madre en Ocean City: platos apilados eternamente en el fregadero, el lavavajillas perpetuamente semivacío, y el olor, sobre todo el olor, como si las paredes hubieran absorbido los residuos de todos los platos preparados en aquella cocina, todas las sartenes de bacon y las ollas de coles de Bruselas, todos los cigarrillos que se habían fumado, todas las cervezas que se habían abierto (y todas las botellas de *bourbon* y Tab).

—Es que no quiero que huela a humo —se limitó a decir. Alargó la mano hacia el ambientador y vio que estaba temblando. Steve le quitó el bote de la mano.

—Voy a dormir —dijo Kelly.

Eran las siete de la noche y no había cenado, pero Steve asintió.

—De acuerdo.

Kelly cerró las manos y reprimió el deseo de apoderarse otra vez del ambientador.

—Escucha —dijo—, siento lo sucedido. Todo saldrá bien.

Las palabras flotaron en la cocina como el humo. Steve no la miró.

—Bien, buenas noches —dijo Kelly, atravesó la sala de estar vacía, recorrió el pasillo, pasó ante el estudio y la habitación del niño, y entró en el dormitorio. Recordó la primera vez que había visto el apartamento, lo perfecto que le había parecido. Techos altos, ventanas del suelo al techo, cuarto de baño en el dormitorio con *jacuzzi* y ducha separada, encimeras de mármol y complementos de porcelana pintados a mano. Una bañera que nadie había utilizado nunca, dos cuartos de baño completos para los dos. *Nos lo merecemos. Tú te lo mereces*, dijo Steve, y reservó mesa en el restaurante más caro de la ciudad, la sorprendió con un brazalete de oro, un iPod, un viaje a Jamaica. *¿Por qué no?*, pensó ella. Estaba ganando bastante dinero, y el sueldo de Steve, después de las primas, era tan elevado que sorprendió a ambos. Todo iba a mejor, de modo que ¿por qué no?

—¿Por qué no? —susurró, y sepultó la cara entre las manos.

JULIO

AYINDE

El libro que iba a cambiar la vida de su bebé llegó la primera semana de julio, cuando Julian tenía once semanas. La página del título estaba medio cubierta con la letra gigantesca de Lolo. «HESPERO QUE TE SEA ÚTIL.» «Hespero» estaba escrito con hache. Ay, bien. La ortografía nunca había sido el punto fuerte de su madre. Ayinde se lo habría enseñado a Richard, y ambos habrían reído, pero Richard se había marchado otra vez. Partida de golf, después comida en el centro con unos ejecutivos de la compañía de videojuegos, que estaban desarrollando un juego basado en los movimientos de Richard.

—Lo siento —había dicho, mirándola desde los pies de su cama, con una chaqueta de ante echada sobre sus anchos hombros y los palos de golf en la mano—. Volveré a tiempo de cenar.

Ayinde bajó los ojos. Cada vez que se marchaba, pensaba en el perfume que había olido cuando había llegado tan tarde al hospital, y cada vez que se disponía a preguntar al respecto, algo impedía que pronunciara las palabras. Su madre, quizá. No quería ser patética, acosando al hombre que ya se había casado con ella, buscando pintalabios en los cuellos de sus camisas o registrando su cartera en busca de facturas. Se limitó a levantar el brazo rollizo de Julian.

—Di adiós a papá —dijo.

Richard los había besado a los dos, y Ayinde se había acostado de nuevo en la cama, con Julian aovillado a su lado. Cuando abrió los ojos, su marido se había marchado, y también había dejado escapar dos horas de su mañana, aunque pareciera increíble.

¡*Bebés exitosos de Priscilla Prewitt!*, anunciaba la portada del libro que Lolo le había enviado. Bajo el título había la foto de una mujer de cálidos ojos castaños y pelo plateado, cortado a lo *garçon*, y con un sonriente bebé en brazos. «DELE A SU HIJO LO MEJOR», rezaba la contraportada. «¡PRISCILLA PREWITT ENSEÑA EL MÉTODO A LAS MADRES PRIMERIZAS!»

Julian agitó los brazos en el aire. Ayinde le acercó el dedo índice para que lo aferrara y pasó las páginas con la mano libre. «Priscilla Prewitt —leyó— ha trabajado en guarderías durante más de treinta años, tanto en su nativa Alabama como en Los Ángeles, donde desarrolló su plan de cinco puntos, sencillo de seguir, *¡Bebés exitosos!* Con su típica prosa sureña, avalada por los últimos estudios científicos, Priscilla Prewitt enseña a todas las madres a proporcionar a sus hijos los elementos necesarios para asegurar el éxito en la educación preescolar y más adelante, así como paz y armonía para toda la familia.»

Plan en cinco puntos, pensó Ayinde, al tiempo que buscaba el índice, con capítulos titulados: «¡Duerme, nene, duerme!», «Acostumbrarlo a un horario» y «No cejar en el empeño». Eran las once de la mañana y todavía no había conseguido levantarse de la cama. El día anterior, no se había vestido hasta las tres, y no había tomado nada hasta la hora de comer. La cocinera le había preparado una espléndida ensalada *niçoise*, que se había quedado sobre la encimera de la cocina, mientras el atún adquiría un color marrón oscuro y se rizaba en los bordes, porque Ayinde se había quedado en la cama durante la siesta de Julian, fascinada por sus manos de largos dedos y sus labios, y se había movido por la habitación como a través de una bruma submarina lechosa, provocada, supuso, por haberse despertado la noche anterior a la una, las cuatro y las cinco y media, porque Julian estaba hambriento, o porque Julian se había meado, o porque Julian era un recién nacido y la necesitaba en todo momento. ¿Se había cepillado los dientes? Se pasó la lengua sobre los incisivos y decidió que la respuesta era negativa. No estaría mal ceñirse a un horario.

Julian le tiró de las trenzas que se había hecho la semana anterior, porque no costaban mucho de hacer y porque, de momento, no tendría que preocuparse por ofender a los conservadores telespectadores de Filadelfia. Le canturreó una nana sin letras que su niñera le había cantado, abrió una página al azar y empezó a leer. «*Un bebé con un horario, un bebé con una rutina familiar diaria, es un bebé feliz. Piensa en tu vida, querida. ¿Cómo te sentirías si te levantaras por la mañana sin saber si son las seis o las diez, sin saber si tu siguiente comida será dentro de quince minutos o dos horas, sin saber qué te depara el nuevo día? ¡Te convertirías en una cascarrabias, y con razón! Los bebés necesitan rutina y regularidad. Quieren saber lo que va a pasar, si van a echar una siesta, mamar, bañarse o dormir. En cuanto hayas introducido a tu hijo en una rutina agradable, predecible y fácil de llevar, más felices seréis Gordito y tú.*»

—Gordito —dijo Ayinde a modo de ensayo. Julian tiró de una de sus trenzas y lanzó un chillido. Ella pasó las páginas del libro, y pensó que el plan de *¡Bebés exitosos!*, con sus tablas, gráficos y distribución de tareas, iba a robarle mucho tiempo, pero ¿qué tenía, aparte de tiempo? No tenía trabajo. No podía viajar con Richard aunque quisiera. Paseaba de un lado a otro de la gigantesca casa que había insistido en que compraran sin pensar en otra cosa que en el bebé.

Ayinde miró los cálidos ojos castaños de Priscilla Prewitt, y se preguntó qué opinaría su madre de *¡Bebés exitosos!* Hasta el momento, Lolo estaba demostrando ser igual de eficaz y entregada como abuela que lo había sido como madre. En una ocasión, Stuart y ella habían contratado a un chófer para que les trasladara desde Nueva York. Sus padres habían pasado un total de tres horas con Julian desde su nacimiento, y el niño había dormido durante dos de ellas. Se habían quedado sentados en el sofá muy tiesos, uno al lado del otro, vestidos con exquisita elegancia, como si hubieran asistido a un *casting* de abuelos babeantes y muy ricos. Su padre había balanceado a Julian sobre la rodilla (tal vez con demasiado vigor para el gusto de Ayinde, pero no había dicho nada). Después había cantado *Danny Boy* con su voz de barítono. No cabía duda de que ahí terminaba su repertorio de entretener niños. Había desaparecido en la casa de invitados, donde le había encontrado una hora después jugando al billar con el publicista.

Lolo no se portó mucho mejor. Cogió al bebé una vez, vacilante, y fingió no conceder importancia al hecho de que babeara sobre su traje de Jil Sander, pero Ayinde la había visto intentando quitar la mancha furtivamente de su manga color crema. Dejaron un osito de peluche cinco veces más grande que el bebé y un ajuar completo de conjuntos Petit Bateau que habían comprado en el *duty free* durante su último viaje a Saint Barth. Ésa había sido, hasta el momento, toda la relación de los Mbezi/Walker con el pequeño Julian.

«Durante toda la noche» era el título del capítulo seis. Julian abrió los ojos y se puso a llorar. Ayinde suspiró, pensando que había acostado al niño para que durmiera Durante Tres Horas. Llevó a Julian al columpio y empezó a darle de mamar, sosteniendo su cuerpo con la mano derecha mientras pasaba las páginas con la izquierda.

A la mañana siguiente, Ayinde había colocado en su sitio todas las cosas: un reloj eléctrico para saber con exactitud cuánto tiempo mamaba Julian, y los canguros portabebés, cochecitos, bañeras, jabón y champú de las marcas que Priscilla Prewitt recomendaba («Quiero que sepáis que no me llevo ni un centavo de estos fabricantes. Son los productos que más me han gustado durante todos estos años»).

A los diez minutos de haberse iniciado en el programa de *¡Bebés exitosos!*, tuvo su primer problema. «Los recién nacidos sólo deben mamar un máximo de treinta minutos en cada toma», escribía Priscilla Prewitt. «Después de ese tiempo, te están utilizando como chupete.» Pero al cabo de treinta minutos, Julian seguía en lo suyo. Ayinde miró el libro, en busca de más instrucciones. «Si Gordito se resiste a abandonar la teta, dile con cariño pero con firmeza que la hora de la comida ha terminado, y que más tarde habrá más. Después apártale del pecho y dale un chupete o, si quieres continuar por la vía natural, ofrécele un dedo para que chupe.»

—¡Julian! —dijo Ayinde, con lo que ella consideró un tono cariñoso pero firme—. ¡La hora de comer ha terminado!

El bebé no le hizo caso y siguió con los ojos cerrados y mamando con avidez. Ayinde lo dejó un minuto más, el cual se convirtió en dos, que ya eran casi cinco cuando la asaltó una visión de su hijo corriendo a casa desde la guardería y abriéndole la blusa.

—¡Basta! —dijo en tono firme pero alegre. Intentó apartarle con delicadeza. La cabeza del bebé resbaló hacia atrás. Por desgracia, acompañada del pezón.

—¡Ay! —murmuró ella. Julian abrió los ojos, asustado, y empezó a berrear. Justo en aquel momento, el teléfono sonó. *Kelly*, pensó, oprimiendo el botón de «hablar» sin mirar la identificación de la persona que llamaba. Tal vez era Kelly, o Becky, y le dirían qué debía hacer...

Vaya, era Lolo.

—¡Oigo a ese dulce muchachito! —anunció. Ayinde imaginó a su madre en la cocina blanquísima donde jamás se preparaba otra cosa que té, cuidando de sus orquídeas, vestida, como de costumbre, de alta costura: falda tubo o vestido cruzado, tacones altos y uno de esos espectaculares sombreros que se habían convertido en su marca de fábrica.

—Hola, mamá.

—Hola, mi amor. ¿Cómo te va?

—Bien —contestó Ayinde, mientras Julian aullaba.

Lolo empleó un tono de voz escéptico.

—Ese sonido no parece el de un bebé feliz.

—Está de mal humor —dijo Ayinde, mientras Julian chillaba todavía más. Le acomodó en la hamaquita aprobada por Priscilla Prewitt, se encajó el teléfono bajo la barbilla e intentó abrocharse el sujetador—. Es su hora de mal humor.

—¿Estás utilizando el libro que te envié? Está muy recomendado. ¡Mi masajista lo sigue a pies juntillas!

—Eso sí que es un elogio de verdad —murmuró Ayinde.

Lolo alzó la voz para imponerse a los berridos del bebé.

—Bien, cariño, lo bueno del libro es que, cuando hayas impuesto al niño una rutina, se acabarán las horas de mal humor.

—Eso lo entiendo —dijo Ayinde, acomodándose el pecho dentro del sujetador—. Estamos en ello.

—Tú nunca llorabas así cuando tenías la edad de Julian —dijo Lolo.

—¿Estás segura?

Su madre lanzó una carcajada crispada.

—Creo que soy capaz de recordar cómo era mi hija.

Con todas las drogas que Lolo había probado en la década de 1970, según se rumoreaba, Ayinde no estaba tan segura.

—Por supuesto, cariño. ¡Cuida bien a ese niño encantador!

Ayinde colgó, volvió a abrocharse el sujetador y levantó a Julian, cuyos aullidos habían dado paso a leves sollozos.

—Tranquilo, corazón —susurró. Sus ojos estaban empezando a cerrarse. Oh, Dios. Cogió el libro. «¡NO PERMITAS A GORDITO QUE DUERMA DESPUÉS DE COMER!», advertía Priscilla Prewitt. «¿Te apetece hacer una gran siesta después de una comida pesada?»

—Sí —dijo Ayinde.

«¡No! —escribía Priscilla Prewitt—. El orden ideal para el desarrollo del bebé es comida, actividad y después una pequeña visita al País de los Sueños.»

—Julian. Gordito. —Besó su mejilla y movió los dedos de sus pies. El niño abrió la boca y se puso a llorar otra vez—. ¡Hora de jugar!

Agitó ante la cara del bebé la mariposa de cartón. Richard odiaba esa mariposa, y también el osito de peluche azul y los insectos de alas arrugadas.

—Eso son mariconadas —había dicho.

—Se nota que eres un ser evolucionado —replicó ella, y explicó que había pocas opciones disponibles para los recién nacidos en la categoría de camiones y grúas, aun en el caso de que hubiera querido investigar, cosa que no había hecho—. ¿A qué jugabas tú cuando eras pequeño?

El rostro de su marido se ensombreció. Ayinde se arrepintió de la pregunta al instante. Richard había crecido en Atlanta en media docena de casas: la de su abuela, una tía por aquí, un primo por allá, lugares que Ayinde sólo había visto en la tele y en la biografía que *Sports Illustrated* había publicado unos años antes. No hubo juguetes. Peor aún, no hubo madre. Ésa fue una de las circunstancias que les unió. Si bien Ayinde había sido abandonada en un lujoso apartamento y matriculada en un internado en cuanto cumplió catorce años, y Richard había sido abandonado en apartamentos baratos, todo se reducía a lo mismo: padres que tenían cosas mejores que hacer. Ayinde, por lo menos, había contado con la presencia de una adulta, su niñera, Serena, que cuidó de ella desde las seis semanas hasta que cumplió dieciocho años. Había tenido juguetes, ropa y fiestas de cumpleaños, un techo sobre la cabeza y la garantía de tres comidas al día. La vida de Richard no había sido igual.

—¿Quieres saber con qué jugaba? —preguntó. Después sonrió para suavizar el impacto de sus palabras—. Con pelotas de baloncesto, nena.

Julian tenía pelotas de baloncesto, por supuesto, una de tamaño reglamentario con los autógrafos de todos los Sixers, y una en miniatura que Richard había colocado en la cuna del niño.

—Vamos a movernos un poco —dijo a su hijo, quien la miraba con los ojos entornados mientras ella le secaba la cara con un paño húmedo, cambiaba la camiseta sucia por una limpia, le ceñía un babero alrededor del cuello y le sacaba al aire pegajoso del exterior.

—Ten paciencia —estaba diciendo Becky, sentada en el banco de Rittenhouse Square Park, donde Kelly, ella y sus respectivas barrigas se hallaban alineadas con camisas de manga corta y mocasines, mientras discutían sobre la mejor forma de dar a luz. *Como si fuera a servirles de algo*, pensó Ayinde con una sonrisa.

—Voy a tener paciencia —contestó Kelly. Se puso en pie y estiró los brazos por encima de la cabeza, después se agarró el codo izquierdo con la mano derecha y tiró de él—. He tenido paciencia. Pero estoy de treinta y ocho semanas, ya se ha cumplido el plazo y no entiendo por qué no me lo provocan.

Exhaló un suspiro de frustración y cambió de codo, y después se dedicó a estirar los tendones de las corvas.

Ayinde depositó a Julian sobre el banco, y pensó que Kelly, con su coleta rubia minimalista y la piel traslúcida, presentaba mucho peor aspecto que en su primera clase de yoga. Tenía los labios agrietados, los ojos azules hundidos, y su cuerpo, con su conjunto de premamá blanco y negro, parecía ser todo estómago. Sus brazos y piernas ya eran esqueléticos, y tenía círculos oscuros bajo los ojos.

—Los bebés saben cuándo quieren nacer —dijo Becky—. ¿A qué vienen tantas prisas?

La apariencia de Becky también había cambiado durante las últimas semanas. Conservaba los mismos mofletes y la cascada de rizos, el mismo uniforme de mocasines, pantalones y camisetas holgadas. La diferencia radicaba en que, por fin, se le notaba la barriga. Lo cual era una buena noticia, dijo Becky, porque por fin parecía embarazada, pero también una mala noticia, porque la gente no paraba de preguntarle si estaba de gemelos. O de trillizos. Y si se había sometido a algún tratamiento de fertilidad.

—Has de relajarte —dijo Becky, mientras desenroscaba el tapón de la botella de agua y tomaba un sorbo. Kelly se evadió de la cuestión y empezó a practicar torsiones de cintura. Las dos eran polos opuestos en lo tocante al parto. Becky deseaba un parto natural: nada de medicamentos, nada de intromisiones médicas, dar a luz en casa durante todo el tiempo que fuera necesario, con la ayuda de su marido y su amiga Sarah. Había tomado clases de algo llamado el método Bradley, y le encantaba citar frases de su monitora, como «Los niños saben cuándo están preparados para nacer» y «Las mujeres tenían hijos sin problemas mucho antes de que los médicos intervinieran» y «Has de dejar que tu parto se tome su tiempo».

Kelly, por su parte, había anunciado con mucha antelación su intención de que le pusieran la epidural (en el aparcamiento del hospital, si era posible), y los datos y cifras de Becky, además de la oferta de prestarle un vídeo de mujeres dando a luz en Belize sin ningún tipo de medicación, acuclilladas en hamacas que ellas mismas habían tejido, no habían conseguido que cambiara de idea. Su madre, había explicado Kelly, había desaparecido en plena noche cinco veces, y regresado uno o dos días después con el vientre deshinchado y un nuevo bebé. Ella no había presenciado llantos ni rechinar de dientes, ningún dolor, y eso era lo que deseaba para sí.

—Acabemos de una vez —dijo Becky, al tiempo que se ponía poco a poco en pie. Dieron comienzo a sus ejercicios. Kelly agitaba los brazos con vigor y elevaba las rodillas. Becky se lo tomaba con calma y paraba cada pocos minutos para ajustarse la coleta. Ayinde no desviaba la vista de Julian, que dormía tan profundamente en su cochecito que se había desplomado dos veces ya hacia un lado.

—No puedo soportarlo más —gimió Kelly—. ¿Sabéis que me siento tan desdichada que pensé en practicar el sexo, sólo para darme ánimos?

—Oh, no —dijo Becky—. ¡Sexo no!

Kelly la miró.

—¿Practicas el sexo?

—Bien, a veces —dijo Becky—. Cuando no dan nada bueno en la televisión por cable.

—No sé por qué no pueden provocármelo. O hacerme una cesárea. Eso sería lo ideal —dijo Kelly mientras agitaba los brazos con más vigor todavía cuando doblaron la esquina de la calle Diecinueve y pasaron ante un trío de estudiantes de arte cargados con carpetas. Movió la mano para ahuyentar el humo de los cigarrillos—. Odio esperar.

—Las estadísticas demuestran que el primer embarazo se alarga entre siete y diez días más de las cuarenta semanas oficiales que marcan los médicos —dijo Becky—. Mañana cumpliré cuarenta y una semanas, pero no me has oído ni una queja. Una cesárea es una intervención quirúrgica importante. Existen ciertos riesgos. —Cabeceó, satisfecha por haber roto otra lanza a favor del parto natural, y fulminó con la mirada a dos corredores que habían pasado demasiado cerca—. ¿Terminamos ya?

Kelly negó con la cabeza.

—Otra vuelta al parque —dijo—. ¿Cómo van las cosas con Julian?

—De maravilla —contestó Ayinde en tono pensativo.

Desentumeció los hombros, aferró el manillar del cochecito y pensó que «de maravilla» era la única respuesta que todo el mundo deseaba oír de una madre primeriza. La verdad era que cuidar de un recién nacido exigía mucho más de lo que había imaginado. El bebé necesitaba todo su tiempo, y siempre que empezaba a hacer algo (consultar su correo electrónico, darse una ducha, mirar una revista, echar una siesta), su llanto la reclamaba, porque necesitaba que le cambiaran los pañales o mamar, cosa que hacía cada media hora, o al menos eso pensaba ella.

Richard lo había contemplado todo con creciente escepticismo.

—No tienes por qué trabajar tanto —le dijo la noche anterior, cuando había abandonado la mesa apenas iniciada la cena para dar de mamar al niño en el sofá de la sala de estar—. Podemos decirle a esa canguro que vuelva.

Ayinde se había negado. En su opinión, las únicas mujeres que tenían derecho a pagar a otra persona para que cuidara de sus hijos eran las que trabajaban. Su único trabajo era cuidar del niño, y siempre había descollado en sus trabajos. La aterraba pensar que no era capaz de cuidar de Julian sin ayuda.

«Estamos bien», había dicho a Richard.

—Estamos bien —dijo a sus amigas, que habían completado otro circuito. Sujetó de nuevo el sonajero de pulsera en forma de osito de Julian—. ¿Habéis oído hablar de un libro que se titula *¡Bebés exitosos!*?

—¡Ya lo creo! —dijo Kelly.

—Es ése que dice que has de imponer un horario a tu bebé, ¿verdad? —preguntó Becky. Se encogió y dejó de hacer torsiones de un lado a otro—. Un calambre —explicó mientras Kelly corría sin moverse del sitio.

—Sí, ése. Mi madre me lo envió —dijo Ayinde.

—Le eché un vistazo en la librería. Me pareció un poco rígido —dijo Becky—. O sea, en principio estoy de acuerdo con la idea de un horario, pero me gusta más la idea de una siesta por la mañana y otra por la tarde que la de una siesta cada día a las nueve y cuarto y a las tres y treinta y dos minutos. ¿Has llegado al capítulo sobre las madres que trabajan?

Ayinde dijo que sí. «¿De vuelta al trabajo?», se titulaba el capítulo. Priscilla Prewitt, por supuesto, no era partidaria. «Antes de que regreses a las minas de sal, piensa con detenimiento en las consecuencias de tu decisión —escribía—. Los bebés han de ser queridos y cuidados por sus madres. Eso es biología básica, queridas, y ni el feminismo ni las buenas intenciones de papá pueden hacer que sea de otra manera. Trabaja si es preciso, pero no te engañes. Recuerda que la mujer que lleves a tu casa para cuidar de tu gordito se va a llevar algunos de los achuchones, algunas de las sonrisas, algunas de las carcajadas, en suma, algo del amor que cualquier bebé preferiría dar a mamá.»

—Lo dice como si fueras una persona horrible por dejar a tu bebé con una canguro por la tarde, y estás a dos pasos de ser una asesina múltiple si contratas a una niñera. Algunas mujeres han de trabajar —dijo Becky mientras se ponían a caminar de nuevo—. Como yo.

—¿De veras tienes que hacerlo?

—Bien, no creo que nos muriéramos de hambre si dejara mi trabajo, pero me gusta lo que hago. No sé cómo me sentiré después de que nazca el niño, pero de momento trabajar tres días a la semana creo que me va a proporcionar un estupendo equilibrio.

—¿Qué harás con la niña? —preguntó Kelly.

—Servicio de guardería —contestó Becky—. El hospital de Andrew cuenta con una guardería que utilizan muchos médicos. Estaré con ella por la mañana, la dejaré a mediodía y Andrew la llevará a casa si acaba antes que yo... Ja ja, como si eso fuera a pasar. Lo más probable es que la recoja yo cuando termine de trabajar. Pero él estará cerca. Eso me tranquiliza. —Miró a Ayinde y Kelly—. Vosotras os quedaréis en casa, ¿verdad?

Ayinde asintió. Kelly no.

—Iba a hacerlo —dijo.

—¿Qué quieres decir?

—Bien. —Miró sus zapatillas, de nudos perfectos, cuando volvieron a doblar la curva—. Steve ha decidido dar un giro a su carrera. Tomará permiso de paternidad en cuanto nazca el niño, y es probable que yo vuelva a trabajar hasta que él encuentre algo. Pero estoy segura de que no será por mucho tiempo —dijo Kelly. Meneó su coleta y se secó un hilillo de sudor de la mejilla.

—¿Te encuentras bien? —preguntó Becky.

—¡Claro! ¡Estoy bien!

Ayinde respiró hondo. No quería desanimarlas ni explicarles lo que significaba quedarse en casa con un bebé, pero no podía evitar recordar algo que Lolo le había contado acerca de su infancia, una anécdota que a su madre le gustaba sacar a relucir durante las fiestas.

—Esa niña lloraba tanto y tanto durante la primera semana que os juro que, si alguien hubiera aparecido en casa, una persona de aspecto normal, por supuesto, y me hubiera prometido que le iba a proporcionar un buen hogar, se la habría entregado al momento.

Los invitados reían, como si Lolo estuviera bromeando. Ayinde no estaba tan segura. Después de casi tres meses con Julian, su adorable niñito parecía incapaz de dormir más de dos horas seguidas o de dejar de llorar durante más de una, y ella estaba empezando a comprender lo que su madre había querido decir, y por qué Lolo hubiera sido capaz de entregar a su hija a Serena a las seis semanas. Serena era la que había cantado canciones de cuna a Ayinde, la que había quitado la corteza al pan de sus bocadillos, la que la había bañado y consolado el día en que las chicas malas la habían metido a la fuerza en el lavabo de los chicos. Ésa era la clase de madre que deseaba ser (salvo lo de volver a Queens cada noche para estar con sus propios hijos, como Serena).

—Las dos vais a ser unas madres maravillosas.

—Eso espero —murmuró Kelly, al tiempo que se masajeaba el vientre con las manos—. ¡Sal de una vez, estés donde estés!

Consultó de nuevo su reloj y miró a Becky, quien se estaba secando la frente y dijo que era la hora de un helado.

BECKY

Becky miró por encima de su barriga al doctor Mendlow, mientras éste la examinaba a la mañana siguiente.

—¿Algún progreso?

Estaba embarazada de cuarenta y una semanas y cuatro días, y aunque había dicho a todo el mundo que la niña llegaría cuando estuviera preparada y que la paciencia era una virtud, la verdad era que estaba empezando a desesperarse un poco. *A estas alturas tendría que haberse producido algún progreso*, pensó. *La gente no se queda embarazada eternamente.*

El doctor Mendlow se quitó los guantes y meneó la cabeza.

—Lo siento, Becky, pero aún no estás lo bastante dilatada.

Ella cerró los ojos con fuerza, y se obligó a no llorar antes de sacar los pies de los estribos.

—Ésa es la mala noticia —dijo el médico—. La buena es que esta mañana te hicimos un análisis de la frecuencia cardíaca fetal: el ritmo cardíaco aún es perfecto y el líquido amniótico me parece correcto.

—¿No puedo esperar?

El médico acercó un taburete con ruedas y se sentó al tiempo que ella se incorporaba con la bata apretada contra el pecho.

—Estoy seguro, teniendo en cuenta todo lo que has leído, de que sabes que los peligros de que algo salga mal en el parto aumentan al cabo de cuarenta y dos semanas.

Ella asintió. Incluso sus libros sobre el parto natural reconocían que eso era cierto. No había prestado mucha atención a ese dato en su momento, de todos modos. Había dado por sentado que ella no padecería ese problema, que como resultado de sus buenas intenciones y su intensa preparación, su hija nacería no sólo a tiempo, sino de la forma que ella había planificado y soñado.

—¿Qué haremos ahora?

El doctor Mendlow pasó algunas páginas del historial de Becky.

—Teniendo en cuenta el período de embarazo, y lo que nos reveló la última ecografía sobre el tamaño de la cabeza del bebé, yo recomendaría una cesárea.

Becky hundió la cabeza en las manos. El doctor Mendlow tocó su hombro con afecto.

—Sé que no es esto lo que querías —dijo. Había escuchado hablar a Becky del parto natural casi desde el primer día que fue a verle, y la había apoyado al cien por cien—. Pero el embarazo es un equilibrio entre los deseos de los padres, de la madre, en realidad, y de lo que va a ser mejor para el bebé. —Se acercó a la pared haciendo rodar el taburete en el que estaba sentado y consultó un pequeño calendario sujeto con cinta adhesiva—. ¿Qué te parece la fecha de mañana para un nacimiento?

—¿Puedo pensarlo?

—Claro. Piensa —dijo el doctor Mendlow, y se puso en pie—. Pero no lo pienses demasiado. Yo voy a adelantarme y te apuntaré. Infórmame hacia las cinco.

—De acuerdo —dijo Becky, mientras se secaba las lágrimas de las mejillas—. De acuerdo.

Llamó a Andrew por el móvil y se reunió con él en la cafetería para comer.

—Sé que debes estar decepcionada —dijo él, mientras le pasaba toneladas de pañuelos de papel para que se secara los ojos—, pero el doctor Mendlow conoce tus ideas, y no aconsejaría la cesárea si no fuera por buenas razones.

—Me siento una fracasada —lloró Becky.

—No deberías —contestó Andrew—. Es el típico caso en el que el conocimiento supera a la evolución. Sabemos más sobre buena nutrición y los peligros del tabaco y el alcohol que cualquier generación. Por consiguiente, los bebés se están haciendo más grandes, pero las mamás no.

—Fantástico —resolló Becky.

Sabía que él comprendía sus sueños acerca del parto. Que había leído un libro sobre la necesidad de las mujeres de ser fuertes y valientes, para ser guerreras de sus hijos. Que quería ser una guerrera para su hija, dando a luz en el agua, a cuatro patas, haciendo lo que fuera necesario, trabajando en armonía con su hija hasta que ésta saliera al mundo. Y aquí estaba, enfrentada al tipo de nacimiento que no deseaba: un quirófano frío y estéril, luces brillantes, nada plácido, dulce o significativo.

Volvió a casa poco a poco por la acera que el sol castigaba. Llamó a su madre, quien le dijo que salía hacia el aeropuerto de inmediato y que llegaría a última hora de la mañana siguiente. Llamó a Kelly, que intentó y sólo consiguió a medias no sonar envidiosa, y a Ayinde, quien dejó caer el teléfono dos veces en el curso de una conversación de cinco minutos porque no quería soltar a Julian ni un instante.

—En Guatemala, las mujeres cargan con los hijos siempre —dijo Ayinde—. Es muy positivo. Forja lazos.

—Lo que tú digas —dijo Becky, y Ayinde se había reído.

—No, no es lo que yo diga, es lo que dice *¡Bebés exitosos!* Llámanos lo antes posible.

Becky dijo que lo haría. Después telefoneó a Sarah para decirle que no necesitaría sus servicios de comadrona, y reservó una mesa para cenar temprano en su restaurante japonés favorito. No había comido *sushi* durante todo el embarazo, pero ahora ¿qué más daba? A efectos prácticos, la niña ya estaba en el parvulario, y unas pocas lascas de atún crudo no le harían ningún daño.

Ay. Se dio la vuelta, hizo una mueca y miró el reloj. Eran las tres de la mañana, y el estómago la estaba matando. Cerró los ojos. Su madre llegaría dentro de nueve horas. Le harían la cesárea... No, pensó, si remodelaba la frase según le habían enseñado sus libros, daría a luz dentro de menos de doce horas. Intentó respirar hondo, escuchó la respiración ronca de Andrew, se concentró en su bebé. *¡Ay!*

De acuerdo, pensó, y se puso una almohada bajo la cabeza. Eran las tres y diez, y estaba claro que el *sushi* había sido una equivocación.

—Andrew —susurró.

Sin abrir los ojos, sin ni siquiera parecer despierto, su marido alargó la mano hacia la mesita de noche; tanteó en busca de los antiácidos con una mano de largos dedos y los tiró al otro lado de la colcha. Becky se zampó dos y cerró los ojos de nuevo. El día anterior, durante la ecografía, le habían dicho que su hija parecía pesar aproximadamente cuatro kilos, lo cual significaba que la talla de las prendas de Newborn que había comprado y guardado en casa de Sarah sería pequeña. Se preguntó si podría devolverlas. Quizá podría hacerlo ella misma. La mantendría ocupada mientras esperaba y...

¡Ay!

Miró el reloj otra vez: las tres y veinte.

—Andrew —susurró. La mano de su marido surgió de debajo de las sábanas y empezó a tantear por la mesita de noche—. No, no, despierta —dijo—. ¡Creo que estoy de parto!

Él la miró, parpadeó y se puso las gafas.

—¿Lo dices en serio?

—He tenido tres contracciones seguidas, separadas por diez minutos de intervalo.

—Ajá —dijo Andrew, y bostezó.

—¿Ajá? ¿Eso es lo único que vas a decir? —Se incorporó y llamó al servicio del doctor Mendlow. «Pulse uno para cita, dos para receta o volante, tres si es una paciente de parto...»—. ¡Voy a pulsar tres al fin! —anunció.

—¿Qué?

Becky meneó la cabeza, dio al servicio de mensajería su nombre y su número. Después se levantó y puso la maleta en la cama.

—Camisones, pijama, libro... —dijo en voz alta.

—No creo que vayas a leer mucho —dijo Andrew.

El teléfono sonó. Andrew se lo pasó.

—¿Doctor Mendlow? —dijo Becky. Pero no era el doctor Mendlow. Era el doctor Fisher, su colega más viejo y cascarrabias.

Becky había visto al doctor Fisher en una ocasión, durante su visita de los tres meses, porque el doctor Mendlow tuvo que ocuparse de un parto. El doctor Fisher había arruinado su día por completo, cuando le palpó la barriga con expresión de asco.

—¿Ha probado alguna vez Weight Watchers? —le preguntó cuando introdujo los pies en los estribos. Y ni siquiera había sonreído cuando Becky le había mirado y preguntado sin aliento: «¿Qué es eso?»

—Tengo contracciones regulares —dijo Becky.

—Las notas del doctor Mendlow indican que habíamos decidido una cesárea —dijo el doctor Fisher.

—Bien, ésa había sido mi decisión —replicó Becky, haciendo hincapié en «había» y «mi»—. Pero ahora que estoy de parto me gustaría retornar a mis planes y probar el parto natural.

—Si quiere intentarlo, ningún problema —dijo en el tono de «Es su funeral»—. Venga cuando tenga contracciones cada cuatro minutos...

—... duren un minuto y se prolonguen durante más de una hora.

—Exacto —dijo el médico, y colgó el teléfono.

La madre de Becky, vestida con un chándal de terciopelo azul claro y zapatillas de deporte inmaculadamente blancas, miró fijamente a su hija y su yerno cuando los vio al lado de la cinta de equipajes.

—¿Qué estáis haciendo aquí? —preguntó a Becky, al tiempo que soltaba la maleta y agarraba las manos de su hija—. ¿Por qué no estás en el hospital?

—Estoy de parto —contestó Becky.

Los ojos de su madre pasearon a su alrededor, examinaron la multitud de viajeros que arrastraban equipajes y los conductores uniformados de limusinas, que sostenían carteles con nombres escritos.

—¿Estás de parto aquí? —Miró a Andrew—. ¿Eso es seguro?

—Estoy con las primeras contracciones. Todo va bien —dijo Becky, y guió a su madre hacia el coche, donde ya había amontonado sus aceites de aromaterapia, cintas de relajación, un ejemplar manoseado de *Birthing from Within* y *Misconceptions*, de Naomi Wolf, para inspirarse—. No existen motivos para que ya esté en el hospital.

—Pero... pero... —Su madre paseó la vista entre Becky y Andrew—. ¿Y la cesárea?

—Vamos a probar el parto vaginal —dijo Andrew. Edith Rothstein se encogió, aunque Becky no estuvo segura de si era por imaginar a su hija de parto y caminando en público, o porque su yerno hubiera dicho «vaginal».

—No pasa nada —le dijo Becky, mientras Andrew empezaba a conducir—. De veras. Ayer oí en el monitor el latido del corazón de la niña, y es perfecto. Oh, oh, contracción.

Cerró los ojos y se meció atrás y adelante poco a poco, mientras respiraba, imaginaba la arena de una playa, oía el batir de las olas, y de paso procuraba no oír a su madre murmurar algo similar a «Esto es una locura».

—¿Vas a quedarte aquí? —preguntó Edith con incredulidad, cuando llegaron a casa y Becky se instaló sobre su pelota hinchable de parto. Los ojos azul claro de Edith se abrieron de par en par—. No vas a tener la niña ahí, ¿verdad?

—No, mamá —dijo Becky con paciencia—, pero aún no voy a ir al hospital.

Su madre meneó la cabeza y se encaminó hacia la escalera y la cocina, donde tal vez se pondría a ordenar las especias de Becky.

Andrew guardó la maleta de Edith en el ropero. Después se arrodilló y masajeó los hombros de Becky.

—Estoy muy orgulloso de que quieras hacerlo así —dijo—. ¿Te encuentras bien?

—Me encuentro estupendamente —dijo ella, y apoyó la cabeza contra el pecho de su marido—. Pero sé que todavía es pronto. —Apretó su mano—. Quédate conmigo, ¿quieres?

—No te dejaría por nada del mundo.

Dos baños largos, un CD de cantos de ballenas y doce horas de contracciones después, el doctor Medlow llamó por fin.

—¿Por qué no te pasas por aquí y echamos un vistazo —dijo, con el mismo tono que si estuviera sugiriendo que fueran a tomar café con él.

Un cuarto de hora después, justo antes de las diez de la noche, estaban en admisiones.

—¿Mmm? —murmuró la enfermera, paseando la vista entre Becky y la estrecha cama.

—¡Siempre hacen falta camas para chicas grandes! —anunció Becky. Precisamente hoy, no iba a permitir que nadie la avergonzara por su tamaño.

La enfermera se rascó la barbilla y se fue. Becky cerró los ojos y exhaló un gran suspiro de frustración.

—Lo estás haciendo muy bien —dijo Andrew.

—Estoy cansada —contestó ella. La enfermera reapareció entonces e intentó rodear el brazo de Becky con un tensiómetro demasiado pequeño.

Una residente entró en la habitación para examinarla.

—Tres centímetros —anunció.

Becky se volvió hacia Andrew.

—¿Tres? ¿Tres? No puede ser —dijo, y miró a la aburrida residente—. ¿Puede comprobarlo otra vez, por favor? Estoy de parto desde las tres de la mañana.

La residente se humedeció los labios y retiró su mano.

—Tres —repitió.

Mierda, pensó Becky. Después de todo ese tiempo, había atesorado la ilusión de que ya habría dilatado ocho o nueve centímetros y que estaría a punto de empezar a empujar.

—¿Quieres volver a casa? —preguntó Andrew.

Becky negó con la cabeza.

—No puedo hacerlo —contestó—. Mi madre va a sufrir un ataque de nervios. Quiero que nos asignen una habitación ya.

—¿Le digo a Sarah que venga?

—Sólo si lo hace con un autobús cargado de morfina —dijo

Becky, y trató de sonreír—. Claro. Ve a llamarla. —Alzó la voz y llamó a la enfermera—. Eh, a mí y a mi pobre cuello del útero dilatado tres centímetros nos gustaría ser ingresados.

—Avisaré a ingresos —replicó la enfermera.

Una hora después, cuarenta y cinco minutos más de lo que había
tardado Ayinde, Becky y Andrew se habían instalado en su habitación.

—¿Has pensado alguna vez en jugar al baloncesto profesional?
He observado que mejora mucho el servicio del hospital —dijo
Becky, mientras se desplomaba en la mecedora y procuraba olvidar
que se le clavaba en las caderas. Procedió a mecerse y se preparó
para la siguiente contracción.

Andrew meneó la cabeza.

—¿Quieres que llame a tu madre?

—Dile que me han ingresado, pero no le digas que venga todavía —contestó Becky—. No quiero que esté sentada en la sala de
espera toda la noche. Le daría un ataque de nervios. Al menos, en
casa tiene cosas que ordenar.

Andrew asintió, y después carraspeó.

—¿Puedo llamar a mi madre?

—Sabe que estoy de parto, ¿verdad?

Andrew asintió. A juzgar por su silencio, Becky adivinó con
toda exactitud cuál era la opinión de Mimi sobre el hecho de que
prefiriera el parto natural a la cesárea.

—La llamaremos en cuanto la niña haya nacido, ¿de acuerdo?

Andrew la miró con el ceño fruncido.

—Oh, no me vengas con pucheros —dijo Becky—. Ése era el
plan, ¿verdad?

—Es que se trata de una ocasión muy feliz —dijo Andrew—.
Me entristece impedir que mi madre la comparta.

—Si fuera capaz de comportarse como un ser humano... —empezó Becky, antes de que una contracción la interrumpiera. Otra
cosa positiva. Andrew componía una expresión desdichada cada
vez que ella se quejaba de su madre, lo cual, debía admitir, sucedía
más a menudo de lo que a ella le gustaba, cada vez que salía a cola-

ción el tema de Mimi—. Escucha —dijo en cuanto la contracción
se calmó—, es un poco nerviosa, como ya sabes, y creo que sería
mejor para mí, mejor para el parto, mejor para la niña, si no tuviera que preocuparme por su presencia aquí. En cuanto nazca la
niña, llámala, pero ahora, quiero que esto quede entre nosotros
dos. Bien, los dos y Sarah. Y la nena —miró su barriga con aire
sombrío—, que espero llegue pronto.

Andrew asintió y salió al pasillo para llamar a Edith. Luego entró de nuevo en la habitación frotándose los ojos.

—Acuéstate —dijo Becky, con la esperanza de que no aceptara
su invitación. No hubo suerte. Andrew se encaminó como una fle-
cha hacia la cama.

—Voy a cerrar los ojos un momento —dijo. Unos diez segundos después, estaba dormido como un tronco, y Becky se quedó
sola en la oscuridad.

—Maldita sea —susurró. Había olvidado que los siete años de
catorce horas en el hospital habían concedido a Andrew la extraor-
dinaria capacidad de caer dormido al instante en cualquier cosa
que pareciera una cama.

Se inició otra contracción.

—¿Sabes una cosa? —dijo con voz estrangulada—. Esto duele
mucho más de lo que Naomi Wolf dice.

Andrew roncaba. Becky se aferró el vientre, gimió, intentó respirar tal como había practicado, y se sintió avergonzada de sí misma. Cuando había estado en la habitación de Ayinde, en el fondo
había creído que sería más fuerte que su amiga, que por fuerte que
fuera el dolor no gritaría, ni se retorcería ni clamaría a Jesús. Bien,
menudo chiste. Estaba chillando y retorciéndose, y la única razón
de que no clamara a Jesús se debía a que era judía. Además, Becky
estaba segura de que, dentro de una hora a más tardar, teniendo en
cuenta la intensidad de sus contracciones, se entregaría a cualquier
intervención divina a su alcance.

Una enfermera asomó la cabeza y levantó la tablilla colgada
junto a la cama, donde aparecía el plan del parto de Becky.

—Estupendo, así que lo haremos natural —dijo con una sonrisa.

No, quiso chillar Becky. *¡No, no! ¡Estaba colocada cuando escribí eso! ¡No sabía de qué estaba hablando! ¡Trae la epidural!* Pero mantuvo la boca cerrada e intentó permanecer inmóvil, mientras la enfermera localizaba el latido del corazón de la niña con un fetoscopio de ultrasonidos manual.

—Ay, ay, ay... —gimió Becky, y desplazó su peso de un pie al otro, mientras las contracciones torturaban su cuerpo.

El móvil de Andrew empezó a sonar.

—No me lo puedo creer... —gimió Becky, tras adivinar quién estaba llamando—. ¡Aquí está prohibido utilizar móviles!

—Un momento —dijo él al tiempo que alejaba su cuerpo de ella y apretaba el móvil contra su oído. Becky escuchó cada una de las palabras de Mimi.

—¿An-drew? ¿Qué está pasando? ¡Hace horas que no sé nada de ti! He llamado a tu casa, pero alguien... —Becky hizo una mueca. Por motivos que jamás había comprendido, Mimi la había tomado con su madre nada más conocerla, y hasta se negaba a pronunciar su nombre— dijo que no estabas. ¿Dónde estás?

—Andrew —susurró Becky—, es noche cerrada y estoy de parto. ¿Dónde se cree que estamos? ¿En Key West?

—Bien, mamá, en este momento estamos un poco ocupados.

No, dijo moviendo los labios frenéticamente. *¡No!*

—Chisss —susurró Andrew, y se volvió hacia la ventana, mientras Becky aporreaba sin el menor resultado su hombro.

—¡Oh, Dios mío! —chilló Mimi—. ¿Ya va a nacer la niña? ¿Es eso? ¡Oh, Andrew! ¡Voy a ser abuela!

Se oyó un chasquido, y después silencio. Andrew cerró los ojos y se golpeó la frente contra la pared.

—Que no pase de la sala de espera —dijo Becky—. Por favor. Lo digo en serio. Si me quieres, no dejes que pase de la sala de espera.

Él se inclinó y enlazó sus manos.

—Te lo prometo.

—Más te vale, porque ya no puedo aguantar más.

Alguien llamó a la puerta, y apareció Sarah, con sudadera y vaqueros, el pelo recogido en una coleta, y les sonrió con una bolsa colgada del hombro.

—Hola, chicos —dijo. Becky se sintió mejor con sólo mirarla. Dejó que Sarah la condujera hasta la mecedora y aconsejara a Andrew que volviera a dormirse—. Duerme —le alentó Sarah—. Más tarde te necesitaremos.

Diez minutos después, Andrew estaba roncando otra vez, con los brazos extendidos, las gafas torcidas sobre la cara, y Becky estaba acuclillada sobre la pelota de parto, con Sarah a su lado, que le estaba masajeando la rabadilla con los nudillos.

—¿Te sientes mejor?

—Sí... No... Es horroroso —dijo Becky. Se sentía tan desmadejada como un trapo húmedo, más cansada que nunca—. ¡Duele, duele, dueleeeeeeeee! —gimió, mientras agitaba la cabeza de un lado a otro y el pelo sudado se le pegaba a las mejillas—. ¡Que pare, que pare, que pare!

Sarah la rodeó entre sus brazos y se meció con ella.

—Lo estás haciendo muy bien —dijo. Becky no estaba tan segura. Tal vez se trataba del gran igualador que estaba buscando, no el embarazo en sí, sino el parto, que colocaba a todas las mujeres, grandes y menudas, negras y blancas, ricas, pobres y de clase media, en el mismo campo de juego, maltratadas por el miedo, mendigando la epidural, sin desear otra cosa que el dolor parara y que el bebé saliera de una vez—. Tranquila —la calmó Sarah, mientras las contracciones se sucedían. Abrió la página de *Birthing from Within* que Becky había marcado con un punto—. Visualiza el cuello de tu útero. Verás que se abre como una flor. —Sarah dejó el libro—. No puedo creer que haya dicho eso en voz alta.

—Que le den por el culo al cuello de mi útero —lloró Becky, y se reclinó contra el hombro de Sarah—. ¿Cómo hacen esto las mujeres?

—Que me aspen si lo sé —dijo su amiga—. ¿Quieres que llame a una enfermera?

Becky negó con la cabeza, y notó que los hilillos de sudor se pe-

gaban a sus mejillas, mientras Sarah la ayudaba a levantarse y apoyarse contra la pared.

—Peor no puede ser.

La puerta de su habitación se abrió, y un triángulo de luz se
abrió en la oscuridad, seguido de una voz conocida.

—Holaaaaaaa.

La voz inconfundible de Mimi.

—Mierda —susurró Becky contra el hombro de Sarah—. Mal
rollo otra vez.

Mimi entornó los ojos, miró a Sarah, y después a la enfermera
que acababa de entrar por la puerta.

—¿Qué está haciendo ella aquí? —preguntó. Su voz era dos o
tres decibelios demasiado alta para la habitación—. ¡Me dijeron
que la entrada estaba prohibida a todo el mundo!

Becky se mordió el labio. Tal vez mentir había sido una equivocación.

La enfermera desvió la vista hacia la gráfica, y después miró a
Sarah.

—Es la comadrona de Becky —dijo.

—Bien, ése es mi hijo, médico de este hospital, y eso —dijo señalando la barriga de Becky— es mi nieta.

¿Y yo qué soy?, pensó Becky. *¿Un* tupperware?

Mimi extendió un dedo tembloroso hacia Sarah.

—¡Si ella se va a quedar, yo también!

Andrew se incorporó en la cama.

—¿Mamá?

—Mimi —susurró Becky—, Andrew y yo queríamos vivir esto
en la intimidad.

—¡Ah, no te preocupes! ¡Ni siquiera sabrás que estoy aquí!
—Envió la pelota de parto a una esquina de una patada, se sentó en
la mecedora y sacó una grabadora de vídeo del bolso. *Increíble*,
pensó Becky—. Sonríe —dijo Mimi, al tiempo que encendía las luces del techo y apuntaba la cámara hacia su nuera—. Oh, querida.
No te iría mal un poco de pintalabios.

—¡No quiero pintalabios, Mimi! Haz el favor de apagar las luces y... ¡Oh, Dios! —gimió Becky cuando la asaltó otra contracción.

—No hace falta que te pongas melodramática —anunció Mimi, y se acercó con la cámara mientras hablaba a la grabadora—. Hola, soy yo, Mimi, tu abuela, y estamos en el hospital en esta madrugada del sábado...

—¡Mimiiiiiiiii!

—Ya está bien, mamá —dijo Andrew. Sujetó a su madre por el codo y con la mano libre cogió el bolso y empezó a dirigirla hacia la puerta—. Vamos a sentarnos en la sala de espera.

—¿Cómo? —chilló Mimi—. ¿Por qué? Tengo derecho a estar aquí, Andrew. Es mi nieta, y no entiendo por qué quieres que una... una coma-lo-que-sea se quede aquí mientras expulsas a tu madre...

La puerta se cerró a sus espaldas. Sarah enarcó las cejas.

—No hagas preguntas —jadeó Becky. Las contracciones se sucedieron durante horas. Andrew y Sarah se fueron turnando para ayudarle a caminar por la habitación y masajearle los pies y la espalda hasta que salió el sol. Después las contracciones empezaron a espaciarse, una cada cinco minutos, cada siete, cada diez...

El rostro del doctor Mendlow, por lo general jovial, estaba serio, con el ceño fruncido cuando terminó el examen.

—Todavía tres centímetros —anunció.

Andrew sostenía una mano de Becky, y Sarah la otra. Becky se puso a llorar.

—Ésa es la mala noticia —continuó el médico—. La buena es que el ritmo cardíaco aún es fuerte. Pero, por los motivos que sean, tal vez debido al tamaño del bebé que, como sabéis, no hemos dejado de vigilar, la cabeza no desciende lo suficiente para que el cuello del útero se dilate. —Se sentó en el borde de la cama de Becky—. Podríamos probar con Pitocin, para ver si las contracciones empiezan de nuevo.

—¿O? —preguntó Becky.

—O podríamos practicar la cesárea. Lo cual, teniendo en cuenta que hemos llegado a la semana cuarenta y dos, y lo que sospecho acerca del tamaño de la cabeza del bebé, es lo que yo recomiendo.

—Hagámoslo —dijo Becky al instante. Andrew la miró estupefacto.

—¿Estás segura, Becky?

—No quiero Pitocin —dijo ella. Se apartó los rizos húmedos de las mejillas—. Porque entonces las contracciones me matarán, y necesitaré una epidural, y aún podría acabar necesitando una cesárea, así que es mejor ir directos al grano. Hagámoslo.

—¿Por qué no te lo piensas un rato? —preguntó el doctor Mendlow.

—No necesitamos más tiempo —dijo Becky—. Quiero la cesárea. ¡Vamos, vamos, vamos!

Acabó necesitando dos horas. Como Becky se había negado a que le pusieran el gotero a primera hora de la noche, le pusieron uno para hidratarla. La llegada del anestesista no mejoró la situación. Se presentó como doctor Bergeron, y tenía pinta de poeta francés disoluto, flaco y pálido, con el pelo largo y perilla, la clase de tipo que fabricaba su propia absenta los fines de semana y tal vez tenía uno o dos cadáveres guardados en el sótano. Había una mancha de sangre en la manga de su uniforme.

—¿Crees que se inyecta heroína? —susurró Becky a Andrew, quien le dirigió una larga mirada antes de negar con la cabeza.

Después se encontró en el quirófano y media docena de caras nuevas se presentaron: doctor Marcus, uno de los residentes; Carrie, la enfermera anestesista... «Soy Janet, y ayudaré al doctor Mendlow.» *¿Por qué los médicos tienen apellidos y las enfermeras nombres?*, se preguntó Becky. Una de las enfermeras la ayudó a sentarse e inclinarse sobre los hombros de Carrie, mientras el anestesista de aspecto siniestro le frotaba la espalda con algo helado.

—Sentirás como un pellizco, y luego un poco de escozor —le dijo.

Notó olor a alcohol, y de pronto la habitación se le antojó demasiado luminosa, demasiado fría, y todo su cuerpo se puso a temblar.

—Nunca había estado en un quirófano —intentó explicar a Carrie—. ¡Ni siquiera me he roto un hueso nunca!

La enfermera anestesista la acostó sobre la mesa.

—Hola, Becky.

Andrew había aparecido por fin, con bata y la mascarilla del revés, lo cual provocó la risa de Becky cuando levantaron la sábana hasta su cintura. Debe de estar muy nervioso, pensó, para cometer esa equivocación.

—Hola, Becky —dijo el doctor Mendlow. Ella no podía ver su cara, pero sus ojos eran tranquilizadores y afectuosos por encima de la mascarilla.

—¿Estás bien? —susurró Andrew, y ella asintió, mientras las lágrimas resbalaban por sus mejillas y encharcaban sus oídos.

—Sólo un poco asustada —susurró—. Oye, si noto que me rajan, diles que paren, ¿entendido?

—Hora de la incisión: diez cuarenta y ocho.

¿Incisión?

—¿Ya han empezado? —preguntó Becky.

Andrew asintió. Ella vio lo que estaba pasando reflejado en sus gafas. Había mucho rojo. Cerró los ojos.

—¿La niña ya está fuera?

Risas.

—Todavía no —dijo el doctor Mendlow—. Vas a notar mucha presión.

Cerró los ojos con fuerza. *Nena*, pensó, *sigue, no pares.*

—Succión —ordenó el doctor Mendlow—. Está muy encajada.

—¡Ahí está! —oyó que exclamaba alguien, y sonó un chillido, no un chillido de bebé, sino una especie de grito furibundo, como diciendo: «¿Qué me estáis haciendo?»

—Mira —dijo el doctor Mendlow—. ¡Aquí tienes a tu niña!

Y allí estaba ella, su piel del color rosa del interior de una concha, recubierta de sangre y vérnix, los ojos muy cerrados, la cabeza calva por completo, y su lengua vibraba mientras berreaba.

—¿Cómo se llama, mamá? —preguntó una enfermera.

Mamá, pensó Becky.

—Ava —dijo —. Ava Rae.

—¿Quieres venir, papá?

Andrew se alejó de su lado. Vio que se acercaba a la balanza y a la mesa donde estaban secando los brazos y piernas de Ava, la pesaban, envolvían en una manta y rodeaban su cabeza con una gorra a rayas.

—Es perfecta, Becky —dijo, y él también estaba llorando—. Es perfecta.

Las siguientes horas pasaron como una exhalación. Becky recordaba al doctor Mendlow preguntando a Andrew si quería examinar su útero y ovarios («¡Mira, sanísimos!»), y pensó que parecía un vendedor de coches usados que intentaba convencer a un cliente de que comprara el automóvil. Recordó a Andrew diciéndole que las madres estaban fuera, y que una enfermera había llevado a Ava para que la vieran. Recordó que la habían trasladado a la sala de postoperatorio, poco más que una sección aislada con cortinas de la planta de partos. Recordó estar tendida sobre una camilla demasiado estrecha, temblando de pies a cabeza. Cada dos por tres se pasaba las manos por la barriga, en busca de la colina de su estómago, y en cambio notaba algo que parecía un tubo interior deshinchado y tibio. Y los dedos de los pies... Hacía semanas que no los había visto. «¡Hola, chicos!», dijo, y trató de moverlos sin éxito. Becky se preguntó si había algo de qué preocuparse.

Otra enfermera irrumpió en su cubículo, con un fardo envuelto en una manta a rayas azules y rosa.

—¡La nena está aquí! —anunció. Y allí estaba Ava, con una cara sonrosada perfectamente redonda y una oreja asomando en un ángulo peculiar por debajo de la gorra.

—Hola —dijo Becky, y acarició su mejilla con el dedo—. ¡Hola, nena!

Dejaron que sostuviera a la pequeña un momento. Becky la apretó contra su pecho.

—Me alegro tanto de que estés aquí —dijo. Le ofreció el pecho, pero Ava no estaba interesada... Se limitó a parpadear y a pasear la vista a su alrededor, con una expresión entre pensativa y contrariada, como alguien que se ha quedado dormido leyendo un libro muy grande y aún intenta descubrir en qué mundo se encuentra, en el real o en el que imaginaba cuando leía—. Corazón —susurró Becky, antes de que la enfermera se la llevara de nuevo.

Andrew se sentó en un taburete con ruedas y aparcó junto a la cabeza de Becky.

—Eres asombrosa —dijo, y besó su frente.

—¡Lo sé! —contestó ella—. ¡Pero no paro de temblar!

—Es la anestesia. El efecto acabará desapareciendo. ¿Quieres que te traiga una manta?

—No, no. Quédate conmigo.

Becky cerró los ojos, imaginó que no muy lejos oía a Mimi apartando de un codazo a su madre y gritando: *¡Dádmela! ¡Dejadme que la sostenga! ¡Es mi nieta! ¡Mía! ¡Mía!* Suspiró. Pensó que su padre habría puesto fin a las tonterías de Mimi de haber estado presente. Habría sido tan feliz...

Se secó los ojos.

—¿Estás bien? —preguntó Andrew.

Becky asintió.

—Tendrías que quedarte con la niña —dijo.

—¿Estás segura? Nuestras madres están ahí afuera, y Sarah está durmiendo en la sala de espera.

—Entonces no cabe la menor duda de que debes ir —dijo Becky, incapaz de alejar la imagen de Mimi apoderándose del pequeño fardo envuelto en una manta e intentando fugarse con él.

Andrew la besó de nuevo y salió del cubículo, y Becky se quedó sola, sin ni siquiera el pitido de una máquina para hacerle compañía.

—Soy madre —susurró. No le parecía real. Esperaba la sensación que había imaginado, aquel torrente de felicidad y amor incondicional por todos los seres humanos que se derramaría sobre ella. Por lo visto, aún no era el momento. ¿Por qué había llorado tanto Ava cuando la habían sacado? ¿Por qué no le había interesado mamar? ¿Por qué sólo pesaba tres kilos cuatrocientos, cuando los médicos pensaban que se acercaría a los cuatro kilos? ¿Le pasaba algo? ¿Algo que no querían decirle?

Una enfermera entró empujando una bolsa transparente sujeta a un soporte metálico.

—¡Tu bomba de morfina! —anunció.

—¡Viva! —exclamó Becky. Aún no le dolía nada, pero no estaba interesada en explorar la posibilidad de que, en algún momento después de la intervención, algo le doliera. La enfermera le entregó un mando a Becky y le explicó que podía apretarlo cada diez minutos si deseaba una dosis extra—. ¿Tiene un cronómetro? —preguntó.

La enfermera rió, le dio cubitos de hielo y corrió la cortina.

—Soy madre —susurró de nuevo. Esperaba sentirse cambiada, transformada, como un calcetín vuelto del revés, una mujer diferente por completo. Hasta el momento no era así. Conjuró una imagen de su mezquina tía Joan, que había hecho acto de presencia en la fiesta de su décimo cumpleaños y se la había llevado a un lado, antes de la tarta y los regalos, para decirle entre susurros que no necesitaba un gran pedazo de pastel, que si no preferiría una manzana, y esperaba a que la magia de la maternidad purificara su estado mental. No. Nada de nada. Descubrió que todavía odiaba a tía Joan..., lo cual significaba que la maternidad no iba a cambiarla. Seguiría siendo, básicamente, ella misma, sólo que con menos sueño y una cicatriz nueva. Oh, Dios. Becky oprimió esperanzada el botón del mando de la morfina, y pensó que, si no podía gozar de tranquilidad emocional, al menos gozaría de narcóticos.

Como si el suspiro la hubiera convocado, la enfermera reapareció.

—Tu habitación estará preparada pronto —dijo—. ¿Quieres un poco más de morfina? El doctor Mendlow dejó órdenes de que podías tomar más.

—Claro —dijo. ¿Por qué no? No podía perjudicarla. Apretó el botón otra vez, mientras la enfermera inyectaba algo en el gotero. Ya no temblaba. Sentía un agradable calor, como si estuviera tumbada en una playa. ¡Y al fin podía mover los dedos de los pies—. ¡Mírame! —dijo a la enfermera, y señaló los dedos—. ¡Soy madre!

—Sí, sí —dijo la enfermera, y palmeó el hombro de Becky. Ésta cerró los ojos, y cuando volvió a abrirlos, estaba flotando a través de los pasillos, riendo, y Andrew se cernía sobre ella con expresión preocupada.

—¿Cuánta morfina te han dado? —preguntó.

—¡Aprieta el botón, aprieta el botón! —chilló Becky.

En lugar de apretar el botón, miró a la enfermera.

—¿Cuánta morfina ha tomado?

Becky empezó a reír con más entusiasmo si cabe, aunque notaba una vaga, aunque inquietante, sensación en la boca del estómago—. ¡Eh, acabo de dar a luz a una niña!

—Exacto —dijo Andrew, con una enorme sonrisa teñida de preocupación.

—Ava —dijo Becky a la enfermera, mientras la trasladaban en la camilla a su habitación y la depositaban con cuidado sobre la cama—. Se llama Ava. ¿A que es un nombre bonito?

—¡Ya lo creo! —dijo la enfermera, al tiempo que atravesaba la puerta empujando una mesa con ruedas, sobre la cual descansaba un rectángulo de plástico. Y dentro del rectángulo, con un gorro a rayas azules y rosa, y un brazalete electrónico alrededor de un diminuto tobillo, estaba Ava. Ya no chillaba, sino que parpadeaba y miraba a su alrededor.

Becky extendió el brazo, del cual todavía colgaba el gotero.

—Nena —dijo. Andrew levantó a la niña y se la acercó a ella—. Nena —susurró Becky a Ava.

—Nena —susurró Andrew a su esposa.

—Aprieta el botón —susurró Becky.

—Creo que ya has tomado bastante morfina.

—Intento imponerme al dolor —explicó ella—. ¡Apriétalo, apriétalo, apriétalo!

—De acuerdo, ya voy —dijo él, justo cuando Edith entraba en el cuarto con ojos brillantes.

—¡Oh, cariño! ¡Oh, Becky! —exclamó, y se puso a llorar cuando vio a su hija con el bebé en brazos—. Es tan bonita... Ojalá tu padre...

—Lo sé —dijo Becky, y sintió que las lágrimas se agolpaban en sus ojos—. Yo también le echo de menos.

Edith se sonó la nariz, mientras Ava abría la boca y se ponía a llorar. Andrew y Becky intercambiaron una mirada.

—Mierda —dijo ella—. ¡Coge a la niña, coge a la niña!

—Cógela tú —replicó él, de un modo que tuvo que considerar alentador.

—¡Estoy colocada! —protestó Becky—. ¡No puedo coger a la niña! ¡Cógela tú! Oh, Dios, está llorando. ¡Llama a la enfermera!

—No pasa nada —dijo Andrew, y lanzó una carcajada—. No pasa nada. —Acunó a la niña contra su pecho—. Chisss, chisss —dijo. Ava dejó de llorar y les miró, los ojos sin color y de todos los colores al mismo tiempo.

—Hola, guapa —susurró Becky. Ava parpadeó y bostezó. Becky la miró hasta que, por fin, las dos se quedaron dormidas.

—¡Hooolaaaa!

Becky abrió un ojo. La habitación era un conjunto borroso (la morfina, supuso) y estaba en silencio, salvo por los ronquidos de Andrew y aquel horrible sonido de su suegra.

—¡Hooolaaaa!

Allí estaba su suegra, Mimi Breslow Levy Rabinowitz Anderson Klein, flanqueada por dos amigas, diminutas mujercitas con jerseys de cachemira y vaqueros de cintura baja que dejaban al descubierto sus caderas. *Vejestorios*, pensó Becky, al echar un vistazo al ombligo arrugado de su suegra. Las tres estaban alineadas sobre el moisés de Ava. La cabeza de Mimi colgaba a escasos centímetros de la de la niña, de forma que sus narices casi se tocaban.

—Hola, Anna Banana —dijo Mimi, y acercó todavía más la cabeza.

Oh, pensó Becky. *Oh, no.* Anna era el nombre de la madre de Mimi. Becky sabía que Andrew le había dicho a su madre que iban

a dar ese nombre a la niña. Pero Andrew tendría que haberle dicho
que la llamarían Ava, no Anna. Y aún en el caso de que no lo hubiera hecho, el nombre de Ava estaba escrito, tan claro como el
agua, en la nota pegada con celo al moisés.

—Mi querida Anna —dijo Mimi a sus amigas—. ¡Mirad lo
que le he comprado! —Introdujo la mano libre en el bolso y sacó
un top rosa en miniatura con la palabra «Ligona» escrita con lentejuelas en la pechera—. ¿A que es adorable? —dijo mientras
sus dos amigas aprobaban la elección. Becky se preguntó si la
prenda vendría con un tanga a juego. Y si el macarra se vendería
aparte.

—¡Vamos a ver cómo le queda! —dijo una de las amigas de
Mimi.

Mimy levantó a la niña del moisés, al parecer sin darse cuenta
de que su cabeza se inclinaba hacia adelante, y empezó a ponerle el
top.

—Eh —intentó decir Becky, pero su garganta estaba tan seca
que las palabras salieron como un susurro. Miró a Andrew, con la
esperanza de que se despertara y pusiera fin al espectáculo, mientras Mimi introducía la mano bajo el moisés y sacaba subreptici-
amente uno de los biberones de leche maternizada que la enfermera
había dejado. Becky esperó hasta que Mimi estuvo a punto de me-
ter la tetilla en la boca de la niña. Entonces, se incorporó, apretan-
do los dientes a causa del dolor, sin ni siquiera darse cuenta de que
la sábana había resbalado sobre su pecho.

—¿Qué estás haciendo? —preguntó. Mimi pegó un bote al oír
la voz ronca de su nuera. El biberón salió disparado de su mano.

Una de las amigas de Mimi miró a Becky.

—Oh, Dios, no lleva nada debajo de la bata —dijo.

—¿Qué estás haciendo? —repitió Becky, señalando el moisés
con la mano libre.

—Yo... Ella...

Andrew dio la vuelta sobre su jergón.

—¡Perdona! ¡Estaba hambrienta! —dijo Mimi con voz estridente—. Iba a ...

—Voy a darle el pecho —replicó Becky, al tiempo que señalaba la nota en la que se anunciaba al mundo que ¡Ava Rothstein-Rabinowitz es una niña que toma del pecho!—. Si tiene hambre, me la das.

Mimi agarró a la niña por debajo de las axilas, con menos cuidado del que hubiera empleado con un saco de harina, y se la entregó.

—Y se llama Ava —dijo Becky.

Mimi enarcó las cejas, y su boca, recién pintada, se plegó sobre sí misma. Se volvió hacia su hijo, que seguía tumbado en el catre.

—¿Cómo? ¿Por qué? ¡Iba a llevar el nombre de mi madre! ¡Iba a ser en mi honor!

—Lleva el nombre de tu madre —dijo Andrew con docilidad—. Se llama Ava.

—¡Mi madre no se llamaba Ava! Mi madre se llamaba...

—Empezaba con la letra «a». Igual que Ava —dijo Becky, y miró a Mimi, retándola a iniciar una discusión, sabiendo lo que diría si su suegra mordía el anzuelo: *Le pusiste a tu hijo el nombre que te dio la gana. Tenemos el mismo derecho.*

Mimi abrió y cerró la boca varias veces. Becky se abrió la bata. Su suegra dio un respingo.

—Ya hablaremos de esto después —dijo, y salió de la habitación con tal rapidez que casi tropezó con sus tacones. Sus amigas corrieron tras ella. Becky apretó a Ava contra su pecho y miró a Andrew, que estaba contemplando a la niña con el top de «Ligona».

Volvió a frotarse los ojos.

—¿Eso se lo dan en los hospitales a las niñas ahora?

—No, eso es lo que tu madre da a las recién nacidas ahora. ¿Por qué intentó darle de comer sin consultarnos antes?

—No estoy seguro —murmuró Andrew, mientras recogía los biberones de leche maternizada y los guardaba en su maleta—, pero no volverá a pasar. Hablaré con ella.

Para lo que va a servir, pensó Becky.

—¿Y «Ligona»? —preguntó al tiempo que señalaba el top—. Sé que aún no hemos hablado de esto, pero creo que deberíamos esperar un poco a que la niña lleve cosas que pongan «Ligona». Seis meses, como mínimo. —Lanzó una risita—. ¿Has visto con qué celeridad se ha largado Mimi? ¡Mis pezones son su kriptonita!

Andrew se mordió el labio. Becky adivinó que estaba intentando reprimir una sonrisa.

—Becky, es mi madre —dijo, pero deprisa y sin gran convicción. Ava dejó de mamar y abrió los ojos.

—No te preocupes —susurró Becky a su hija—. No dejaremos que te vuelva a molestar.

KELLY

—Muy bien —dijo Kelly, mientras entraba en su apartamento con el pequeño Oliver en brazos, su marido, su perro y sus tres hermanas—. Terry, hay lasaña en el congelador. Precalienta el horno a ciento ochenta grados y déjalo una hora. Mary, ¿te importaría llevar mi ordenador portátil al dormitorio? Quiero enviar un anuncio... Ah, y tráeme la cámara digital, para descargar las fotos. Steve, si vas a la carpeta de «Mis documentos», en el escritorio, verás una hoja de cálculo etiquetada «Oliver. Primera semana». ¿Puedes anotar pañal mojado a las diez cuarenta y cinco? Doreen, ¿puedes sacar de paseo a *Lemon*?

Sus hermanas y marido se dispersaron, y Kelly se quedó sola con su hijo, que estaba durmiendo en sus brazos, con los ojos muy cerrados y la boca abierta. Tenía las orejas y la barbilla de su marido, pero los ojos y la boca eran iguales a los de ella.

—Hola, Oliver —susurró—. Bienvenido a casa.

Le dejó con dulzura en la cuna y se arrodilló junto a la librería. Le dolían los puntos, pero consiguió extraer el ejemplar de *Qué hay que esperar cuando esperas* y sustituirlo por *Qué hay que esperar el primer año*. Cuando alzó la vista, Steve estaba en la puerta, removiendo los pies.

—He anotado el pañal mojado, y el chupete está limpio.

—¿Podrías descalzarte? —preguntó Kelly. Quería preguntarle si se había duchado y cambiado de ropa, porque estaba segura de que aún estaba plagado de gérmenes del hospital, pero no sabía cómo se lo tomaría.

Steve dejó las zapatillas de deporte junto a la puerta.

—Siento lo de las fotos —dijo.

Kelly se levantó y volvió con parsimonia hacia la mecedora,

mientras escuchaba lo que parecían ser sus hermanas registrando el ropero.

—¿Me sienta bien este color? —oyó que preguntaba Terry.

—¡No toques nada, Terry! —gritó Kelly en dirección al dormitorio—. Tranquilo —dijo a Steve, y se acomodó en la mecedora—. Las enfermeras tomaron muy buenas fotos. En cuanto te revivieron, quiero decir.

—No sé qué pasó —dijo Steve—. Es que... —Tragó saliva—. Había un montón de sangre.

No era la tuya, pensó Kelly. El parto había sido horroroso. Se había desgarrado antes de la episiotomía y había perdido tanta sangre que había necesitado una transfusión, y Oliver había tenido fiebre, de modo que había pasado las dos primeras noches de su vida en la UCI, y Steve, en lugar de ofrecer ayuda, amor y apoyo, se había desmayado durante el parto, para abrirse a continuación la cabeza contra el borde de la mesa. Ambos habían regresado del hospital con puntos.

Terry y Doreen estaban en la puerta del cuarto del niño. Terry sostenía una blusa de seda azul claro. Doreen tenía una cadena de oro en las manos.

—¿Me prestas esto para esta noche? —preguntó Terry, convirtiendo la pregunta en una palabra larga.

—¿Y esto? —preguntó Doreen alzando el collar—. Anthony y yo nos vamos a cenar.

—Estupendo, estupendo —dijo Kelly con voz cansada, sabiendo que, casi con toda seguridad, no volvería a ver la blusa y el collar, o si los veía, estarían manchados, rotos o hechos trizas. Oliver bostezó en la cuna como un gato—. No pasa nada —le dijo—. A ver, Steve, ¿por qué no descargas las fotos, eliges la mejor, vas a la página web que he marcado y ordenas los anuncios del nacimiento?

—¿Estás conectada? —preguntó Mary, y entró justo cuando Terry y Doreen salían con el collar y la blusa—. ¿Puedo consultar mi correo?

—Claro —dijo Kelly. Mary se fue. Steve suspiró y se apoyó de nuevo contra la pared. El vendaje de su frente empezaba a verse sucio por los bordes. Kelly se preguntó si sabría cambiarlo.

—Estoy hecho polvo —dijo él.

Kelly intentó ser solidaria. Ella también estaba hecha polvo. También había padecido el ruido y las enfermeras del hospital, que la habían despertado a ella y al niño cada cuatro horas para echar un vistazo a sus constantes vitales.

—¿Te apetece un poco de café? —preguntó, y asomó la cabeza por la puerta—. Terry, ¿puedes preparar café?

—No deberías tomar café —contestó su hermana, y volvió a entrar en el cuarto del niño. La hermana pequeña de Kelly vestía unos vaqueros ajustados y desteñidos, una camisa azul y púrpura con los puños bastante por debajo de las muñecas, mocasines cosidos a mano y pendientes de plumas—. Te deja los intestinos hechos fosfatina. Me afectó al colon en Vermont, y no veas el resultado.

—Terry, nadie quiere saber el resultado —dijo Doreen. También llevaba vaqueros, pero rígidos y de aspecto nuevo, y los había combinado con una sudadera rosa, zapatillas... y su collar, observó Kelly.

—En serio —dijo Mary. Llevaba una camiseta de la Wing Bowl y pantalones cortos caqui con bolsillos abolsados. Kelly se preguntó qué guardaría en ellos. Maquillaje tal vez. La última visita de Mary había coincidido con la desaparición de su lápiz de ojos favorito.

—¡Chicas! —dijo Kelly. Sus hermanas se volvieron—. Mary, prepara café para Steve. Doreen, ¿puedes llevar mi maleta al dormitorio? La ropa sucia está en la bolsa de plástico, y lo que esté doblado puedes dejarlo sobre la cama. Terry... —Se quedó sin habla. Su hermana pequeña, la más guapa y, ay, el miembro más estúpido de la familia, la estaba mirando con sus labios color fresa entreabiertos—. ¿Qué estás haciendo con el esterilizador?

—Ah, ¿esto es un esterilizador? —preguntó Terry, al tiempo que apartaba el pulgar del aparato—. Creo que no tendré que lavarme las manos en mucho rato.

Un minuto después, su hijo se puso a llorar. Kelly consultó su reloj. Eran las cuatro, una hora después de que le hubieran dado el alta en el hospital, y Oliver había comido por última vez... Sacó su Palm Pilot. Pañal mojado a las 9.00 horas, amamantado durante quince minutos a las 10.00, de nuevo a las 11.20, caca a mediodía, siesta de cuarenta y cinco minutos...

—Creo que tiene hambre —dijo. Fue a buscar al bebé a la cuna. Steve se le adelantó.

—Hola, chiquitín —dijo, y alzó al niño en el aire. El cuello de Oliver se ladeó. Kelly reprimió un chillido.

—¡Ten cuidado, Steve!

—¿Qué? —preguntó él. Lucía una de sus viejas camisetas de Penn, vaqueros y barba de tres días. Desde que había perdido el empleo había dejado de afeitarse con regularidad, y Kelly había procurado, con cierto éxito, no quejarse por ello, ni por la ropa, los zapatos y las revistas que dejaba en el suelo.

—¡El cuello! ¡Ten cuidado!

Steve la miró como si estuviera loca, después se encogió de hombros y le entregó el niño. Kelly acomodó a Oliver en el hueco de su brazo y se sentó en la mecedora, donde se levantó la camisa y pugnó por desabrochar el sujetador.

—¿Necesitas ayuda? —preguntó Steve.

Ella negó con la cabeza y guió la cara de Oliver hacia su pecho. Y no pasó nada.

—Venga —susurró Kelly, mientras balanceaba al pequeño sobre la rodilla—. ¡Vamos, vamos, vamos!

Intentó recordar todo lo que había aprendido en la clase de lactancia natural y practicado en el hospital. Sostén la cabeza. Pellizca el pezón y alinéalo con la boca del bebé. Espera a que el bebé haya abierto la boca, y después empuja su cabeza hacia el pecho. Alineó ambos elementos. Esperó. Empujó. Nada. Oliver volvió la cabeza a un lado y empezó a chillar otra vez.

—¿Todo va bien? —preguntó Steve.

—¡Estupendamente! —contestó Kelly, con la esperanza de que se fuera a correr ya. Quería que se marchara de casa, lejos de sus hermanas, que estaban empezando a hacer demasiadas preguntas sobre cómo iba el trabajo. Incluso Terry, que era una descerebrada de primera, no tardaría en adivinar por qué Steve no hablaba mucho de su trabajo. ¿Y sus amigas? El marido de Becky era médico, el marido de Ayinde era Richard Towne. ¿Durante cuánto tiempo podría seguir con el cuento del «permiso de paternidad» y la «búsqueda de trabajo», antes de que todo el mundo se diera cuenta de que su marido estaba en el paro?

—Vamos, cariño —susurró a Oliver, quien desvió la cara y berreó.

Le había dado la teta como una campeona en el hospital, pero allí acudían de inmediato enfermeras y asesoras de lactancia nada más que las llamaras. En casa sólo contaba con Steve, el cual dormía mientras Kelly daba de mamar, y Doreen y Terry, que no tenían críos. Kelly no recordaba qué clase de alimentación había dado Mary a sus hijos. Ella iba al instituto cuando nacieron, era una niña también. En cualquier caso, no podía pedirles ayuda. Era ella quien las ayudaba, quien les prestaba ropa y dinero siempre que podía, quien las aconsejaba sobre el peinado y los novios, compras de coches y entrevistas de trabajo. Si les decía que necesitaba algo, la mirarían como si hubiera empezado a hablar al revés. Tendría que hacerlo sin ayuda.

—Venga —susurró de nuevo. La lactancia materna había sido bastante fácil en teoría (inserte lengüeta A en ranura B, espere a que la naturaleza y el hambre se impongan), pero ¿qué debías hacer cuando ranura B se retorcía y chillaba, y necesitabas una mano libre, como mínimo, para introducir la lengüeta A?

—Las ruedas del autobús ruedan y ruedan, ruedan y ruedan, ruedan y ruedan, las ruedas del autobús ruedan y ruedan... —El niño seguía berreando—. Los limpiaparabrisas del autobús ruedan y ruedan...

No. Espera. Los limpiaparabrisas no rodaban y rodaban, hacían otra cosa. Pero ¿qué?

Steve volvió a asomar la cabeza en la habitación.

—Kelly. —*Gracias, señor Rogers*, pensó ella—, ¿quieres que me lo lleve un rato? En el hospital nos dieron unas cuantas botellas de leche maternizada.

—No, no podemos darle biberón —dijo Kelly. Se apartó el flequillo de los ojos y respiró hondo—. Hemos de encontrar una solución.

—¿Quieres que vaya a buscar a una de tus hermanas?

Kelly cerró los ojos, añorando a Maureen, su hermana favorita, que vivía en California. Añorando, Dios la perdonara, a su madre. Si bien había pasado muchos de sus últimos años mascullando para sí, o medio desvanecida delante de sus seriales, al menos Paula O'Hara sabía cuidar de un niño. Oía a sus hermanas en la sala de estar. A juzgar por sus voces, intentaban que *Lemon* paseara sobre la cinta para caminar de Kelly.

—¡Tiene un esterilizador! —informó sin aliento Terry.

—Ésa es nuestra chica —rió Mary camino de la cocina. La puerta del horno se abrió y se cerró.

—Lasaña —gruñó Doreen—. Perfecto, sobre todo cuando afuera tenemos treinta y dos grados de temperatura.

Kelly se retorció en la mecedora. Detestaba la forma en que su estómago empujaba la cintura elástica de los pantalones de premamá que llevaba en casa, y el hecho de que sus pechos parecieran dos pelotas de fútbol que algún médico malintencionado le hubiera pegado.

—Diles que preparen café. Y que me traigan el bolso, ¿de acuerdo? —Sacó el billetero y la tarjeta con el número del centro de lactancia—. ¿Podrías llamar y dejar un mensaje?

Steve apretó la tarjeta entre dos dedos.

—¿Qué digo?

—¡Que no hay manera de que mame!

Steve corrió al teléfono. Kelly lo siguió intentando, mientras oía a sus hermanas salir por la puerta. Oliver sacudía la cabeza de un lado a otro, como si tratara de esquivar el pezón a posta.

—¿Qué puedo hacer? —preguntó Steve mientras miraba por encima del hombro de su mujer al niño de cara congestionada; parecía una granada.

—Llama a Becky —dijo—. Su número está en la libreta que hay al lado derecho de la nevera.

Dos minutos después, Steve estaba de vuelta.

—No estaba en casa, pero he dejado un mensaje.

Kelly apoyó a Oliver sobre su hombro, contra el paño de eructar que había colocado con la esperanza de que lo necesitara en un futuro cercano, lo meció, acarició su cabeza de venas azules y rezó para que dejara de llorar.

—¿Puedes llamar a Ayinde?

Los ojos de Steve se iluminaron.

—¿Tienes el número del domicilio de Richard Towne?

—Haz el favor de llamar, ¿de acuerdo? ¡Y no molestes a Richard si contesta!

Steve asintió y regresó un minuto después con el teléfono.

—Ayinde —susurró.

—¿Ayinde? Soy Kelly. ¿Podrías...? —Su voz se quebró. Veinte minutos practicando la maternidad en casa, y ya necesitaba que la ayudaran. Cerró los puños—. No puedo conseguir que Oliver mame, y hace horas que no come nada. —Kelly cabeceó—. Oh, no, no has de... ¿Estás segura? Ajá. Ajá. Gracias. Muchísimas gracias. —Recitó su dirección, colgó el teléfono y se lo dio a Steve—. Ya viene.

El teléfono sonó de nuevo. Steve se lo pasó.

—Es Becky.

—¿Becky? Escucha. Oliver no mama. No puedo conseguir que se aferre al pezón, no paro de intentarlo y... —Dirigió una mirada de preocupación a su reloj—. Hace horas que no come nada.

—Vale, vale. Ya, ya. No pasa nada, no se va a morir de hambre en una tarde —dijo Becky.

—¿Me estás hablando como si fuera un bebé? —preguntó Kelly.

—Sí. Lo siento —dijo Becky—. Suele pasar. Ya lo verás. Andrew intentó abrazarme la otra noche, le rodeé en mis brazos y empecé a darle palmaditas para que eructara. Ava acaba de despertarse. Iré con ella a tu casa en cuanto la haya cambiado.

—Gracias —dijo Kelly. Se secó la nariz con el paño de eructar y miró a Oliver, que se había quedado dormido con los puños apretados.

Media hora después, Becky y Ayinde habían llegado con sus bebés. Metieron a Julian en su cochecito, tan tapado que sólo asomaban sus rizos y sus grandes ojos castaños, y Ava, de diez días de edad, colgaba de un canguro sobre el pecho de Becky.

—Es muy guapa —dijo Kelly.

—Es calva —corrigió Becky—. ¡Atiza! ¡Paños de eructar con monograma! —se maravilló, al tiempo que examinaba las posesiones de Oliver: la alfombra de Peter Rabbit, la lámpara de noche en forma de conejo, los protectores de la cuna con conejitos dibujados, las pilas de DVD de *Baby Einstein* en la librería—. La habitación del niño gira en torno a un mismo tema. ¿Sabes cuál es el tema de la habitación de Ava? La colada. —Dejó a la niña, ojos grises, mejillas sonrosadas y pelona, en la cuna de Oliver—. Muy bien. Enséñanos qué está pasando.

Kelly levantó el bebé, contuvo el aliento, confiada en que con público delante el niño empezaría a mamar como si lo hubiera hecho toda la vida. Ni hablar. Le puso la cara en posición, le abrió la boca, le introdujo el pezón, Oliver rehusó. Kelly volvió a probar y después se preparó para escuchar los chillidos de su hijo.

Becky miró a Ayinde y después a Kelly.

—Mmm. Da la impresión de que no encuentra tu pezón. —Se apartó los rizos y se subió las mangas—. Primero voy a lavarme las manos. ¿Te importa si te toco?

—¡No! ¡Toca! ¡Toma fotos! ¡Cuélgalas en Internet! ¡Pero que coma algo!

—No te preocupes. Vamos a solucionar el problema. Sujeta su cabeza. —Kelly acomodó el cráneo sudoroso de Oliver sobre su palma y miró su rostro arrugado. Becky pasó una mano por debajo del pecho de Kelly y pellizcó el pezón en un ángulo diferente del que ella había intentado—. Espera, espera...

Cuando Oliver abrió la boca, lo empujó hacia adelante, pero el niño falló de nuevo.

—Casi lo ha conseguido —dijo Ayinde.

—Sí, bien, casi conseguiré que no coma —dijo Kelly, mientras se secaba los ojos con el hombro.

—¿Tienes leche maternizada? —preguntó Becky.

—¡No quiero darle leche maternizada!

—No, no para darle de comer, sino para que la pruebe. Estaba pensando que podríamos dejar caer algunas gotas sobre tu pezón, para que sepa que la comida está ahí.

Steve, que estaba esperando ante la puerta, entregó una botella a Ayinde.

—Muy bien, Ayinde, derrama un poco.

Kelly bajó la vista y no pudo por menos que reír cuando vio que su torso parecía una máquina de alimentación de Rube Goldberg con tres manos.

—¡Ahora!

Becky pellizcó el pezón. Ayinde vertió leche. Kelly acercó al bebé a su pecho. Cerró los ojos y rezó, si bien no creía en Dios desde que su madre había encontrado el álbum de recortes y lo había requisado, junto con la paga del mes de Kelly, justo cuando ya había conseguido reunir dinero suficiente para comprar unos vaqueros Calvin Klein. Y entonces, maravilla de las maravillas, notó que Oliver empezaba a mamar.

—Lo está haciendo —dijo, mientras Steve aplaudía sigilosamente desde la puerta—. Oh, gracias a Dios.

Pasaron la siguiente hora practicando: conseguir que Oliver se agarrara al pecho, apartarle, volver a hacer que mamara, primero con la ayuda de Becky y Ayinde («Hace falta un pueblo para alimentar a mi hijo», bromeó Kelly), después sólo Becky y Kelly, y por fin, Kelly sola. Oliver se había dormido cuando las hermanas de Kelly, que olían al humo del tabaco de Mary, volvieron a entrar en el cuarto.

—Terry quiere esterilizarse las manos otra vez —dijo Doreen, y lanzó una risita.

—Adelante —dijo Kelly. Tenía miedo de mirarlas. Tenía miedo de que miraran a Ayinde como si fuera una gacela que se hubiera colado en la casa, o peor aún, que le pidieran el autógrafo de su marido.

Después de que sus hermanas volvieran a Nueva Jersey y Steve se hubiera ido a echar una siesta en el dormitorio, Kelly, Ayinde y Becky, acompañadas de sus bebés, se sentaron en el suelo de la sala de estar.

—Si os hago una pregunta —dijo Becky—, ¿me prometéis que no os reiréis?

Kelly y Ayinde se lo prometieron. Becky levantó a su hija, abrió el peto y se lo sacó, y luego le quitó la camiseta.

—Bien —dijo. Respiró hondo y señaló una mancha justo debajo de la axila de Ava—. ¿Esto es un tercer pezón?

Ayinde enarcó las cejas. Kelly miró al bebé.

—¿Hablas en serio?

—¡Dijistes que no os reiríais!

Ayinde examinó con detenimiento a Ava.

—Creo que es una peca o una marca de nacimiento. ¿El médico dijo algo cuando la examinó?

Becky meneó la cabeza con pesar.

—No, pero ¿qué van a decirte, «Lo sentimos, señora, pero su hija es un fenómeno de feria»? —Suspiró—. Tal vez confiaban en que no me fijaría en el tercer pezón.

—¡No es un tercer pezón! —dijo Kelly.

—Pobre Ava —dijo Becky, mientras volvía a vestir a la niña—. Quizá viajaremos por todo el país y la exhibiremos. Vean a la Chica de los Tres Pezones.

—No creo que la gente vaya a pagar por ver eso —dijo Ayinde.

—La Chica de los Tres Pezones y la Increíble Suegra Vocinglera —dijo Becky—. Y yo también. No me salían mal los juegos malabares. ¿Queréis ver otra cosa rara?

—¿La segunda cabeza? —preguntó Ayinde.

Becky negó con la cabeza, introdujo la mano en la bolsa de los pañales y extrajo un babero de tela con dibujos azules y blancos—. Me lo encontré en la bolsa de los pañales hace unos días.

—Bonito —dijo Kelly, mientras acariciaba el borde de seda, y después le daba la vuelta para ver la etiqueta—. Ah, Neiman-Marcus. Muy bonito.

—Sí —dijo Becky—, sólo que no sé de dónde salió. Esta mañana alguien tiró dentro de mi buzón una cuchara de plata.

—Bien —dijo Ayinde—, acabas de dar a luz.

Julian, que había estado dormitando en la manta, abrió los ojos y bostezó, con las manitas convertidas en puños.

—Lo sé, pero no estaba envuelta y no había tarjeta. —Becky se encogió de hombros—. Podía ser de alguna enfermera del hospital. Andrew trabaja con seis, y juro que son de lo más sociables. —Se puso en pie y deslizó a Ava en el canguro— ¿Iremos a dar una vuelta por la mañana?

Acordaron que, salvo por siestas o emergencias con la lactancia materna, se encontrarían a las diez junto a la estatua de la cabra de Rittenhouse Square Park. Cuando sus amigas se fueron, Kelly depositó a un adormecido Oliver en su cuna, y después se estiró en el suelo de la habitación, con las manos a los lados para no correr el riesgo de tocar su estómago flácido. Cerró los ojos y empezó a imaginar cómo sería su vida futura. Las cosas que compraría y dónde las pondría. El sofá y el armario de rota lacado, la mesita auxiliar taraceada, la televisión de plasma. Todo limpio, todo nuevo, todo perfecto, como merecía su hijo. No abrió los ojos cuando oyó a Steve entrar en la habitación.

—Hola —dijo su marido—. Escucha, si quieres descansar un rato, yo cuidaré del niño.

Kelly siguió con los ojos cerrados, concentrada en las visiones de su sala de estar, tan cercanas que casi podía tocarlas: las butacas de respaldo alto Vladimir Kagan, la alfombra turca que había visto en Material Culture, el aparador antiguo de arce, fotografías enmarcadas por un profesional de su hijo en la pared...

—¿Kelly?

Emitió una especie de ronquido y se volvió de costado. Al cabo de un momento, Steve salió de puntillas del cuarto, y su hijo y ella se quedaron a solas con sus sueños.

AYINDE

—¿Nena?

Ayinde abrió el ojo izquierdo. Estaba tendida de costado, con el cuerpo aovillado alrededor del de Julian, y el cuerpo de Richard aovillado alrededor del de ella. El niño tenía catorce semanas de edad y, de momento, no había pasado ni un solo minuto en su bonita cuna. De día, cuando hacía la siesta, estaba en el cochecito, o casi siempre en brazos de su madre. Y de noche, dormía a su lado, acurrucado junto a su pecho, mientras ella aspiraba su perfume, seguía con el dedo las líneas de su cara, la curva de la mejilla o la oreja con una uña.

—¿Ayinde? —dijo Richard en voz un poco más alta.

—Chisss —susurró ella. Eran las dos y cuarto de la mañana. Hacía menos de una hora que Julian se había dormido. Apartó la mano de Richard de su cadera—. ¿Qué? —preguntó.

—¿Podrías...? —Su tono era de disculpa—. ¿Tal vez apartarte un poco?

Ayinde meneó la cabeza, y después comprendió que su marido no iba a ver el gesto en la oscuridad.

—No hay sitio —susurró—. No quiero que el niño se caiga de la cama.

Oyó que Richard reprimía un gemido.

—Explícame otra vez por qué no puede dormir en su cuna.

Ella sintió una oleada de culpabilidad. No había motivos para que el niño no estuviera en la cuna, salvo porque ella no soportaba tenerle lejos.

—Aquí es feliz —dijo.

—Sí —contestó Richard—, pero yo no. Estoy a punto de caerme de mi propia cama.

—Bien, ¿no puedes aguantarte? —preguntó Ayinde—. ¡Sólo es un bebé! —Se inclinó para mirar a su hijo adorado, tan dulce con su pijama azul, tocó sus labios con el dedo y plantó un beso fugaz en su mejilla—. Es un recién nacido.

—¿Cuánto tiempo piensas tenerle con nosotros? —preguntó Richard.

—No lo sé —replicó Ayinde. *Siempre*, pensó como en un sueño, mientras recogía a Julian en sus brazos, acunaba al bebé contra su oreja y bebía el silbido de sus exhalaciones. Por suerte para ella, siempre tenía a mano a Priscilla Prewitt. «Durante miles de años, ha funcionado la cama familiar —escribía—. Y si te paras a pensarlo, es lo más sensato. ¿Dónde va a sentirse Bebé más seguro y a salvo? ¿Qué es lo más conveniente para la mamá que da el pecho?» (en el mundo de Priscilla Prewitt, averiguó pronto Ayinde, todas las mamas daban el pecho. La leche maternizada sólo era aceptable «en un caso de auténtica emergencia, y por auténtica emergencia no me refiero a que estés aburrida, ocupada y desees un descanso. Me refiero a que estés en el hospital o alguien se esté muriendo»).

Richard suspiró.

—Podríamos comprar una cama más grande —ofreció Ayinde.

—Encargué ésta a medida —dijo Richard. Y no eran imaginaciones suyas. Sonaba impaciente—. Escucha, Ayinde, los bebés duermen en cunas. ¡Siempre! Tú y yo dormimos en cunas, y no nos pasó nada.

—Sí, dormimos en cunas —susurró ella—. Y mi madre bebía y tomaba pastillas para la dieta y esnifaba Dios sabe qué cuando estaba embarazada de mí, y tu madre...

Ayinde cerró la boca, sabiendo que pisaba terreno peligroso. Richard apenas hablaba de su madre, que le había tenido a los dieciséis años, sin marido ni siquiera novio fijo a la vista, y sólo Dios sabía lo que habría tomado durante el embarazo. La leyenda familiar afirmaba que Doris Towne ni siquiera sabía que se había quedado embarazada, que había confundido los dolores del parto con una indigestión provocada por almejas fritas en mal estado, y acabó dando a luz a Richard en el aparcamiento del hospital, en el asiento trasero del coche de una de sus amigas. Ayinde carraspeó y tomó la mano de su marido.

—Ahora tenemos mucha más información. Hay montones de estudios sobre los beneficios del sueño compartido.

—¿Sueño compartido? —se burló Richard—. Nadie comparte el sueño conmigo. Tengo miedo de darme la vuelta para no caer sobre el bebé. Tengo miedo de toser para no despertarlo...

—Lo siento —dijo Ayinde. Richard apretó el trasero de ella contra su ingle.

—Ven aquí —dijo. Le rozó los pechos con las yemas de los dedos.

—¡Ay!

—Lo siento —dijo Richard, al tiempo que apartaba las manos y el cuerpo.

—¡Me has hecho daño!

Asomaron lágrimas a sus ojos. Ayinde estaba comprometida con la lactancia natural, aunque las esposas de otros jugadores le habían susurrado discretamente que eso arruinaría su figura. Le daba igual su figura, pero ojalá alguien le hubiera dicho lo doloroso que iba a ser, que en ocasiones notaría los pechos flácidos como globos de agua a medio llenar, y en otras tan hinchados y doloridos como si estuvieran hechos de cristal caliente. Experimentaba la sensación de que un animal malhumorado le había mordisqueado los pezones mientras dormía. Y Julian no tenía dientes. ¿Cómo sobreviviría cuando le salieran? Tenía que encontrar una solución. La Academia Norteamericana de Pediatras recomendaba lactancia natural durante el primer año, y Priscilla Prewitt, gran sorpresa, decía que no había motivos para dejarlo en ese momento, y que era «mejor para Gordito y mejor para mamá» seguir dando el pecho «¡hasta el parvulario, si puedes!»

—Lo siento —repitió Richard, en tono de disculpa e indignación a la vez. Al cabo de un momento de silencio, se dio la vuelta y suspiró.

—¿Tiene que ser tan duro?

—¿El qué? ¿Dar el pecho?

—No —replicó él—. Todo. —Se oyó un crujir de sábanas, notó aire frío en las piernas, y Richard se levantó de la cama—. Voy a dormir a otra habitación —dijo. Se inclinó y besó la frente de su mujer. El beso seco y casto que un tío adulto da a su sobrina de dieciséis años—. Buenas noches.

Se inclinó hacia Julian.

—¡No le despiertes! —susurró Ayinde, con más aspereza de lo que quería. *Por favor*, pensó, y acercó el cuerpo todavía más al del niño. *Que se vaya y nos deje dormir, por favor.*

—No te preocupes.

Acarició con la yema de un dedo la mejilla del pequeño, y después cerró la puerta casi sin hacer ruido. Ayinde se tapó con la sábana hasta la barbilla y apoyó la mejilla contra los rizos de Julian.

AGOSTO

BECKY

—Bien —gritó Becky en el teléfono, para hacerse oír por encima de los aullidos de Ava—. ¿Qué clase de llanto dirías que es?

—¿Qué clase de llanto? —repitió Andrew. Becky inclinó el teléfono para que pudiera escuchar todos los matices de los chillidos de Ava. Eran las cinco de la mañana. Su bebé tenía cuatro semanas de edad y su marido estaba en el hospital, pues lo habían llamado a medianoche para atender las diversas lesiones internas de seis adolescentes convencidos de que sería divertido colocarse con licor de albaricoque y estrellar el coche contra una cabina de peaje—. Yo qué sé. ¿A ti qué te parece?

Becky sujetó a la niña bajo el brazo, afianzó el teléfono bajo la barbilla y pasó las páginas de la guía T. Berry Brazelton para recién nacidos que se había convertido en su hoja de ruta (muy poco fiable) para comprender a Ava.

—¿Es un llanto estridente que va en aumento, o un llanto grave y rítmico?

—Deja que escuche un momento.

Becky puso los ojos en blanco y meció a la niña en los brazos. Durante los dos últimos días, en un intento de mejorar el humor y los hábitos de dormir de Ava, le había estado administrando una tisana de hierbas. Estaba hecha a base de alcaravea y eneldo, y si bien no había contribuido mucho a aplacar el llanto, había proporcionado a Ava un olor que recordaba al de una hogaza de pan de centeno recién horneada.

—Me rindo —dijo Andrew.

—¿Qué debo hacer?

—¿Está mojada?

Becky olió el pañal de Ava, algo de lo que jamás se habría creído capaz unas semanas antes. El aspecto de la niña no era primoroso. Su saco de dormir sin mangas, rosa y con abejas y flores impresas estaba arrugado, y su cara parecía un caso de acné infantil tan grave que Becky tuvo que reprimirse para no pasarle un paño húmedo sobre la nariz. Después de cuatro semanas, la niña seguía calva por completo, y aunque Becky no lo habría admitido ante nadie, pensaba que Ava parecía casi en todo momento el hombre airado más pequeño del mundo. Sobre todo cuando lloraba.

—No. Mojada no.

—¿Tiene hambre?

—Le di el pecho hace media hora.

—Ah, sí.

Ah, sí, pensó Becky. Dar el pecho a Ava había resultado ser algo un millón de veces más complicado de lo que había sospechado. Sus pechos eran hiperactivos, de modo que, en cuanto Ava se acercaba a ellos, era como si hubieran abierto un grifo. Lo cual significaba que debía utilizar protectores para el pezón (pequeños fragmentos de silicona que parecían diminutos sombreros transparentes, y que tenían la mala costumbre de caer al suelo en cuanto conseguía que Ava se colocara en posición de mamar) para que su hija no se ahogara .

—Prueba la mecedora —dijo Andrew.

—Ya la he probado —dijo Becky—. Nada.

—¿Y si le cantas?

Ella respiró hondo y miró a su hija.

—Amor —cantó—. Emocionante y nuevo. Sube a bordo. Te estamos esperando...

Los aullidos de Ava aumentaron de intensidad.

—¿Las verdades de la vida? —probó Becky. La niña aspiró aire y guardó silencio, con la boca abierta de par en par. Becky sabía lo que venía a continuación: El Grito de Muerte Nuclear de Ava Rae, Pendiente de Patentar.

—Lo siento, cariño —dijo Andrew en su oído, mientras Ava lanzaba el chillido—. Siento no poder estar ahí para ayudarte.

Becky forcejeó con la niña y el teléfono al mismo tiempo.

—¿Por qué me odia Dios? —preguntó. Apretó a Ava contra ella y la meció de un lado a otro. La niña llevaba llorando media hora seguida, y no parecía que fuera a parar. *¿No puedes ayudarme?*, parecía preguntar con cada berrido. *Que alguien me ayude, por favor.* Becky empezaba a sentirse desesperada. Ojalá estuviera su madre con ella. Edith Rothstein había logrado sobrevivir no sólo a un bebé, sino a dos. Tal vez poseía una especie de fórmula secreta, una canción de cuna mágica que había inventado cuando no estaba ocupada quitando motas de hilos invisibles de los sofás. Pero Edith tuvo que volver a Florida y a su trabajo. Había hecho las maletas y partido al cabo de una semana de mecer a la niña, cambiarla, lavar y doblar todas las piezas de ropa de la pequeña, y limpiar todos los objetos de la cocina de Becky, incluidos cuatro potecitos para el horno sepultados en la parte de atrás de la alacena. Era demasiado temprano para llamarla. Demasiado temprano para llamar a sus amigas, pues lo más probable era que sus hijos, al contrario que Ava, estuvieran dormidos.

—Quizá la saque de paseo —dijo.

—¿A las cinco de la mañana?

—Me quedaré en la acera de casa, frente a la escalera —dijo Becky—. No sé, tal vez un cambio de aires le sentará bien.

—Llévate el teléfono —dijo Andrew.

—Entendido —dijo Becky.

Se despidieron. Envolvió a Ava, que seguía berreando, en una manta, se puso la bata de Andrew alrededor de los hombros, se calzó los zapatos que tenía más a mano (como el izquierdo le iba bien y el derecho le venía grande, dedujo que se había puesto uno suyo y una zapatilla de deporte de su marido), se hizo un moño y bajó la escalera.

—Vamos a tomar el aire de la noche, vamos a tomar el aire de la noche —canturreó mientras abría la puerta de la calle. Una mujer, la misma que había visto en el parque y en la cafetería, con mechas rubias y el chaquetón azul largo, estaba sentada al otro lado de la calle, bajo una farola, con la vista clavada en la puerta de Becky.

—¡Ah, hola! —dijo ésta, algo sobresaltada.

La mujer se puso en pie de un brinco y empezó a alejarse a toda prisa en dirección este, hacia el parque. El pelo le caía sobre la parte posterior del abrigo y llevaba una gigantesca bolsa rosa colgada del hombro.

—¡Eh! —llamó Becky.

Se dirigió hacia ella. Se metió entre dos todoterrenos aparcados muy juntos y cruzó la calle. La curiosidad se había impuesto al miedo. La mujer no parecía peligrosa. Aunque, pensó Becky, quizá la extrema privación de sueño había afectado a sus sentidos.

—¡Espera! —gritó Becky. La mujer del chaquetón azul continuaba en dirección a la calle Dieciocho, con la cabeza gacha y el paso ligero. Becky aceleró el paso y fue acortando distancias—. ¡Para, por favor! —gritó.

«Por favor» eran las palabras mágicas, tal como su madre le había dicho siempre. La mujer paró en seco, hundió los hombros y se quedó de espaldas a Becky, como si tuviera miedo de que la fuera a golpear.

—¿Qué estás haciendo aquí? —preguntó Becky. Escudriñó la oscuridad y sujetó a su hija contra su pecho. Introdujo la mano libre en el bolsillo de la bata y palpó el peso tranquilizador del teléfono.

La mujer se volvió hacia ella. Becky vio que era guapa... y que estaba llorando. Llevaba el chaquetón azul largo que ya le había visto, zapatos rosas sucios y vaqueros. Su pelo largo era rubio en las puntas y oscuro en las raíces. Aparentaba la edad de Becky, treinta y pocos años, más o menos. *Una tragedia de Hollywood*, pensó Becky, y avanzó sin preguntarse por qué habían aparecido en su mente aquellas palabras.

—Lo siento —dijo la mujer, apesadumbrada—. Lo siento.

Becky acomodó contra su hombro a Ava, que milagrosamente había dejado de llorar y daba la impresión de estar contemplando la escena con cierto interés.

—¿Qué estabas haciendo delante de mi casa? —preguntó Becky. Se preguntó si la mujer sería una sin techo. Eso sería bastante lógico. Cada vez había más gente que vivía en la calle en Filadelfia. Una mujer había adoptado el contenedor de basura del restaurante de Becky. Ella y Sarah le dejaban comida junto a la puerta de servicio cada tarde. Intentó recordar qué había en la cocina. Manzanas, pan y ensalada de tomate...

—¿Tienes hambre? —preguntó.

—¿Si tengo hambre? —repitió la mujer. Dio la impresión de que meditaba sobre la pregunta, al tiempo que se miraba los zapatos—. No, gracias. Estoy bien.

—Bien, ¿te apetece un té? —preguntó Becky. *Esto es tan extraño*, pensó. *Tal vez estoy soñando. Tal vez la niña ha dejado de llorar por fin y se ha quedado dormida...* La mujer, entretanto, avanzaba hacia ella de lado, dispuesta a huir si Becky sacaba el teléfono del bolsillo de la bata y llamaba a la policía. Becky miró la gran bolsa rosa que colgaba de su hombro y por fin comprendió qué era. Una bolsa de pañales.

La mujer la miró.

—Oí llorar a tu hija —dijo.

Becky observó a aquella desconocida. Tenía ojos grandes, boca sensual sonrosada, pómulos pronunciados, cara en forma de corazón con una barbilla puntiaguda que habría sido demasiado afilada para su rostro, pero en la pantalla...

—¡Yo te conozco! —dijo—. Salías en una película sobre animadoras.

La mujer negó con la cabeza.

—No. Lo siento. Ésa era Kirsten Dunst.

—Pero saliste en algo.

La mujer extendió un dedo y estuvo a punto de tocar el pie desnudo de Ava.

—Es tan bonita —dijo—. Debes de ser muy feliz.

—Feliz. Sí, bien, cuando duerme...

Becky se interrumpió. Lia Frederick. Y su nombre de casada era Lia Lane. Becky no tenía por qué saberlo, pero era devota de *Entertainment Weekly* y *People*, así como de los programas nocturnos de televisión de los que Lia Frederick era asidua. Ésta había interpretado media docena de pequeños papeles en películas de ele-

vado presupuesto, y a una científica nuclear con una rara enfermedad de la sangre y un ex marido que la acosaba en una película pro-
yectada en Lifetime que Becky había visto dos veces durante las últimas cuatro semanas, cuando se había quedado encerrada con su
bebé aullador.

Lia introdujo la mano en la bolsa de pañales y sacó un paño de
eructar, con un dibujo azul y blanco que hacía juego con el babero
que Becky había encontrado.

—Toma —dijo, e intentó ponerlo en la mano de Becky—. Es
para ti.

Así que de aquí salían los regalos para la niña, pensó. Era ella
quien había metido la cuchara en el buzón y quien había metido el
sonajero en su bolso y dejado un chupete en Mas.

—Toma —dijo Lia, mientras intentaba introducirlo en el bolsillo
de la bata de Becky—. Quédatelo, por favor. Yo ya no lo necesito.

Becky rebuscó en su memoria. *Tragedia en Hollywood*, pensó
de nuevo, y entonces recordó. Una cara siempre burbujeante, que
aparecía con una expresión sombría inusitada. *Nuestro sentido pé-
same a Sam y Lia Lane, cuyo hijo de diez semanas, Caleb, murió la semana pasada.*

—Oh, Dios mío.

—Por favor —dijo Lia, con aspecto triste y desesperado mientras empujaba el paño en dirección a Becky—. Lo siento. Siento
haberte asustado. Siento haber estado delante de tu casa. No podía
dormir, así que salí a pasear, y estaba descansando un momento
cuando oí que la niña empezaba a llorar. Por favor. Cógelo, por favor. Por favor.

Becky guardó el paño en el bolsillo de la bata y tomó a Lia de
la mano.

—Ven conmigo —dijo.

Diez minutos después, Lia estaba sentada a la mesa, todavía con aspecto de estar a punto de echar a correr, y Becky estaba sentada en
la mecedora que había instalado en un rincón de la cocina. Al final

resultó que Ava estaba hambrienta, y estaba mamando muy satisfecha, mientras daba golpecitos en el costado del pecho de Becky, esta vez con la expresión de un anciano airado que intenta recuperar el cambio de una máquina expendedora averiada. *¡Una Twix Bar! ¡Una Twix Bar! ¡Maldita sea, yo quería una Twix Bar!* Becky sonrió, hizo eructar a la niña y la depositó en su moisés, que estaba sobre la mesa de la cocina.

—Huevos revueltos. Voy a preparar huevos revueltos —dijo, antes de que Lia pudiera contestar.

Becky partió con una mano cuatro huevos, los tiró en un cuenco y fue a buscar el salero, el pimentero y el batidor.

—Siempre que mi hermano se ponía enfermo, mi madre nos hacía huevos revueltos. No tengo ni idea de por qué, pero, bien...

—Pero yo no estoy enferma —dijo Lia con una leve sonrisa. Respiró hondo y expulsó el aire poco a poco—. Yo vivía aquí. Quiero decir, no aquí, en el centro de la ciudad, sino en Filadelfia. En el Gran Nordeste.

Becky puso un poco de mantequilla en la sartén y encendió el fuego.

—¿Té? —preguntó

Cuando Lia asintió, puso a hervir el agua.

—Así que volviste a casa después de...

—Después —replicó Lia. Contempló con pesar su bolsa de pañales—. Subí al avión con esta bolsa. Ni siquiera me di cuenta. Tenía todas esas cosas de niño, y entonces te vi en abril.

—¿Parecía embarazada? —soltó Becky, y después meneó la cabeza para reprenderse. Ahí estaba, con la prueba irrefutable de su estado, y aún estaba jugando a Embarazada o Sólo Gorda.

—Sí —contestó Lia—. Y pensé... No sé... No sé qué pensé. Supongo que no podía tener las ideas muy claras.

—Puedo entenderlo —dijo Becky. Vertió los huevos en la sartén y bajó el fuego—. O sea, puedo imaginar... Bien, la verdad es que no puedo imaginar. Es lo peor que se me ocurre.

Inclinó la sartén, revolvió los huevos e introdujo dos bollos en la tostadora.

—Te seguí una temporada —dijo Lia—. A ti y a tus dos amigas. Pero no sé cómo se llaman. —Sonrió—. Ni siquiera sabía el nombre de Ava. Tú nunca la llamas Ava, ¿verdad? Es la niña de los mil nombres. Piececitos, Gruñolina, Princesa Culoprieto...

—Creo que aquel día estábamos hablando de pañales —dijo Becky—. Sea como sea, la mujer rubia es Kelly, y su hijo se llama Oliver. Lo anota todo en organigramas, y su gran actividad lúdica es devolver cosas. Es como la Meg Ryan de Babies R Us, pero es muy simpática. La mujer negra es Ayinde, y su hijo se llama Julian. Su marido juega en los Sixers, y viven en una mansión de Gladwyne. No sé si nos hubiéramos hecho amigas en otras circunstancias. —Se encogió de hombros—. Los bebés reúnen extraños compañeros de cama.

Ava se removió en el moisés y alzó un puño cerrado por encima de su cabeza.

—El saludo del poder del bebé —dijo Becky.

—Caleb también lo hacía —dijo Lia—. Así se llamaba mi hijo. Caleb.

Dio la impresión de que iba a seguir hablando, pero cerró la boca y miró a Ava.

—¿Dónde está tu marido? —preguntó Becky. Hizo un esfuerzo por recordar su nombre—. Sam, ¿verdad?

Lia meneó la cabeza.

—En Los Ángeles. Me fui. Quería decirle... que no era culpa suya, pero... —Sacudió la cabeza otra vez—. No podía quedarme —añadió en voz baja.

Becky apagó el fuego y fue a buscar platos y servilletas. Ava empezó a agitar los brazos.

—¿Puedes cogerla?

—Oh —dijo Lia—. No creo que...

—No muerde —replicó Becky—. Y aunque lo hiciera, no pasaría nada, porque todavía no tiene dientes.

Lia sonrió. Se quitó el chaquetón, se inclinó y tomó en brazos a Ava. La acurrucó contra su cuerpo con movimientos algo desmañados, y la meció de un lado a otro mientras paseaba por la cocina, cantando con una voz potente, dulce y argentina:

Adiós, adiós,
la luna es la mitad de una tarta de limón.
El ratón que robó la otra mitad
ha dispersado migas como estrellas en el cielo.
Adiós, adiós,
adiós, adiós.
No llores, querido mío.
La luna sigue sobre la colina.
Nubes algodonosas se agrupan en el cielo.

Becky contuvo el aliento. Ava extendió una mano exploradora y enredó sus dedos en el pelo de Lia.

KELLY

—¿Cómo ha ido la visita con el médico? —preguntó Steve, con la mano derecha sobre la rodilla.

Kelly respiró hondo y trató de despertar. Sabía que la pregunta llegaría, y sabía que, pese a la forma en que había sido formulada, no tenía nada que ver con la preocupación de Steve por su salud. La traducción libre de «¿Cómo ha ido la visita con el médico?» era: «¿Podemos practicar el sexo?»

—Bien —contestó poco a poco, sabiendo lo que vendría a continuación. Aunque no le apeteciera en lo más mínimo.

La verdad era que estaba preparada para el despegue.

—Estás estupenda —había dicho el doctor Mendlow, todavía sepultado hasta las muñecas en lo que ella consideraba en el pasado sus partes íntimas. Eso fue antes de que diera a luz en un hospital clínico y acabara empujando delante de un desfile de residentes, internos, estudiantes y, podría jurarlo, un montón de estudiantes de instituto en viaje de estudios, aunque Steve insistía en que había imaginado aquella parte.

—Cuando te sientas preparada, puedes empezar a tener relaciones sexuales.

Kelly habría estado riendo más de medio minuto, pero sabía que el médico estaba ocupado, y ella tenía que volver corriendo a casa, porque Oliver necesitaría el pecho de nuevo. Eso, y el hecho de que no se le ocurría una forma educada de decir que no quería volver a mantener relaciones sexuales en toda su vida, y que el espectáculo de su marido en calzoncillos y tirado en el sofá, el cual no paraba de repetir que se estaba tomando un descanso muy necesario antes de empezar a buscar empleo en serio, no estaban haciendo gran cosa por su libido.

Estaba también la cuestión del sofá. Una tarde, había vuelto de pasear a *Lemon* y Oliver, y al volver encontró un gigantesco tresillo naranja y marrón plantado en mitad de su sala de estar, antes vacía. Cerró los ojos, convencida de que, cuando los abriera, el sofá más feo de la historia del mueble habría desaparecido. Pero no. Seguía allí.

—¿Steve?

Su marido, todavía con los calzoncillos que utilizaba para dormir, entró en la sala.

—¿Qué es esto?

—Ah —dijo, y miró el sofá como si lo viera por primera vez—. Los Conovan lo iban a tirar, así que les dije que nos lo quedábamos.

—Pero... —Se esforzó por encontrar las palabras precisas—. ¡Pero es horrible!

—Es un sofá —repuso su marido—. Algo donde sentarse.

Se dejó caer con aire desafiante. Kelly se encogió al percibir el olor agrio a moho y colonia de ancianos que se elevaba de los almohadones. Aquello olía como si alguien hubiera muerto encima y no lo hubieran descubierto hasta pasada una buena temporada. Y su aspecto... Dios, pensó, y tragó saliva. Se parecía lo suficiente al sofá de cuando ella era adolescente como para ser su gemelo malvado.

—Por favor, Steve. Es espantoso.

—A mí me gusta —contestó él.

Y ahí terminó la cosa. El sofá se había quedado.

El doctor Mendlow miró a Kelly mientras se secaba los ojos con el dobladillo de la bata rosa.

—Ven a mi consulta —dijo. Tenía el aspecto juvenil de siempre, con los pantalones azules y la bata blanca, pero vio que una corbata asomaba por debajo del cuello. Se preguntó adónde iría y si le acompañaría su mujer.

—No —contestó Kelly, resoplando todavía un poco—. No, de veras. Estoy bien. Sólo un poco agotada.

Se echó a reír de nuevo. Se había quedado corta. Estaba algo más que agotada. Le había dado de mamar a Oliver a las once de la noche, a la una y media de la mañana, a las tres, a las cinco, y tuvo que arrancarle literalmente el pezón de la boca para llegar a su cita de las ocho y media.

—A mi consulta —repitió el médico, mientras se lavaba las manos. Kelly se limpió, se puso las medias, el pantalón del chándal y la camiseta (manchada en ambos hombros, observó, pero ¿qué le iba a hacer?) y se acomodó en una de las butacas de cuero del doctor Mendlow.

—Escucha —dijo el doctor Mendlow, sentado detrás de su escritorio cinco minutos después, lo cual despertó a Kelly de la modorra en la que se había sumido—, yo te apoyaré en todo cuanto quieras decir a tu marido.

Ella se quedó boquiabierta.

—¿Quieres decirle que yo no he dicho nada, salvo que sigáis cogiditos de la mano hasta los seis meses? Ningún problema.

—¿De... veras?

—¿Das el pecho?

Kelly asintió.

—En ese caso, no duermes mucho. Además, te estás adaptando al que quizá sea el cambio más grande de tu vida. En este momento, el sexo no está muy alto en tu lista de prioridades.

—Mi marido... —dijo Kelly, y calló. La verdad era que las seis semanas posteriores al nacimiento de Oliver estaban siendo para ella como unas vacaciones.

—Nada en la vagina —había dicho el doctor Mendlow—. Ni relaciones sexuales, ni tampones, ni ducha vaginal —les dijo—. Podéis practicar el sexo oral. —Kelly pensó que Steve iba a saltar sobre la cama del hospital para abrazarle, hasta que el médico continuó—. Eso significa que podéis sentaros a hablar de todo el sexo que no practicáis. —El rostro de Steve se desmoronó—. Venid a verme dentro de seis semanas, a ver cómo va la cosa.

Después el doctor había palmeado a Steve en el antebrazo con la gráfica de Oliver y había salido por la puerta.

Pero ahora el indulto había terminado y la mano de Steve estaba ascendiendo por su muslo.

—¿Podemos? —preguntó.

Kelly repasó sus opciones. No había muchas. Podía negarse y aplazar lo inevitable, o decirle que sí, enfrentarse al toro y confiar en una conclusión rápida.

—¿El niño está dormido? —susurró ella. Steve miró hacia el pie de la cama, donde Oliver descansaba en su parque (después de la primera noche en casa, Kelly había imaginado enseguida que el coquetón cuarto del niño quedaría sin usar mientras el niño despertara tres o cuatro veces cada noche), asintió, chasqueó la lengua y se lanzó al ataque.

Empezó a besarle el cuello, unos cuantos mordisquitos. Mmm. Ella cerró los ojos y trató de no bostezar, mientras él se apretaba contra su cuerpo. Estaba besando sus omóplatos, levantándole el camisón, sacudiendo sus hombros...

—¿Cómo? ¿Qué?

Parpadeó.

—¿Te has dormido?

—¡No! —dijo ella. ¿Se había dormido? Era probable. Kelly se pellizcó con fuerza en el muslo y juró que, como mínimo, estaría despierta durante toda la sesión. Se lo debía a su marido.

—¿Dónde estábamos? —preguntó. Le besó el lóbulo y mordisqueó su pecho. Steve gimió, rodeó sus pechos con la mano, masajeó los pezones con los pulgares.

—¡Ay!

—¿Qué?

No podía haberse quedado dormida otra vez, pensó. No era posible.

Steve alzó las manos delante de su cara, las agitó, con una expresión de tal repugnancia que Kelly imaginó que vería gotear sangre de sus dedos. En cambio, vio unas cuantas gotas inocuas. Leche.

—Cariño, no hay para tanto.

Él meneó la cabeza, pálido y desconcertado, y reanudó sus esfuerzos. Camisón fuera. Medias fuera... Estaban manchadas del color del ketchup desteñido en la ingle (Kelly confió en que Steve no se diera cuenta a la luz azul parpadeante del monitor infantil).

Aplicó el lubricante que había dejado sutilmente en la mesita de noche después de cenar. Se puso el condón. Estriados para el placer de la mujer, decía la caja. Ja.

—¡Ay!

—Lo siento —jadeó él. *Ay.* ¿Qué demonios estaba pasando ahí abajo? ¿El residente con doce años de experiencia que había cosido su episiotomía la había vuelto virgen otra vez por accidente? Kelly cerró los ojos e intentó relajarse.

—Oh, Dios —susurró él en su oído—. Oh, Dios, Kelly, qué bien.

—Mmmm —gimió ella en respuesta, y pensó que no se sentía nada bien. El estómago seguía flácido. Le parecía que tenía un tubo interno medio deshinchado alrededor del abdomen, y parecía que alguien hubiera pasado un rastrillo con pintura roja sobre su piel. Sabía que las marcas desaparecerían, pero de momento no podía soportar su visión. Sin embargo, daba la impresión de que a Steve no le molestaban.

—¿Qué quieres? —jadeó su marido, al tiempo que agarraba su tobillo y tiraba de su pierna derecha hacia el hombro. Kelly reprimió un grito y agitó la cabeza de dolor, pero supuso que él lo confundiría con pasión—. ¿Qué quieres que te haga?

Y en lugar de una respuesta procaz, alguna variante de *Házmelo con más fuerza*, la típica respuesta preembarazo, la pregunta despertó un eco en su cabeza, cortesía de uno de los libros que había leído a Oliver antes de que se quedara dormido. *El señor Brown sabe mugir. ¿Y tú?*

—¿Kelly?

Oh, qué sonidos maravillosos sabe hacer el señor Brown. El señor Brown sabe mugir como una vaca...

—¡Muuu! —dijo.

Steve dejó de moverse el tiempo suficiente para mirarla.

—¿Qué?

—Quiero decir mmmm —gimió. Esta vez más alto. *El maldito doctor Seuss está arruinando mi vida.*

—¿Kelly?

Bum, bum bum, el señor Brown es un prodigio...

—¿Kelly?

¡Bum, bum, bum, el señor Brown imita el trueno!

—¡Oh, Dios! —exclamó. Vulgar, pero aceptable. Al menos, no rimaba.

Agarró los hombros de Steve, y la respiración de éste se aceleró. *Gracias, Dios*, pensó ella, mientras Steve lanzaba una exclamación ahogada y Oliver empezaba a llorar.

—¡Ah! —suspiró su marido.

Su hijo empezó a llorar.

Las vacas hacen mu, las ovejas hacen be, pasó por su cabeza, que sin duda había abandonado al doctor Seuss para trasladarse a los libros de Sandra Boynton. *Nunca más volveré a dormir*, pensó Kelly, mientras se incorporaba en la cama y alzaba en brazos al niño.

AYINDE

Ayinde alisó su chaqueta sobre la zona blanduzca donde había estado su cintura, y procuró no ponerse nerviosa cuando el director de informativos miró su cinta.

—Buen material, buen material —murmuró el hombre, mientras una Ayinde grabada hablaba en la pantalla de casas incendiadas y accidentes de tránsito, emisiones de bonos y rodeos de beneficencia, y la Ayinde en tiempo real se daba cuenta con un escalofrío de que había olvidado ponerse discos empapadores en el sujetador antes de salir de casa. Pero Paul Davis, el director de informativos de la WCAU, no había advertido el problema. El agente de Ayinde había enviado cintas a esta cadena y a todas las de la ciudad, incluida la segunda cadena pública, que se hallaba en pleno centro de un barrio de Roxborough al que Richard nunca la dejaba ir sola... meses antes, cuando le habían fichado. Pero eso había sido meses antes, y ella no había recibido ni una sola oferta hasta la noche anterior, en que Davis había llamado para preguntarle si tenía un momento para pasar por la cadena aquella mañana. Iba a ser un día de locura, pensó Ayinde. En cuanto terminara la entrevista, tendría que volver a casa, recoger al niño y conducir hasta Nueva York para reunirse con su madre. Pero si recibía una oferta de trabajo, habría valido la pena.

Paul Davis (cincuentón, blanco, apuesto, con chaqueta de *tweed* y perilla) silenció el aparato y contempló el currículum vitae que descansaba sobre su escritorio.

—Yale, ¿eh? Y un máster de Columbia.

—No me lo tenga en cuenta —dijo Ayinde, y ambos rieron.

—West Virginia durante diez meses...

—Que fueron como ocho meses muy largos —dijo Ayinde.

Más risas. Se relajó un poco y se ciñó más la chaqueta contra el pecho.

—Seis años en Fort Worth.

—Empecé con artículos y trabajos generales y, como ve, me ascendieron a directora de fines de semana, después a presentadora del telediario de las cinco, cuya cuota de pantalla aumentó en un doce por ciento el primer año que estuve.

—Muy bien, muy bien —dijo el hombre, mientras escribía algo en el currículum—. Escucha, Ayinde. Voy a ser sincero contigo.

Ella sonrió. Había pronunciado bien su nombre a la primera, y eso ya era algo.

—Está claro que posees el talento necesario para triunfar en este medio. Tu aspecto... Bien, no hace falta que yo te lo diga.

Ella asintió, y su corazón se aceleró.

—En Texas tuvieron que peinarme de diferentes maneras hasta encontrar la adecuada.

—Tu pelo no es el problema —replicó Paul Davis—. Es tu marido.

—¿Mi marido? —repitió Ayinde.

—Eres inteligente. Eres simpática. Eres lista, y no eres en absoluto una persona altiva. —Paul Davis volvió a mirar la pantalla, donde estaba congelado el rostro de Ayinde, con los labios abiertos y los ojos entornados—. Y además eres sexy, pero no de una manera descarada. Pero me temo que no vas a trabajar de presentadora. Nadie va a elegir el canal para verte leer las noticias.

—¿No?

David negó con la cabeza.

—Van a hacerlo para ver con qué clase de mujer se casó Richard Towne. Para ver cómo vistes, cómo es tu anillo, cómo vas peinada. No estoy seguro de que vayan a aceptarte como la persona que les habla de huelgas escolares y accidentes de tránsito.

Ayinde enderezó la espalda.

—Creo que mi talento de reportera habla por sí solo. Puede preguntar a mis colegas de Fort Worth. Casarme con Richard Towne no hizo descender cincuenta puntos mi coeficiente inte-

lectual. Soy una profesional, estoy comprometida con mi trabajo, soy miembro de un equipo y no pido ningún tratamiento especial.

Paul Davis asintió. Su expresión no era hosca.

—Estoy seguro de que todo eso es cierto —dijo—. Y lamento
la posición en que te ha colocado tu matrimonio. Pero no creo que
ningún director de informativos de la ciudad te diga algo diferente. Tu estado social, tu fama, supondrían una distracción para el
espectador.

—¡Pero yo no soy una celebridad! ¡Richard es la celebridad!

Paul Davis pulsó el botón para sacar la cinta y se la devolvió a
Ayinde.

—Permíteme decirte lo que pensamos.

Un cuarto de hora después, Ayinde volvió al aparcamiento, con la
sensación de haber atravesado un tornado. *Corresponsal especial*,
pensó, al tiempo que abría el coche y tiraba la cinta en el asiento
del pasajero, donde rebotó en la piel color caramelo y aterrizó en
el suelo. Yale, Columbia y diez meses en West Virginia con su propia cámara. Cuatro años de reportera y dos años de presentadora
en un programa de máxima audiencia, ¿y querían que fuera una
corresponsal especial? ¿Ir a los partidos de los Sixers y, para emplear la expresión del odioso Paul David, «utilizar tu enchufe para
dar a los espectadores una visión del equipo entre bastidores»?
Perfiles de los jugadores. Perfiles de los entrenadores. ¡Perfiles de
las animadoras, por el amor de Dios!

Se puso el cinturón de seguridad.

—Mierda —susurró. Puso el coche en marcha y se dirigió a
casa para recoger a Julian, que estaba durmiendo en su moisés,
con la criada montando guardia en la puerta del cuarto.

—Ha llamado Richard —dijo Clara. Ayinde suspiró, cargó al
pequeño y todas sus cosas en el coche y llamó al móvil de su marido. Richard la había mirado mientras se vestía aquella mañana, y
le aconsejó que se pusiera el vestido color ciruela en lugar del gris.

La había besado, para decirle a continuación que los iba a conquistar.

—¿Cómo ha ido? —preguntó con ansia.

—No muy bien —contestó Ayinde. Salió a la autopista de Schuylkill. Tal vez era lo mejor, pensó, mientras Richard emitía ruidos de indignación y preguntaba a Ayinde si quería cambiar de agente, y si podía ayudarla en algo. Tal vez Dios le estaba diciendo que debía quedarse en casa con el niño, que la mejor forma de pasar el tiempo era con su hijo.

—¿Dónde está mi nenito? —gorjeó Lolo dos horas después, más en honor de los fotógrafos, maquilladores, peluqueras y ayudantes congregados que de Julian, de eso Ayinde estaba segura.

—Aquí —respondió, al tiempo que depositaba el asiento del coche y una bolsa de pañales gigantesca sobre una mesa llena de bandejas de *bagels* y pastas, y se volvía de costado para que su madre pudiera ver a Julian en su canguro *¡Bebés exitosos!* encargado por correo. La sesión de fotos iba a tener lugar en un estudio de Chelsea, una sala larga y rectangular con suelo de cemento y rollos de papel negro que colgaban del techo para servir de fondo. Había una zona aislada con una mampara para maquillaje y guardarropía, y música tecno sonaba en los altavoces suspendidos del techo.

—Es mi hija —dijo Lolo con aire majestuoso—. Es presentadora de televisión.

—Ya no —dijo Ayinde, pensando en lo que había sucedido aquella mañana—. Ahora sólo soy una mamá.

Miró a Julian, y pensó que las palabras no habían sonado mejor que cuando salía del aparcamiento de la WCAU. Tendría que trabajar en ello. «¡Querida, ahora eres la propietaria del mejor empleo posible!», decía *¡Bebés exitosos!*

Su madre miró a Ayinde.

—¿Volverás a ponerte a régimen? —preguntó.

—Más o menos —contestó, decidida a no permitir que Lolo la atormentara. Había accedido a la sesión de fotos para la revis-

ta *More* («Generaciones de belleza», la llamaban, o algo igualmente ridículo) como un favor a Lolo, pese a las protestas de su
marido.

—No quiero que nuestro hijo salga en una revista —dijo Richard, y Ayinde le había dado la razón. Por lo general, detestaba
que los medios de comunicación convirtieran a las esposas e hijos
de deportistas en accesorios desechables, cuyo único trabajo consistía en aparecer risueños en los quioscos. Pero Lolo había insistido. Más que eso, en realidad. Le había suplicado.

—Ya sabes lo difícil que es encontrar trabajo a mi edad —le
dijo—. Y si esto va bien, Estée Lauder podría pensar en mí para su
rostro después de los cincuenta.

Según los cálculos de Ayinde, podían seleccionar a Lolo para
su rostro después de los sesenta, pero cuanto menos dijera al respecto, mejor. En parte, una parte que, por lo general, conseguía
mantener oculta y silenciosa, todavía buscaba con desesperación
la aprobación de Lolo, o incluso su reconocimiento, y debido a esa
parte había accedido a ir a Manhattan para asistir a la sesión de fotos, mientras la parte más racional de su mente insistía en lo contrario.

—¡Qué mono!

Tres chicas vestidas de negro, con pantalones por debajo de la
cintura y zapatos de puntas crueles, se habían congregado alrededor de Julian. Ayinde abrazó a su hijo, al tiempo que aspiraba profundamente el perfume de su pelo y su piel tibia.

La voz de Lolo se elevó por encima de los gorgoritos de las
chicas. Ya había pasado por maquillaje. Su piel cobriza y los ojos
de un verde dorado se veían tan adorables como siempre, así como
los labios gruesos, los pómulos salientes y las pestañas gruesas y
negras como ala de cuervo.

—Están preparados para ti, querida. —Miró al bebé, como si
se hubiera transformado en un enorme tumor adosado al pecho de
su hija—. ¿Dónde está la niñera?

Ayinde volvió a aspirar el perfume de Julian y acarició sus rizos
antes de contestar.

—No tengo niñera, mamá.

—Bien, pues la canguro.

—Tampoco tengo.

Lolo enarcó una ceja inmaculadamente delineada.

—¿*Au pair?* —preguntó, sin excesiva esperanza en la voz.

Ayinde forzó una sonrisa.

—Sólo yo.

Dejó que una de las chicas de zapatos puntiagudos la guiara hasta una silla. Julian se sentó en su regazo, mientras un hombre llamado Corey aplicaba maquillaje, colorete y sombra de ojos cobriza al rostro de Ayinde, y anudaba sus trenzas en la nuca.

—Lactancia natural —dijo con pesar, después de que el tercer vestido de alta costura le viniera pequeño debido al perímetro del busto. Oyó resoplar a su madre a diez metros de distancia. Lolo Mbezi era una campeona en el arte de resoplar. Compensaba el hecho de que jamás fruncía el ceño.

—Arrugas, querida —decía, siempre que veía hacerlo a su hija.

—Bien. Veamos —dijo el encargado de guardarropía, mientras la ayudaba a ponerse un vestido de Vera Wang, una columna resplandeciente de seda gris clara. No consiguió subir la cremallera, pero le dijo que no se preocupara—. Unos cuantos imperdibles, un poco de cinta adhesiva, y no habrá ningún problema. —Miró por encima de la cabeza de Ayinde—. Oh, Dios —susurró.

Ella se volvió y vio a su madre, resplandeciente en una gasa plisada que abarcaba una docena de tonos del rosa, desde el rosáceo al magenta. Un canesú sin tirantes dejaba al descubierto los hombros y los omóplatos, su piel impecable color moca y todo su esbelto cuello. La falda era una explosión de capas en forma de campana, que se infló con elegancia cuando Lolo se deslizó a través de la sala, con las manos sujetando la falda y los codos apenas doblados. De repente, Ayinde se sintió tan sosa como una paloma.

—¡Empieza el espectáculo!

Una chica de zapatos puntiagudos entregó a Julian a su madre. El bebé estaba desnudo por completo.

—No me parece que sea una buena idea... —empezó Ayinde.

—¡No seas tan tiquismiquis! —dijo Lolo, mientras sonreía a su hija y a su nieto—. Estás guapísima, cariño. Muy chic. Date la vuelta. —Ayinde obedeció—. Maravillosa. Bobby, eres capaz de cualquier milagro... Gracias a los imperdibles, casi no se nota lo de la cremallera.

Ayinde cerró los ojos y rezó para tener paciencia, mientras el fotógrafo les iba colocando en su sitio: Lolo sobre una plataforma de cuarenta y cinco centímetros de altura, Ayinde sentada debajo, intentando esconder el estómago, el bebé desnudo en su regazo.

—Maravillosa, Lolo, los ojos quedan asombrosos —dijo el fotógrafo. Ayinde procuró no bostezar, mientras Julian se removía—. Sube la barbilla, Ayinde... No, no tanto... Ladea la cabeza un poco... No, no, del otro lado...

Ayinde empezó a sudar bajo las luces, y los músculos de sus piernas y espalda temblaron a causa del esfuerzo de estar sentada muy tiesa. Julian no dejaba de moverse, y tiró de los pendientes de plata que le habían puesto a su madre.

—Creo que deberíamos descansar un momento —consiguió articular, antes de que su hijo tirara con más fuerza de uno de los pendientes—. He de darle el pecho...

—Una de las chicas le dará el biberón —dijo Lolo, mientras sacudía los pliegues de su vestido.

—No toma biberón, mamá. Le estoy dando el pecho...

Como aconseja el libro que me mandaste, pensó Ayinde.

—No pasa nada, casi hemos terminado. Los ojos hacia aquí, por favor. Perfecto. Ayinde, ahora coge al niño con el otro brazo.

Ayinde cambió a Julian del brazo derecho al izquierdo. La reacción del pequeño fue mearse sobre su vestido. Lolo reprimió un grito de terror. Ayinde cerró los ojos, mientras oía las risitas de las chicas de zapatos puntiagudos.

—Gracias, señoras, eso ha sido todo —dijo el fotógrafo.

—No entiendo por qué no tienes una niñera —dijo Lolo. Había transcurrido una hora, y estaban comiendo pechugas de pollo en un reservado de La Goulue. Ayinde se había cambiado, y llevaba unos leotardos y un jersey de Richard. Lolo iba impecable, como siempre, con un traje de chaqueta y pantalón de Donna Karan. Y estaba comiendo, mientras el plato de Ayinde seguía sin tocar delante de ella, porque Julian estaba mamando y tenía las dos manos ocupadas, ante la irritación silenciosa, pero evidente, de su madre.

—Quiero criarle yo —dijo.

—Bien, por supuesto, es maravilloso, pero ¿es que no tienes tu propia vida?

—Ésta es mi vida ahora.

—Toda esa carísima educación... —murmuró su madre.

—¿Qué quieres de mí? —soltó Ayinde. Lolo parpadeó y la miró con frialdad.

—Quiero lo que cualquier madre desea para sus hijos, cariño. Quiero que seas feliz.

—No lo creo —replicó ella—. Sé que quieres algo, pero no sé qué. Me enviaste aquel libro... —Julian se puso a lloriquear. Ayinde le pasó del pecho derecho al izquierdo con la mayor discreción posible, alisó su pelo y continuó—. Me enviaste aquel libro, el cual dice que el vínculo más puro del mundo es el vínculo entre madre e hijo, que debería darle el pecho hasta los tres años y dejarle dormir en mi cama, y que dejarle con una niñera equivale a maltratarle...

Lolo compuso una expresión de perplejidad.

—¿El libro dice eso?

Ayinde reprimió una carcajada histérica. Lolo ni siquiera habría leído la contraportada de *¡Bebés exitosos!*, que se había convertido en sus Sagradas Escrituras.

—Escucha, en este momento mi trabajo es criar a Julian. Y es un trabajo importante.

—Claro que sí —contestó Lolo, que parecía desconcertada—. Pero eso no significa que no puedas tener tiempo para ti misma.

—¿Como cuando a ti te conviene? —replicó Ayinde.

Lolo ladeó la cabeza.

—No discutamos, querida. —Pinchó un trozo de pollo con el tenedor y lo alzó—. Abre la boca.

—Mamá...

—Has de estar hambrienta. Toma.

Movió el tenedor cerca de los labios de Ayinde, y ésta abrió la boca a regañadientes.

—¡Ya está! —exclamó su madre. Le dedicó una sonrisa satisfecha y se reclinó en la silla. Su rostro relucía bajo el maquillaje (Ayinde se había quitado el suyo en cuanto pudo, consciente de que el resultado de maquillaje combinado con las manos vagabundas de Julian sólo podía ser ropa manchada)—. Lo único que estoy diciendo —continuó Lolo— es que no hay nada de malo en contar con alguna ayuda. Has de descansar de vez en cuando, aunque seas la mejor madre del mundo.

—Bien, tal vez debería matricularle en un internado —dijo Ayinde, intentando emplear un tono desenfadado, mientras recordaba la presencia fugaz de Lolo durante su niñez. Entraba en su habitación media hora después de que se acostara, preparada para marcharse a cenar y a bailar, con el fin de depositar un beso en la frente de su hija, y por lo general conseguía despertarla. «¡Que duermas bien!», gorjeaba, y sus tacones repiqueteaban en el mármol del vestíbulo. Después oía los pasos más pesados de su padre, y la puerta se cerraba en silencio detrás de ambos. A la hora del desayuno, la puerta de la habitación de sus padres estaba cerrada, las persianas de la sala de estar bajadas. Serena le servía leche y cereales, y Ayinde comía en silencio, dejaba los platos en el fregadero y se marchaba.

—Bien, creo que estás haciendo un trabajo maravilloso —dijo Lolo—. ¡Pero no tendrías que tomártelo tan en serio! ¡Se trata de cochecitos y pañales, no de astronáutica!

Ayinde miró a Julian, al que acunaba en sus brazos, el movimiento de sus mejillas mientras mamaba, su hermoso y perfecto muchacho, la boca como la de Richard, los dedos largos como los de ella, y los de su madre.

—Sólo quiero hacerlo bien.

—Haces lo que puedes. Como todas las madres. Toma —dijo Lolo, y acercó un trozo de pollo a su hija. Ayinde suspiró, antes de abrir la boca y dejar que su madre la alimentara.

SEPTIEMBRE

BECKY

—Hooolaaaa.

Becky se encogió y alejó el teléfono del oído. Eran las siete de la mañana, y había conseguido que Ava se durmiera por fin después de darle el pecho a las seis. Por lo visto, para Mimi, las siete de la mañana era una buena hora para llamar.

—Hola, Mimi —contestó, sin hacer el menor esfuerzo por parecer más despierta de lo que estaba.

—¿Te he despertado?

—Un poco —dijo Becky, y añadió un ostentoso bostezo, con la esperanza de que captara el mensaje.

Ni por asomo.

—Ah, entonces seré rápida. Déjame hablar con mi hijo.

Becky se dio la vuelta y clavó el teléfono en las costillas de Andrew.

—Tu madre —susurró.

Él cogió el teléfono y se dio la vuelta.

—Hola, mamá. —Silencio. Un largo silencio inquietante—. De acuerdo —dijo Andrew—. De acuerdo. ¿Durante cuánto tiempo? —Más silencio—. ¡No, no, claro que no! Calma, mamá. No pasa nada. No. ¡No! Bueno, si lo he hecho, perdona. Exacto. No. ¡Pues claro que sí! De acuerdo. Nos vemos luego, pues. Yo también te quiero. Adiós.

Apretó el botón de colgar, se tumbó boca arriba y cerró los ojos.

—¿Qué? —preguntó Becky.

Andrew no dijo nada.

—Será mejor que me lo digas, o voy a suponer lo peor —dijo ella.

Más silencio.

—¿Se ha vuelto a casar? —insistió Becky.

Andrew se tapó la cara con la almohada para ahogar sus palabras, pero aun así ella las oyó muy bien.

—Algo le pasa al aire acondicionado de su casa.

Becky tragó saliva.

—Aún no hace calor.

—Sólo serán unos días —dijo él.

Ella no dijo nada. Andrew cogió su mano.

—Becky, es...

—Tu madre. Lo sé. No lo ignoro. ¡Pero ni siquiera tenemos cuarto de invitados! ¿No estará más cómoda en un hotel?

—No quiere gastar dinero en un hotel. —Hundió todavía más la cara en la almohada—. Aún se queja de lo que le costó nuestra boda.

—Oh, por favor —murmuró Becky al tiempo que saltaba de la cama—. Yo no fui la que quiso trescientos invitados. Ni la que encargó esculturas de hielo del novio y la novia. ¿Cuánto tiempo se quedará *madame*?

Él se levantó sin mirarla a los ojos.

—No está segura.

—¿Y dónde va a dormir?

Andrew no dijo nada.

—¡Venga ya! —exclamó Becky—. ¡No esperará que le cedamos el dormitorio, Andrew! Ava duerme aquí, y yo he de estar cerca de ella... —Metió la cabeza en la cuna para asegurarse de que su hija seguía durmiendo, y después bajo la escalera. Andrew se puso la bata y la siguió—. Vaya mierda —dijo Becky, mientras preparaba el café.

Andrew apretó los labios. Becky no supo si se estaba enfadando o intentaba sonreír. Dejó una taza delante de él.

—Voy a preguntarte algo. Y quiero que me digas la verdad. ¿Alguna vez le has negado algo? ¿Alguna vez? ¿De manera terminante, en plan «No, mamá, lo siento. Eso no puede ser»?

Su marido clavó la vista en la taza. El corazón de Becky dio un vuelco. Sospechaba desde hacía tiempo que ése era el caso, que

Mimi ordenaba, Mimi exigía, Mimi se ponía histérica hasta que conseguía lo que quería, y Andrew, el paciente y apocado Andrew, se sentía impotente cuando le daba uno de sus berrinches.

—No será por mucho tiempo —murmuró—. Y significa mucho para mí.

—Estupendo, estupendo —suspiró Becky.

Una hora después, cuando Andrew se había ido al hospital, después de dar el pecho, cambiar y vestir a Ava, el timbre de la puerta sonó, y apareció Mimi con vaqueros ceñidos, chaqueta vaquera y top ceñido al cuello, con cuatro piezas de equipaje Vuitton, baúl incluido, alineadas en la acera detrás de ella.

—¡Aaayyy, querida! —dijo, y entró como una exhalación en la casa y arrebató cinco kilos de niña sobresaltada de los brazos de su madre, dejando que Becky se encargara de subir su equipaje por la escalera—. Mmm, ¿eso que huelo es café? —Trotó hacia la cocina, donde Becky le sirvió una taza. Mimi bebió—. ¿Descafeinado? —preguntó.

Becky estuvo a punto de mentir.

—No —dijo—. Podría preparar un poco...

Oh, cielo, ¿te importaría?

Los ojos de Mimi no dejaban de moverse de un lado a otro, inspeccionaban las paredes de la cocina, el fregadero, la cocina, las estanterías con libros de cocina. Becky no estaba segura de qué buscaba. Tal vez pruebas de que la cocina ocultaba un laboratorio de metadona, lo cual demostraría que Becky era la reina de la vida sórdida del camping de caravanas que Mimi siempre había sospechado.

—¿Supongo que no tendrás nada para picar? —dijo al fin con aire inocente. Rechazaba el pan blanco («Me mantengo alejada de la harina procesada»), el pan integral («No me conviene») y el melón («Nunca me gustó»)—. ¿Qué te parece si me ocupo de mi nieta y tú vas al súper?

Claro, pensó Becky. *¿Qué te parece si me corto la mano y se la doy al rottweiler del otro lado de la calle?* ¿Mimi se moriría si llamaba a Ava por su nombre? Desde la primera mañana en el hospital, sólo había llamado a la niña «mi nieta». La palabra «Ava» no había aflorado ni una sola vez a sus labios. Tal vez se aferraba todavía a la esperanza de que se decidieran a llamarla Anna.

Échale un hueso, se dijo Becky.

—De acuerdo. Primero me daré una ducha...

Mimi la despidió con un ademán.

—¡Estaremos bien! Pero déjame un biberón.

Ya empezamos.

—Le doy el pecho, ¿te acuerdas?

Los ojos de Mimi se abrieron de par en par.

—¿Aún?

—Aún —contestó Becky.

—¿Y los médicos dicen que está bien?

—Es lo mejor para ella. La leche materna contribuye al desarrollo de su sistema inmunológico y...

—Oh, eso es lo que dicen ahora —la interrumpió Mimi—. En mis tiempos, lo mejor era la leche maternizada. ¡Y da la impresión de que ha funcionado bien con Andrew! —Miró a Becky—. He leído que los bebés alimentados con leche materna pueden tener problemas. —Su voz se redujo a un suspiro—. Con la obesidad. —Una alegre risita—. Mi Andrew no ha tenido nunca ese tipo de problemas, por supuesto.

Voy a matarla, pensó Becky, con una especie de asombro lejano. *Lo juro.*

—Bajaré dentro de diez minutos —dijo, y corrió escaleras arriba. Se quedó bajo la ducha con los ojos cerrados, mientras cantaba *I Will Survive*, hasta que el agua caliente se acabó.

En la cocina, Mimi estaba sentada a la mesa con la niña en brazos y un *muffin* de arándanos a medio comer delante de ella.

—¡Se ha comido casi todo el *muffin*! —dijo.

—¿Qué? —preguntó Becky.

—Tiene buen saque —anunció Mimi—. Como su padre.

—¡Mimi! ¡Aún no puede comer sólidos!

—¿Por qué?

Las manos de Becky se transformaron en puños.

—No puede comer cereales sólidos hasta los cuatro meses, como mínimo, y sólo arroz.

Mimi agitó las manos.

—Oh, estoy segura de que le sentará bien. Yo le daba a Andrew cuando tenía seis semanas, y mira lo bien que ha salido. Es una moda. Darles esto, darles lo otro, leche materna, leche maternizada..., aunque puede que tú sepas más que yo. Como estás en el negocio de la alimentación...

Becky apretó los labios, descolgó el teléfono, se encerró en el cuarto de baño y llamó a la consulta de su pediatra, donde la muy amable enfermera le dijo que, si bien un *muffin* de arándanos podía trastornar el estómago de Ava, no era probable que produjera daños irreversibles. Después volvió a bajar la escalera.

—Hola, cariño —dijo a Ava. Ésta la miró desde el regazo de Mimi, y después echó la cabeza hacia atrás. La piel de debajo de su barbilla se desdobló como los pliegues de un acordeón. Mimi la miró con desagrado.

—¡Oh, Dios!

Becky miró por encima del hombro de su suegra y vio los anillos de suciedad marrón grisácea en el cuello de su hija.

—¿No la bañas? —preguntó Mimi.

—Claro que sí. Es que...

Becky meneó la cabeza. Había intentado limpiar esa zona, pero la niña no se lo ponía fácil. La mitad de las veces, ni siquiera estaba segura de que Ava tuviera cuello. Daba la impresión de que su cabeza encajaba a la perfección entre sus hombros, ¿y quién sabía lo que se estaba acumulando allí? Bien, ahora ya lo sabía. Sacó una toallita de la bolsa de pañales y se la dio a Mimi.

—La verdad es que no sé de dónde ha salido eso.

Mimi emitió un resoplido.

—Me voy al súper —dijo Becky—. Haz el favor de no darle nada más de comer durante mi ausencia.

Otro resoplido. Becky agarró las llaves y salió por la puerta. Cuando regresó, cargada con dos bolsas de comida, su suegra y la niña estaban acomodadas en el sofá de la sala de estar.

—¿Quién es mi princesa? ¿Quién? ¿Quién?

Ava parpadeó y sonrió. Becky reprimió un suspiro y bajó a la cocina. Cinco minutos después, la voz de Mimi la impulsó a subir la escalera de nuevo.

—¡Y ahora haremos flexiones! ¡Uno, dos! ¡Uno, dos! ¡Hay que cuidar la figura! ¡Para que todos los chicos llamen!

¿Perdón? Becky corrió a la sala de estar.

—Escucha, Mimi. Sé que lo haces con buena intención, pero ni Andrew ni yo queremos que Ava crezca preocupada por su figura.

Mimi la miró como si Becky hubiera descendido de una nave espacial en su primera visita al planeta Tierra.

—¿De qué estás hablando?

—Flexiones. Chicos. No queremos que Ava tenga que preocuparse de eso. —Becky forzó una sonrisa—. Al menos, hasta que cumpla un año.

Mimi frunció los labios.

—¿Y Andrew está de acuerdo con esta... esta...?

Becky casi oyó la palabra «tontería».

—¿Filosofía? —concluyó.

—Al cien por cien —replicó Becky, y se encaminó hacia la puerta antes de sucumbir a la tentación de arrancar a Ava de las garras de su abuela, y echar a patadas a Mimi y a su equipaje de diseño.

El patio trasero era la parte de la casa favorita de Becky. Tenía apenas el tamaño de una mesa de billar, pero había llenado hasta el último centímetro con tiestos y macetas, en los que crecían petunias y gerberas, así como las hierbas y hortalizas que utilizaba en la cocina: tomates y pepinos, hierbabuena y albahaca, salvia y dos tipos de perejil, incluso sandías. Canturreaba para sí mientras cuidaba de las plantas arrancaba hojas muertas y malas hierbas.

Cinco minutos después, Mimi, con Ava en brazos, invadió su santuario.

—¡Vamos a ver qué está haciendo mamá! —cantó alegremente, mientras lanzaba a Ava al aire y después hacia el suelo, de una manera que garantizaba sin la menor duda una vomitona al cabo de cinco minutos.

Al menos se librará del muffin, pensó Becky.

—¡Vamos a regar las plantas! —dijo Mimi, y arrojó agua al aire, mientras Ava intentaba agarrarla. La niña frunció el ceño cuando el chorro resbaló entre sus dedos. Después alzó la mano mojada e intentó meterse el pulgar en la boca. Mimi le dio una palmada en la mano.

—¡Nada de chuparse el dedo! ¡Niña mala!

Becky desconectó la manguera y se puso a rezar. *Dios me concedió serenidad para aceptar las cosas que no puedo cambiar, valentía para cambiar las cosas que puedo cambiar y paciencia para no estrangular a mi suegra, cortarla en pedacitos y tirarla a una alcantarilla.*

—La verdad es, Mimi, que no tiene nada de malo chuparse el pulgar.

—¿Perdón? Eso no puede ser cierto. ¡Se estropeará los dientes!

—Eso son cuentos de viejas —replicó Becky, y se sintió culpable por disfrutar al ver que Mimi se encogía al oír la palabra «viejas».

Su suegra frunció los labios.

—Si estás tan segura...

—Sí, estoy segura —dijo Becky, y extendió los brazos—. Voy a cambiarla.

Becky llevó a Ava arriba. El pañal estaba seco, pero imaginó que un minuto más con Mimi la impulsaría a hacer algo que no quería que su hija viera.

Se dejó caer en la mecedora y se levantó la camisa. Había pasado menos de una hora desde la última vez que le había dado el pecho, pero la niña parecía famélica. O tal vez sólo quería algo calmante. Mimi era capaz de poner a cualquiera de los nervios. ¿Por qué una recién nacida iba a ser la excepción?

Becky cerró los ojos, se meció poco a poco y se amodorró mientras la niña mamaba en sus brazos.

—¿Estás dándole el pecho?

Becky saltó hacia adelante, sobresaltada. Los ojos de Ava se abrieron de par en par. Se apartó del pecho y empezó a chillar.

—Estaba —contesto Becky con toda la intención, al tiempo que se bajaba la camisa y palmeaba la espalda de Ava, hasta que ésta eructó.

—¡Oh, perdón! —dijo Mimi.

Becky secó los labios fruncidos de la niña con la esquina de una manta y la apretó contra ella. *Es la mejor sensación del mundo,* había dicho su madre la primera vez que había cogido en brazos a Ava. Entonces Becky no la había creído. Tenía mucho miedo de hacer daño al bebé, que parecía una cosita tan frágil, tan desmadejada, que se ponía a sudar antes de cambiarle los pañales. Pero ahora que Ava erguía mejor la cabeza, paseaba la vista a su alrededor y se fijaba en las cosas, ahora que había desaparecido su acné de bebé, a Becky le encantaba abrazarla. Su piel era suave y olía bien, sus ojos grisazulados de largas pestañas, así como los labios gruesos de color rosa, eran lo más bonito que había visto en su vida. Podía pasarse horas besando la nuca de Ava o acariciando su cabeza con la nariz, todavía pelona por completo, la piel tan clara que podía seguir con el dedo el rastro de las venas que corrían por debajo.

—Vamos a echar una siestecita —dijo Becky a Mimi.

Sin esperar la respuesta, depositó a la niña en su cuna y fue al dormitorio, donde se quitó los zapatos, bajó las persianas y miró la claraboya que Andrew y ella habían instalado durante los días felices anteriores a que Mimi se mudara a la ciudad. Llamó al despacho de Andrew, después al móvil, y como no contestó ninguna de las veces, hizo lo que siempre se resistía a hacer, lo que más despreciaba, debido al hecho de que Mimi lo hacía cada dos por tres. Le envió un mensaje al servicio de mensajería. «Sí, por favor, ¿podría pedirle que llamara a casa? No, no, no se trata de una emergencia. Soy su mujer.» Medio minuto después el teléfono estaba sonando. Becky se precipitó hacia él. Fue veloz, pero aún así Mimi se le adelantó.

—¡Andrew! ¡Qué agradable sorpresa!

—Hola, mamá. ¿Está Becky?

—Supongo que sí —ronroneó Mimi—. ¿Es que no tienes un momento para hablar con tu mamaíta?

Becky colgó el teléfono enfurecida. *Dios me concedió serenidad para aceptar las cosas que no puedo cambiar...* Diez minutos después, Mimi se puso a chillar.

—¡Beckyyyyyyyyy! ¡Mi hijo quiere hablar contigo!

La niña se puso a llorar.

—Dile que ahora le llamaré —contestó, y fue a la habitación de Ava, donde dedicó diez minutos a calmar a la niña y volverla a dormir. Cuando llamó de nuevo al móvil de Andrew, éste descolgó enseguida.

—¿Cómo va todo? —preguntó.

—Mal —contestó Becky.

—¿Está imposible?

—Bien, vamos a ver. Hasta el momento, ha dado de comer a nucstra hija un *muffin* de arándanos, la ha despertado de la siesta, le ha dado una palmada en la mano por meterse el pulgar en la boca...

—¿Qué?

Andrew parecía incrédulo. Becky se relajó contra las almohadas. *Él está de nuestro lado*, se recordó. *De mi lado. No del de ella.*

—Le dijo que hiciera flexiones para que los chicos la llamaran...

—¿Dijo eso a la niña?

—Bien, es imposible que me lo dijera a mí, ¿no?

Andrew suspiró.

—¿Quieres que vaya a casa? Tengo... —Becky oyó que consultaba su agenda—. Una prótesis de cadera a las tres, pero Mira podría sustituirme.

—No, no, tranquilo. Sólo necesitaba desahogarme.

—Lo siento, Becky —dijo Andrew—. Resiste.

—Lo intentaré —dijo, y colgó el teléfono.

Volvió al cuarto de la niña. Ava estaba tendida de costado, y Mimi estaba inclinada sobre la cuna, en una reproducción de la primera mañana en el hospital, con el pelo negro colgando, la nariz a quince centímetros apenas de la de Ava. Becky no podía ver su expresión, pero la postura de Mimi la llevó a pensar en los gatos que robaban el aliento a los bebés dormidos. Apretó las manos. Sus cortas uñas se clavaron en la piel de las palmas. *Aléjate*, quiso gritar. *¡Aléjate de mi hija, chiflada!*

—Es tan perfecta —susurró Mimi.

Becky abrió los puños. Por horrible que fuera esa mujer, esa vez tenía razón.

—Lo es, ¿verdad? —susurró a su vez.

—Siempre quise tener una hija —dijo Mimi—, pero sufrí dos abortos después de Andrew, y los médicos me prohibieron volver a intentarlo.

Becky sintió que el corazón se le derretía. Ava parpadeó mientras dormía.

—Sus pestañas son muy claras —susurró Mimi—. Me pregunto qué tal le sentaría un poco de rímel.

Becky notó que su corazón se solidificaba de nuevo.

—Deberíamos dejarla dormir —dijo. Dejó abierta la puerta hasta que Mimi tiró la toalla y la siguió escaleras abajo.

De vuelta en la sala de estar, Becky empleó su arma secreta.

—¿Te apetece un poco de vino?

A Mimi le apetecía. Dos copas de Chablis después, Becky estaba libre.

—¡Vamos a dar un paseo! —dijo, mientras bajaba el cochecito por la escalera, a sabiendas de que Mimi no las acompañaría. Sus tacones de diez centímetros eran propensos a impedir paseos recreativos. Becky decidió ver si Lia estaba en casa. Ella le ayudaría a ver las cosas en su justa medida. Aguantar a Mimi la Chillona no era tan malo, en comparación con lo que Lia había sufrido.

Había pasado una semana desde que había conocido a Lia, y habían tomado café en una ocasión, en el parque, embarcadas en la típica conversación para-conocerse-mejor, que recordaba un poco a una cita a ciegas, hasta que Becky había confesado a Lia su adicción secreta: los chismorreos de Hollywood. Al cabo de tan sólo una hora con Lia, Becky sabía más acerca de quién era gay en Hollywood y quién era tan sólo adepto de la cienciología de lo que había averiguado en décadas de *Access: Hollywood*. Había preguntado por las estrellas de cine. Lia había preguntado acerca de sus amigas y sus hijos. Un trato justo, pensaba Becky.

Empujó el cochecito por el perímetro del parque, entró en el vestíbulo del edificio de Lia y pidió al portero que llamara a su apartamento.

—¿Quieres ir a dar un paseo? —preguntó.

Lia salió del ascensor con unos vaqueros Gloria Vanderbilt que debían ser de sus tiempos del instituto. Su pelo de dos tonos estaba metido bajo una gorra de los Phillies. Parecía incómoda. Lanzó una mirada al cochecito y después desvió enseguida la vista. Becky sacó su móvil.

—Vamos a ver si Kelly y Ayinde están libres. —Hizo una pausa, sin saber qué hacer de repente—. O sea... Quiero decir... —Miró a Lia y se mordió el labio—. ¿Te molesta estar con bebés?

—No pasa nada —dijo Lia. Hundió las manos en los bolsillos y se encogió de hombros—. El mundo está lleno de bebés. No me molestan mucho. Sobre todo si son de gente que conozco. Es que a veces... —Tocó la mejilla de Ava—. A veces es duro —dijo en voz baja—. Cuando piensas que todo el mundo, excepto tú, tiene un hijo que no va a morir.

Becky tragó saliva.

—Podemos pasear por el parque —dijo—. O ir a tomar un café.

—No, no. —Lia meneó la cabeza—. Quiero conocer a tus amigas.

Media hora después, Ava estaba durmiendo en el cochecito, y Becky, Ayinde y Lia estaban sentadas en el horroroso sofá naranja y marrón que ocupaba la anteriormente vacía sala de estar de Kelly. Oliver, que parecía haber duplicado el tamaño desde que naciera, estaba tumbado debajo de su centro de actividad Gymini, mordisqueándose un puño. Y Kelly, vestida con lo que parecía su antiguo conjunto de gimnasia de premamá, estaba hablando por los auriculares del teléfono, con un ojo puesto en el niño y otro en la pantalla de su ordenador.

—Paul, a ver si lo he entendido bien —dijo. Sonrió a Becky y Ayinde, a los bebés, y cabeceó en dirección a Lia, quien había susurrado su nombre—. ¿Ha habido un tifón? ¿Por eso las velas continúan en Tailandia?... Bien, ¿cuál es nuestro plan de emergencias? —Escuchó, frunció el ceño, tamborileó sobre el escritorio con el bolígrafo—. Así que no tenemos plan de emergencias. Y no hay ninguna vela aceptable en toda la región... Exacto. Sí. Sí, esperaré. —Tapó el micrófono con la mano e hizo una mueca—. Por eso no me ocupo de bodas —susurró mientras alguien (Paul, lo más probable) se ponía a chillar al otro extremo de la línea—. Paul. Paul. ¡Paul! ¡Escúchame! Estamos hablando de centros de mesa, no de vacunas del sida. No creo que una llamada al consulado vaya a servirnos de gran cosa. Lo que sugiero es que empieces a llamar a proveedores de Nueva York. Puedo pasarte una lista por fax, y pondré estrellas al lado de las mejores opciones. Elige media docena de velas del mismo color. Me pasaré por la mañana, y hablaremos los dos con la novia... Exacto. Sí. A las diez. Muy bien. De acuerdo, hasta mañana.

Colgó el teléfono y se sentó en el suelo con las piernas cruzadas, al lado del niño y el perro dormido.

—¡Oh, Dios mío! —exclamó, y miró a Lia—. ¡Eres famosa!

—Bien, no exactamente —dijo ella con una sonrisa. Señaló el teléfono—. Eso sonaba interesante.

—¿Estás trabajando? —preguntó Becky.

—No exactamente —dijo Kelly—. Mi ex jefe ha tenido una emergencia, y dije que le ayudaría. La novia se enamoró de unas velas de Tailandia. Por desgracia, hay trescientas dentro de un barco anclado en un puerto debido a un tifón. No llegarán a tiempo para la boda.

—¿Y qué pasará ahora? —preguntó Becky.

—¡Problemas! —contestó Kelly. Levantó a Oliver en brazos, se tendió de espaldas y alzó al niño por encima de su cabeza. Las piernas gordezuelas del pequeño quedaron colgando, mientras sus manos se abrían y cerraban, al tiempo que su madre le subía y baja-ba—. El noble duque de York —canturreó Kelly—. ¡Tenía diez mil hombres! ¡Les condujo a lo alto de la colina y volvió a bajarla!

Ayinde consultó su reloj.

—¿Puedo tomar prestada tu cuna? —preguntó.

—Ade... lan... te —contestó Kelly, sin dejar de subir y bajar a su hijo.

—¡Ni siquiera parece que tenga sueño! —dijo Becky.

Ayinde se encogió de hombros, tomó a Julian en sus brazos y le llevó a la cuna.

—No te preocupes por ella. Se ha unido a la secta —susurró Becky a Lia—. Priscilla Prewitt. ¿Has oído hablar de ella? Es la gurú de Ayinde, que tiene toda la vida de Julian dividida en fases de cinco minutos y...

—Tríceps —gruñó Kelly, y apoyó al niño sobre el pecho.

—Bien, eres mejor mujer que yo —dijo Becky. *Lemon* olfateó la cabeza de Oliver. Ayinde entró de puntillas en la sala.

—Si no pierdo cuatro kilos pronto, no me entrará ningún ves-tido —dijo Kelly—. Y no puedo permitirme el lujo de comprar ropa nueva.

Steve, con pantalones cortos y camiseta, y descalzo, entró en la sala.

—¿Puedo traeros algo de comer?

Kelly tenía tanta suerte, pensó Becky. Mataría por tener a An-drew en casa un día. Podría ir al súper, sacar el crío a pasear y ayudarla con los cinco cestos de ropa sucia que se acumulaban cada día. Mientras Steve tomaba nota de las preferencias en ma-teria de ensaladas, Kelly dejó a Oliver debajo de su Gymini y em-pezó a caminar en la cinta rodante con pesas de dos kilos en cada mano.

—Qué suerte tienes de que Steve esté en casa —dijo Becky—. ¿Sigue buscando trabajo?

Algo pasó por el rostro de Kelly cuando oyó la palabra «suer-te», pero la expresión desapareció antes de que Becky compren-diera su significado.

—¡Bien! —dijo, y apretó el botón de aceleración para ponerse a correr—. ¡Innumerables.... oportunidades estupendas...!

Becky dejó a Ava en el suelo y se estiró como una gata.

—¿Puedo quedarme aquí el resto de mi vida? —preguntó.

—¿Tu suegra es... tan... horrible? —preguntó Kelly, al tiempo que aceleraba el ritmo.

—El adjetivo «horrible» se queda corto —contestó Becky.

—¿Qué ha hecho? —preguntó Lia.

—No os lo creeríais si os lo contara.

—Ponnos a prueba —dijo Ayinde.

—De acuerdo —dijo Becky. Carraspeó—. Fue vestida de novia a mi boda y cantó *The Greatest Love of All* durante la fiesta.

Lia y Ayinde intercambiaron una mirada.

—¿Es cantante? —preguntó la primera con tacto.

Becky se dio la vuelta y acarició el estómago de Ava.

—¡No!

—¿Estaba cantando para los dos?

—No. Sólo para Andrew.

—¿Y el vestido de novia...?

Lia se interrumpió.

—Un vestido de novia de verdad —confirmó Becky—. De Versace, creo. Blanco. Escotado. Con raja. Un escote descomunal en el vestido de una mujer de sesenta y cuatro años, cosa que yo no deseaba ver de ninguna manera avanzando por el pasillo. Creo que lo recicló de uno de sus anteriores matrimonios.

—Sé... que... estás... bromeando —jadeó Kelly. Su coleta se agitaba con cada zancada.

Becky se incorporó, buscó en su bolsa de pañales y sacó la cartera.

—Mirad —dijo, y enseñó una fotografía a sus amigas—. Guardo esto como prueba, no por sentimentalismo.

Kelly aminoró la velocidad y bajó de la cinta. Lia, Ayinde y ella inclinaron la cabeza sobre la foto.

—Oh —dijo Lia—. Dios. ¿Eso son faldas con cancán?

—En efecto —confirmó Becky—. Aunque Mimi iba de alta costura, todas las invitadas llevaban faldas con cancán en honor a su herencia sureña. Con sombrillas verde menta a juego. —Lanzó una risita—. Parecíamos una tribu perdida de mimos.

—¡No puedo creer que te rías de esto! —dijo Kelly mientras se levantaba la camisa para secarse la frente con ella.

Becky se encogió de hombros.

—Créeme, no me pareció nada divertido en aquel momento —dijo—. Pero ocurrió hace cuatro años. Has de admitir que no podía ser una boda más rara.

Ayinde contempló la foto.

—Creo que es la peor historia de una boda que he oído en mi vida.

Ava rodó de costado y expulsó gases ruidosamente.

—¡Muy bueno! —dijo Becky, y palmeó el trasero de su hija—. La primera vez que se tiró un pedo en el hospital me quedé tan asombrada que llamé a la enfermera para comprobar que era cierto. —Meneó la cabeza—. Una cosa más que los libros sobre niños no cuentan.

Kelly sonrió.

—¡En casa los llamamos burbujas explosivas!

Becky puso los ojos en blanco.

—En casa los llamamos pedos de bebé. —Se recostó contra el sofá naranja y marrón—. Sólo quiero saber cómo alguien se convierte en Mimi. ¡Me refiero a los maridos! ¡Y al dramatismo!

Lia se encogió de hombros y jugueteó con su gorra de béisbol. Becky se preguntó si había sido una equivocación traerla, si tres bebés, dos de ellos niños, serían más de lo que Lia deseaba ver.

—A mí no me preguntes. No entiendo a mi madre, así que mucho menos a las de los demás —dijo Lia—, pero creo...

—Dime —suplicó Becky—. Por favor. Ayúdame.

—La gente como Mimi es como es porque les han hecho daño.

—A mí sí que me gustaría hacerle daño —murmuró Becky.

Lia sacudió la cabeza.

—Venga ya —dijo—. La violencia nunca es la solución. Además, Becky...

—Es su madre —corearon Ayinde y Kelly. Lia rió, y en ese momento sonó el móvil de Becky.

—¿Cariño? —dijo Andrew—. No estás en casa.

—Para que luego digan que los hombres no son perspicaces. Hemos ido a dar un paseo —dijo ella.

—¿Has dejado a mamá sola?

El corazón de Becky dio un vuelco.

—Bien, ya conoces a Mimi. No le gusta mucho andar. Y la niña necesitaba un poco de aire puro.

—¿Dos horas?

¿Tanto rato?

—Escucha, Andrew, tu madre es una mujer adulta...

—Quiere estar con su nieta —dijo él—. Además, Becky...

—Sí, sí, vale, lo sé —dijo—. No hace falta que lo digas. Ahora mismo me voy. —Colgó el teléfono y cogió a la niña—. ¿No tenías que enviar un fax al hombre de las velas? —preguntó.

Kelly se llevó la mano a la boca.

—Oh, Dios mío —murmuró, y corrió a su ordenador.

—No hay cuartel para los malvados —dijo Becky, y salió por la puerta empujando el cochecito.

LIA

«Conseguir trabajo» había constado en mi lista, justo después de «conseguir dinero» y «encontrar un lugar donde vivir». Pero cuando Becky me ofreció un empleo en Mas cuando volvíamos de casa de Kelly, lo rechacé.

—No soy buena cocinera —dije mientras caminábamos una al lado de otra, empujando el cochecito de Ava por Walnut Street—. Solía encargar comida de La Zona. Ni siquiera llegué a encender el horno de mi antiguo apartamento.

—No tienes de qué preocuparte. No es astronáutica. —Becky entró con el cochecito en una cafetería y se agachó para ajustar el sombrero para el sol rosa de Ava, que combinaba de maravilla con el peto rosa y la camisa a rayas rosas y blancas—. ¿Sabes que alguien me paró ayer en la calle y me dijo: «Qué niño más rico»?

—¿No ibas a casa? —pregunté.

—¡Ya lo creo! —dijo Becky en tono risueño—. En cuanto me haya tomado un café. Y dado el pecho a la niña. Dentro de media hora, más o menos. Como íbamos diciendo —continuó mientras se sentaba a la mesa del fondo—, el trabajo del que te estoy hablando es elemental. Lavar espinacas, pelar gambas... —Me dirigió una mirada de soslayo—. ¿No serás vegetariana o algo por el estilo? ¿Alguna objeción filosófica a cocinar seres vivos?

Negué con la cabeza, y recordé que mi madre me había planteado una variación de la misma pregunta.

—No es mucho dinero —dijo Becky—. Y no es un trabajo glamuroso. Vas a estar mucho rato de pie...

—Estoy acostumbrada —contesté—. Cuando interpretas estás mucho rato de pie.

—Sí, pero cerca de Brad Pitt, no de Dash el lavaplatos —dijo Becky. Miró hacia la izquierda y después hacia la derecha, como en una película de espías—. Tápame —susurró. Se envolvió en una bufanda de *pashmina* del tamaño de una manta de picnic, cogió a la niña y se levantó la blusa—. ¿Ves algo?

Bajé la vista. Veía a Becky, la manta y la forma vaga de Ava debajo.

—Todo controlado.

—Bien —dijo—. Vigílala, de todos modos. No se está quieta. Ayer tiró de la manta y acabé con la teta colgando fuera en el Cosi en Lombard Street. Menudo sofocón. Bien, ¿vas a aceptar el trabajo?

—Si lo dices en serio... Y si no importa que nunca haya hecho algo parecido...

Becky sacudió la cabeza.

—Créeme, todo el mundo se alegrará de tu compañía. Sobre todo Dash el lavaplatos.

—Gracias —dije.

—*De nada* —contestó ella. Hizo eructar a la niña, le secó la boca, estuvo diez minutos en el baño cambiando el pañal de Ava, y por fin, de muy mala gana y con mucha parsimonia, observé, se dirigió hacia su casa.

Empecé a trabajar la tarde siguiente, de pie ante el fregadero de la cocina humeante de Mas, pelando zanahorias hasta que se me quedaron los dedos entumecidos.

—¿Todo va bien? —preguntaba Becky una y otra vez—. ¿Todo controlado? ¿Quieres tomarte un descanso? ¿Necesitas beber algo?

—Estoy bien —le dije. Estiré la espalda y flexioné los dedos. El trabajo era duro desde el punto de vista físico, aburrido y repetitivo, pero todo el mundo era amable en la cocina (en especial, tal como Becky había anticipado, Dash el lavaplatos, quien tendría unos diecinueve años y era admirador de algunos de mis primeros trabajos, que se habían estrenado directamente en vídeo). Era la primera vez desde que me había marchado de Los Ángeles que mi mente estaba tranquila. Además, Sarah iba a enseñarme a hacer vinagreta. Todo iba bien.

El lunes siguiente, mi primer día libre, desdoblé la lista que había confeccionado. Había comprobado todos los puntos, excepto el último. «Conseguir ayuda.» No podía dilatarlo indefinidamente, pensé, así que me encasqueté la gorra de béisbol y salí al crepúsculo.

Había encontrado el anuncio de Padres Juntos en el mismo periódico que me había conducido hasta mi apartamento, pero al cabo de tres minutos de reunión, pensé que las cosas en el grupo no iban a salir tan bien como mi contrato de subarriendo.

Lo que yo quería (lo que necesitaba) era saber cuándo dejaría de despertarme cada mañana hecha un guiñapo de dolor, cuándo dejaría de hundirme en la trinchera de una pena tan profunda y amplia que no creía ser capaz de salir de ella. ¿Cuánto tiempo me dolería esto? ¿Cuándo dejaría de ser Caleb lo primero en lo que pensaba por la mañana, lo último en lo que pensaba por la noche? ¿Cuándo dejaría de ver su cara cada vez que cerraba los ojos? No creí que encontraría las respuestas en el Hospital de Pennsylvania, en la sala de conferencias de la quinta planta, con su tenue olor a enfermedad y lejía. Las paredes eran de color beige, la alfombra gris y la larga mesa estaba rodeada de gente que bebía café y té en tazas de espuma de poliestireno.

La mujer que habló en primer lugar se llamaba Merrill. Tenía el pelo ensortijado y largo hasta los hombros, llevaba gafas de montura metálica demasiado grandes para su cara y una alianza de oro demasiado grande para su dedo. Merrill tenía cuarenta años. Su hijo se llamaba Daniel. Había padecido leucemia. Murió a los once años. Eso había sido cuatro años antes, pero Merrill aún parecía perpleja y destrozada, como si le hubieran dado la noticia aquella misma mañana. *No lo ha superado*, pensé, y aferré la mesa cuando el suelo pareció desplazarse bajo mis pies.

—Y esa gente de la Wish Foundation siempre encima de nosotros —dijo Merrill. Estrujaba en la mano un pañuelo de papel, y cada pocos minutos se lo llevaba a la mejilla, pero estaba demasiado enfadada para llorar—. Se trata de pedir un deseo, no un deseo políticamente correcto, no un deseo que un buen samaritano que nunca ha tenido un hijo enfermo considere adecuado, y si el último deseo de Danny era conocer a Jessa Blake, ¿quiénes son ellos para decir que no trabajan con estrellas del porno?

El hombre sentado a su lado (su marido, supuse) apoyó una mano vacilante sobre su hombro. Merrill la apartó.

—Sólo la conocía de sus vídeos musicales. No le dejábamos ver películas pornos —dijo—. Ellos querían enviar a Adam Sandler, y sé de buena tinta que sólo era porque Adam Sandler iba a venir a Filadelfia para ver a una niña con insuficiencia renal...

Intenté disimular mi carcajada tosiendo, pero me salió mal. El líder me miró.

—¿Quiere hablar a continuación?

—Oh, no —dije, y negué con la cabeza.

—Bien, ¿por qué no nos dice su nombre?

—Me llamo Lisa. —Me salió así, aunque había sido Lia durante años. Unos pocos meses de vuelta en Filadelfia, y volvía a ser Lisa—. No tengo ganas de hablar. Ni siquiera estoy segura de haber venido al lugar adecuado.

—Jessa era su favorita —repitió Merrill. Se llevó el pañuelo a la mejilla—. Su favorita.

—Muy bien, Merrill. Muy bien —dijo con delicadeza el líder, mientras el marido de Merrill le apoyaba la cabeza sobre su hombro y ella se ponía a llorar. De repente, odié a Merrill. Su hijo había cumplido once años. Once años de fiestas de cumpleaños y regalos de Navidad, de rodillas peladas y partidos de fútbol. Le había visto gatear, andar, correr y subir en bicicleta. Tal vez incluso le habría soltado algún discurso sobre las cosas de la vida, sentada frente a él a la mesa de la cocina, diciendo: «Hay cosas que has de saber». ¿Qué había tenido yo? Noches de insomnio, pañales sucios, montañas de colada. Un manojo de chillidos malhumorado que nunca había sonreído.

Cerré los ojos con fuerza, mientras sentía que el mundo se deslizaba de costado, y cerré los puños sobre mis estúpidos vaqueros Gloria Vanderbilt.

—¿Lisa? —preguntó el líder.

Meneé la cabeza. Estaba pensando en Becky cuando daba de mamar a su hija bajo la manta rosa. Cuando Caleb mamaba, sus manos nunca estaban quietas. Se movían desde mi pecho a mi cabeza, exploraban la textura de mi piel, se agitaban en el aire. A veces aleteaban contra mi barbilla o mi mejilla como hojas.

—Perdón —dije, con la esperanza de que mis buenos modales compensaran el hecho de que, al levantarme como una exhalación, la silla provista de ruedas se había estrellado contra la pared.

—Lisa —llamó el líder, pero yo no aminoré la velocidad hasta que salí de la sala, del ascensor, del hospital, y me apoyé contra una pared de ladrillos, mientras aspiraba grandes bocanadas de aire con la cabeza colgando entre las rodillas. El cielo había oscurecido. Tenía que ir a algún sitio, y Mas me parecía un lugar tan bueno como cualquier otro.

—¡Eh! —llamó Becky cuando empujé la puerta—. ¿Qué haces aquí?

—Yo... Pensé...

Paseé la mirada a mi alrededor y recordé que era lunes. Mas ni siquiera estaba abierto. El comedor estaba desierto, limpio como una patena, con todas las mesas vacías, salvo por una rodeada de tres sillas y cubierta de aperitivos. Ayinde estaba sentada delante de un plato de empanadas, la bolsa de Kate Spade de Kelly colgaba de otra silla, y la propia Kelly estaba sentada en el rincón, hablando por teléfono.

Me volví hacia la puerta.

—Lo siento. Supongo que me he confundido.

—Hoy es la noche libre de las mamás —explicó Becky. Acercó otra silla y me indicó con un ademán que la ocupara.

Yo negué con la cabeza.

—No, de veras, no debería...

Becky me condujo hasta la silla y me dio un vaso. Miré a mi alrededor.

—¿Dónde están los bebés?

—Ava está con Mimi —dijo—, que apareció en casa con un *kit* de manicura. Pero no me creyó hasta que llamé a Andrew para que le confirmara que no se puede hacer la manicura a una recién nacida. Julian está con...

Miró a Ayinde.

—Clara —dijo ella—. Trabaja para Richard y para mí.

—Es tu criada —se burló Becky.

—Empleada de hogar —puntualizó Ayinde—. Y le encanta el niño.

—Steve se está ocupando de Oliver —dijo Becky, y apuntó con la barbilla a Kelly, que seguía hablando por el móvil.

—Cariño, tienes que tirar del prepucio hacia atrás con delicadeza (¡no le hagas daño!), y después utilizar el paño... De acuerdo, de acuerdo, no te preocupes, no le harás daño... —Kelly colgó el teléfono y meneó la cabeza—. ¿Desde cuándo me he convertido em una experta en limpieza de penes? —preguntó.

—Alégrate de no tener una niña —dijo Becky—. La primera vez que Andrew tuvo que bañar a Ava, me llamó en la hora punta de las cenas para preguntarme cómo debería, cito textualmente, «manipular la zona». Yo creía que les hablaban de eso en la facultad de medicina. —Miró a Ayinde—. ¿Cómo le va a Richard con los baños?

—Oh, Richard no lo baña —dijo ella, mientras bebía algo que parecía sangría—. Yo soy la única que lo baña.

—En tu bañerita recomendada por Priscilla Prewitt —dijo Becky.

—De hecho, le baño conmigo —explicó Ayinde—. Es maravilloso.

—Yo también lo hacía —dije.

Agaché la cabeza. Una vez Sam había entrado en el cuarto de baño para tomar fotos de los dos en la bañera juntos, y yo estaba tan atormentada por las estrías que me habían quedado en el estómago después del parto, que le tiré una botella de champú a la cabeza. Pero había sido maravilloso. Recuerdo haber acunado el cuerpo resbaladizo de Caleb, el tacto de su piel húmeda contra la mía, haberle sujetado por debajo de las axilas, mientras agitaba las piernas dentro del agua. ¿Qué habría sido de aquellas fotos?

Becky me dio una servilleta.

—¿Te encuentras bien?

Asentí, parpadeé varias veces, decidida a no llorar y arruinarles la noche.

—¿Estás segura de que no puedo hacer nada? —pregunté—. Creo que las existencias de pollo han menguado.

—No seas tonta. —Me dio un plato—. ¿Qué te ha pasado?

Tomé un sorbo de sangría y sentí que calentaba mi pecho y estómago.

—Fui a ese grupo. El grupo de duelo... —Tragué saliva—. Me marché con cierta brusquedad.

—¿Por qué? —preguntó Kelly.

—Porque es un grupo de gente triste que se sienta a contar sus tristes historias, y yo no... No puedo...

Becky se sentó en silencio y me miró.

—¿No crees que te serviría de algo hablar de ello? A mí me parece una buena idea. Quiero decir... —Lanzó una risita nerviosa—. No sé cómo lo llevarás, no me lo puedo ni imaginar, pero supongo que juntarte con gente que ha sufrido lo mismo...

—Pero ellos no habían sufrido lo mismo. Ése es el problema. —Tomé otro sorbo de sangría. Y otro—. La cuestión es... —respiré hondo y contemplé mis manos—. Para empezar, yo no quería quedarme embarazada. —Rodeé el vaso con las dos manos y hablé sin mirarlas—. El preservativo se rompió. Sé que parece una estupidez. Es como la versión reproductiva de «el perro se comió mis deberes». Y no estábamos casados. Ni siquiera prometidos.

Recordé la respiración contenida de Sam, mi exclamación ahogada cuando se apartó, todavía con el pene erecto, y no podíamos encontrar el preservativo. Lo extraje más tarde con la punta de los dedos, mientras contaba los días transcurridos desde mi último período y pensaba: *Esto podría causar problemas.*

Tomaba anticonceptivos desde antes de trasladarme a Los Ángeles, a los dieciocho años, con mi diploma de George Washington High, donde me habían votado la Más Guapa, la Mejor Actriz y la Famosa en Ciernes y con más tres mil dólares que había obtenido al vender el anillo que había heredado. Cuando empecé a ir a *castings* y observé que todas las demás mujeres que me rodeaban eran un poco más rubias, un poco más tetudas y seis kilos más delgadas, dejé de tomarlos, pues pensé que ello me ayudaría a perder peso.

—Ya estás delgada —dijo la enfermera de Planificación Familiar, mientras yo me llenaba los bolsillos con los preservativos gratuitos depositados en cuencos de vidrio tallado como si fueran caramelos de menta.

—No para esta ciudad —contesté.

Sonreí y procuré no preocuparme, pues ni siquiera tenía novio fijo. Hacía años que no lo tenía. Sólo yo y una serie de compañeros de cuarto en un apartamento de una sola habitación de Studio City. Empecé a tomar clases de interpretación. Me uní a un grupo de improvisación. Trabajé una breve temporada en una agencia inmobiliaria, fui empleada de telemarketing por las noches, hasta que después de diez años de ir tirando conocí a Sam y aterricé en un papel protagonista de una película de Lifetime. Sam consiguió su anunció de hojas de afeitar y luego un papel de estrella invitada en *Friends* durante seis semanas. De pronto, estábamos en la cresta de la ola.

Y embarazados.

—Fue una coincidencia terrible —les dije—. Sam y yo hacía sólo ocho meses que salíamos. Los dos estábamos luchando por triunfar, y estaban pasando cosas, a los dos, supongo.

En mi tercer año de tener veintiséis años, por fin me habían reconocido varias veces, en lugar de confundirme con otra actriz más famosa o ser examinada por un turista despistado convencido de que sabía quién era yo, aunque no lo recordaba.

—Fue una época estupenda. Antes de eso, hacía esas películas que se estrenaban directamente en vídeo. Montones de secuelas, montones de películas producidas para la telvisión por cable. Y después se me abrieron todas aquellas posibilidades. Y tenía a Sam. Era feliz.

Ayinde dio vueltas al vaso entre los dedos.

—¿Cuántos años tenías? —preguntó. La miré al otro lado de la mesa, inclinada hacia adelante con los brazos cruzados, y por un momento vi cómo había sido su vida anterior, utilizando aquella misma calma profesional para recitar a los televidentes de Fort Worth las noticias. Kelly se estaba mordiendo el labio y el pelo rubio le ocultaba casi todo el rostro, mientras las manos de Becky no paraban de moverse, sirviendo más sangría y pasando más salsa.

—Veintinueve —contesté—. Por supuesto, según mi agente, eran veintiséis. Allí, siempre había alguna chica más joven y más bonita, y probablemente con más talento. De cara a la carrera, habría sido más prudente esperar.

Tal vez al cabo de cinco años, pensé, después de afianzar nuestras carreras profesionales. Cuando Sam fuera lo bastante mayor para aparecer como padre preocupado pero amantísimo en los anuncios de seguros de coches, y yo pudiera reconquistar mis seis kilos y obtener un papel estelar como la fiscal del distrito indómita que estaba muy buena en su momento.

No había contado con la alegría de Sam cuando le di la noticia, con la facilidad con que la aceptó.

—Bien, vamos a tener un hijo —dijo, y me levantó en el aire y empezó a darme vueltas, lo cual sólo consiguió que sintiera más náuseas—. Tendremos un montón.

Cuando le decía que perdería contratos, me calmaba y me explicaba que sólo sería un año, que un bebé no significaba cadena perpetua, que teníamos dinero, nos queríamos y todo iría bien.

Jugueteé con un pedacito de tortilla, la cabeza inclinada sobre la mesa. Por los ventanales se veía la calle tranquila y el cielo oscuro y en calma. Las paredes de color calabaza y las lámparas doradas del restaurante arrojaban un resplandor suave, como el interior de un cofre del tesoro. Recordé el día en que me hice la ecografía y supimos que era un niño, y Sam cantó *My Boy Bill* en voz lo bastante alta para que toda la sala de espera se enterara. Su alegría había sido contagiosa. Me había arrastrado con él.

Después llegó el bebé.

—Fue muy duro después de dar a luz. No tenía ni idea.

—Ja —dijo Becky, inclinada para llenar nuestros vasos de nuevo—. ¿Crees que alguna de nosotras la tenía? ¿Crees que alguna habría tenido un hijo de haberlo sabido?

—Amén —murmuró Kelly, con las manos enlazadas sobre la mesa y mirando hacia el suelo.

Mastiqué el pedazo de tortilla y me pregunté si las cosas habrían sido diferentes de haber tenido amigas allí, otras madres primerizas con las que salir a pasear.

—Estaba sola. Sam tenía que volver a trabajar. Le habían contratado para *Sexo en Nueva York* como eyaculador precoz.

Becky rió.

—¡Ésa la vi! —exclamó.

—Empezaba a ser famoso.

Contemplé mi cuerpo, recordé lo mal que me había sentido: abotargada y sudorosa, las manos y los pies hinchados todavía, el pelo que se caía a puñados. Me pasaba todo el día con la misma ropa interior y la camiseta que utilizaba para dormir, porque ¿de qué servía vestirme? Al contrario que mi marido, no tenía ningún sitio adonde ir.

Tenía la impresión de que el mundo se estaba desmoronando sobre mí, cada vez más pequeño, hasta que adquirió el tamaño de la habitación de Caleb, de su cuna. Los libros decían que los recién nacidos comían cada tres horas. Caleb comía cada media hora. Los libros prometían que los recién nacidos dormían unas dieciocho horas al día. Pero Caleb era diferente. Diez minutos después de cerrar los ojos, se despertaba de nuevo llorando. Había tardado cuatro semanas en encontrar tiempo para deshacer la maleta que había llevado al hospital donde nació.

—Pensé que iba a volverme loca. Tenía esos sueños... —Vacié el vaso—. Soñaba con que iba a registrarme en un hotel bonito, con una habitación grande y limpia, y una cama enorme y preciosa, con que llamaría al servicio de habitaciones, leería un libro y estaría sola. Aunque fuera una tarde. Tenía la impresión de que nunca más tendría tiempo para nada, que nunca más podría volver a estar sola.

—¿Y Sam? —preguntó Becky. Paseé la vista alrededor de la mesa, pensando que vería expresiones sentenciosas, pero sólo eran de interés. De bondad. De eso también me di cuenta.

—Intentaba colaborar, pero trabajaba hasta muy tarde.

Enlacé las manos sobre el regazo y les conté la historia de la colada, que también era la historia del último día de Caleb.

Ninguno de los dos había dormido la noche anterior. Caleb empezó a lloriquear a medianoche, media hora después de haberle dado el pecho, cambiarlo y ponerle en la cuna. Los lloriqueos se convirtieron en sollozos, los sollozos en chillidos, y desde medianoche hasta las dos de la mañana Caleb gritó sin parar, con el ceño fruncido, la cara roja como un tomate, una vena en forma de uve latiendo en el centro de su frente, y sólo callaba para tomar aliento y volver a la carga. Sam y yo lo probamos todo: lo paseamos, le mecimos, le dimos palmaditas en la espalda, le sentamos en el cochecito, en la hamaca y en el balancín. Intenté darle el pecho. Caleb jadeó, chilló y me pegó con los puños. Le hicimos eructar. Le cambiamos. Nada funcionó hasta que, de manera inexplicable, el ataque cesó tan repentinamente como había empezado, y Caleb se durmió en el centro de nuestra cama. Tenía un chupete encajado bajo la barbilla, pero yo temía desapertarlo si lo movía.

Sam y yo nos inclinamos sobre él, parpadeando como búhos, mi marido en pantalones cortos y una camiseta manchada de esputos, con una barba de dos días que nunca le había visto, reñida con cualquier hoja de afeitar, en su mandíbula cuadrada. Yo en camisón y sin nada debajo.

—¿Qué ha pasado? —susurró Sam.

—No hables —contesté y apagué la luz. Y los tres dormimos

juntos hasta que Caleb se despertó a las ocho, haciendo gorgoritos como un bebé en un anuncio de pañales.

—Siempre hacen eso —dijo Ayinde. Se limpió los labios con la servilleta—. Es como si lo supieran. Saben exactamente a qué tormentos te pueden someter, antes de darte algo a cambio, una sonrisa o unas horas de sueño.

Yo asentí.

—Me sentí mejor cuando desperté —les dije—. Además, era sábado y Sam iba a quedarse en casa.

A las diez le pedí que doblara la colada. Había puesto una lavadora con un montón de ropa de color la noche anterior.

—Ningún problema —dijo de buen humor. Le oí silbar mientras se afeitaba. Estaba arriba, en el cuarto de baño, y yo abajo, en el sofá, con el niño en brazos, mirando el letrero de Hollywood desde la ventana, mientras intentaba pensar cuándo había sido la última vez que había subido a un coche—. Voy a dar una vuelta rápida —dijo Sam.

Apreté los dientes y no dije nada, pero por dentro estaba que trinaba. Una vuelta rápida. Yo hubiera matado por salir de casa para dar una vuelta rápida, un paseo rápido, un lo que fuera rápido.

A las once y cuarto, mi marido volvió a entrar en casa, rebosante de sudor y buena salud. Me dio un largo beso en la mejilla y después besó a Caleb, que estaba mamando.

—Voy a darme una ducha —dijo.

—La colada... —dije, y odié el sonido malhumorado de mi voz, porque había hablado como mi madre, como cualquier madre—. No quiero ser pesada, pero yo no puedo...

Me encogí de hombros y señalé al bebé. Lo señalé todo, con el deseo de poseer cuatro manos.

—Oh —dijo Sam, y parpadeó—. Ah, claro. Lo siento.

Subió la escalera. Oí que se abría la puerta de la secadora, después se cerraba, y noté que me iba relajando.

—¡Voy a doblar la ropa! —anunció Sam.

—¡Felicidades! —contesté.

Transcurrieron unos minutos.

—¡Sigo doblando! —gritó Sam.

Me mordí el labio y miré a Caleb, un peso tibio y de labios manchados de leche sobre mis brazos, ya con la misma mandíbula cuadrada y el hoyuelo en la barbilla de su padre, y odié los pensamientos mezquinos que me pasaban por la cabeza. *Como si mereciera un trofeo por doblar una cesta de ropa limpia.*

—Nunca me había enfadado tanto con él —dije. Esta vez, fue Kelly quien rió y meneó la cabeza en un gesto de complicidad.

—¡Continuó doblando! —gritó Sam de nuevo. Me mordí el labio con más fuerza, cerré los ojos y conté hasta veinte al revés. *Quiero a mi marido*, me recordé. Sólo estaba cansada. Los dos lo estábamos. *Quiero a mi hijo. Quiero a mi marido. Quiero a mi hijo.* Lo canturreaba como un mantra con los ojos cerrados.

Veinte minutos después, Sam estaba de vuelta, con la piel todavía sonrosada a causa de la ducha.

—Volveré a las tres —dijo.

Yo asentí sin abrir los ojos, y me pregunté cómo iba a lograr darme una ducha. El bebé dormiría, pensé, aunque hasta el momento Caleb no daba señales de tener sueño. Sólo comía, lloraba, se amodorraba unos diez minutos, y se despertaba en cuanto yo intentaba dejarle en la cuna y se ponía a llorar otra vez. Pero debía de tener sueño. Los bebés no podían estar siempre despiertos. Era imposible.

Sam se arrodilló y tomó mis manos.

—Oye —dijo—, cuando vuelva, ¿por qué no te vas a pasear un rato? Ve a que te den un masaje, a tomar un café, lo que quieras.

Negué con la cabeza, y oí en mi voz de nuevo aquella nota de malhumor.

—No puedo, no puedo ir a ningún sitio. Ya lo sabes. ¿Y si tiene hambre?

Sam parpadeó, desconcertado, no sé si a causa de la pregunta o por el sonido de mi voz.

—Podrías echar una siesta.

—Una siesta —repetí. *El sueño imposible,* pensé.

Sam había quedado para comer con su agente, un tipo alto y calvo que llamaba a todo el mundo «nene» porque, yo estaba convencida, jamás se acordaba de los nombres. Apoyé al niño contra mi pecho sudado y me arrastré hasta nuestro dormitorio.

—Había doblado la ropa limpia —les dije. Noté la lengua estropajosa en la boca—. Toda. Estaba amontonada sobre la cama en pequeñas pilas, con su toalla mojada encima.

Ayinde suspiró. Becky meneó la cabeza. Kelly se apartó el pelo rubio de las mejillas y susurró:

—Eso me suena.

Me tendí en la cama, encima de la toalla mojada de Sam. Parecía una broma de mal gusto, una de esas frases características de *La dimensión desconocida*: *¡dobló la colada, pero no la guardó!* Vi mi vida desfilar ante mis ojos, los días siguientes, las semanas siguientes, los dieciocho años siguientes, una sucesión inacabable de dar de mamar, dormir y pasear con un niño chillando en brazos, persiguiendo a Caleb, y también a Sam.

—No —dije en voz alta.

Dejé a Caleb en el centro de la cama, entre una fila de calzoncillos y otra de calcetines desparejados. Me puse un sujetador de amamantar, medias, dos discos empapadores más, una camiseta de Sam y unos pantalones de cintura elástica y me senté mientras Caleb se despertaba y empezaba a llorar otra vez.

—Estaba tan cansada —dije, y levanté las manos y después las dejé caer sobre la mesa. Aún recordaba aquella sensación angustiosa de no dormir nunca lo suficiente. Sentí la mano de Becky sobre mi hombro. Recordé a la mujer de la sala de conferencias del hospital (Merrill), que apartaba la mano de su marido—. Pensé que si le daba un paseo en el cochecito se dormiría. Nos encontramos con Tracy, nuestra vecina. Tenía unos cincuenta años, vivía en el otro apartamento del pasillo. Se encargaba del peinado y el maquillaje de uno de los concursos que grababan en Burbank. Sólo la conocía de habernos saludado, y en una ocasión, cuando Sam salió en *People*, vino a pedir su autógrafo.

Casi todos los días, Tracy y yo nos saludábamos con la mano cuando yo pasaba con el cochecito por delante de su puerta. Pero aquel día me paró.

—¿Por qué no me dejas a Caleb una hora? —preguntó—. Yo he tenido tres hijos. Tengo siete nietos, pero todos viven en el este. —Miró con aire pensativo a mi hijo—. Me gustaría mucho abrazar a un bebé un ratito.

—Pues ahí lo tienes —dije. Se lo entregué, y vi con qué facilidad acomodaba Tracy a Caleb en el hueco de su brazo, cómo se ablandaba el cuerpo tenso de mi hijo cuando se apretó contra ella, y pensé que ella era cien veces mejor en esto que yo. Y después me marché.

—Me marché, no... no lo abandoné...

—Claro que no —murmuró Becky, y palmeó mi mano—. Claro que no.

Incliné la cabeza, aunque lo que deseaba hacer en realidad era apoyarla sobre mis brazos enlazados encima de la mesa y dormir. Les dije que había programado mi número de móvil y los números de móvil de Sam en el teléfono de Tracy. Dejé el número de teléfono de nuestro pediatra, así como toallitas y pomada para las erupciones cutáneas, aunque Caleb no tenía. Le llevé una muda, la almohada de Boppy y el Gymini, y cubrí de mantas la colcha de Tracy.

—Vete —dijo riendo en la puerta, con el niño apretado contra el cuerpo, mientras me miraba con sus grandes ojos gris oscuro.

Y me fui. Besé a mi hijo y me fui. Bajé en ascensor al aparcamiento, subí a mi viejo descapotable y bajé por Sunset con el viento en la cara. Fui a mi peluquería de Hollywood, donde había una cascada delante de la puerta, donde las chicas te daban agua con limón, leche o ejemplares de los últimos tabloides con círculos alrededor de las estrellas cuyo pelo peinaban. Me hice la manicura y la pedicura, y declararé ante el Señor y todos sus ángeles que me sentó de maravilla, y cuando las chicas que sacaban brillo a mis uñas vieron mi anillo y me preguntaron si mi marido y yo teníamos hijos, mentí y dije que no.

—Dicen que las madres tienen un sexto sentido cuando algo les pasa a sus hijos —les dije—, pero yo no. —Me puse a llorar—. Hubo un terremoto...

—¿Lo has notado? —me preguntó la chica que me estaba pintando las uñas. Yo negué con la cabeza.

—Un pequeño terremoto —dijo, e inclinó la cabeza sobre mis pies—. Siempre hay alguno. Yo casi nunca los noto.

Ésa fue la primera señal, pero yo no la vi. La segunda fue que la puerta de seguridad que hay delante de nuestro camino de entrada estaba abierta de par en par, y que había dos coches de policía aparcados delante del edificio. Dos coches de policía y una ambulancia. Pasé junto a ellos. Sólo empecé a correr cuando vi el grupo de hombres y mujeres con uniforme azul delante de la puerta de Tracy, y a Tracy en el vestíbulo de techo alto, en el centro de todo el mundo, aullando. Gritando. Fue entonces cuando me puse a correr.

Recuerdo que un agente de policía me agarró por los brazos y me sujetó. Recuerdo la cara de Tracy, que parecía haber envejecido veinte años, como un periódico abandonado al sol, y que emitía un sonido inhumano, como un animal arrollado en la carretera.

—Oh, Dios —no paraba de decir—. Oh, Dios, oh, no, oh, Dios.

—Señora —dijo el policía que me inmovilizaba—. ¿Es usted la madre del niño?

Le miré boquiabierta.

—¿Qué ha pasado? —pregunté—. ¿Dónde está Caleb?

El agente cabeceó por encima de mi cabeza, y otro agente, una mujer, me tomó del brazo. Los dos me condujeron hasta la sala de estar de Tracy, donde había una mesita auxiliar con sobre de cristal y un sofá desmontable de color crema. Recuerdo que pensé en lo extraño que era todo, en que nunca había entrado en casa de Tracy antes, y que aquélla era la segunda vez que lo hacía en el mismo día. Recuerdo que pensé en que nunca tendría un sofá de color crema en toda mi vida, al menos en los años siguientes. Recuerdo que miré las uñas de mis pies y vi que el esmalte no se había estropeado, a pesar de haber corrido.

—¿Caleb está bien? —pregunté.

Fue entonces cuando la agente que me había estado sujetando un brazo se levantó y fue sustituida por otra de unos cuarenta años, de caderas gruesas y bronceada, la cual tomó mis manos y me dijo que no estaba bien, que no estaban muy seguros de lo que había pasado, pero que Caleb había muerto.

—¿Muerto? —Mi voz era estridente. Seguía oyendo los gritos de Tracy. En aquel momento ya había abandonado las palabras, y sólo emitía aquel horrible sonido. *Cállate*, pensé. *Cállate y déjame escuchar*—. ¿Muerto?

—Lo siento muchísimo —dijo la mujer que sujetaba mis manos.

No recuerdo qué sucedió a continuación. No recuerdo qué dije. Sé que debí pedir detalles, preguntar cómo, porque la amable policía me dijo, con su voz suave y relajante, que por lo que sabían había sido un síndrome de muerte súbita infantil, que Caleb no había sufrido nada, que se había dormido y había dejado de respirar. Que se había dormido para no despertar jamás.

—Le practicarán la autopsia —dijo, y recuerdo que pensé, *¿Autopsia? Pero eso lo hacen a los muertos. Y mi hijo no puede estar muerto, ni siquiera es una persona todavía, ni siquiera ha tomado comida de verdad, no ha aprendido a sentarse ni a coger cosas, ni siquiera me ha sonreído...*

La amable policía me estaba mirando y diciendo algo. *Una pregunta*, pensé. Había formulado una pregunta, y estaba esperando mi contestación.

—Lo siento —dije cortésmente, tal como mi madre me había enseñado, cuando yo era todavía Lisa, cuando vivía en una casa del nordeste de Filadelfia. *Los buenos modales no cuestan nada*, repetía mi madre una y otra vez. *Los buenos modales son gratuitos*—. Lo siento, no la he oído.

—¿A quién podemos llamar? —preguntó.

Di el número de mi marido. Después les dije su nombre. Vi que sus ojos se dilataban.

—Lo siento muchísimo —repitió, y me dio unas palmaditas en el brazo. Me pregunté si el hecho de que mi marido fuera famoso conseguía apenarla más que si hubiéramos sido personas normales, que si Caleb hubiera sido el hijo de un desconocido. *Debería pedir que me lo dejen ver*, pensé. Eso era lo que haría cualquier madre afligida. Durante las diez semanas de su vida no me había sentido como una madre, sino como si hubiera estado interpretando el papel de una madre. Ahora tendría que encarnar a una madre afligida.

Me guiaron por un pasillo de baldosas, dejamos atrás una estantería llena de maniquíes sin rostro y sin ojos, cada uno con una peluca diferente. Había gente apelotonada en el dormitorio, enfermeros de urgencias y policías, pero se apartaron sin decir palabra cuando yo entré. *Date la vuelta, date la vuelta, hermosa novia...* Caleb estaba tendido sobre un edredón de retazos multicolores, con la camisa azul y blanca que tenía un pato en el centro y los pantalones de chándal azules con los que le había vestido aquella mañana. Tenía los ojos cerrados, el ceño fruncido como si estuviera pensando en algo triste. Su boca tenía forma de capullo de rosa, y estaba perfecto. Perfecto, hermoso y pacífico, un aspecto que casi nunca había adoptado en sus diez semanas de vida.

Noté que la atmósfera se enrarecía cuando caminé hacia él, y cambiaba de gaseosa a líquida, algo pesado y frío. Mis pies deseaban detenerse, petrificarse en mitad de la alfombra beige de Tracy. Mis ojos querían cerrarse. No quería verlo, no quería estar allí. Quería que el reloj retrocediera, que el día empezara de nuevo, la semana, el mes, el año. Quería que aquello no fuera cierto.

Si hubiera sido una madre mejor, pensé. *Si le hubiera querido más. Si no hubiera tenido tantas prisas por marcharme.*

—No —dije en voz baja—. No —repetí, más alto, como para ponerlo a prueba. Recordé a Sam en la sala de espera de ginecología, con sus brazos alrededor de mi cuerpo mientras yo reía, satisfecha y avergonzada. *¡Le enseñaré lucha libre! ¡A surfear! ¡Por las mañanas iremos a nadar! Su madre le enseñará a comportarse, pero no le convertirá en un maricón. ¡A él no!*

—Recuerdo que las uñas le habían crecido —dije a mis amigas.

Becky había sepultado la cara en una servilleta. Ayinde se estaba secando los ojos.

—Lo siento —susurró Kelly—. Lo siento.

Tomé otro sorbo, me di cuenta de que arrastraba las palabras y me daba igual. Pensé que, al fin, al fin, he llegado al final.

—Tenía la intención de cortárselas, pero mi manual decía que debía hacerlo mientras dormía, y yo tenía la sensación de que Caleb nunca dormía. Siempre estaba agitando los brazos, y luego...

Enderecé la espalda y traté de serenar mi rostro.

—Y luego volví a casa —dije sin alzar la vista—. Y luego vine aquí.

En el silencio, oí la respiración de cada una.

—No fue culpa tuya —dijo Becky por fin—. Podría haber pasado aunque hubieras estado durmiendo en casa. Aunque hubieras estado abrazándole.

—Lo sé. —Respiré hondo—. En mi cabeza lo sé. Pero aquí...

Apoyé la mano sobre mi corazón. No podía contarles el resto. Mi móvil, que sonaba y sonaba mientras yo seguía en la habitación con Caleb, la voz de Sam al teléfono, aguda y tensa, diciendo que la policía le había llamado ¿Me encontraba bien? ¿Estaba bien el niño? ¿Qué estaba pasando? Abrí la boca para decírselo, pero no salieron las palabras. Aquella noche no, ni durante las veinticuatro horas siguientes, ni hasta el funeral, cuando me quedé petrificada como un maniquí, mientras la gente me abrazaba, oprimía mis manos y decía palabras que me sonaban como las interferencias de la radio.

Más tarde, después de unas cuantas tazas de café con leche bien cargado y unas galletas de almendra, recorrí con paso lento Walnut Street. Pasaban de las once, pero la noche volvía a ser ruidosa. Las aceras estaban abarrotadas de gente: parejas mayores camino de casa después de cenar; chicas con vaqueros ceñidos y zapatos puntiagudos de tacón alto. El cibercafé seguía abierto, los seis ordenadores desocupados. Me senté tras una pantalla, tecleé el nombre y la dirección electrónica de mi marido. «Estoy aquí», escribí. Pensaba que debía escribir: «Estoy bien», pero todavía no era cierto, así que sólo añadí una línea más: «Estoy en casa».

OCTUBRE

KELLY

Afortunada. Si Kelly volvía a oír la palabra «afortunada» una vez más, tendría que matar a alguien. A su marido, lo más probable.

Entró en el apartamento y se quitó los zapatos antes de que la puerta se cerrara. Las lámparas de la sala de estar estaban apagadas, pero incluso con sólo la tenue luz que se filtraba por las persianas distinguió el desorden: un par de zapatillas de deporte de Steve debajo de la mesa, una de sus camisas hecha una bola sobre los periódicos del último domingo.

—¿Qué han dicho?

La voz de Steve surgió de la oscuridad. Kelly forzó la vista. Estaba sentado justo donde le había dejado a la hora de comer, en el suelo con las piernas cruzadas delante del ordenador portátil, que descansaba sobre la mesita auxiliar. Por ningún lado se veía a Oliver. Probablemente dormía.

—Que muy bien. Empiezo la semana que viene —contestó. Se quitó las medias en el dormitorio, y suspiró cuando su estómago se expandió. Las tiró sobre la cama sin hacer. Miró su camisa y su chaqueta, antes de decidir que no hacía falta llevarlas a la tintorería, las colgó y se quitó el sujetador que se le había estado clavando toda la tarde. Después se puso un chándal y una camiseta, recogió su pelo en una coleta y contuvo el aliento mientras avanzaba de puntillas hacia la cuna de Oliver, sin creer todavía que se había pasado la tarde sometida a una nueva entrevista para el trabajo al que no había pensado volver hasta que su hijo hubiera cumplido un año, si es que volvía. Cuando sacó a colación por primera vez la posibilidad de trabajar de nuevo, esperaba que Steve la mirara como si estuviera loca y contestara: «¡De ninguna manera!» Pensaba que se mostraría furioso, indignado, ultrajado incluso ante la insinuación de que ella debía trabajar porque él era incapaz de mantener a la familia. Y había pensado (soñado, en realidad) que la idea enfurecedora e indignante de que estaba pensando en volver a trabajar y llevar a casa una nómina porque él no quería (o no podía), encendería una hoguera debajo de él, le haría salir despedido del sofá y de vuelta en una oficina al cabo de una semana.

Eso no había ocurrido.

—Si eso es lo que quieres —dijo Steve, y se encogió de hombros, como si hubiera descubierto sus intenciones secretas—. No has de hacerlo, pero si va a hacerte feliz, adelante.

Feliz, pensó. La palabra le dolía tanto como «afortunada». No obstante, la esperanza que había albergado de que su jefa le diría que estaba loca por pensar en trabajar con un bebé recién nacido en casa, se desvaneció en cuanto entró en su despacho.

—Oh, aleluya, gracias a Dios —dijo Elizabeth, su jefa en Eventives, al tiempo que alzaba los brazos. Elizabeth era de Filadelfia vía Manhattan, con un novio en Nueva York que bajaba en tren, decía ella, «lo bastante para que mi vida siga siendo interesante». Tenía el pelo negro lustroso y se pintaba los labios de un color rosa intenso. Kelly nunca la había visto con zapatos que no fueran de tacón alto o con un bolso que no fuera a juego con los zapatos—. Nos han engullido. Ahogado. ¡Estamos desesperados! Tenemos más fiestas de las que podemos controlar. Nos gustaría mucho que volvieras.

—¡Fantástico! —dijo Kelly, que se esforzó por aparentar entusiasmo.

—La cuestión es —dijo Elizabeth mientras apoyaba una cadera sobre el escritorio, cruzaba sus espectaculares piernas y dejaba oscilar un zapato de piel de serpiente verde lima— que debo poder contar contigo en cualquier circunstancia. Nada de emergencias con los pañales, ni de mi-hijo-se-ha-puesto-enfermito.

—¡Bien! —había dicho Kelly. Elizabeth no tenía hijos. Le gustaba comentar en broma que ni siquiera era capaz de comprometerse con una taza de café, de modo que ¿cómo iba a pensar en tener hijos? No tenía ni idea de lo que era ser madre primeriza. Kelly tampoco estaba segura de que ella lo supiera, si bien la experiencia le estaba enseñando que consistía en no dormir mucho y tener la casa hecha un desastre.

—Empezaré la semana que viene —dijo Kelly mientras volvía a la sala de estar y recogía las pilas de periódicos y revistas que había en el suelo, las zapatillas de deporte y la chaqueta de Steve, y su ejemplar de *¿De qué color es tu paracaídas?*—. Tendremos que contratar a alguien.

—¿Para qué?

—Para cuidar del niño.

—Bien, ¿es que yo no sirvo? —preguntó Steve. Su tono era distendido, pero no parecía que estuviera bromeando. Kelly sintió una opresión en el estómago.

—Pues claro que sí, pero has de dedicar tiempo a buscar trabajo. —*Y yo me casé con el señor Mamá*, pensó—. Empezaré a llamar mañana.

—Estupendo, estupendo —dijo Steve mientras Kelly colocaba las revistas en su sitio, tiraba los periódicos al contenedor de reciclaje y empezaba a lavar lo que parecían los platos del desayuno de su marido.

Elizabeth había permitido a Kelly trabajar desde casa («siempre que hagas tu trabajo, no veas *Barney* o lo que le guste a los críos esta temporada»), de modo que, al menos, no tendría que preocuparse por comprar ropa de trabajo de su nueva talla. La verdad era que no podía trabajar desde casa. Había cedido a Steve su estudio, para que pudiera disponer de un ordenador, una línea telefónica y una conexión con Internet rápida con el fin de buscar trabajo, algo que, había supuesto, sólo duraría unas pocas semanas. Se llevaría el ordenador portátil a una cafetería con acceso inalámbrico. Eso, y su móvil, le bastarían. Era afortunada de poseer un segundo ordenador. *Afortunada*, pensó, y reprimió el sollozo que quería escapar de su boca mientras tiraba los libros, los zapatos y las revistas en el ropero. *Oh, qué afortunada soy.*

Oliver se puso a llorar.

—¿Quieres que lo coja? —preguntó Steve.

—No —contestó Kelly, y corrió al cuarto del niño y lo tomó en brazos.

El teléfono sonó una, dos, tres veces. Kelly descolgó, apoyó a Oliver sobre la cadera, sujetó un pañal nuevo bajo la barbilla y se fue con todo al dormitorio.

—¿Hola?

Era su abuela.

—¡Eres tan afortunada de tener a Steve en casa ayudándote! En mis tiempos no existía eso del permiso de paternidad.

Sí, claro, pensó Kelly con amargura. El permiso de paternidad era una ficción en la que ella había insistido.

—¡No vamos a decir a la gente que te han despedido! —había dicho a Steve—. ¿Cómo crees que suena?

—Como que me han despedido —había contestado él con un encogimiento de hombros—. No es el fin del mundo.

Ella respiró hondo.

—Despedido suena a «despedido». Creo que deberíamos adoptar un punto de vista más positivo. Podemos decir a la gente que has decidido cambiar de carrera y que estás de permiso de paternidad mientras buscas nuevas oportunidades.

—Como quieras —contestó él, y volvió a encogerse de hombros. Kelly llevaba repitiendo la mentira desde junio.

—Permiso de paternidad —decía, con una sonrisa estúpida pintada en la cara, como si fuera lo más maravilloso que una chica pudiera desear—. Steve ha pedido permiso de paternidad, y después empezará a buscar otras ofertas interesantes.

Eso era lo que les había contado a sus hermanas y a su abuela, incluso a Becky, Ayinde y Lia. Permiso de paternidad.

Las palabras empezaban a saberle a carne podrida en la boca, pero la mentira se le antojaba extrañamente confortable, familiar. Cuando era pequeña, había falsificado la firma de su madre en los informes de Terry, y contestado al teléfono cuando llamaba el director. «Mi madre no puede ponerse al teléfono en este momento —decía—. ¿Puedo ayudarle?», o: «Lo siento, en este momento no está», o: «No se encuentra bien». Cuando la verdad se acercaba más a: «A las tres empieza a echar *bourbon* en sus latas de Tab y a hablar con el televisor», pero eso era algo que no podía decir al director o al entrenador del equipo de fútbol de Terry cuando llamaban para preguntar por qué su madre no había aparecido con Gattorade y gajos de naranja en el último partido. «Lo siento», decía Kelly. Pero tampoco era cierto. Sentía una especie de extraño entusiasmo. Se sentía importante. Tenía diez, once o doce años, y todos sus hermanos y hermanas consideraban la casa un apeadero, como si fuera algo desagradable que debían soportar hasta conseguir huir. Kelly intentaba convertirla en otra cosa. Barría el suelo de la cocina y ahuecaba las almohadas del sofá, mientras Mary, Doreen, Michael e incluso Maureen entraban y salían, cogían cosas de la nevera, bebían leche o zumo a morro, se ponían los uniformes del colegio recién sacados de la secadora, siempre con prisas para largarse de nuevo.

Era ella quien se ocupaba de las llamadas telefónicas, quien falsificaba las firmas, quien tapaba a su madre por las noches con la manta de punto marrón y naranja que había tejido tía Kathleen, y le quitaba de la mano la última lata de Tab. Era ella quien lavaba los platos de la cena y ordenaba la sala de estar mientras su madre roncaba en el sofá, y quien hacía callar a sus hermanos cuando volvían.

—Chisss, mamá está durmiendo.

—Mamá ha perdido el conocimiento —decía Terry, con las mejillas sonrosadas, oliendo a humo de cigarrillos y rebosante de la santa indignación de una cría de catorce años, colocada de nicotina, que hablaba con la voz de la verdad.

—Calla —le decía Kelly—. Ve a dormir.

Por lo tanto, estaba acostumbrada a convertir la verdad en una mentira más aceptable. Había pasado toda la infancia transformando «desmayada» en «ocupada», «enferma» o «dormida». Si se esforzaba, sería capaz de convertir «despido» en «permiso de paternidad».

—¿Cómo estás? —preguntó su abuela—. Mary me ha dicho que vas a volver a trabajar.

Kelly sabía lo que estaba pensando la abuela Pat. Era lo que toda su familia debía estar pensando. ¿Qué clase de mujer vuelve a trabajar doce semanas después de que ha nacido su hijo? *La clase de mujer que necesita pagar el alquiler*, tuvo ganas de chillar.

—Estoy bien —dijo—. Muy bien.

Steve entró en el dormitorio mientras Kelly y su abuela hablaban del tiempo. Su marido vestía una camiseta y los mismos vaqueros manchados que había utilizado toda la semana, los de la cremallera que parecía siempre encallada. Daba la impresión de que sus trajes y corbatas habían desaparecido de la circulación. Después de la sexta noche seguida mirando la entrepierna de sus calzoncillos, ella le soltó:

—¿Te vas a presentar para el papel de Al Bundy?

Él se enderezó, dejó de hacer *zapping*, mientras una mano seguía jugueteando con la cremallera, y miró a Kelly sin dejar de parpadear.

—¿Por qué estás tan enfadada? —preguntó.

¿Estás de broma?, quiso preguntar ella. Eso y *¿Cuánto tiempo te queda?*

—Tienes un aspecto horrible —dijo ella. Y después reemprendió lo que había estado haciendo. Lavar los platos. Doblar la ropa limpia. Dar de mamar al niño. Pagar las facturas.

—¿Cómo está tu niño? —preguntó la abuela.

—Oliver es maravilloso —recitó Kelly.

—¿Y ese guapo marido tuyo?

—Muy ocupado —dijo, con el deseo de que fuera cierto—. Está estudiando las ofertas que le llegan. Todas excelentes.

Steve no la miró a los ojos. Estaba cualquier cosa excepto ocupado, y Kelly sabía que estaba empezando a comportarse como una madre insoportable, en su incansable esfuerzo por animarle a entrar en acción y encontrar un empleo. «¿A quién has llamado hoy?» «¿Has enviado el currículum?» «¿Has llamado a alguien?» «¿Has visitado la web de la que te hablé?»

Y si ella se estaba convirtiendo en una madre insoportable, él se comportaba a veces como un adolescente hosco, proclive a monosílabos y gruñidos. «Sí», «No» «Bien», «Vale». Después de un día de agosto particularmente agotador (un día en el que los dos habían deambulado como muertos vivientes, porque Oliver se había pasado despierto la mitad de la noche), él le había gritado.

—¡Nadie contrata a nadie! ¡Es verano y nadie piensa en contratos! ¿Querrías dejarme en paz diez minutos, por favor?

Pero no pudo. No podía dejarle en paz, no podía relajarse, y no podía hablarle de la idea que la aterrorizaba y atormentaba: ¿y si se había casado con un perdedor? Un perdedor, como su padre, un hombre a quien no le importaba que sus hijos se quedaran sin vacaciones, llevaran ropa de segunda mano y se pasearan en una furgoneta que la iglesia les había regalado. Murmuró una disculpa y se fue a bañar al niño.

—Estamos todos bien —dijo Kelly a su abuela. Pasó rozando a su marido, entró en el cuarto de baño, con el teléfono encajado bajo la barbilla y con Oliver en brazos, y se agachó para recoger los calcetines y la ropa interior sucia de Steve y tirarlos a la cesta de la colada—. Hablaremos pronto.

Colgó el teléfono, cambió el pañal de Oliver y le besó su estómago y sus mejillas mientras él manoteaba y reía. En la sala de estar, Steve estaba plantado delante del ordenador portátil, con la bragueta abierta y la web de ESPN conectada. Béisbol de fantasía. Excelente. Cuando oyó que Kelly se acercaba, cambió con expresión culpable a monster.com y encogió los hombros, como si tuviera miedo de que fuera a pegarle.

—¿Cómo está tu abuela? —preguntó sin volverse.

—Bien —contestó ella. Abrió la nevera, donde la saludó la deplorable visión de un zumo de naranja de dos semanas de antigüedad, dos manzanas arrugadas y un pan de molde que parecía un experimento científico, cada rebanada recubierta de una capa verdeazulada.

—¿Te apetece comida china? —preguntó Steve. Kelly cerró los ojos. La comida china costaba treinta dólares, lo cual no era nada cuando Steve trabajaba, pero ahora que estaba en el paro, las cenas de comida a domicilio se iban acumulando. Pero pensar en descongelar alguno de los platos copiosos que había congelado cuando aún estaba embarazada, cuando Steve aún trabajaba, le daba ganas de llorar.

—Claro —dijo—. Pídeme pollo y bróculi, por favor.

Cenaron y, como casi todas las noches, sin conversar demasia-do. «Pásame la salsa del pato», dijo ella. «¿Me pasas el agua?», pre-guntó Steve. Eso despertaba en la memoria de Kelly el recuerdo doloroso de las cenas en su casa, cuando se esforzaba por entablar conversación, sin hablar de lo más atípico de la sala, su madre, que se mecía de una manera casi imperceptible en la silla que había al pie de la escalera, y su padre, que les fulminaba a todos con la mi-rada desde la cabecera de la mesa.

Oliver les miró desde la hamaca. Debajo de la mesa, *Lemon* rodó sobre su espalda. Steve bostezó y estiró los brazos por encima de la cabeza.

—¡Oooh, qué gran bostezo! ¡Papá está muuuuy cansado! —dijo Kelly a Oliver. *¡Después de otro largo día de no hacer nada!*, consiguió reprimir. El niño se relamió los labios, mientras les mira-ba comer.

—¿Tienes hambre, chavalote? —preguntó Steve, y sonrió cuan-do depositó a Oliver sobre su regazo y le dejó jugar con los palillos. Kelly contuvo el aliento, con la esperanza de que no se metiera uno en el ojo o en la nariz. Se levantó para retirar los platos.

—¿Puedo ayudarte? —preguntó Steve.

—No, no, ya lo hago yo.

Siempre había sido así. Y antes le había gustado. Steve trabaja-ba muchas horas y ella se ocupaba de la casa. No se sentía agobia-da cuando iba a la tintorería o iba a comprar los comestibles. Era justo, porque él ganaba mucho más dinero que ella. *Y lo haría de nuevo*, se dijo.

—¿Estás segura? —preguntó Sreve.

—Sí, sí.

Cerró el lavavajillas, se secó las manos y llevó al niño a su cuarto para darle el pecho otra vez y bañarlo. A las ocho y media, empezó a pasear arriba y abajo del pasillo con Oliver en brazos, y le cantó hasta que se durmió. Después despejó la mesa, tiró las servilletas de papel y los palillos, al tiempo que lanzaba miradas torvas al Sofá del Gueto, que seguía en el centro de la sala de estar.

—Voy a darme una ducha —dijo.

Steve asintió. Kelly entró en el cuarto de Oliver. El niño estaba tumbado de espaldas, espatarrado, con la boca abierta y los ojos cerrados. Kelly cerró también los ojos y apoyó la mano sobre el pecho de Oliver, y contuvo el aliento hasta que notó que subía y bajaba. ¿Hasta qué edad seguiría entrando en su cuarto a escondidas para comprobar que aún seguía respirando?, se preguntó. ¿Uno? ¿Dos? ¿Dieciocho? Salió de puntillas de la habitación, y después fue al estudio para anotar en la hoja de cálculo los pañales mojados y las siestas de Oliver, y escribir un alegre correo electrónico a los proveedores de *catering*, floristas y músicos que había conocido. «¡Queridos colegas! —redactó en su cabeza—. Estoy segura de que no esperabais tener noticias mías tan pronto, pero vuelvo a trabajar, un poco antes de lo esperado...» El ordenador portátil cobró vida con sólo rozar el ratón.

«ENSEÑANZA», decían las letras de la pantalla. ¿Eh? Leyó atentamente, pensando que debía tratarse de un error o un anuncio. «Dirigido a estudiantes recién licenciados que quieren comprometerse a dar clases durante dos años en zonas rurales y urbanas de ingresos bajos, con el fin de aumentar las oportunidades de los niños que habitan en esas zonas.»

Oh, Dios. ¿Estaría pensando en serio Steve en trasladarse a una barriada de mala muerte con su mujer y su hijo? Kelly tragó saliva, y se sintió de repente mareada y con el estómago revuelto. Revisó las otras cinco ventanas que su marido había dejado abiertas. «SEA AYUDANTE DE ENSEÑANZA EN ESCUELAS PÚBLICAS DE FILADELFIA», invitaba una. Y había una página que proporcionaba toda la información pertinente sobre el programa de certificación pedagógica de un año en la Universidad de Temple.

Enseñanza. Santo Dios. Recordó el día de su boda, cuando Steve se había peleado con el cura por aquello de «en la riqueza o en la pobreza». No había querido que dijera «en la pobreza».

—No entra en el reino de las posibilidades —explicó con calma al padre Frank, mientras el sacerdote le miraba, y después a Kelly, con las pobladas cejas enarcadas como diciendo, *¿está de broma?*

Kelly se sentó delante del ordenador, y sintió que el corazón rebotaba contra la caja torácica. No podía pensarlo en serio..., ¿verdad? Se acordó del señor Dubeo, que había tenido a los ocho hermanos O'Hara en su clase de historia de Estados Unidos, y había conducido el mismo Chevy Nova durante los catorce años que había dado clases en el colegio. El señor Dubeo llevaba gruesas gafas de plástico y tenía cinco corbatas diferentes de poliéster, una por cada día de la semana. Las mismas cinco corbatas durante catorce años. Llevaba bocadillos envueltos en film transparente en su maletín y se los comía en su escritorio durante el descanso. Steve no podía pensar en ser maestro. Era imposible.

Oliver empezó a removerse en la cuna. Kelly recorrió el pasillo a toda prisa, levantó al niño y lo sostuvo en brazos. Su niñito, su dulce, guapo y precioso niñito. Sopló en su estómago, le cambió el pañal, le llevó a la sala de estar y se sentó en el Sofá del Gueto para darle el pecho. Procuró no hacer caso del polvo que flotaba en el aire y de la nueva colección de periódicos que habían crecido en el suelo mientras sujetaba la cabeza de Oliver con la mano derecha. En lugar de despedir a la mujer de la limpieza que venía una vez por semana, con el fin de ahorrar, tendría que haber cancelado la televisión por cable. Pensó que Steve buscaría trabajo con más ahínco si no tenía trescientos canales al alcance de sus dedos. Pensó que sus trajes no colgarían entonces en el armario y dejaría de ver la huella de su trasero estampada en el sofá.

En cuanto el niño se durmió de nuevo, se quitó la ropa y la dejó caer al suelo, junto a la cama, y después, con sólo las medias y el sujetador, se metió debajo de las sábanas, mientras *Lemon* le echaba su aliento de perro en la cara. Cinco minutos después, Steve se acostó a su lado. *No puede ir en serio*, pensó, al tiempo que cerraba los ojos con fuerza, antes de darse cuenta de que su marido no intentaba tocarle los pechos o la pierna. Intentaba tomar su mano.

—¿Kelly?

Ella siguió respirando lenta y profundamente.

—Kelly, tenemos que hablar.

Ella no le hizo caso. *No, no tenemos que hablar. No hay nada de qué hablar. Vas a conseguir el tipo de empleo que tenías cuando nos casamos, y yo voy a quedarme en casa con el niño, tal como acordamos.*

Steve suspiró y se tumbó de espaldas.

—No tienes que volver a trabajar si no quieres —dijo.

Kelly se volvió para mirarle.

—¿Has conseguido trabajo? —preguntó ansiosa.

Él se encogió.

—¡Joder, me has asustado!

—¿Has conseguido trabajo? —repitió ella.

—No, Kelly, no he consegudido trabajo durante los últimos diez minutos, pero que no cunda el pánico. Tenemos ahorros.

Eso es verdad, pensó ella. Steve había vendido por una suma decente sus acciones de la firma inversora *on-line* que le había ayudado a despegar después de licenciarse, no le habían dado los millones que sus socios y él pensaban que valían en aquel momento, pero la verdad era que tenían más dinero en el banco que otras parejas de su edad. Pero ella no quería tocar sus ahorros porque ¿qué harían cuando se hubieran esfumado?

—No quiero usar nuestros ahorros —dijo.

—Sí, bien... —Vio que Steve se encogía de hombros en la oscuridad—. Nuestras circunstancias han cambiado. Podemos utilizarlos mientras voy buscando.

—Pero yo no quiero —insistió Kelly—. No me siento cómoda. No me importa trabajar. —*Mentirosa*, pensó—. Pero quiero que tú también trabajes. No quiero que nos pongamos a gastar dinero que deberíamos invertir.

—Quiero encontrar un trabajo que me guste, y eso lleva tiempo —dijo Steve con voz plañidera. Quejumbrosa. Quejica—. No me encontraba a gusto en una gran empresa, Kelly.

—Bien, ¿quién ha dicho que el trabajo ha de hacerte feliz? —preguntó ella—. Por eso lo llaman trabajo, ¿sabes? ¿Crees que mi trabajo me hace feliz? Yo no crecí soñando con organizar fiestas de Navidad y picnics de verano para un puñado de cuarentones trajeados. Pero lo hago para pagar las facturas.

Su marido resopló frustrado.

—Voy a dormir —repitió Kelly. Pero no lo hizo. Cuando Steve empezó a roncar, volvió a hurtadillas al estudio y abrió su carpeta de favoritos. Allí estaba la cómoda ovalada y los taburetes de bar cubistas y la cama Donghia. Estuvo sentada durante tres horas, con el rostro bañado por el resplandor azul de la pantalla, hasta que los gritos de su hijo la reclamaron de nuevo en su cuarto.

BECKY

—¡Uy! ¡Otra vez ha vomitado mi niña! ¡Esputo en fila cinco! —gorjeó Mimi.

Becky rezó, por lo que se le antojó la millonésima vez en las tres últimas semanas, para reprimirse y no asesinar a su suegra. Miró a Ava, que parecía perfectamente bien.

—Creo que si la secaras un poco...

—Le pondré un vestidito limpio.

Ése iba a ser el cuarto vestidito limpio de Ava aquel día. No está mal, pensó Becky. Cuando llegó, Mimi había logrado el récord de siete vestiditos antes de la hora de comer. A Becky no le habría importado tanto de no ser porque era ella quien se encargaba de la lavadora, y Mimi insistía en vestir a Ava como a una putilla, en opinión de Becky. Ahora Ava iba vestida con unos vaqueros rotos en miniatura, con una cadena que colgaba de un bolsillo y un *body* rosa en el que se leía: «EL ANGELITO DE LA ABUELA». Como toque final, una cinta para el pelo rosa y blanca con lentejuelas sobre el cráneo todavía pelón de Ava.

—¿Crees que le saldrá pronto el pelo? —preguntó Mimi, tal como hacía cada día, mientras subía con la niña por la escalera, con su propia cadena colgando y los zapatos de un rosa chillón y tacón alto repiqueteando sobre los escalones.

—No lo sé —contestó Becky. *Me da igual*, pensó.

—Tendrás que esperar —confió Mimi a Ava—. ¡Estarás tan guapa! ¡Todos los chicos querrán tu número de teléfono!

—Ya es guapa —intervino Becky—. ¡Y lista! ¡Y simpática! ¡Y los chicos nos importan un comino! Mierda... —masculló, y se dejó caer en el sofá. Era espantoso. Era increíble. Insoportable. Inaceptable. Pero después de veintiséis días de residente, Mimi no daba señales de querer marcharse, y lo peor era que Andrew no parecía dispuesto a obligarla a irse.

—Se siente sola, Becky. Le gusta estar aquí. ¿No te está ayudando?

Ella no dijo nada. No sabía cómo decirle a Andrew que dejar a Ava con Mimi cuando se iba a trabajar la incomodaba muchísimo, pues aunque no podía demostrarlo, estaba segura de que su suegra hacía caso omiso de todas y cada una de sus peticiones, sugerencias y órdenes terminantes concernientes al cuidado y alimentación de Ava. «Nada de comida para mayores», decía Becky a Mimi, y llegaba a casa a las once de la noche y descubría la lengua de Ava teñida de púrpura y el envoltorio de celofán desechado de una bolsa de arándanos. «Nada de biberones», decía, pero estaba convencida de que Mimi estaba dando a su hija leche maternizada a escondidas. «Nada de televisión», había exigido, pero justo el día anterior su suegra había iniciado una conversación a la hora del desayuno con las palabras: «Cuando Ava y yo estábamos viendo a Ophra...» Y ya había tirado la toalla en lo tocante a la ropa. Antes de Mimi, Becky había llenado el ropero de su hija con docenas de vestidos bonitos, asequibles y apropiados de Old Navy y Baby Gap. Daba igual. Cada vez que volvía la cabeza, Mimi le había puesto a Ava algo más estrafalario. Anoche, la niña llevaba un diminuto tutú rosa. «¡Para dormir! —había susurrado Becky a Andrew, acostados en el incómodo sofá camá—. ¡Esto ha de terminar!»

—¡Todas vestidas! —anunció Mimi, cargada con Ava, ataviada ahora con un traje de playa amarillo con volantes y... *No, ni hablar*, pensó Becky, parpadeando. Pero allí estaba. Un diminuto lazo amarillo sujeto de alguna manera a la cabeza de Ava.

—Mimi, ¿cómo has...?

—¡Maicena! —dijo su suegra—. ¡Obra maravillas! Ahora, nadie pensará que eres un chico —dijo a Ava—. ¡Es perfecto! Estamos preparadas para ir a picar algo —dijo a Becky sin mirarla.

Maicena, pensó ésta, y sacudió la cabeza mientras bajaba a la cocina y barajaba las diferentes posibilidades: ¿*Anacardos*? Engordan demasiado. ¿*Queso y galletitas*? ¿*No te dijo Andrew que tengo* alergia al trigo? ¿No? *¿Una manzana?* ¿Es orgánica? ¿Me la puedes cortar? ¿Y pelar? Claro que si tienes un poco de queso para acompañarla, y unos cuantos anacardos y otra copa de vino...

En cuanto el plato de Mimi estuvo preparado y Ava fue a dormir la segunda siesta, Becky empezó a preparar la cena. Cortó ramitas del romero que crecía en una maceta sobre el antepecho de la ventana, puso la emisora de radio de música clásica y leyó algunas recetas de *clafouti* para calmarse.

A las cinco y media, Ava empezó a llorar.

—¡Voy a buscarla! —gritó Mimi—. ¡Qué peste!

Becky suspiró, se lavó las manos y fue a cambiar el pañal sucio de su hija, contando los minutos que faltaban para que Andrew llegara a casa. Era injusto. De hecho, tenía planes para la noche. De alguna manera, entre trabajar tres noches a la semana, mantener limpia la casa y cargar con Ava a clase de música, el grupo de juegos, yoga y paseos por el parque, había logrado conectarse diez minutos a Internet, durante los cuales había encargado tres DVD porno para celebrar el retorno triunfal (de momento *sine die*) de Andrew y ella al lecho conyugal.

Sonó el teléfono y Mimi, por supuesto, descolgó.

—Hooolaaaa. Oh. —Sostuvo el teléfono con dos dedos, como si fuera un pescado muerto—. Para ti.

Becky miró el identificador y se dirigió a la habitación de la niña.

—Hola, mamá —dijo.

—¿Ni siquiera podía saludarme? —preguntó su madre indignada—. ¿Por qué sigue con vosotros? ¿Cuánto tiempo lleva?

—Ni lo preguntes —dijo Becky.

—¿Cómo te va? —preguntó Edith—. ¿Aguantas bien?

Becky se mordió la lengua para no exclamar: «¡Ven a buscarme!» o «¡Déjame ir a tu casa! ¡Vivo con una loca y ya no lo puedo soportar!».

—Estamos bien —mintió—. Resistiendo.

—Oh, cariño. Ojalá pudiera estar ahí para ayudarte.

—No pasa nada —dijo Becky—. Te llamaré después. He de irme.

Se sentó a la mesa, con Ava gorjeando en su hamaca, mientras

Mimi hacía *zapping* y preguntaba a Becky si tenía una lima de uñas (no), una Coca-Cola *light* (ídem), o si podía coger a la niña (Mimi, vamos a dejar que se tranquilice un poco).

A las siete, Becky oyó la llave de Andrew en la puerta, y tuvo que contenerse para no arrojarse hacia él con la niña y suplicarle que las llevara a un hotel. Preferiblemente de otro país.

—¡Hola, ángelito! —dijo Mimi, al tiempo que apartaba a Becky de un codazo y se precipitaba a besarle.

—Hola, mamá —dijo Andrew, y dio un beso superficial en la mejilla a Mimi—. Hola, cariño —dijo rodeando a Becky en sus brazos y dándole un beso muy diferente. Ella pensó en los tres DVD, despojados del plástico y encajados entre dos libros de cocina, con una punzada de pesar.

—Tenemos cordero —anunció Mimi, como si su hijo no pudiera verlo con sus propios ojos—. Nunca comíamos cordero cuando Andrew era pequeño —explicó a Becky—. No sé por qué. Daba la impresión de que era lo que comías cuando no te podías permitir un filete.

Bien, ésa soy yo y mi familia de baja estofa, pensó Becky. Dilató la cena lo máximo posible, mientras escuchaba sin demasiado interés a Mimi repasar la lista entera de la clase del instituto de Andrew («Y ese Mark Askowitz tan simpático alquiló una villa en Jamaica para su madre. ¿Sigues en contacto con él?») Dedicó media hora a bañar a Ava, ponerle el pijama y cantarle hasta que cayó dormida. Cuando Becky salió de puntillas del cuarto de la niña, Mimi recorría el pasillo con sus tacones altos, sin hacer el menor esfuerzo por amortiguar el ruido.

—¡Que durmáis bien! —tuvo el descaro de decir sin volverse, mientras desaparecía en el dormitorio de Andrew y Becky.

Cuando se cerró la puerta del dormitorio, Becky sacó un DVD de su escondite y se lo metió en el bolsillo. Se encontró con Andrew en la sala de estar, donde estaba forcejeando con el sofá cama.

—Gracias por ser tan comprensiva —dijo.

—Nos he traído un regalo —susurró ella mientras apagaba las luces y encendía el televisor.

Cuando le enseñó el DVD, los ojos de Andrew se iluminaron.

—¡Fantástico!

—Desagradable, en realidad —rió ella. Esperaron cogidos de las manos y besándose durante lo que les pareció un intervalo decente. En cuanto la respiración de Mimi se hizo más regular, empezó el juego.

—Te quiero —susurró Andrew veinte minutos después, cuando ambos respiraban ya con normalidad.

—No me extraña —dijo Becky. Cerró los ojos y se quedó dormida, acunada por los ronquidos de su suegra.

La mañana empezó cuando Mimi bajó a la cocina con pantalones de raso y un jersey con adornos de piel, la cara cubierta de maquillaje y su habitual aluvión de peticiones. ¿Tenía Becky zumo de naranja natural? *No.* ¿Café descafeinado? *No.* ¿Pan de espelta? *Mimi, ni siquiera sé lo que es eso. Lo siento.*

En cuanto Becky se sentó a la mesa, Ava se puso a berrear.

—¡No te preocupes! —cantó Mimi, al tiempo que arrebataba a Ava de los brazos de Becky—. ¡Vamos a mirar el vídeo que traje!

—¡No vemos vídeos con ella! —dijo Andrew a la espalda de su madre, quien no le hizo ni caso.

—La abuela va a buscar el mando a distancia.

Becky oyó que el televisor se encendía. Después oyó el ruido del DVD al conectarse. Andrew y Becky se miraron, petrificados a causa de la incredulidad. *Oh, mierda*, dijo él moviendo los labios. Se volvieron al unísono y tropezaron entre sí. Andrew pasó por encima de ella sin más ceremonias y subió la escalera al galope. Demasiado tarde. Incluso desde donde estaba (aovillada en el suelo, con el rostro a escasos centímetros de la parte inferior de la nevera), Becky oyó los gruñidos y gemidos, y peor aún, oh, Dios, oh, no, el sonido de los azotes. «Te gusta, ¿eh, nena?», preguntó una voz. Y se oyó la sórdida música de fondo: *bomp-chika-bomp-bomp.* Y, claro, el chillido de Mimi.

—¿Qué es esto?

Habría sido divertido si le hubiera pasado a otra persona, decidió Becky, mientras se levantaba poco a poco del suelo y Andrew enmudecía el DVD. De hecho, era divertido en cualquier caso.

—¿Se puede saber, en el nombre de Dios...?

Uf. Se puso en pie y confió en que Ava no hubiera visto nada que atormentara su vida futura. Subió la escalera, mientras Andrew tartamudeaba una explicación cercana a «No tengo ni idea de cómo ha llegado ahí».

—¡Pensaba que te había educado mejor! —estaba chillando Mimi, de pie delante del televisor con los brazos en jarras. Becky apretó los labios, y sintió que todo su cuerpo temblaba a causa de las carcajadas.

—¡Nunca en la vida me había sentido tan asqueada!

Menos mal que no era la escena anal, pensó Becky. Y no pudo más. Se dobló en dos con lágrimas en los ojos, mientras Andrew continuaba soltando disculpas.

—¡Deberías sentirte avergonzado! —chilló Mimi, con los ojos echando chispas.

Becky se secó los ojos, pensando que, al menos, aquella mujer no iba a conseguir que su marido se sintiera culpable a causa del sexo nunca más. Enderezó los hombros, se echó el pelo hacia atrás, recogió a Ava del sofá, donde había sido abandonada sin más trámites, y dijo lo único que podía salvar a su marido.

—De hecho, Mimi, es mía.

—Tú... tú...

El escaso pelo negro de Mimi se le erizó y parecia que llevaba una corona alrededor de la cabeza. Hasta la piel de su jersey parecía temblar.

—Mío —repitió Becky. Sacó el DVD del aparato y lo guardó en el bolsillo trasero del pantalón—. Jessa Blake es mi favorita. Me gustó mucho su trabajo en *Bienvenidos al vuelo 69 Cuatro*.

—Yo... tú... ¡Oh! —exclamó Mimi. Dirigió a Becky una mirada envenenada, subió la escalera como una exhalación y cerró con estrépito la puerta del dormitorio. Becky miró a Andrew, quien le devolvió la mirada al tiempo que una sonrisa curvaba las comisuras de su boca.

—¿*Bienvenidos al vuelo 69 Cuatro*?

—La alquilaré algún día. No te preocupes. No hace falta que hayas visto *Bienvenidos al vuelo 69 Uno, Dos o Tres* para apreciarla.

Andrew apoyó la mano sobre la nuca de Becky y alzó su cabeza hacia la de él.

—Eres increíble, ¿sabes?

—¿Para bien o para mal?

—De una manera asombrosa —dijo, y la besó, antes de recoger el maletín y encaminarse hacia la puerta. Becky fue a dar un largo paseo con Ava, y pasaron dos horas más matando el tiempo en una cafetería, sin hacer caso de las miradas furiosas que les lanzaban los empleados. A las cuatro, la casa estaba en silencio, y la puerta del dormitorio continuaba cerrada. *Mimi debe estar que trina*, pensó Becky. *O se estará recuperando de la impresión*. Acababa de depositar a Ava sobre la mesa de cambiar pañales, cuando sonó el teléfono.

—¿Hola?

Era Ayinde. Y estaba llorando.

—¿Becky?

—¿Qué te pasa? —preguntó.

—Ha ocurrido algo —dijo—. ¿Puedes venir?

Becky sintió que su corazón se paralizaba.

—¿Se trata de Julian? ¿Se encuentra bien?

—Julian está bien —confirmó Ayinde—, pero ¿puedes venir, por favor?

Se puso a llorar de nuevo.

—Voy enseguida —dijo Becky, mientras los pensamientos se agolpaban en su mente. La bolsa de pañales estaba llena de toallitas, una muda y la media docena de pañales que Ava podía necesitar en una sola tarde.

—No escuches la radio cuando conduzcas —dijo Ayinde—. Por favor. Prométeme que no lo harás.

Becky se lo prometió. Cambió el pañal de Ava y cogió la silla de la niña para el coche. Miró el bolso para comprobar que llevaba el billetero y las llaves y se dirigió hacia la puerta. Hasta que no estaba a medio camino de Gladwyne no se dio cuenta de que no se había despedido de su suegra.

AYINDE

Su educación había concedido una gran importancia a los clásicos: mucho Shakespeare, Milton y Dunne, la Biblia como obra literaria. Ayinde había estudiado toda la colección de hombres blancos muertos, gruesos volúmenes cargados de símbolos y señales. Ahora que lo pensaba, tendría que haber esperado una señal para su uso exclusivo: truenos, rayos, una lluvia de ranas, una plaga de langostas. Como mínimo, una inundación en el sótano. Pero no hubo nada. El día en que su mundo se resquebrajó fue como cualquier otro. Mejor que muchos otros días, de hecho.

Julian y ella habían dormido juntos, uno al lado del otro, en la inmensa cama, sin Richard. A las seis de la mañana, el niño se despertó. Ayinde había subido las persianas y se había sentado con las piernas cruzadas, apoyada contra la resbaladiza cabecera, mientras escuchaba el silbido de la batidora con la que la criada estaba preparando el batido de proteínas de Richard, el suave crujido de las páginas cuando dejó los periódicos sobre la mesa del comedor, el sonido de la camioneta de la floristería que subía por el camino de entrada.

Alguien llamó a la puerta con suavidad.

—Buenos días —dijo Ayinde.

Clara entró, saludó con un cabeceo a Ayinde y al niño, dejó una bandeja con té, tostadas y miel, más los periódicos de la mañana, sobre la mesa al pie de la cama, y volvió a salir. Ayinde cerró los ojos. Estaba segura de que el servicio debía sentirse intrigado. Sabía que a las esposas de los demás jugadores les pasaba lo mismo. Durante el último encuentro no oficial del equipo (una barbacoa en julio, en la casa de verano que poseía el entrenador en Jersey Shore), las esposas habían colmado de regalos a Julian: un jersey a medida con el número de su padre, botas Nike y Timberland en miniatura, diminutos conjuntos vaqueros y de cuero, sudadera de nailon de los Sixers de la talla de recién nacido.

Después habían empezado las preguntas. Una, en realidad: ¿has encontrado una niñera? Todas las demás esposas contaban con ayuda a tiempo completo, en muchos casos tenían una persona que vivía en la casa. Y ninguna trabajaba. Pasaban los días comprando, comiendo, haciendo ejercicio, cumpliendo el papel de esposas, siempre dispuestas a viajar, apoyar y practicar el sexo con sus maridos, suponía Ayinde. No podían creer que ella no tuviera niñera. Ayinde había guardado silencio, mientras citaba mentalmente un párrafo fundamental de *¡Bebés exitosos!*: «Si tu trabajo sólo sirve para proporcionarte una sensación de utilidad, una sensación de tener significado en el mundo, quiero que vayas a ver a tu corazoncito (¡a menos que esté durmiendo, por supuesto!) y abraces a Gordito. Todo el significado, toda la utilidad, todo lo que puedas desear o esperar está en tus brazos. Ya tienes un trabajo. Tu trabajo es ser madre. Y no hay otro trabajo en el mundo más importante que ése».

La antigua Ayinde, la Ayinde anterior a Priscilla, habría desechado esa retórica como basura reaccionaria y antifeminista, y tal vez habría arrojado el libro contra la pared por si acaso. La Ayinde postbebé (la Ayinde con Julian en brazos, atormentada por los recuerdos del amor a medias que había recibido de sus padres, decidida a educar a la perfección a su hijo, o al menos a intentarlo con todas sus fuerzas y, para ser sincera, sin perspectivas laborales en el horizonte) se la había creído a pies juntillas. ¿Qué podía proporcionarle el trabajo que no recibiera de su hijo? Suponiendo que fueran a contratarla, para empezar. *Mi trabajo es ser madre*, susurró para sí. Sólo se lo confesaba a sí misma. Una vez había cometido la equivocación de decirlo en voz alta a sus amigas, y Becky había lanzado tal carcajada que casi se había atragantado con el café.

Llamaron otra vez a la puerta y entró Richard, que olía a loción para después del afeitado y jabón. Unos pantalones cortos de nailon se ceñían a sus caderas y caían hasta las rodillas. Una camiseta resaltaba sus brazos musculosos. *Qué guapo está*, pensó Ayinde, pero era una evaluación alejada, como si hubiera sido la estatua de un museo.

—Hola, chaval —dijo Richard, y rozó la cabeza de Julian con las yemas de los dedos.

Repasaron su orden del día: tendría que estar en Temple todo el día, dirigiendo una sesión de entrenamiento para jugadores de instituto, y después de comer se reuniría con su director comercial y su agente de publicidad para examinar los detalles de la promoción de una nueva tarjeta de crédito. Tomó la barbilla de Ayinde y la besó con dulzura. Después fue a la cocina, donde le esperaban el batido y los periódicos, para luego marcharse, pues le esperaban el coche y el chófer, y después iría a Temple, donde estarían esperando unas docenas de impresionados jugadores de instituto, emocionados por la oportunidad de respirar el mismo aire que su marido.

Era una hermosa mañana de otoño, el cielo estaba limpio y azul, las hojas de los arces empezaban a cambiar de color. Ayinde empujó el cochecito de Julian por el largo camino de entrada. Se preguntó si algún intrépido chico del vecindario habría osado subir por el camino o si Richard se limitaba a apostar al tipo de seguridad en el Hummer, delante del buzón, con instrucciones de repartir caramelos.

A las diez, puso a dormir al niño, siguiendo las instrucciones de Priscilla Prewitt, y consiguió ducharse, cepillarse los dientes y vestirse. A las dos, fue a la ciudad en coche y se encontró con Kelly para comer. Tomaron pollo asado y ensalada de rúcula en Fresh Fields, mientras los niños estaban sentados en los cochecitos sin hacerse caso.

—¿Cómo va el trabajo? —preguntó.

—¡Bien! —dijo Kelly, al tiempo que se alisaba su lacio pelo rubio—. Aún estamos buscando una niñera. Voy a decirte una cosa: he visto a algunas locas esta semana pasada. Así que, de momento, Steve está en casa con el niño mientras yo trabajo, pero ya está bien. —Oliver empezó a removerse. Kelly le levantó, olió su trasero, hizo una mueca y extendió la mano hacia su bolsa de pañales—. Oh, Dios, no, no. ¿Tienes un pañal? ¿Y toallitas? Dios, Steve siempre hace lo mismo. Usa las cosas y después no las repone. ¡No puedo creer que me fuera de casa sin mirar!

Ayinde no pudo reprimir una punzada de engreimiento cuando entregó a Kelly su paquete de toallitas de algodón orgánico reciclado y un pañal de tela («mejores para el medio ambiente y para el culito suave de Gordito», decía Priscilla Prewitt), y también después de comer, mientras colocaba en su sitio el asiento de Julian y doblaba con destreza el cochecito dentro del maletero. *Mi trabajo es ser madre*, susurró mientras volvía a casa. Y era buena en eso, pensó, aunque resultaba aburrido y tedioso, aunque sentía que el tiempo se estiraba como si fuera chicle, aunque se descubría consultando la hora cada dos por tres, contando las horas, incluso los minutos, hasta la siguiente siesta o el momento de acostarse de Julian, cuando por fin descansaba. Su trabajo era ser madre, y lo estaba haciendo de maravilla.

Cuando llegó a casa, había seis coches en el camino de entrada, aparcados de cualquier manera, como si los conductores hubieran llegado lo más cerca de la puerta principal antes de bajar corriendo. Ayinde frenó detrás del último coche, y experimentó por primera vez un escalofrío en la espina dorsal. Cuatro coches desconocidos y dos que reconoció: el Town Car negro, de líneas puras y anónimo, que Richard utilizaba cuando lo necesitaba, y el Audi cuya matrícula era ENTRENADOR, del mismo color plateado del pelo de su propietario. *Pero no hay ninguna ambulancia*, reflexionó, mientras pensaba en Lia. Se colgó el bolso del hombro, sacó a Julian, todavía sentado en su silla infantil para el coche, y entró en la casa. La cocinera estaba limpiando con parsimonia una encimera que ya parecía limpia, y el director comercial la saludó sin mirarla a los ojos.

Richard estaba sentado en la sala de estar, derrumbado a la cabecera de la mesa con capacidad para dieciocho personas. Su piel de caoba parecía cenicienta y sus labios se veían azulados en los bordes.

—¿Richard? —Dejó a Julian sobre la mesa—. ¿Qué pasa?

Él alzó los ojos para mirarla, y había tal expresión de angustia en sus ojos que Ayinde retrocedió unos pasos. Al hacerlo, se le enredó el tacón en el fleco de la alfombra persa y estuvo a punto de caerse.

—¿Qué ha pasado?

—He de decirte algo —murmuró Richard. Tenía los ojos inyectados en sangre. *Enfermo*, pensó Ayinde. *Está enfermo, necesita
un médico, debería estar en un hospital, no aquí...* Paseó la vista a su
alrededor. El comedor estaba invadido por desconocidos. Había
un hombre con pantalones caqui y camisa Oxford arrugada cargado con un enorme sobre de FedEx. Una mujer con traje azul marino y moño estaba detrás de él. No distinguió ningún estetoscopio
ni ninguna bata blanca.

—¿Qué ocurre?

—Será mejor que nos sentemos —dijo el entrenador. El tono
de su voz y su dulzura le recordaron a su padre. No en la vida real,
por supuesto, sino en el papel que había interpretado en Broadway
en la obra *The Moon at Midnight*, sobre todo, cuando le decía a su
hija que su madre había muerto. Le había reportado un Tony, pensó con la mente confusa.

Julian se había dormido en el asiento infantil. De todos modos,
lo tomó en brazos y apoyó su rostro dormido contra el hombro. Richard se levantó poco a poco de la silla y se acercó a ella. Se movía
como si hubiera envejecido diez años de golpe o como si se hubiera roto un tendón, la peor pesadilla de un jugador de baloncesto.

—Pasó algo en Phoenix —dijo. Habló en voz tan baja que
Ayinde apenas pudo oírle.

Phoenix. Phoenix. Richard iba con frecuencia. Allí estaba la
sede central de la empresa de refrescos a la que representaba. Su
último viaje había sido tres semanas antes.

—¿Qué pasó?

Miró a Richard, mientras intentaba pensar en algo. ¿Se habría
hecho daño jugando un partidillo improvisado, haciendo ejercicio
en el gimnasio de un hotel de poca monta?

—Había una chica —murmuró. Ayinde sintió que el frío se
apoderaba de todo su cuerpo. *Perfume*, susurró su mente. Estrujó
a Julian con tal fuerza que el niño lanzó una exclamación ahogada
en sueños. *Perfume*, repitió su mente. Y entonces oyó las cinco palabras pronunciadas por la voz inconfundible de Lolo: «Ya te lo había dicho».

Alzó la barbilla, decidida a no derrumbarse delante de un montón de desconocidos.

—¿Qué pasó?

—Ella... —Richard enmudeció. Carraspeó—. Está embarazada.

No, pensó Ayinde. Su Richard no. Eso no.

—¿Y tú eres el padre?

—Eso lo decidirán los tribunales —dijo la mujer del traje azul.

—¿Quién es usted? —preguntó Ayinde con frialdad.

—Es Christina Crossley —dijo el entrenador—. La responsable de los gabinetes de crisis. —Agachó la cabeza—. La hemos contratado mientras... Hasta que solucionemos esto.

¡Christina Crossley Crisis!, canturreó la mente de Ayinde.

—La mujer ha presentado una denuncia —dijo Christina Crossley—. Richard tendrá que volver a Phoenix mañana para someterse a la prueba del ADN. Después... —Alzó los hombros—. Ya veremos. —Christina Crossley apretó los labios—. El problema es que ya ha acudido a la prensa rosa. El *National Examiner* está sopesando la posibilidad de publicar el reportaje el miércoles, lo cual significa que la prensa normal se nos tirará a la yugular.

Se nos tirará a la yugular. Ayinde intentó extraer un sentido de la frase, analizar cada palabra por separado, pero no lo consiguió. No era justo. Con ella no. Ni con Julian.

—Hemos convocado una rueda de prensa —continuó Christina Crossley—. Mañana a las cinco de la tarde, para que salga en los telediarios nocturnos. —Dedicó a Ayinde una sonrisa profesional de compasión—. Esta tarde trabajaremos en su declaración.

Ayinde miró a la mujer, antes de decidir la única declaración que se le ocurría.

—Largo —dijo.

Chistina Crossley miró al entrenador, y después a Ayinde. Su sonrisa profesional había descendido unos grados de temperatura.

—Señora Towne, estoy segura de que no es consciente de la gravedad de la situación. En realidad, la forma de ganarse la vida de Richard, su futuro, depende de cómo llevemos la historia...

—¡Largo!

Todos se movilizaron a toda prisa: el entrenador, Christina Crossley, el blanco de cara pálida cuyo nombre no le habían dicho, todos corrieron por los suelos de madera noble encerada y la alfombra persa. Los cristales de la araña vibraron con sus pasos. Richard, Ayinde y el niño se quedaron solos ante la mesa. Él carraspeó. Ella le miró. Él removió los pies. Ella no dijo nada. Se había quedado petrificada.

—Lo siento —soltó él por fin.

—Cómo has podido. —No era una pregunta, sino una afirmación. *Cómo has podido.*

—Lo siento —repitió Richard—. Pero no fue nada, Ayinde. Un polvo de una noche. ¡Ni siquiera sé su apellido!

—¿Crees que me lo voy a creer? —preguntó ella—. La noche que nuestro hijo nació, llegaste oliendo al perfume de otra...

—¿Qué? —La miró perplejo—. ¿De qué estás hablando, nena?

—¿Cuántas? —chilló Ayinde—. ¿Cuántas mujeres, Richard? ¿Desde cuándo me engañas con otras?

—No sé de qué perfume estás hablando. Sólo he estado con esta mujer, Ayinde, te lo juro.

—Supongo que lo dices para que me sienta mejor... Oh, sólo me has engañado una vez —vociferó—. ¿Cómo has podido ser tan estúpido? ¿Por qué no...? —No le salió la voz—. ¿Por qué no tomaste precauciones?

—Dijo que no había peligro.

—Oh, Richard —gimió ella. Desde que le conocía, Ayinde pensaba que su marido era muchas cosas: inteligente, bondadoso, un poco presumido. Jamás había pensado que fuera estúpido. Hasta ahora.

—Fue un error —dijo Richard mientras la miraba con ojos atormentados—. Te lo juro.

—Ya me lo juraste una vez —dijo Ayinde. Experimantaba la sensación de haber abandonado su cuerpo y estar contemplando la escena desde una gran distancia—. Juraste que me amarías y honrarías. Que renunciarías a todas las demás. ¿O la memoria me traiciona?

Él la fulminó con la mirada.

—Bien, tú prometiste lo mismo, y después me sacaste a patadas de mi propia cama.

Ayinde se quedó tan estupefacta que le costó respirar.

—¿De modo que es culpa mía?

Él clavó la vista en la mesa y no dijo nada.

—Richard, tuve un hijo...

—Tuviste un hijo, pero también tenías un marido. Yo te necesitaba y tú me rechazaste.

—De modo que es culpa mía —repitió ella, y pensó que era otra cosa típica de Richard: siempre era otro el culpable. Podía echar la culpa a sus compañeros de equipo: un defensa que era incapaz de neutralizar al base de los contrincantes, un pívot que era incapaz de encestar. Podía achacar sus defectos personales a su educación: una madre adolescente, una abuela enferma, las dos incultas, las dos derrochadoras y dispuestas a conceder al príncipe Richard todo cuanto sus ingresos les permitieran. Y después vino la NBA, y hubo demasiado de todo y demasiado deprisa: coches, casas y dinero, y todo acompañado de la garantía de que siempre habría alguien que se ocuparía de los problemas, una Christina Crossley que se encargaría de solucionar los asuntos desagradables capaces de llamar la atención del mundo.

—Lo siento —dijo—. Si pudiera volver atrás...

Su voz se quebró.

—Tendrás que hacerte la prueba de las enfermedades de transmisión sexual y la del sida —dijo Ayinde.

Richard la miró con aire hosco durante un minuto y luego meneó la cabeza. Ella pensó una vez más en su madre. Lolo había odiado a Richard desde que oyó su nombre por primera vez. «Sportin' Life» le había llamado, por el camello de *Porgy and Bess*. «¿Cómo está Sportin' Life?», preguntaba cuando llamaba. «No te cases con un hombre así», le había aconsejado Lolo a su hija, como si Ayinde le hubiera pedido consejo. «¡No, de ninguna manera! Diviértete con él, nena. Que salga tu foto en los diarios. Y después, busca un hombre con el que casarte.»

«Le quiero», dijo Ayinde a su madre. Lolo se encogió de hombros y volvió a ponerse las pestañas postizas, las que utilizaba cada día, aunque sólo fuera para bajar al vestíbulo, cuando no había otro público que el aburrido portero, quien la observaba cuando recogía el correo.

«Entonces, es tu funeral», sentenció su madre.

Ayinde entornó los ojos y miró a Richard. *Todo el mundo se reirá de nosotros*, pensó, y esa idea la devolvió de golpe a su cuerpo, a la habitación, a lo que su marido había hecho. *Se reirán de mí. Se reirán de Julian.* Alzó la barbilla todavía más.

—Largo —dijo.

—Querrán hablar contigo —dijo Richard—. Sobre lo que vamos a hacer.

—Largo —repitió Ayinde, con una voz que apenas reconoció.

Richard se puso en pie con los hombros hundidos, salió de la habitación, y ella se quedó sola con Julian en brazos. Apretó la nariz contra su cuello, aspiró su aroma: leche, calor, su dulce aliento. Priscilla Prewit tenía un capítulo sobre el divorcio. «¿Matrimonio en la cuerda floja? No te olvides del galardón. Recuerda lo que importa de verdad. Recuerda que lo primero es lo primero. Todos los estudios, así como el sentido común de toda la vida, nos dicen lo que, en el fondo del corazón, sabemos. Los hijos están mejor con papá y mamá bajo el mismo techo.»

Ayinde cerró los ojos con fuerza, a sabiendas de que, aunque les había ordenado marcharse, aún había gente en casa. Si aguzaba el oído, les oiría a todos: la cocinera, el agente de publicidad, el director comercial, el entrenador, la masajista, el jardinero, el diseñador de jardines, los recaderos, ayudantes, internos y secretarios, que entraban y salían de la casa al igual que Richard había entrado y salido de su matrimonio. Se preguntó si todo el mundo estaba enterado de lo sucedido. Se preguntó si Richard había llevado mujeres a casa alguna vez, cuando ella iba a ver a sus padres a Nueva York, o cuando salía de paseo por las tardes. Se preguntó si la doncella habría alisado las sábanas y la cocinera habría preparado desayuno para dos.

Se derrumbó en su sillón favorito y buscó a tientas su móvil. Y entonces, llamó a sus amigas y les dijo que se reunieran con ella en la casa de invitados, y que por favor no escucharan la radio mientras venían en coche.

Ayinde comprobó que Richard no se había marchado. Se había encerrado en el cuarto de invitados. Ella pasó por delante de la puerta media docena de veces, cargada con ropa de Julian y de ella, bajó la escalera, pasó por delante de la cocina, donde la cocinera y Clara se encontraban con la cabeza gacha, sin mirarla, pasó ante el comedor, donde estaban sentados el entrenador, los abogados y Christina Crossley, salió por la puerta y entró en el dormitorio de la casa de invitados. Después se quedó de pie en el camino de entrada y esperó.

Kelly fue la primera en llegar.

—¿Qué ha pasado? —preguntó a través de la ventanilla. Tenía las mejillas pálidas, el pelo mojado y olía a jabón Ivory—. ¿Te encuentras bien?

—Quiero esperar hasta que llegue Becky —contestó Ayinde.

Kelly asintió y bajó del coche, seguida de Lia.

—La estaba ayudando con Oliver —explicó Lia—. Espero que no te importe... Trae —dijo, y estiró los brazos.

Ayinde bajó la vista y vio que estaba sosteniendo a Julian como si fuera un saco de harina, rodeándole el estómago con un brazo. Había perdido un calcetín. Y estaba llorando. *¿Desde cuándo está llorando?*, se preguntó, mientras se lo entregaba a Lia, que lo acomodó contra su hombro.

—Ya, ya, chiquitín —susurró. Julian se metió el pulgar en la boca y sus sollozos se aplacaron, mientras el pequeño Honda de Becky subía por el camino de entrada.

Ayinde las guió hasta la casa de invitados, la cual, siguiendo instrucciones de Richard, había sido transformada en un club de lujo, con pesados muebles de cuero, televisor de pantalla gigante, un bar bien provisto al fondo de la sala de estar, donde se exhibían los trofeos de Richard en estanterías de cristal construidas a propósito. *Todo, excepto el letrero de «CHICAS NO»*, pensó Ayinde. Tendría que haber comprado un letrero así y haberlo clavado en la entrepierna de su marido.

Sus amigas se sentaron en fila en el sofá, con sus hijos y el de ella sobre el regazo. No había tiempo que perder.

—Richard... —dijo Ayinde. Su voz tembló—. Fue a Phoenix en viaje de negocios. Conoció... Hubo... —Se dio cuenta de que no tenía ni idea de cómo decirlo—. Una mujer de Phoenix dice que está esperando un hijo de él.

Ya estaba. Sencillo y al grano.

Las tres la miraron.

—Oh, no me lo creo —dijo Kelly por fin—. Richard no haría eso.

—¿Cómo lo sabes? —preguntó con brusquedad Ayinde. Kelly bajó la vista—. Lo hizo. Él me lo ha dicho. Y yo confiaba en él.

Entonces Ayinde se dobló en dos, sin aliento debido al dolor repentino que le había desgarrado el estómago. Era como si la hubieran abierto en canal. Era cien veces más doloroso que el parto.

Sintió las manos de Becky sujetándola, ayudándola a incorporarse y guiándola hasta el sofá.

—¿Lo había hecho antes?

Perfume, susurró de nuevo la mente de Ayinde.

—No lo sé —dijo. *¿De veras?*, oyó que preguntaba Lolo, a su manera burlona y maliciosa. *¿No lo sabes, o no quieres saberlo?*—. ¿Importa? —Vio que fragmentos del Evangelio según Priscilla Prewitt flotaban ante sus ojos. «Recuerda lo que importa en realidad... El trabajo más importante del mundo... Mamá y papá juntos bajo el mismo techo»—. No puedo abandonarle. Con un hijo no. No quiero.

—¿Qué vas a hacer? —preguntó Becky.

Ayinde adivinó lo que vendría a continuación. Cuando trabajaba de reportera, había cubierto una docena de escándalos similares, y leído acerca de un centenar más. La pasearían como a un caballo de concurso hípico para que se exhibiera al lado de su hombre. La fotografiarían mirándole con la expresión de adoración idiota de Nancy Reagan. Su trabajo sería cogerle de la mano. El trabajo del mundo sería reírse de ella. Sería el remate del chiste, una fábula aleccionadora, un chiste de mal gusto. ¿Y por qué? ¿Por una *groupie*, una animadora, tan desechable como uno de aquellos vasos de papel que los jugadores bebían y tiraban durante los partidos? ¿Un putón verbenero que volvería corriendo a ver a sus amigas con aire triunfal, llevando un regalito de Richard, una gorra autografiada, una camiseta, un bebé? Se inclinó, jadeante, mientras el dolor recorría todo su cuerpo.

La voz de Becky era tan cariñosa como Ayinde deseaba que hubiera sido la de su madre.

—Quizá deberías hablar con Richard.

Julian empezó a emitir unos ruiditos entrecortados, presagio del llanto que se avecinaba.

—Chisss, cariño —susurró Lia, mientras le mecía contra su pecho. Llevaba la gorra de béisbol y le ocultaba en parte la cara.

Ayinde sintió que su cuerpo se movía como por voluntad propia, sintió que sus manos se apartaban el pelo de la cara y sus pies empezaban a caminar.

La puerta del cuarto de invitados estaba cerrada, pero no con llave. Richard estaba tumbado en la cama a oscuras, vestido, con los brazos apretados contra los costados. *Como un cadáver*, pensó Ayinde. En yoga, lo llamaban postura de cadáver. Abrió la boca, pero descubrió que no tenía nada que decir a su marido. Nada en absoluto.

NOVIEMBRE

LIA

—Adiós, adiós, adiós, nenes —cantó Kelly con entusiasmo y sin afinar demasiado. Su coleta osciló mientras empujaba el cochecito de Oliver por la acera. Kelly, Becky, Ayinde y yo nos habíamos citado para tomar café después de la clase de música clásica a la que asistían las tres, y por lo que había podido deducir, todas las clases concluían con la canción del «Adiós»—. Adiós, adiós, adiós, mamás...

—Oh, Dios, para ya —suplicó Becky—. Nunca me la voy a quitar de la cabeza. Es peor que Rick Astley.

—Todas esas chicas que se llaman Emma —murmuró Ayinde—, y ni una sola Ayinde.

La sonrisa curvó sus labios, pero no llegó a los ojos. Me pregunté cómo le irían las clases de música desde que el miniescándalo de Richard Towne había estallado. Me pregunté si las demás madres la miraban o no. Eso había sido lo peor, pensaba yo. Cuando tuve a Caleb, solía ir a un pequeño parque, al que iban otras madres a las que había llegado a conocer. La vez que volví al parque después de lo sucedido, noté el esfuerzo de todas ellas, como el calor que ascendía desde el pavimento en el mes de julio, mientras intentaban no mirarme y murmuraban los mismos tópicos que, imaginaba, estaba soportando Ayinde en este momento: «Lo sentimos muchísimo» y «El tiempo cura todas las heridas».

Me adapté a su paso. Tres mamás, tres bebés y ¿quién es esa intrusa? Pero no parecían azoradas por mi presencia. Tal vez porque todas se sentían todavía extrañas en presencia de Ayinde.

—Me encanta el jersey de Julian —dije. Su rostro se iluminó un poco.

—Gracias.

El jersey era de color azul marino con adornos rojos y animales de corral de fieltro en la pechera. Lo llevaba con unos vaqueros, una gorra de punto a juego y unas Nike en miniatura. Yo estaba muy segura de que ese conjunto había costado más que cualquier pieza de las que me había comprado para mí. Nada chic, sólo los tejanos básicos, los pantalones caqui y las camisetas y las sudaderas que había salvado de mi ropero del instituto, además del chaquetón azul de mi madre, del que me costaba desprenderme.

—Escuchad —empezó Kelly—, Oliver sólo se ha despertado dos veces esta noche. A la una y a las cuatro y media. —Nos miró con aire esperanzado. La piel de su cara se veía amoratada y frágil—. Eso casi equivale a dormir de un tirón toda la noche, ¿verdad?

—Desde luego —contestó Becky—. Persevera.

Paseamos, y procuré no sentirme fuera de lugar sin un cochecito en las manos. Kelly, por supuesto, conducía el caro Bugaboo, como los que salían en *In Style* y *Sexo en nueva York*. Ayinde empujaba sin el menor esfuerzo un cochecito Silver Cross que su madre le había traído de Londres. Becky y Ava se las arreglaban con un Snap'n Go de segunda mano que, según nos había contado, había comprado en un mercadillo. Cuando Kelly le había preguntado si cumplía las normas básicas de seguridad, Becky la había mirado sin pestañear y contestado: «Más o menos», antes de echarse a reír.

Por parejas entramos los cochecitos en el vestíbulo de Becky. Su casa era acogedora, y olía a salvia, pan de harina de maíz y pastel de calabaza.

—¿Vas a preparar la cena de Acción de Gracias? —pregunté.

—No. Lo hará Mimi. Llamó para invitarnos a la cena y nos pidió que lleváramos... —Hizo una pausa—. La cena de Acción de Gracias.

—¿Lo dices en serio?

—Ya lo creo. Pero no puedo quejarme. Al menos, se ha marchado. —Puso los ojos en blanco—. ¿Os he dicho que le pusieron diecisiete multas de aparcamiento mientras estuvo aquí? Las pasó todas por debajo de la puerta antes de volver a Merion. —Hizo una mueca—. ¿Adivináis quién acabó pagándolas?

—Pensaba que era rica —dijo Kelly.

—Creo que es así como los ricos siguen siendo ricos —dijo Becky—. Consiguen que los menos afortunados paguen sus multas de aparcamiento. —Dejó a Ava encima de la manta, en el suelo de la cocina, entre Julian y Oliver—. ¿Queréis jugar? —preguntó—. Lia y yo hemos inventado un juego nuevo.

Abrí un cajón, saqué un puñado de kipás y le puse a Kelly uno en la mano.

—Intenta tirarlo a la cabeza de Oliver.

Kelly estaba sentada en la mecedora de Becky con una manta de punto sobre los hombros y los ojos entornados. Arrugó la nariz y miró el kipá que sujetaba entre dos dedos.

—No sé —dijo—. ¿No sería una falta de respeto?

—Es una kipá, no la sangre del Redentor —dijo Becky.

Vi que Kelly daba vueltas al gorro en las manos, mientras seguía con un dedo las palabras ANDREW y REBECCA bordadas con hilo de oro, y pensé que era la persona más alegre que había conocido en mi vida. Cada vez que la veía estaba de buen humor. ¡Fantástica! ¡Increíble! Claro que, en cuanto empezabas a hablar, te enterabas de que Oliver aún no dormía más de tres o cuatro horas seguidas y de que ella trabajaba cada día, además de dirigir dos o tres fiestas por semana después de acostar al niño. Me pregunté cómo lidiaría Kelly con una crisis, y después sonreí, cuando imaginé la llamada telefónica. «¡Hola, soy Kelly! ¡Me he pillado la pierna en una trampa para osos! ¿Puedes venir a ayudarme? ¿No? ¡Bien, no pasa nada! ¡Es una especie de accesorio mono!»

—A los niños les da igual —dijo Becky. Para demostrarlo, cogió una kipá, apuntó con cuidado y la tiró a la cabeza de Ava—. Prueba, ya verás cómo es divertido.

Kelly apretó los labios.

—Creo que no deberíamos arrojar objetos religiosos a la cabeza de nuestros hijos.

—Christina Crossley lleva una cruz —dijo Ayinde desde la esquina de la cocina, donde estaba ojeando sin mucho ánimo un ejemplar de *Saveur*—. Parece la letra de una canción infantil, ¿verdad?

Guardamos silencio unos momentos, Becky y yo de pie en la esquina de la cocina donde los bebés estaban tumbados sobre una manta, y Kelly en la mecedora con los ojos entornados.

—¿Es muy... religiosa? —pregunté por fin.

—No lo sé —dijo Ayinde, y dejó la revista—. Tal vez. Nos ha hecho un hueco en *60 minutos* la semana que viene, de modo que quizá tenga enchufe con Dios. O un pacto con el diablo. En cualquier caso, Richard y yo tenemos doce minutos en la hora de mayor audiencia para cogernos las manos y mirarnos tiernamente. ¿Queréis oír mi declaración? —Sin esperar a la respuesta, sacó una hoja de papel de la bolsa de pañales, enderezó los hombros y empezó a leer—: «Pido al público que respete nuestra intimidad y la de nuestro hijo mientras mi marido y yo luchamos por superar este momento difícil»—. Volvió a doblar la hoja y nos dedicó una amplia sonrisa, mientras se sentaba en un taburete—. ¿Qué nota me dais? ¿Cinco estrellas y los dos pulgares en alto? ¿Os parece una declaración de buen rollo?

—Oh, Ayinde —dijo Kelly en voz baja. Yo estaba pensando en mi marido, en que durante los breves meses de nuestro matrimonio, cuando yo me sentía enorme y desdichada casi todo el tiempo, nunca había sido otra cosa que dulce y solícito. Creo que ni siquiera había mirado a otra mujer, y estaba rodeado de bellezas cada día.

—¿Quieres hacerlo? —preguntó Becky, y después compuso una expresión avergonzada y se dedicó a preparar café. Ayinde guardó la declaración en la bolsa de pañales.

—No quiero destruir la vida de Richard —dijo dando la espalda a sus amigas—. Porque eso significaría destruir la vida de Julian. Tal vez destruirla no, pero estropearla sí. Para siempre. —Metió las manos en los bolsillos—. Aparte de eso, no sé nada. —Exhaló un suspiro de frustración, y las trenzas bailaron contra sus mejillas—. La logística es una locura. Christina Crossley mantuvo ayer una videoconferencia de tres horas con un experto en imagen de Dallas para decidir qué ropa me tengo que poner para la grabación. Por si estáis interesadas, llevaré un traje de Donna Karan gris teja, con el que resultará evidente que soy una mujer seria, y debajo una blusa de manga larga rosa pálido, señal de que tengo corazón.

—Podría haberte prestado mi camiseta de VIVO CON UN ESTÚ-PIDO —dijo Becky con una leve sonrisa.

—¡La declaración está muy bien! —exclamó Kelly, siempre animosa, aunque tenía pinta de querer taparse la cabeza con la manta y dormir durante varios días—. Es breve y directa. ¿Puedo tomar un café?

—La chica salió en *Dateline* —dijo Ayinde.

Ninguna de nosotras dijo nada. Ya lo sabíamos. La chica (Tiffany No-sé-qué) había salido en *Dateline*, y también con Ricki y con Montel*, y en la portada de varias revistas, siempre exhibiendo su barriga y con titulares que incluían alguna variación de las palabras HIJO DEL AMOR. Por lo visto, existía un apetito insaciable por los detalles morbosos de lo que la prensa rosa llamaba su NOCHE DE PASIÓN con el SEXY SIXER Richard Towne, quien había estado siempre por encima de toda sospecha y era el ejemplo rutilante del hombre de familia de la NBA. Y como la prensa rosa había aireado los nombres y las fotos de todos los implicados, los llamados periódicos serios tenían todo el derecho a hacer lo mismo. El *Philadelphia Examiner* había llegado al extremo de publicar una foto de Ayinde llevando a Julian colgado sobre el pecho en un canguro mientras paseaba por el parque. Becky y Kelly se habían enfurecido, pero Ayinde se había encogido de hombros y afirmado que la idea de que los pecados de los padres no debían afectar a los hijos todavía no había llegado a Filadelfia.

—Lo peor es que sea blanca —dijo. Empezó a hojear *Dominar el arte de la cocina francesa*—. Porque ahora no sólo se trata de la cuestión de la infidelidad, sino que han aparecido los racistas en escena. Los que se toman como algo personal que un negro mire a una mujer blanca.

—¿Qué opinaron cuando te casaste? —pregunté.

—Oh, soy lo bastante negra para ellos —dijo Ayinde con una sonrisa torcida—. No les molestó que Richard se casara conmigo. Pero ahora... —Meneó la cabeza—. El equipo ya está hablando de

* Presentadores de programas de chismorreos norteamericanos. (*N. del T.*)

contratar a más tíos de seguridad para cuando Richard llega y abandona los estadios. Algunas mujeres le tiraron condones en el Madison Square Garden. —Cerró el libro y lo devolvió a la estantería—. Ojalá hubiera pensado yo en tirarle condones cuando habría podido utilizarlos.

Caminó hasta el centro de la cocina, donde los niños estaban alineados, y tiró su kipá a Julian. Le alcanzó en el hombro y cayó al suelo.

—Cinco puntos —dijo, y volvió a sentarse.

Los ojos de Kelly se abrieron de par en par.

—¿Jugáis a puntos?

—Con dinero, en realidad —dijo Becky—. La primera que llegue a cien puntos se lleva diez pavos. Son veinte puntos si le das en la cabeza y no se cae. Diez puntos si le das en la cabeza pero se cae. Cinco puntos si le das en otras partes del cuerpo. Ah, y ganas automáticamente si las primeras palabras que diga el niño son *Shabbat Shalom*.

—Bien, de acuerdo —dijo Kelly. Dio la vuelta a la kipá en sus manos, y después miró hacia atrás como si esperara ver a Jesús en persona amonestándola con un dedo. Echó hacia atrás el codo y dejó volar el gorro. Aterrizó sobre la cabeza de Oliver y resbaló hacia delante.

—¡Oh, no! —gritó, y corrió a recuperarlo—. Se le cae la baba.

—No hay de qué preocuparse. Tengo unas quinientas más —dijo Becky—. Mimi pidió más de la cuenta. —Puso los ojos en blanco—. Ayer fuimos a comer a su casa y Ava le quitó la peluca.

—¿Mimi lleva peluca? —pregunté. Nunca había visto a Mimi, pero Becky me había hablado tanto de ella que me había hecho una imagen de ella... a la que debía añadir ahora una peluca.

—Sí. Para mí también fue una primicia —dijo Becky—. Se le cae el pelo debido a los niveles de estrógeno. Me lo contó más tarde. Todo.

—Al menos llama. Al menos hace de canguro —dijo Ayinde. Volvimos a mirarnos mutuamente. La madre de Ayinde, la muy glamurosa Lolo Mbezi, sólo había hecho el trayecto de dos horas entre Nueva York y Filadelfia en una ocasión, y la madre de Richard se había dejado caer una vez, camino de Atlantic City, con un triciclo envuelto para Oliver en el maletero del Escalade que Richard le había regalado. Se había puesto de mal humor cuando Ayinde explicó que Julian aún no podía mantener la cabeza erguida, y mucho menos sentarse en un triciclo.

—¿Te ha llamado tu madre desde...? —Kelly dobló por la mitad la kipá, y luego la dobló de nuevo—. ¿Te ha llamado últimamente?

—Llama —confirmó Ayinde—. Dice que quiere apoyarme. Aún no ha dicho «Ya te lo advertí», pero sé que lo está pensando. Y si queréis que os diga la verdad, creo que está encantada.

—¿Por qué lo crees? —preguntó Becky.

—Ha conseguido un montón de trabajos desde... Bien, desde... Todos los periódicos han sacado esa estúpida fotografía que nos hicieron a los tres y una de ella de la década de 1970.

Sabía de qué foto estaba hablando. Una de Lolo de perfil, en la época de Estudio 54, con *dashiki*, brazaletes de oro y un peinado afro de casi medio metro de altura.

Ayinde suspiró y rodeó con sus largos dedos un tazón de café.

—Ojalá pudiera quedarme aquí.

—¿En la ciudad? —preguntó Becky.

—No. En tu cocina.

Miró las paredes rojas, la mesa maltrecha del comedor, las estanterías llenas de libros de cocina sobados y manchados de salsa, la colcha de retazos púrpura y azul sobre la que descansaban los niños.

—Yo también quiero quedarme —dijo Kelly, y se balanceó hacia atrás y hacia adelante. Siguió doblando la kipá una y otra vez, como si tuviera la esperanza de que desapareciera. Con la barbilla gacha y el pelo recogido en una coleta, parecía tener doce años.

—¿Cuál es tu problema? —preguntó Becky.

—Mi marido —contestó—. Mi marido es mi problema.

—Espera, espera, no me lo digas —intervino Ayinde—. ¿Tiene un lío con una veinteañera?

Kelly se acarició la cola una y otra vez.

—Le despidieron. —Se puso en pie, cogió a Oliver por debajo de las axilas y lo depositó sobre su hombro—. Sé que os dije que estaba estudiando algunas ofertas y que tenía permiso de paternidad, pero no es así. Le despidieron, y no ha estado estudiando nada, salvo la televisión todo el día.

Apretó con fuerza los labios.

—¿Cuándo pasó? —preguntó Becky.

—En junio. Seis semanas antes de que Oliver naciera —dijo Kelly. Plantó varios besos en los mofletes de su hijo mientras nosotras calculábamos.

—¿No tenéis problemas económicos? —preguntó Ayinde por fin.

Kelly soltó una breve carcajada.

—Ahora que he vuelto al trabajo no. Él no para de repetir que deberíamos echar mano de nuestros ahorros. En cuanto se licenció se puso a trabajar en una empresa «puntocom» de nueva creación, y fue una de las tres personas de nuestra edad que triunfó antes de que la burbuja estallara. Pero yo no quiero tocarlos. Son nuestro colchón de seguridad. De modo que soy yo quien paga las facturas. —Se balanceaba mientras palmeaba el trasero de Oliver. Parecía que iba a desplomarse a causa del peso del niño—. No quería volver a trabajar. Siempre pensé que me tomaría un año libre y me quedaría en casa con el niño, pero ahora... —Se balanceó con más entusiasmo—. Creo que no me queda otra alternativa. Y... —Sus mejillas se tiñeron de púrpura—. Me gusta trabajar. Eso es lo malo.

—¿Por qué es malo? —preguntó Becky—. No es malo hacer lo que a una le gusta.

Kelly acomodó al niño sobre su cadera y empezó a pasear de un lado a otro de la cocina.

—Quizá no se trate de que me gusta trabajar. Me gusta huir. Me gusta salir de casa para no estar con Steve las veinticuatro horas del día, pero tengo que dejar al niño con él, y me siento culpable porque sé que no hacen nada educativo, que no van a pasear, ni le lee libros, ni ven *Baby Einstein*. Se pasan el día tirados en el sofá viendo *SportsCenter*.

—Oh, Kelly —murmuró Becky.

—Y Steve... —Kelly bajó los ojos y apretó la cara de Oliver contra su cuello—. No sé qué le pasa. Creo que ni siquiera lo intenta.

—¿A qué te refieres? —pregunté.

—Lo único que hace es ir a ver a ese asesor laboral. Un capullo —escupió Kelly. Me encogí y me pregunté si alguna vez la había oído decir un taco—. Se ven tres veces a la semana y le pasa tests de personalidad. «¿Es usted introvertido o extravertido?», «¿Cuál es su perfil emocional?», «¿En qué trabajo se sentiría cómodo?» —Meneó la cabeza—. Tuve ganas de sacudirle y decirle: «¿Qué más da si te sientes cómodo o no? ¡Haz algo!» Pero está todo el día sentado, como si fuera un fin de semana que durara meses. Nada de entrevistas. Nada de nada. Yo trabajo, y Steve no hace nada. Nada —repitió, y se puso en pie de un brinco—. He de irme.

—Kelly —dijo Becky, y estiró la mano.

—No, no, he de hacer un montón de llamadas telefónicas —dijo al tiempo que recogía la bolsa de pañales . Florista, *catering*, compañía eléctrica, y he de ir a la farmacia, y el retrete está atascado, de modo que tengo que avisar al fontanero. Ya os llamaré después.

Subió corriendo la escalera.

Becky y Ayinde miraron hacia la escalera, y después a sus bebés.

—Yo iré —dije, y corrí tras ella—. ¡Espera, Kelly!

Había acomodado a Oliver en el cochecito, mientras intentaba cargar con todo y abrir la puerta.

—Deja que te eche una mano. —Abrí la puerta y la ayudé a bajar el cochecito a la acera—. ¿Quieres que te acompañe a casa?

—Noooo —dijo poco a poco—. No. No puedo pedirte eso.

—¿Quieres que me quede con Oliver?

Contuve el aliento. Imaginando que se reiría de mí o no me tomaría en serio, otra versión de «No, no, tranquila». En cambio, paró en seco.

—¿Podrías? —preguntó—. ¿Podrías hacerlo?

—Claro que sí. Esta noche he de trabajar en el restaurante, pero tengo la tarde libre.

—Oh, Dios mío. Me salvarías la vida. Steve podría... —Se frotó los ojos con los puños, y me pregunté cuánto hacía que no dormía de un tirón—. Podría decirle que hiciera algo, llamadas, no sé. Te pagaríamos, por supuesto.

—No te preocupes por eso. Tú déjame a mí.

—Gracias —dijo ella. Estrechó mi mano. Sus ojos brillaban—. Muchísimas gracias.

—Oh, no. No, no. No, no, no —dijo Becky mientras se echaba hacia atrás el pañuelo amarillo sobre sus rizos desordenados.

Levanté la vista del queso manchego que estaba cortando para añadir a las ensaladas.

—¿Qué pasa?

Eran las ocho de la noche. Había pasado la tarde en casa de Kelly, jugando con Oliver, mientras Steve se encerraba en el estudio, y había empezado a trabajar en la cocina a las seis, con tiempo apenas de volver a mi apartamento para ducharme y cambiar mis Gloria Vanderbilt por unos Sassons del instituto. Mi apartamento ya no estaba vacío. La semana anterior Ayinde me había preguntado si me irían bien algunas cosas.

—Estoy cambiando la decoración —me había dicho.

A la mañana siguiente, apareció un camión cargado con lo que parecía todo el contenido de su casa de invitados. La llamé y le dije que no podía aceptar todo aquello, pero ella insistió.

—Me harás un favor —dijo. Así que ahora tenía butacas y sofás de piel supergrandes, lámparas y una mesita auxiliar, una tele gigante y varios certificados de la MVP enmarcados de Richard que, supuse, devolvería en algún momento.

Becky volvió a atarse el pañuelo.

—Tengo veinticinco ejecutivos hambrientos que están esperando corvina de Chile con setas y salsa de tamarindo, y... —abrió la alacena con un gesto melodramático— no tengo setas. Ni siquiera tengo champiñones. Nada de nada.

Dirigí una mirada hacia el comedor, donde los ejecutivos parecían muy contentos con la sangría y el atún poco hecho sobre nachos, mientras Sarah se contorsionaba sobre sus botas de piel de tacón alto y mantenía las copas llenas.

—Quizá podrías obsequiarles con unas cuantas arepas de más —sugerí.

Sonó el teléfono de la cocina.

—Becky —llamó Dash el lavaplatos mientras agitaba el receptor—. Para ti.

Cogió el teléfono.

—Sí. ¿Qué? No. No, no puedo. No, yo... —Se echó el pañuelo de nuevo hacia atrás—. Joder, tío.

—¿Qué pasa?

Meneó la cabeza y se volvió hacia la freidora, donde las arepas se estaban friendo.

—La guardería cierra a las nueve, y yo no habré podido salir de aquí para entonces, y a Andrew le ha salido una duodectomía pancreática urgente... No me preguntes qué es. Ni siquiera quiero saberlo... —Gruñó, sacó con destreza las arepas y lanzó de nuevo una mirada a la alacena, como si esperara que las setas se hubieran materializado durante la llamada telefónica—. Tendré que llamar a Mimi —dijo mirando al techo—. ¿Por qué, Dios, por qué?

—Yo podría ir a buscar setas —dije.

—No, no, tranquila. Enviaré a Sarah con más bebida. No parece que les vaya a dar un pasmo por perderse la guarnición.

—O podría ir a buscar a Ava.

Becky apretó el índice contra los labios y fingió reflexionar.

—Mmm, ¿las setas o mi hija? Ve a por Ava. Llamaré a la guardería para que no piensen que vas a secuestrarla. Espera, te daré una llave. —Rebuscó en su bolsillo—. Llévate mi coche, su silla está atrás, uno de nosotros debería llegar antes de medianoche. Espera, te daré algo de dinero...

—¿Para qué?

Becky me miró, y después se rascó la cabeza por debajo del pañuelo.

—¿Incidencias?

—Estoy bien —dije—. ¿Dónde aparcas?

—En la Veinte con Sansom. Me estás salvando la vida, ¿lo sabes? Te estaré agradecida eternamente. Al segundo le pondré tu nombre. —Me dió las llaves y señaló la puerta—. ¡Corre como el viento!

La guardería del hospital estaba en la tercera planta del edificio, y Ava era la última niña que quedaba, aovillada en una cuna en el centro de la sala, con las luces atenuadas.

—Su padre vino a verla hará una hora —susurró la encargada de la guardería, después de examinar mi permiso de conducir de Los Ángeles y desechar con un ademán mi oferta de llamar a Becky para confirmar mi identidad. Me dio la bolsa de Ava con su biberón, una manta y una muda—. Se ha dormido hace unos cuarenta minutos, y el doctor Rabinowitz dice que a veces duerme durante todo el trayecto hasta casa.

—Hola, nena —susurré.

Ava suspiró en su sueño. La tomé en brazos con delicadeza, la deposité en el cochecito y me dirigí hacia el coche.

—Adiós, adiós, la luna es un gajo de pastel de limón —canté por la calle, mientras la acomodaba en la silla infantil del coche y colocaba una gorra rosa sobre su cabeza pelona. Abrió los ojos y me miró con curiosidad—. Hola, Ava, ¿te acuerdas de mí? Soy amiga de tu madre. Voy a llevarte a casa a dormir.

Ava parpadeó como si comprendiera la información.

—Iremos a tu casa y nos tomaremos un biberón... Bien, tú te vas a tomar un biberón. Y después te cambiaré el pañal y te acostaré en tu cunita.

Ava bostezó y cerró los ojos. Yo paseé la vista a nuestro alrededor, escudriñé la calle y miré hacia atrás mientras me sentaba al volante, en busca de sin techos, chiflados y gamberros en potencia. Pero Walnut Street estaba tranquila.

—Eres muy mona, ¿lo sabías? —susurré hacia el asiento de atrás. En casa de Becky, tomé en brazos a la niña dormida y subí de puntillas al segundo piso. La habitación de Ava era diminuta, con sitio apenas para una cuna, una mecedora y un móvil de una vaca saltando sobre la luna. Olía a la crema de pañales y a gel relajante de baño Johnson's, que a mí no acababa de convencerme.

—Si hubiera algo capaz de relajar a tu hijo —había dicho Sam—, ¿no crees que costaría mucho más de tres dólares con noventa y nueve?

Di a la niña el biberón que ponía LECHE MATERNA, con una calavera y unas tibias cruzadas debajo... en honor de Mimi, supongo. Ava se zampó ciento veinte mililitros con los ojos cerrados y emitió ruiditos de placer mientras bebía. Le di palmaditas en la espalda hasta que eructó. Le cambié el pañal, le besé los pies, la envolví de nuevo en la manta y la acuné contra mi pecho. Imaginé que sentía mi leche bajar, aquella sensación hormigueante y agridulce que experimentaba antes de que Caleb estuviera preparado para mamar. *¿Cómo habría sido Caleb a la edad de Ava?*, me pregunté. *¿Sería tranquilo, con los ojos grandes y vivos de ella? ¿Seguiría con la vista mis dedos, mientras se arrastraban como arañas sobre su estómago? ¿Me sonreiría?* Me senté en la mecedora con Ava en brazos y aspiré su aroma, el sonido de su respiración, con una sensación de tristeza, pero al mismo tiempo de paz, cuando pensé en mi hijo.

—¿Preparada para la cama? —pregunté por fin. Dio la impresión de que el cuerpo de la niña se fundía con el mío, con su cabecita apoyada contra mi cabeza, el estómago contra mi hombro. Sentí su aliento en la mejilla cuando la deposité en su cuna.

Bajé y oí los ruidos de la casa. Mi mente hizo los cálculos de manera automática. Si aquí eran las diez, en Los Ángeles eran las siete. Saqué el móvil del bolsillo. Podía llamarle, pero ¿qué iba a decirle? ¿Que había sostenido en brazos a dos niños y no había pasado nada? ¿Que le echaba de menos? ¿Que pensaba en él cada momento que no pensaba en Caleb?

Me quité los zapatos y subí la escalera. Ava estaba durmiendo y se dio la vuelta, apoyó la cabeza sobre los brazos, con el culo al aire. No pude reprimir una sonrisa cuando fui al baño. Mi cara en el espejo parecía diferente... o similar. Me parecía más a mi madre que en toda mi vida. Eran los ojos, pensé, y me levanté un mechón de pelo. Me lo había teñido en una ocasión de castaño para un anunció de pasta dentífrica, y Sam, al verlo, me había preguntado:

—¿Es tu color original?

—¿Quién se acuerda? —contesté.

—Te sienta bien —dijo.

Me pregunté cómo estaría otra vez de morena. Suponía que debía hacer algo, pues la combinación de dos tonos se había esfumado junto con la Madonna de 1985. El castaño podía sentarme bien, pensé, mientras escuchaba el *walkie* de bebés por si Ava se despertaba y me necesitaba. Sería como volver a casa.

DICIEMBRE

KELLY

A las seis de la mañana, una semana después de contar a sus amigas la verdad sobre su marido, Kelly estaba tumbada en la cama con el cuerpo entumecido y las manos apretadas, mientras escuchaba a Oliver balbucear y hacer gorgoritos, con la esperanza, como cada mañana, de que Steve se despertaría antes que ella. Miró de reojo. Estaba espatarrado de espaldas, roncando, con la boca abierta. «Deja que lo coja», dijo cada mañana, durante las dos primeras semanas que el niño estuvo en casa. Ella no se lo permitió. ¿Para qué? No podía dar el pecho al niño, y no tardaría en volver a trabajar, de modo que debía descansar.

Estúpida, pensó mientras Steve roncaba. Porque habían trancurrido casi cinco meses, aún no trabajaba y ahora Oliver sólo la aceptaba a ella a primera hora de la mañana.

Kelly se levantó de la cama tibia y fue a ver a su hijo, que dejó de masticar el borde de la manta, la miró y dibujó una amplia sonrisa en su cara, que puso de relieve sus hoyuelos.

—Buenos días, ángel —dijo ella, y sintió que su corazón aleteaba cuando le transportó a la mesa de cambiar y apretó la nariz contra su pelo castaño, que daba la impresión de ir espesándose conforme pasaban los días. Oliver no había sido un recién nacido muy guapo. Había heredado la nariz de Steve, que quedaba mejor en un adulto que en un bebé, y su cara parecía un balón hinchado sobre sus extremidades esqueléticas. Pero se había convertido en un bebé precioso, mofletudo y pacífico, que casi nunca lloraba. Sus muslos eran la parte favorita de Kelly. Eran mullidos, suaves y blandos como hogazas de pan recién horneado, y no podía evitar cubrirlos de besos cuando le quitaba el pijama y le ponía el peto y una camisa a rayas rojas y blancas.

Precioso, pero (sólo podía admitirlo en estas horas de tranquilidad) un poco aburrido. Le quería, moriría por él, era incapaz de imaginar la vida sin su compañía, pero la verdad era que, después de un cuarto de hora de jugar con él debajo de su Gymini o de leerle uno de sus libros de Sandra Boynton, sus dedos empezaban a anhelar el teclado, el BlackBerry, la Palm Pilot y el móvil, reliquias de una vida donde tenía sitios a los que ir, cosas importantes de las que ocuparse, incluso esos tres cuartos de hora ocasionales cuando se aovillaba en la cama y hojeaba *Metropolitan Home*.

Steve se acercó por detrás, le arrojó el aliento rancio de la mañana a la nuca y frotó su barba de dos días contra su mejilla, hasta que ella se apartó. Antes, cuando trabajaba, se afeitaba dos veces al día; ahora podía pasarse dos o tres días sin hacerlo.

—Déjame seguir a mí. Ve a descansar.

—Estoy bien —dijo sin volverse.

Algo le estaba pasando, pensó. Quería que Steve colaborara, y cuando hacía acto de aparición, la irritaba que no lo hubiera hecho antes. Había deseado un hijo con absoluta desesperación (el niño perfecto que completara la familia perfecta), y ahora que tenía uno... Abrochó el peto de Oliver, mientras Steve se encogía de hombros y volvía al dormitorio. Quería a su hijo. Por mal que fueran las cosas, siempre estaría convencida de eso.

Kelly se sentó con las piernas cruzadas sobre la cama, abrió su camisón y apretó al bebé contra ella. Era el momento más dichoso del día. Primero se sentaba en la tibia penumbra con Oliver en brazos, y después, cuando había terminado de mamar, le depositaba en la cama y se tendía a su lado. Luego se cubría con las sábanas y se sumergía en el sueño de cómo habría sido su vida si no se hubiera casado con Steve.

Brett, pensó. Brett había flirteado con ella durante un mes, en su primer año de universidad, y había pensado que era dulce y divertido, aunque tenía una pinta algo rara para su gusto. Medía metro noventa y cinco, era flaco como un palo y reía como un pato. Ella le dijo que sólo quería su amistad, y él suspiró y contestó: «Eso dicen todas». Según la revista de los alumnos, Brett se había trasladado a

Silicon Valley, había fundado una empresa «puntocom» y la había vendido por muchos millones de dólares antes de la explosión de la burbuja. Había media página dedicada a él con su foto. Se había cambiado el corte de pelo horrible, había contraído matrimonio y tenía tres hijos. El artículo no hablaba de su risa.

O podría haberse casado con Glen, su novio del instituto, capitán del equipo de debates. Mary se había encontrado con su madre en el salón de belleza y había averiguado que ahora era socio de un bufete de abogados de Washington. Kelly todavía recordaba muy bien que Glen se había negado a montárselo con ella la noche antes del examen de selectividad, porque dijo debía reservar sus fuerzas para la prueba. Pero era un ambicioso de tomo y lomo. De haberse casado con él, no sería ella la que estaría hecha polvo.

A las ocho, *Lemon* empezó a apretar el hocico contra la palma de Kelly, y Oliver abrió los ojos. Kelly le cambió el pañal, lo depositó en la cuna, pese a sus chillidos, mientras se ponía la ropa que había dejado tirada en el suelo la noche anterior, y dedicó diez segundos a cepillarse los dientes y echarse agua fresca en la cara. Después acomodó a Oliver en el cochecito, ató la correa a *Lemon*, se hizo una cola de caballo y dejó a Steve durmiendo todavía. Caminó hasta el ascensor y procuró que la correa del perro no se enredara con las ruedas del cochecito.

Lemon lloriqueó cuando el ascensor los bajó al vestíbulo. Era un perro bastante bien educado en los tiempos anteriores al niño, pero desde la llegada de Oliver había sido expulsado de su posición de ser no hablador favorito de la casa. Antes del niño, Kelly había podido ir a dar largos paseos con *Lemon*, para comprar collares bonitos y correas a juego, mimarlo y rascarle el estómago. Después del nacimiento del niño, el perro tenía suerte si conseguía agua y una palmadita en la cabeza de paso. Y no le gustaba su situación de ciudadano de segunda clase.

—¡Calla, *Lemon*! —le riñó Kelly, y el perro se puso a gimotear, después a ladrar, Oliver pegó un bote, sobresaltado, y empezó a llorar. Kelly le embutió el chupete entre los labios, dio a *Lemon* una galleta, y empujando el cochecito del niño y tirando del perro, salió a la calle.

Empezaron el tira y afloja de cada día. Dio cinco pasos, después diez, y entonces *Lemon* se plantó en el centro de la acera y se negó a moverse.

—¡Vamos, *Lemon*! —dijo ella mientras ejecutivos y mujeres con tacones altos les esquivaban—. ¡Vamos, *Lemon*! —gritó, y tiró de la correa con la esperanza de que nadie la estuviera mirando o llamando a la Sociedad Protectora de Animales para denunciarla por malos tratos al perro.

Consiguieron doblar la esquina y llegar a La Tierra Prometida, la cafetería del barrio. Kelly ató la correa de *Lemon* al parquímetro, empujó el cochecito con una mano y abrió la puerta con la otra.

—Un café exprés triple —cantó la camarera cuando Kelly se acercó a la barra.

—¿Cómo lo sabes? —dijo ella.

Creía que no era bueno tomar tanto café mientras daba el pecho (el pobre Oliver sería un adicto a la cafeína antes de dejar de mamar), pero no podía seguir adelante sin él. Añadió leche descremada y sacarina al café, tomó el primer sorbo y salió para recoger al perro. El cochecito de Oliver tenía un portavasos, con la frase impresa «¡NADA DE BEBIDAS CALIENTES! ¡PELIGRO PARA EL NIÑO!» Durante los últimos meses, Kelly había llegado a ser una experta en empujar el cochecito con una sola mano, caminar con la correa de *Lemon* enrollada alrededor de esa misma mano y sujetar la taza con la otra. El sistema funcionaba a la perfección casi siempre. Aquella mañana *Lemon* se abalanzó sobre un monopatinador, Kelly echó la mano hacia atrás y lanzó una exclamación ahogada cuando el café caliente abrasó su muñeca y su mano.

Por fin, de regreso en el apartamento, dejó a Oliver dormitando en el cochecito, puso comida y agua en los cuencos de *Lemon*, encendió el ordenador portátil, bebió café y miró su correo electrónico a la mayor velocidad posible. Había llegado a la mitad de los mensajes sin leer, cuando el niño empezó a removerse.

Miró en dirección al dormitorio. La puerta seguia cerrada.

—¿Steve?

La puerta se abrió y Steve salió, todavía en camiseta y ropa interior, con su pene flácido oscilando a través de la abertura de los calzoncillos.

—¿Por qué no me has despertado? Podría haber sacado a pasear al perro.

—Encárgate un momento del niño —dijo Kelly.

—Ningún problema —contestó él, y sacó a Oliver del cochecito.

—¡Le iría bien eructar! —gritó Kelly sin volverse, a sabiendas de que era una causa perdida. Steve daría al niño unas cuantas palmaditas en la espalda, sin mucho entusiasmo, y después llegaría a la conclusión de que no necesitaba eructar. Bien, no era que Oliver no necesitara eructar, era que Steve se rendía demasiado pronto. Eso se estaba convirtiendo en una pauta, pensó, mientras apagaba el ordenador, se sentaba en la mecedora y se desabrochaba el sujetador.

Por favor, susurró para sí, mientras colocaba las copas de plástico sobre los pezones y conectaba la máquina. *Por favor, que acabe pronto.*

—Por favor —murmuró, mientras miraba las botellas de plástico sujetas a las copas y a sus pezones, en otro tiempo de un bonito rosa clavel, virados ahora a beige, agrietados y feos como las rodillas de un elefante. Había algo de leche en la botella de la derecha, y unas cuantas gotas en la izquierda. Bombear era tedioso e incómodo, y mientras la máquina estaba en funcionamiento no se podía hacer nada más. Eran necesarias las dos manos y toda su coordinación para mantener las copas en su sitio, y si no se relajaba, no salía leche—. Por favor —repitió, y cerró los ojos. Se meció hasta que el temporizador se apagó y hubieron transcurrido quince minutos. Se liberó de la parafernalia, aliviada, y alzó las dos botellas a la luz. Noventa mililitros. No era suficiente para un biberón entero. Tendría que utilizar de nuevo leche maternizada.

Sonó el timbre de la puerta mientras se estaba abrochando la camisa. Kelly cogió las botellas y corrió hacia el vestíbulo, como si esperara ver a Papá Noel o a Ed McMahon* con un cheque de tamaño gigante. Sabía que al otro lado estaría Lia. Y para ella, Lia, que

---

* Famoso cómico y presentador de televisión estaodunidense. *(N. del T.)*

había accedido a cuidar al niño tres días a la semana, era mejor que Papá Noel y Ed combinados.

—¡Hola! —dijo Lia, y entró en el apartamento, con el pelo (recién teñido de un castaño brillante) recogido en una cola de caballo, la camisa blanca (limpia, inmaculada) embutida dentro de los pantalones caqui (esta temporada tocaba planchados). Kelly sintió que se relajaba cuando su amiga se agachó y cargó en brazos a Oliver. Era estupendo tener a un ser humano en la casa que colaborara de verdad.

Kelly vislumbró los calzoncillos de Steve y oyó que la puerta del dormitorio se cerraba con estrépito, mientras Lia frotaba su nariz contra la de Oliver.

—¡Hola, Oli-Oli!

Kelly la miró mientras sujetaba al niño. Los dos (Oliver, tan sonriente; Lia, tan guapa) parecían salidos de aquellos anuncios que había visto en revistas para padres, cuando aún tenía tiempo de leerlas. Ella se parecía a las fotografías de «antes». *Tendría que haberme casado con Lia*, pensó. No había que pedir dos veces a Lia que hiciera eructar al niño. Lia sabía por instinto, o por su propia experiencia, que un pañal mojado podía parecer seco, y nunca caía en uno de los trucos favoritos de Steve, que consistía en pasar el pulgar por debajo de la goma elástica, tantear a toda prisa y decir: «No, está seco», cuando el pañal estaba visiblemente empapado y el olor a amoníaco era casi palpable. Lia nunca se dejaría caer delante del televisor con el niño en brazos para ver *SportsCenter*, ni nunca navegaría por Internet con el pequeño acomodado de cualquier manera en el hueco del brazo. Kelly y ella podrían preparar comidas bajas en calorías, ir con Oliver al parque, al zoo y al museo Please Touch. No habría sexo, por supuesto. Kelly pensaba que no lo echaría mucho de menos.

Recitó a Lia el resumen (a qué hora se había levantado Oliver, dónde habían ido a pasear, qué había comido), mientras recogía el ordenador portátil, el móvil, las llaves, la Palm Pilot y el billetero. Steve volvió a la mesa, vestido, más o menos, con una vieja camiseta deshilachada y vaqueros, pero descalzo.

—Hoy voy a trabajar en casa —dijo, en un tono entre desafiante y de disculpa. El pequeño discurso iba dedicado a Lia, no a Kelly, porque ¿dónde sino iba a trabajar entre comillas?

—Estupendo —dijo Kelly, y procuró sonar alegre en honor al niño. Recogió sus cosas y regresó a la cafetería.

—¡Qué pronto has vuelto! —dijo la camarera.

—Sí, aquí estoy de nuevo —dijo.

Pidió otro café exprés triple, conectó el ordenador portátil y se preguntó qué pensaría de ella el personal de la cafetería, sentada allí cinco horas al día, cinco días a la semana, bebiendo expresos y tecleando sin parar. Se preguntó si la odiarían por colonizar el espacio, una estupenda mesa junto a la ventana. Tal vez pensaban que era una estudiante universitaria o una poetisa en ciernes, algo grande y romántico, o al menos interesante.

Oprimió el botón de encendido y bebió el café a pequeños sorbos, dando pataditas en el suelo hasta que el lento y viejo aparato se encendió. Sonó su móvil.

—Kelly Day —cantó, y después cerró los ojos y apoyó la cabeza sobre la palma, mientras tomaba notas sobre la boda de los Margolies, la fiesta de los Drexel y la celebración del día de la Diversidad Pfizer, para la cual le habían encargado una reproducción en gominola del doctor Martin Luther King. Tecleó, tomó notas y formuló las preguntas que debía, intentando hacer las llamadas cuando nadie pedía un *frapuccino*, para que sus clientes no oyeran los ruidos de fondo.

Era una broma. Una farsa. Se sentía como el mago de Oz, un fraude detrás del toldo verde de la cafetería, trabajando como una esclava mientras su marido se quedaba en casa viendo culebrones. Lo había negado airadamente cuando se lo había echado en cara, pero la lista del TiVo incluía grabar los episodios diarios de *As the World Turns*. Ella trabajaba, hacía llamadas, tomaba notas, consultaba su reloj, pensaba en Oliver, se preguntaba si estaría durmiendo. Pensaba en Steve, se preguntaba si él también estaría durmiendo.

A las cinco volvió corriendo a casa. Lia estaba jugando con Oliver en el suelo de la sala de estar, agitando peluches ante sus ojos. Steve se había desmaterializado. *Habrá ido a ver otra vez al asesor laboral*, pensó mientras corría al dormitorio y contenía el aliento para poder ponerse las medias y subirse la cremallera de la falda larga de terciopelo negro.

—¡Mira qué guapa! —dijo Lia a Oliver, mientras Kelly se sentaba espatarrada en el Sofá del Gueto y se calzaba los zapatos de tacón alto.—. Estás estupenda.

—Sí, bien... —Hizo una pausa de cinco segundos delante del espejo del vestíbulo, se aplicó lápiz de labios e intentó alisarse el pelo alborotado—. Confío en que vaya bien. Y gracias. Muchísimas gracias.

Se sentó en el sofá con el niño sobre la cadera y le hizo dar saltitos. Ni rastro de Steve. Marcó su número en el móvil.

—¿Dónde estás? Tenías que estar aquí a las seis, ¿recuerdas? Lia se ha ido a trabajar a Mas, y yo tengo una fiesta...

Oyó el sonido del tráfico de fondo, motores y bocinazos.

—Hay un embotellamiento nada más pasado Aramingo —contestó Steve—. Llevo parado tres cuartos de hora. No se mueve nadie.

—¿No puedes evitar el atasco yendo por carreteras secundarias?

—En cuanto llegue a la salida lo haré, pero no puedo pasar por encima de los demás.

—¿Qué voy a hacer? —gimió Kelly. Lia se había ido, no conseguiría una canguro ni por casualidad, no conocía lo bastante bien a los vecinos para dejarles a Oliver, y si no se marchaba pronto, llegaría con retraso a la fiesta de la que tenía que ocuparse aquella noche.

—¿No te lo puedes llevar? No creo que tarde mucho. En cuanto salga de la autopista, iré a la fiesta y me lo llevaré a casa.

—Bien, bien —dijo Kelly, mientras agarraba la bolsa de pañales y el bolso, colgaba el teléfono y salía corriendo de casa.

El nombre de la anfitriona era (Kelly consultó su agenda mientras salía del coche) Dolores Wartz, y el acontecimiento era una fiesta de

Navidad celebrada en la sala de recepciones de un edificio de apartamentos por un club de ex alumnas. Dolores Wartz era una mujer de unos cuarenta años corpulenta, cuyo maquillaje se había agrietado en las arrugas que corrían desde las comisuras de la boca hasta la barbilla. Su lápiz de labios era del color y la consistencia de la mermelada de fresas.

—¿Kelly Day? —dijo sonriente. Su sonrisa se evaporó en cuanto vio al niño—. ¿Qué es esto?

—Mi hijo, Oliver —contestó Kelly. *Y no es qué, sino quién*—. Lo lamento. Mi marido tenía que estar en casa, pero creo que ha habido un gran accidente en la noventa y cinco... —Oliver se retorció entre sus manos, y se oyó el sonido inconfundible, por no hablar del olor, de un niño que estaba evacuando. *Mierda*, pensó Kelly—. Voy corriendo al cuarto de baño. Mi marido llegará de un momento a otro.

—Eso espero —dijo Dolores Wartz, mientras acariciaba el pesado broche del club que llevaba en la solapa. *Fantástico*, pensó Kelly. Corrió al cuarto de baño que, por supuesto, no contaba con cambiador. Cerró un cubículo, depositó al niño en el suelo, trató de no pensar en los gérmenes que infestaban las baldosas y lo cambió con la mayor celeridad posible. Se lavó las manos y volvió a toda prisa al vestíbulo, donde Dolores Wartz la estaba mirando a ella y a Marnie Kravitz, la ayudante de Elizabeth, que estaba trasladando su peso de un pie al otro, como un niño que necesita utilizar el baño y tiene miedo de pedir permiso.

—Kelly —dijo Marnie.

—¿Sí? —preguntó Kelly, y advirtió que Marnie se había tomado muy en serio la directriz de su jefa acerca del «atuendo festivo propio de la estación». Vestía una falda verde, leotardos con un dibujo de copos de nieve rojos y blancos, y un jersey rojo con un peludo reno que daba saltitos sobre su busto.

—Ha surgido una crisis —dijo, y apoyó la mano sobre la nariz de Rudolph para subrayar sus palabras—. ¡No hay servilletas!

Kelly apartó la vista del hipnótico reno de Marnie.

—¿Perdón?

—Llegaron los manteles, los licores y lo del *catering*, pero no las servilletas. Creían que la florista las traerías, pero la florista dijo que tú sólo le habías encargado los manteles...

Oh, no. Kelly agarró su Palm Pilot y vio que la luz roja destellaba. Batería muerta. Qué suerte. Y Marnie se estaba retorciendo las manos. Kelly observó que se había pintado las uñas a rayas verdes y rojas que se iban alternando.

—¿Qué vamos a hacer? —gimió Marnie.

Kelly introdujo la mano en el bolso y le entregó a Marnie sus cincuenta dólares para emergencias.

—Corre al Seven-Eleven de JFK y compra servilletas.

Los ojos de Marnie casi se le salieron de las órbitas.

—¡Pero sólo habrá de papel! ¡No podemos utilizar servilletas de papel, Kelly!

—No es el fin del mundo —replicó ella. Intentaba parecer tranquila, pero Dolores Wartz la estaba mirando como si le estuvieran saliendo gusanos de la boca. Oliver aprovechó la oportunidad para mover la mano y darle un golpe en la oreja. Maldita sea, pensó mientras le zumbaban los oídos, *¿dónde estaba Steve?*

—¿No podía haber contratado a una canguro? —preguntó con frialdad Dolores Wartz.

Kelly respiró hondo.

—Como ya le he dicho, mi marido llegará lo antes posible.

—Tengo dos hijos. De doce y catorce años —dijo Dolores Wartz. No añadió nada más. Pero no era necesario, pensó Kelly. La insinuación era muy clara. *Tengo dos hijos y nunca me he visto en la tesitura de llevarlos a trabajar conmigo. Tengo dos hijos y me he organizado mejor que tú.*

—Voy a ver cómo va el *catering* —dijo Kelly. Acomodó a Oliver sobre su cadera y corrió entre los primeros invitados, dejó atrás el bar montado en una esquina y entró en la cocina, donde se pegó un golpe contra el horno y cerró los ojos.

—¡Qué monada! —exclamó una camarera.

—¿Lo quieres? —preguntó Kelly—. No bromeo. Cógelo. Es tuyo.

Paseó la vista a su alrededor. Cóctel de gambas, pasteles de cangrejo, bastoncitos de queso. Muy creativo, pensó, mientras las camareras llenaban bandejas de plata y salían por la puerta.

Cogió un bastoncito de queso de una bandeja y se lo comió a toda prisa mientras se daba cuenta de que aquel día no había tomado otra cosa más que los cafés. Estaba terminando un pastel de cangrejo, cuando una mujer sonriente con un vestido lavanda asomó la cabeza en la cocina.

—Siento molestarla, pero ¿sabe dónde podría encontrar una servilleta? —Señaló con semblante contrito una mancha de salsa de cóctel en su solapa y sonrió a Oliver—. ¡Qué mono!

Kelly le dedicó una sonrisa de agradecimiento y buscó en la bolsa de pañales el paquete de toallitas.

—Puede que esto le vaya bien.

—¡Perfecto! —dijo la mujer. Secó la mancha, apretó el pie de Oliver y se dirigió hacia la puerta, justo cuando regresaban las camareras.

—Eh —dijo una al tiempo que señalaba la cabeza de Kelly—. Tiene...

Alargó dos largas uñas y cogió algo del pelo de Kelly. Ésta lo miró y parpadeó. Un Cheerio. Le había dado Cheerios a Oliver el día anterior. ¿Había ido por el mundo durante veinticuatro horas con un cereal enredado en el pelo?

—Nueva moda —dijo Kelly, crispada.

—Perdón. —Dolores Wartz había empujado la puerta—. Kelly, su marido ha llegado.

Gracias a Dios, pensó. Consiguió sonreír a Dolores antes de correr hacia la puerta y apretar a Oliver contra los brazos de su padre.

—¡Vete ya! —susurró.

—¿Por qué? —preguntó Steve—. ¿Hay un incendio?

—¡Vete! —dijo mientras intentaba encajar la bolsa de los pañales bajo el brazo de Steve—. ¡Tengo trabajo que hacer!

Él alzó la vista.

—Vaya —dijo. Ella siguió su mirada. Muérdago. *Reliquia de otra fiesta*, pensó.

—Steve, tengo un millón de cosas que hacer...

Él se inclinó hacia delante y le dio un beso en la mejilla.

—Ve —dijo—. Luego nos vemos.

Ella se secó las manos en la falda y se enfrentó a la muchedumbre: sesenta mujeres, la mayoría con una copa de vino en la mano, que comían bastoncitos de queso y se balanceaban al compás de los villancicos.

La barra estaba llena. Marnie había dado algunas servilletas a las camareras y dejado otras en las mesas. Todo controlado, pensó Kelly, y se relajó.

A las once se habían ido los del *catering*, los invitados también se habían marchado, habían doblado los últimos manteles y colocado en su sitio los últimos platos. Kelly dio las buenas noches a Dolores Wartz, la cual gruñó algo a modo de respuesta. Se quitó los zapatos en el ascensor y salió cojeando a la acera. Logró encontrar por fin un taxi, y se había acomodado en el asiento trasero, que hedía a incienso, cuando sonó el móvil.

—¿Kelly? —La voz de Elizabeth era más fría que nunca—. He recibido una llamada telefónica muy inquietante de Dolores Wartz. ¿Quieres decirme qué ha pasado?

—Bien, te explico —dijo Kelly. Daba la impresión de que la buena de Dolores no había perdido ni un segundo en decir hola o buenas noches a sus hijos. Tenía que coger el teléfono y chivarse de mí—. Escucha —empezó—, hubo un accidente en la autopista noventa y cinco. Steve no llegaba y tuve que llevarme a Oliver a la fiesta, pero sólo estuvo media hora, y no molestó a nadie.

—Dolores dijo que estuvo llorando y que nadie se lo llevó.

—No lloró —contestó Kelly—. Tal vez hizo algún ruido, pero no lloró. Además, Elizabeth, es un niño. ¡No es una bolsa de basura!

—Se quedó muy decepcionada —continuó Elizabeth—. Dijo que prestaste más atención al niño que a la fiesta.

Bien, la fiesta no necesitó que le cambiaran los pañales, pensó Kelly, pero se mordió la lengua y no dijo nada.

—Pide que le devolvamos el dinero.

Kelly apretó las manos. Tardó un momento en reconocer la sensación desconocida de escozor en los ojos. Era algo que no había sentido desde quinto, cuando el director la había llamado a su despacho para decirle que, si bien admiraba su espíritu emprendedor, no era justo que cobrara una cuota por utilizar la barra de flexiones del gimnasio. Se había metido en un lío. No. Peor aún. La había cagado.

—Bien —dijo—. Devuélvele mi comisión. Dile que lamento mucho haberla decepcionado.

—De acuerdo. —Elizabeth hizo una pausa—. Kelly, ya sostuvimos esta conversación cuando empezaste a trabajar de nuevo. Has de aprender a mantener separada tu vida personal de la profesional.

—Lo siento, Elizabeth —dijo Kelly, entre avergonzada y furiosa—. ¡Pero yo no puedo controlar el tráfico!

—Tendrías que haber pensado en un plan de emergencia...

—Bien, está claro... —Kelly se obligó a callar. Respiró hondo—. Lo siento —repitió. Y era verdad, pero no por los motivos que Elizabeth debía creer. Lo sentía por Oliver, lamentaba haberle obligado a estar siquiera un minuto en una habitación llena de zorras que eran incapaces de comprender y de ser amables—. Envíale mi dinero.

—Bien —dijo Elizabeth. Su voz era un poco más cálida—. Vamos a intentar olvidar esto. Ya sabes que eres una de nuestras empleadas más valiosas.

Kelly se apretó los ojos con los nudillos para no llorar.

—Lo siento —repitió—. Te llamaré por la mañana.

Colgó. Apretó la mejilla contra el vinilo negro agrietado del asiento y lloró durante las dieciséis manzanas que tardó en llegar a casa.

BECKY

La guerra empezó del modo más inocente, con un paquete en el buzón dirigido, con la letra de Mimi, a A. RABINOWITZ. Su suegra aún no había renunciado a la idea de que su nieta tendría que haberse llamado Anna Rabinowitz. *Igual la mataría escribir Rothstein*, pensó Becky, con el paquete bajo el brazo. Lo tiró sobre la encimera de la cocina y se olvidó de él durante dos días. Cuando por fin lo abrió, no estuvo segura de lo que estaba viendo cuando algo satinado salió de la caja. Algo hecho de diamantes rojos y verdes, con el nombre de Ava bordado.

—¿Es lo que yo creo? —preguntó a Andrew mientras sostenía el objeto ofensivo entre dos dedos.

Él miró un momento.

—Es un calcetín de Navidad —dijo.

—Andrew —su marido levantó la vista de la taza de café—, tal vez te sorprenda, pero resulta que somos judíos.

—Sí, bien, pero... —Se encogió de hombros y tomó otro sorbo—. A Mimi le gusta la Navidad. Y ahora que está en la ciudad, supongo que quiere celebrarla con nosotros.

—¿Qué quiere decir que a Mimi le gusta la Navidad? ¿Es algo así como *A Debbie le gusta Dallas?**

Becky dio la vuelta a la caja y lanzó un gruñido cuando un babero con la inscripción ¡LA PRIMERA NAVIDAD DE LA NENA! cayó al suelo.

Andrew se sirvió más café.

—Se habrá dicho que sólo porque somos judíos no es motivo suficiente para que nos quedemos sin Navidad.

* Famosa película porno de 1978. *(N. del T.)*

—Nosotros no creemos en Jesús. Es un motivo muy bueno.

—Cariño, por favor, no discutamos.

Dobló el calcetín y lo guardó en la caja.

—¿Así que tú tenías árbol de Navidad?

Andrew asintió.

—¿Y colgabas calcetines?

Otro cabeceo.

—¿Cantabas villancicos?

—De vez en cuando. —Añadió leche al café—. Ella pensaba que la Navidad era más una fiesta laica nacional que un acontecimiento religioso.

—Pero... —la mente de Becky daba vueltas— ahora se cree que Ava va a celebrar la Navidad.

Andrew se encogió de hombros, mientras se removía en el asiento.

—Nunca he hablado de esto con ella.

—Pues creo que deberíamos hacerlo. El veinticinco ni siquiera vamos a estar aquí. ¿Te acuerdas? Tenemos billetes para ir a ver a mi madre.

—Se lo diré —contestó Andrew—. No pasa nada. De veras. La llamaré mañana por la noche.

Pero a primera hora de la mañana siguiente, alguien llamó a la puerta y aparecieron dos metros de abeto en la escalinata.

—Gracias, pero no necesitamos un árbol —dijo Becky al hombre menudo con vaqueros y chaqueta de los Eagles, casi oculto por las ramas.

—Repartidor —gruñó, y sacudió el árbol. Agujas de pino cayeron alrededor de sus pies—. Ya está pagado. Firme aquí, por favor.

—Déjelo en el bordillo —dijo Becky después de firmar.

—¿Lo dice en serio? —preguntó el hombre.

—Si quiere, se lo puede quedar.

El hombre miró a Becky, después al árbol, meneó la cabeza, escupió en la acera y dejó el abeto apoyado contra la escalera.

—Feliz Navidad —dijo.

—Feliz *Hanukah* —replicó Becky, y cerró la puerta mientras se juraba que Andrew y ella iban a tener una discusión a fondo sobre el verdadero significado de la Navidad en relación con la familia Rothstein-Rabinowitz en cuanto volviera del trabajo.

Veinte minutos después, el teléfono sonó.

—¡Ah, estás en casa! —gorjeó Mimi—. ¿Ha llegado el árbol?

Becky se enderezó, tensó los músculos y se preparó para la inevitable pelea.

—Sí, Mimi. A propósito de ese árbol...

—¿No es maravilloso? —preguntó su suegra—. ¡Me encanta el olor de los abetos!

—Escucha, Mimi, sobre ese árbol... Nosotros no somos cristianos.

—¡Eso ya lo sé, tonta! —rió Mimi.

—Así que... —Becky empezó a experimentar la sensación de haber caído en el País de las Maravillas, donde todo estaba al revés y hasta los hechos más simples y evidentes del mundo exigían una explicación— no vamos a celebrar la Navidad. Ni siquiera estaremos aquí por Navidad. Nos vamos a Florida. Así que no queremos el árbol.

Cuando volvió a hablar, la voz de Mimi era tan fría como el aire de diciembre.

—¿No vais a celebrar la Navidad? —inquirió.

La mano de Becky se había cerrado sobre el teléfono.

—Andrew y yo hemos hablado del asunto, y eso es lo que creemos ambos. Por supuesto, puedes hacer lo que quieras en casa con Ava, pero aquí no se celebrará la Navidad. Lo siento.

—¿Estás prohibiendo la primera Navidad de mi nieta? —preguntó Mimi con voz rasposa.

Que Dios me ayude, pensó Becky.

—No, claro que no. Como ya te he dicho, en tu casa puedes hacer lo que quieras, pero...

—¿Y la cena de Navidad? ¿Quién se va a encargar del jamón?

Jamón. Jamón. ¿Andrew había hablado de un jamón?

—He hecho planes —soltó Mimi—. Ya he invitado a mis parientes. ¿Cómo podré ir con la cabeza bien alta si tú no apareces? Ya es bastante horrible que ni siquiera pusieras Anna a tu hija, un nombre hermoso, un nombre clásico, el nombre de mi madre, por si lo habías olvidado...

Becky se mordió el labio. Otra vez el mismo rollo.

—¡Encima prohíbes la primera Navidad de mi nieta! Tengo todas las recetas elegidas, he puesto los regalos de mi nieta debajo del árbol y tú... tú... ¡Aguafiestas!

Becky notó que se avecinaba un ataque de risa.

—Venga, Mimi, no perdamos los estribos.

—¡Has de celebrar la Navidad!

—¡No he de hacer nada, salvo ser negra y morir! —replicó Becky.

Mimi se quedó sin habla. Durante diez segundos seguidos.

—¿Qué me has dicho? —chilló.

—¿Quién te ha dado el derecho a decirnos lo que debemos hacer? —preguntó Becky—. ¿Te llamo yo para decirte quién voy a llevar a tu casa, qué fiestas hay que celebrar y qué hay que cocinar?

—¡No me hables así! ¡Estás perdiendo los papeles!

—¿Que estoy perdiendo los papeles? —preguntó Becky. Se le habían pasado las ganas de reír. Había perdido hasta el último ápice de paciencia—. Ésta es nuestra casa, y Andrew y yo tenemos todo el derecho a decidir lo que hacemos aquí. Podemos dar a nuestra hija el nombre que nos dé la gana, podemos celebrar lo que nos dé la gana, podemos invitar a quien nos dé la gana.

—Apuesto a que todo esto es idea de tu madre —replicó Mimi—. Apuesto a que tu madre es la que ha querido prohibir la Navidad de Ava. ¡Siempre se sale con la suya, y a mí que me den morcilla! ¡Nunca me salgo con la mía! ¡No es justo!

Becky respiró hondo, decidida a no morder el anzuelo ni a citar más diálogos de películas con su suegra.

—Si quieres celebrar la Navidad, allá tú. Lo que Andrew y yo hagamos en casa con nuestra hija es asunto nuestro.

Mimi habló con voz fría como el hielo.

—Si insistes en ir a ver a tu madre, nunca volveré a pisar tu casa.

Aleluya, pensó Becky.

—Bien, siento que pienses así —dijo con calma—, pero Andrew y yo ya hemos hablado de esto. Y nuestra decisión es definitiva.

—Tú... Tú...

Se oyó un chillido inarticulado de indignación. Después el tono de marcar. Mimi le había colgado.

Becky contempló el teléfono. No recordaba que alguien le hubiera colgado desde que iba a sexto, cuando Lisa Yoseloff y ella se habían peleado por el turno de sentarse en el autobús detrás de Robbie Marx. Cerró los puños y miró a Ava, que estaba sentada en el suelo de la cocina, haciendo entrechocar muy contenta sus tazas medidoras de plástico.

—Odio decirlo, pero tu abuela está loca.

—*¿Ega?*

—Si *ega* quiere decir loca en el lenguaje de los bebés, sí. Pero no te preocupes. —Descolgó el teléfono—. Vamos a llamar a papá para solucionar esto de una vez por todas.

—¿Podemos cambiar los billetes? —preguntó Andrew.

Becky apretó el teléfono contra el oído. Debía de haber entendido mal. Le había contado toda la historia, desde la entrega del abeto hasta las amenazas de Mimi, ¿y ésta era la reacción?

—Andrew, tu madre me ha llamado aguafiestas, me ha colgado el teléfono y, por lo visto, alimenta una especie de fantasía psicótica en la que yo le preparo el jamón de Navidad. Está muy mal. Creo que marcharnos de la ciudad es lo mejor que podemos hacer.

Le oyó suspirar.

—Mimi acaba de llamarme. Está muy disgustada.

Otro suspiro.

—Sí, me imaginé que lo haría cuando me colgó. Escucha, Andrew, le ha dado una rabieta.

—Podría decirse así —admitió Andrew.

—¿Sabes lo que hay que hacer cuando un niño tiene una rabieta? No darle lo que quiere. Te vas. Le dices que ha de calmarse y que no hablarás con él hasta que lo haga.

—Creo que sería más fácil si...

—Le concediéramos lo que quiere. Lo sé. Pero piensa un poco. Siempre le damos lo que quiere, y nunca se queda contenta. A la larga no. Ni siquiera a corto plazo. No podemos hacer lo mismo una y otra vez, seguirle siempre la corriente y aguantar sus rabietas una y otra vez. No funciona. ¿Es que no lo entiendes?

Hubo una pausa.

—Becky... —empezó Andrew.

Es mi madre, concluyó Becky en su mente. El corazón le dio un vuelco. ¿Por qué no lo había visto venir? Su marido, el maravilloso, guapo y sexy Andrew, era un niño de mamá de primera categoría. Ni siquiera estaba casado con ella. Estaba casado con Mimi. Para él, lo primero eran los deseos de su madre, cuyos berrinches conseguían que todo el mundo le siguiera la corriente. Becky era una simple comparsa.

—¿Por qué no llamamos para ver si podemos marcharnos el día después de Navidad, en lugar del día de antes? —preguntó Andrew—. No es tan difícil. Pasaríamos toda la semana con tu madre y podríamos concederle a Mimi su día, su celebración de Navidad.

Becky meneó la cabeza.

—No —dijo. Su voz era serena pero firme. No iba a ceder. No iba a gritar, ni proferir amenazas, ni colgar el teléfono. Pero no iba a cambiar de idea—. No.

—¿No quieres hacerlo? —preguntó Andrew—. ¿Concederle un día?

—No es un día. Es una cuestión de principios. Hemos de plantarnos en algún momento, de lo contrario nos pasaremos el resto de nuestra vida con Mimi al timón.

La voz de Andrew expresó cierta indignación.

—No es eso.

Becky pensó en todos los ejemplos que podía proponerle, las docenas de maneras casi imperceptibles que Mimi utilizaba para manipularles y minarles. El *muffin* de arándanos que había embutido en la boca de Ava, el lazo que había pegado con maicena en su cabeza, las multas de aparcamiento que había metido en su buzón; el que no hubiera ni una sola foto de Becky y Ava en su casa, sólo de Mimi y Ava y de Andrew y Ava, como si los dos hubieran fabricado a la niña en un laboratorio, o la hubieran recogido de un árbol; el vestido de novia que Mimi se había puesto en su boda; *The Greatest Love of All.*

—Piensa en Ava —dijo—. ¿Qué crees que le está enseñando esta situación? ¿Que la que chilla más fuerte, insulta y cuelga el teléfono a la gente consigue lo que quiere? ¿Que está bien decir a tus hijos cómo han de vivir? ¿No dejarles decidir nunca por sí mismos? ¿No dejarles ser adultos nunca?

—Mimi ya no es joven —dijo Andrew—. No es joven, y está sola. Yo soy el único hijo que tiene.

—Y te entregas a ella —dijo Becky—. Es tu madre. Tú eres su hijo. Lo entiendo. Pero yo soy tu mujer. Ava es tu hija. Deberíamos estar primero, ¿no crees? Al menos, alguna vez.

Siguió una pausa.

—¿De veras le dijiste que sólo te faltaba ser negra y morir? —preguntó Andrew.

Becky retorció un rizo alrededor de un dedo.

—Se me escapó. Lo siento.

Oyó su suspiro como si estuviera en la habitación con ella.

—Hablaré con ella —dijo en voz baja, como si hablara consigo mismo—. Todo saldrá bien.

Andrew no llegó hasta las diez de la noche, y cuando atravesó la puerta, tenía el rostro ceniciento y los ojos enrojecidos. Becky levantó la vista del suelo, donde estaba jugando con Ava. La había mantenido despierta hasta bastante más tarde de lo habitual para que su padre pudiera verla.

—Imagino que la conversación con Mimi no ha ido bien.

Andrew meneó la cabeza.

—Ha dicho que nunca le dijimos que nos íbamos a Florida.

Becky pensó que iba a perder la calma.

—¿Hemos de pedirle permiso antes de ir a algún sitio? Consultaré la *ketubah**, pero estoy muy segura de que no dice nada acerca de necesitar el permiso de mi suegra para irme de vacaciones.

—Y está decepcionada por no poder pasar la Navidad con su nieta.

—Bien, el médico eres tú, pero no creo que nadie se muera de decepción —dijo Becky, al tiempo que sacaba un bloque de madera de la boca de Ava, que estaba masticando con el único diente que le había salido la semana anterior—. Tranquila, Colmillos —le dijo.

—¡*Kiii!* —dijo Ava, y osciló de costado en busca de otra presa.

—¿Te mantuviste firme? —preguntó Becky.

Andrew asintió.

—Se puso a llorar.

—Lo siento, pero lo superará, ¿verdad?

Él se derrumbó en una butaca. Levantó un bloque de Ava y empezó a darle vueltas.

—No estoy seguro.

—Venga ya. Esto no va a matarla. Ha de aprender a pactar. Ahora estás casado. No puede tenerte a todas horas, obediente a todos sus caprichos. Como ya le dije, en su casa puede hacer lo que le dé la gana en cuestión de vacaciones, religión o lo que sea. Pero no puede decirnos lo que hemos de hacer nosotros en la nuestra.

Andrew sepultó la cara entre las manos. Becky se levantó y pasó los brazos alrededor de sus hombros.

—Vamos a superar esto. Y después nos iremos a Florida. ¡Sol y diversión! ¡Arena y surf! Le pondremos a Ava su bañador y dejaremos que flote donde no sea hondo. ¿Verdad, Ava?

—¡*Ish!* —dijo la niña, y se metió otro bloque en la boca.

* Contrato matrimonial de los judíos. *(N. del T.)*

—¿Qué te he dicho acerca de meterte madera en la boca, ami-ga mía? —preguntó Becky. Sustituyó el bloque por un mordedor y besó la oreja de Andrew—. Todo saldrá bien —dijo—. Encontrará a alguien que le prepare el jamón, algún día volverá a casarse, y cuando regresemos de Florida, se habrá olvidado de todo esto.

Andrew la miró con semblante sombrío.

—Espero que tengas razón.

AYINDE

—Siento llegar tarde —dijo la doctora Meléndez, mientras entraba a toda prisa en la sala de reconocimientos. Se detuvo al borde de la mesa y sonrió a Julian, quien le dedicó a su vez otra sonrisa—. Oh, qué angelito.

Ayinde notó que su cuerpo se relajaba, y sonrió a su hijo. Su matrimonio era un desastre, pero al menos, como madre, estaba triunfando. Bien, más o menos.

—Se saltó la visita de los seis meses, ¿eh? —dijo la doctora. Ayinde contempló sus botas forradas de piel.

—Estábamos ocupados —contestó. La doctora Meléndez se limitó a asentir. ¿Era posible que no supiera lo que había ocurrido en la vida de Ayinde y Julian, o sólo era cortés?—. Lo siento mucho. Es probable que nos hayamos retrasado con las vacunas.

—No pasa nada —dijo la doctora, mientras examinaba los oídos de Julian—. Pero no quiero que se convierta en una costumbre. Dígame cómo ha ido todo. —Recorrió con destreza el cuerpo de Julian, mientras dos estudiantes la observaban. Movió sus pies, apretó sus rodillas hasta que se tocaron y después las separó—. ¿Ya camina?

—No gatea, pero se sienta bien y coge cosas. Farfulla mucho, e intenta subirse al sofá.

Ayinde calló, falta de aliento.

—Suena bien —dijo la doctora, mientras introducía el estetoscopio en sus oídos. Escuchó, echó un vistazo al historial de Julian, aplicó el aparato al pecho del niño y frunció el ceño—. Mmm.

Ayinde se quedó sin respiración.

—¿Va todo bien?

La doctora Meléndez alzó un dedo para pedir que callara. Ayinde vio que el segundero daba la vuelta al reloj. Diez segundos, quince, veinte. Cerró los ojos.

—¿Va todo bien? —repitió.

La doctora Meléndez se quitó el estetoscopio y volvió a mirar el historial del niño.

—¿Alguna vez le cuesta respirar a Julian? ¿Ha observado si respira con rapidez?

—No —dijo Ayinde, al tiempo que negaba con la cabeza—. No, nunca.

—¿Alguien le ha dicho que Julian tiene un soplo en el corazón?

Ayinde se derrumbó sobre el taburete con ruedas que había junto a la mesa de observación.

—No —dijo—. No. Todo era perfecto. Nació unas semanas antes de lo previsto, pero aparte de eso todo estaba bien.

—Bueno, tiene un pequeño soplo, y me gustaría que un cardiólogo lo escuchara y le echara un vistazo.

Ayinde se inclinó y levantó a Julian, que sólo llevaba el pañal, en brazos.

—¿Qué pasa? —preguntó. Había alzado la voz y su corazón martilleaba contra las costillas—. ¿Es grave un soplo en el corazón?

—Casi nunca —contestó la doctora Meléndez, y se agachó para que sus ojos estuvieran a la altura de los de Ayinde—. El murmullo en sí no nos dice gran cosa. Los soplos en el corazón son muy frecuentes, y son síntomas de problemas que se corrigen por sí solos con el tiempo. Julian está sano y fuerte, como ha dicho usted, de modo que no puede haber problemas durante su crecimiento.

Ayinde se descubrió asintiendo repetidamente. Julian se había mantenido en el noventa y cinco por ciento de estatura y el ochenta por ciento de peso respecto de la media desde que nació. *Mi hombretón*, le llamaba Richard, cuando todavía se hablaban.

—Existen bastantes posibilidades de que padezca una afección que controlemos durante su crecimiento. Quizá necesite medicación.

—¿Y si no puden controlarlo con medicación?

—Bien, existen las opciones quirúrgicas —dijo la doctora Meléndez—, pero no nos precipitemos. Lo primero es descubrir qué tenemos entre manos. —Acercó su recetario y empezó a escribir—. Quiero que vea al doctor Myerson, un colega.

Ayinde se sentía mareada. Abrazó con más fuerza a Julian.

—¿Tenemos a pedir hora?

—Sí —contestó la doctora Meléndez, al tiempo que le entregaba una hoja con un nombre, un número de teléfono y una dirección—. Es probable que les reciba la semana que viene. Quiero que vigile a Julian. Si observa que le cuesta respirar, si jadea, si se le ponen morados los labios, quiero que nos llame de inmediato y le lleve al servicio de urgencias más próximo. De todas formas, no creo que eso vaya a suceder —continuó, apoyando la mano sobre el brazo de Ayinde—. Si hubiera algún problema grave, ya habría pasado algo a estas alturas. Lo más probable es que todo vaya bien. Sólo quiero asegurarme.

Ayinde asintió y le dio las gracias. Vistió a Julian y le acomodó en el cochecito. Guardó la hoja en el bolsillo y caminó hasta el aparcamiento, donde aseguró a Julian en su asiento, se derrumbó detrás del volante y llamó a Becky.

—¿Tu marido conoce a algún cardiólogo pediatra?

—¿Qué pasa? —preguntó Becky al instante.

—Julian tiene un soplo en el corazón.

—Oh. Oh. Bien, que no cunda el pánico. Muchos niños tienen ese problema.

—Lo sé, pero hemos de ver al doctor Myerson, y es posible que no tenga hora hasta la semana que viene, y Richard está de viaje, tienen partidos, y no creo que pueda esperar tanto.

—Ayinde —dijo Becky—, el niño no va a autodestruirse, pero le preguntaré a Andrew si puede pedir un favor.

—Gracias —dijo ella.

Contempló el teléfono durante un largo momento, y sus pensamientos derivaron hacia la mujer de Phoenix. Le habían prohibido que viera la televisión, le habían prohibido que leyera revistas («La ignorancia es una bendición —le había dicho Christina Crossley—. «Créeme, he vivido esto suficientes veces para saber que, cuanto menos sepas, mejor para ti»), pero Ayinde había visto el rostro de la otra mujer mirándola desde una docena de quioscos, y en una ocasión había comprado un ejemplar del *National Enquirer* y lo había leído en el coche mientras Julian dormitaba en su asiento. La chica se llamaba Tiffany, y no era más que una bailarina ocasional, que había abandonado la universidad antes de graduarse, hasta que el afecto de Richard Towne la había elevado a la condición de objeto de escrutinio nacional. El corazón del hijo de Tiffany estaría sano.

Ayinde hundió las manos temblorosas en los bolsillos deseando calmarse. Richard estaba en Boston, pensó. En los últimos tiempos, no sabía muy bien dónde estaba ni contra quién jugaba. Marcó el número que no había utilizado desde que había estado en el hospital, nueve meses antes. *Será mejor que esta vez conteste*, pensó, y experimentó un gran alivio cuando descolgaron el teléfono al primer timbrazo.

—¿Sí?

No era Richard. Era Christina Crossley, quien controlaba los móviles de la familia.

—Soy Ayinde, Christina. Estoy en la clínica con Julian. He de hablar con Richard cuanto antes.

—¿Por qué? ¿Algo va mal?

Ayinde casi oyó la mente de la otra mujer en pleno funcionamiento, analizando posibles problemas, su eventual impacto en la campaña que estaba llevando a cabo para salvar la imagen de Richard y, por extensión, sus negocios.

—Tengo que hablar con Richard —repitió Ayinde—. Ahora mismo.

—Voy a localizarle —dijo Christina Crossley. Segundos después, Richard se puso al teléfono.

—Ayinde, ¿qué ocurre?

—Has de volver a casa —consiguió articular—. Algo le pasa al niño.

—No lo entiendo —dijo Ayinde al doctor Myerson, mientras éste medía y pesaba a Julian.

Andrew había pulsado algunas teclas y conseguido que les visitaran al día siguiente por la mañana. Richard había volado desde Boston, y se había pasado casi toda la noche mirando a Julian, acostado pacíficamente en la cama entre ellos. Habían escuchado su respiración, examinado sus labios para comprobar que no estaban azules, hasta que, a las dos de la mañana, Richard había rodeado a Ayinde con una manta.

—Duerme —dijo—. Yo me encargo de esto.

Era la primera vez que compartía una cama con su marido desde hacía meses.

—Estaba bien cuando nació, ha estado bien desde entonces, come bien, ha cumplido todos los objetivos de su desarrollo...

Buscó el diario de *¡Bebés exitosos!* que había seguido con tanta meticulosidad, un resumen diario de su alimentación, qué había comido, pañales mojados, pañales sucios, hora y duración de las siestas.

—A veces estas afecciones no se presentan enseguida —dijo el doctor Myerson, un hombre cincuentón, calvo, con zapatos negros relucientes y dedos morcilludos, que Ayinde no deseaba ver cerca del corazón de su hijo, aunque Andrew le hubiera asegurado que era el mejor. Mejor o no, carecía de la ternura de la doctora Meléndez. Ayinde rezó para que eso significara que era un buen profesional.

—Muchos médicos son arrogantes —le había dicho una vez Becky.

—¿Y Andrew? —le había preguntado Ayinde. Su amiga se había encogido de hombros y le había contestado que confiaba en que su marido fuera una de las raras excepciones.

El doctor Myerson auscultó el corazón de Julian durante veinte segundos, y luego se quitó el estetoscopio, devolvió el niño a su madre y se volvió hacia Ayinde y Richard. Éste tomó la mano de su mujer, y por primera vez desde la tarde de la señorita Phoenix, ella le permitió que lo hiciera.

—Muy bien —dijo el médico. Tenía la voz aguda y rasposa. Recordaba la de un dibujo animado—. A juzgar por la auscultación, yo diría que Julian tiene un defecto septal ventricular: un hueco entre los lados derecho e izquierdo de su corazón.

El mundo osciló ante los ojos de Ayinde.

—¿Qué significa eso? —preguntó.

—¿Por qué nadie se dio cuenta antes? —preguntó Richard—. Le han hecho controles cada mes, ¿verdad?

—Cada mes durante los tres primeros meses, y después cada tres meses —dijo Ayinde, sin confesar que habían retrasado la visita del sexto mes—. Estaba perfecto.

—Como ya he dicho, estos defectos no siempre aparecen al nacer. Ahora, para responder a su pregunta, señora Towne, voy a enseñarle algo. —Cogió un corazón azul y rojo de plástico. *Qué pequeño*, pensó Ayinde—. El corazón tiene cuatro cámaras, las aurículas derecha e izquierda, y los ventrículos derecho e izquierdo. Por lo general, los atrios derecho e izquierdo están separados por el tabique interauricular, y... —señaló— los ventrículos derecho e izquierdo están separados por el tabique interventricular.

—Y Julian tiene un hueco...

Ayinde aferró con más fuerza al niño, y pensó, como lo había hecho toda la noche, que parecía perfectamente sano. Alto y de extremidades largas, de ojos castaño claro y la suave piel morena de su padre. Ni un resfriado. Y ahora esto.

El doctor volvió a señalar.

—Aquí. Entre los dos ventrículos. No es un defecto raro.

—¿Puede saberlo sólo con auscultarlo? —preguntó Richard.

El médico asintió.

—¿Le...? —Ayinde se quedó sin aliento—. ¿Le duele?

El médico negó con la cabeza.

—No sufre nada.

—¿Cómo se soluciona? —preguntó Richard—. ¿Habrá que operarle?

—Es demasiado pronto para decirlo —contestó el médico—.

Cabe la posibilidad de que sea suficiente con hacer un seguimiento, y de que se cierre por sí mismo sin más dificultades.

Richard carraspeó.

—¿Podrá correr? ¿Hacer deporte?

Ayinde miró a su marido con incredulidad, Richard apretó su mano con más fuerza.

—Sólo quiero saber si su desarrollo será normal —explicó.

El doctor Myerson estaba escribiendo algo en una hoja de papel.

—Lo importante es que el niño se encuentra bien y el hueco se puede cerrar por sí solo. Como ya he dicho, este tipo de problema no es raro, y todos vamos a vigilarlo. Auscultaremos su corazón cada semana, para empezar, y después, si continúa asintomático, lo haremos con menos frecuencia. Tendrá que tomar antibióticos antes de ir al dentista, y eso será todo. Gozará de una vida larga y feliz. Por supuesto, existen otras posibilidades, pero antes de hablar de ellas, me gustaría llevar a cabo más pruebas.

Ayinde inclinó la cabeza.

—¿Por qué ha pasado esto? —preguntó.

—Ojalá la medicina tuviera una respuesta a su pregunta, pero no es así. —La voz rasposa del médico adoptó un tono más amable—. Es un defecto de nacimiento común. Uno de cada cien bebés tiene problemas de corazón. A veces se debe a una nutrición deficiente o a escasos cuidados prenatales, madres que toman drogas durante el embarazo...

Miró a Ayinde.

Ella negó con la cabeza antes de contestar.

—Nada. Puede que haya tomado una o dos copas de vino antes de saber..., antes de estar segura..., pero...

—No se eche la culpa —dijo el médico—. A ningún padre le gusta oír que su hijo está enfermo, pero son —Se encogió de hombros—. Son cosas que pasan.

Ayinde se puso a llorar. Richard apretó sus manos.

—Todo saldrá bien —dijo.

Ella notó que su corazón martilleaba contra su pecho. El mareo estaba aumentando de intensidad. *Hice algo mal*, pensó, pero ¿qué habría podido ser? ¿Qué habría hecho para perjudicar así a su hijo?

Hizo ademán de encaminarse hacia la puerta.

—He de hacer unas llamadas.

Richard apretó más su mano.

—Ayinde...

—Voy a concederles unos minutos —dijo el doctor Myerson, y desapareció casi antes de acabar de pronunciar las palabras. Ayinde se preguntó por qué habría elegido esta especialización, en la que tenía que dar malas noticias a las familias un día sí y otro también, y cómo lo llevaría. ¿Lloraría cuando volvía a casa cada noche?

Miró a su marido.

—Quiero llamar a mis amigas. Quiero que estén conmigo. El marido de Becky es médico, y su amiga, Lia... —Sintió un nudo en la garganta— tenía un hijo...

Se quedó sin palabras. Sostuvo a Julian en su regazo, apretó la cara contra el pecho de su marido y lloró.

Él acunó su cabeza entre las manos.

—Tranquila, Ayinde, tranquila, asustarás al niño. —La estrechó entre sus brazos, meció a la madre y al niño, los apretó contra su amplio pecho—. Se pondrá bien.

—¿Cómo lo sabes? —preguntó ella.

Richard le dirigió una sonrisa.

—Porque Dios no es tan cruel. Ya has sufrido bastante.

Se preguntó qué diría Lia al respecto. Dios, a veces, era cruel.

—Voy a hacer algo por ti —dijo Richard—. Voy a cuidar de ti. Sé que últimamente no lo he hecho muy bien, pero quiero compensarte, Ayinde. Si me dejas.

Ella se descubrió asintiendo.

—Quédate con el niño. —Extendió la mano hacia el móvil de Ayinde—. Deja que llame a tus amigas.

Ella asintió de nuevo y se secó los ojos.

—Se llaman...

—Becky —dijo Richard—. Y Kelly... Es la pequeñita, ¿verdad? Su marido no trabaja. ¿Cuál es la otra?

—Lia —dijo Ayinde. Se sentía aturdida y estupefacta a la vez. ¿Cómo era posible que Richard supiera el nombre de sus amigas? Sólo había visto a Becky y a Kelly una vez, en el hospital, en la confusión posterior al nacimiento de Julian, y no conocía a Lia—. Becky sabrá cómo ponerse en contacto con ella.

Richard hizo una pausa.

—¿Quieres que llame a tu madre?

Ayinde meneó la cabeza. Lolo pensaba que su hija se había complicado la vida, que se había casado con el hombre equivocado, y que esa unión sólo engendraría tristeza, y no pensaba proporcionarle más munición o pruebas para demostrar que estaba en lo cierto.

—Vuelvo enseguida. Toma.

Cogió un vaso de papel, giró el grifo y se lo dio a Ayinde. Después salió por la puerta, un hombre alto de hombros anchos que se movía con la agilidad de un atleta, que atraía las miradas de las enfermeras, de otras madres preocupadas, incluso de otros niños. Ayinde depositó a Julian sobre la mesa y poco a poco, con cuidado, empezó a vestirlo.

—Hola, Ayinde.

Becky había debido ir directamente desde Mas a casa de Ayinde. Cargaba con dos bolsas de plástico y vestía pantalones a cuadros negros y blancos y una camiseta de manga larga. Llevaba el pelo recogido y tenía puesto un delantal a rayas verdes. *Cilantro*, pensó Ayinde. Kelly venía detrás de ella, con vaqueros y una sudadera con capucha, el pelo lacio le caía sobre los hombros y tenía ojeras. Llevaba a Oliver en brazos. La última que entró en la cocina fue Lia, vestida con pantalones negros a medida y un jersey negro. Se había teñido el pelo desde la última vez que Ayinde la había visto. Las raíces oscuras y las puntas rubias habían sido sustituidas por una melena castaña que caía en ondas.

Ése es el aspecto que debía tener, pensó Ayinde un momento, *en la vida real. Antes de...*

—He traído cena —dijo Becky, y dejó las aromáticas bolsas encima de la encimera—. ¿Cómo va todo?

—Aún no lo saben. El electrocardiograma y las radiografías no fueron concluyentes —recitó Ayinde—. Mañana por la mañana le hacen algo llamado ecocardiograma transeofágico. —Richard dijo que le habían explicado lo básico: Julian tiene un agujero en el corazón y los médicos van a realizarle más pruebas. Un agujero en el corazón. Casi era poético. Durante varias semanas había ido por el mundo con la sensación de que alguien le había roto el suyo—. Es una prueba ambulatoria, pero la hacen con anestesia general, y el médico tenía una operación a primera hora de esta mañana. ¿Dónde está Ava?

—En la guardería —contestó Becky, mientras empezaba a sacar la comida de las bolsas que había llevado. Abrió unas cajas de espuma de poliestireno y dispuso servilletas y cubiertos—. ¿Dónde está Julian?

—En su habitación. Con su padre. Siento haberte sacado del trabajo...

—No seas tonta —dijo Becky—. Aunque puede que tengas que pedirle disculpas a Sarah. Creo que casi se desmayó cuando Richard telefoneó. Fue como si Dios llamara para saber si podían reservarle una mesa a las siete y media. —Pasó a Ayinde una bandeja llena de cerdo guisado, judías negras y arroz al azafrán. Ella lo rechazó.

—No puedo comer nada. No puedo comer, no puedo dormir... Sólo pienso que si algo ocurre, si deja de respirar...

Hundió la cara en las manos.

—Oh, cariño —dijo Becky. Kelly se cubrió los ojos con las manos. Fue Lia quien se sentó al lado de Ayinde, quien buscó sus manos. Quien guardó silencio y la dejó llorar.

—Hola, hombrecito —dijo Richard.

Estaba sentado en una mecedora de la sala de espera del hospital, con las largas piernas encogidas de manera incómoda y tenía a Julian sentado en su regazo. Ayinde contuvo el aliento y se detuvo en el pasillo. Había ido al baño para mojarse la cara.

—Así que vas a dormir un ratito —dijo Richard. Julian parecía otra vez un diminuto recién nacido, acomodado en el hueco del brazo de su padre—. Y cuando despiertes, puede que te duela la garganta un poco, y después sabremos qué te pasa en el corazón. —Dio unos golpecitos en el pecho del niño con un grueso dedo—. Lo más seguro es que no te pase nada. Tendrás que tomártelo con calma una temporada. Pasar a la lista de inactivos. O puede que debas someterte a una pequeña intervención para curarte. Pero pase lo que pase, te sentirás bien. Tu mamá te quiere mucho, y tu papá también. Todo saldrá bien, hombrecito. Todo saldrá bien. —Tomó al niño en brazos y lo meció—. No te preocupes —dijo. Ayinde reparó en que estaba llorando—. No has de jugar a baloncesto. No has de hacer nada, sólo tienes que ponerte bien. Vamos a quererte, pase lo que pase.

Ella carraspeó. Su marido la miró.

—Hola, nena —dijo, y se secó los ojos.

—Ahora lo cogeré yo —dijo. Extendió los brazos.

—Déjame tenerlo un poco más, ¿de acuerdo? —pidió Richard.

—De acuerdo —dijo. Esta vez, fue ella quien buscó su mano—. De acuerdo.

La enfermera fue a buscar a Julian a las nueve en punto.

—Tardaremos una media hora —dijo, y le tomó en brazos. Ayinde pensó que el niño se pondría a llorar, pero Julian paseó la vista a su alrededor y después abrió y cerró la mano en su versión infantil de decir adiós—. Procuren no preocuparse.

Ayinde paseó por los pasillos pintados de beige. Experimentó la sensación de haber memorizado cada curva de la alfombra, el nombre de cada puerta. A veces Richard caminaba a su lado, sin tocarla, sin decir nada, pero lo bastante cerca para que ella pudiera sentir el calor de su cuerpo. Después se sentó, y sus amigas la rodeaban. Becky y Kelly a un lado, Lia al otro. Becky guardaba silencio. Kelly susurraba.

—Dios te salve María, llena eres de gracia, el Señor es contigo. Bendita tú seas entre todas las mujeres, y bendito sea el fruto de tu vientre, Jesús. Santa María, Madre de Dios, ruega por nosotros pecadores ahora y en la hora de nuestra muerte, amén. Dios te salve, María, llena eres de gracia...

Ayinde rezaba su oración particular, compuesta de dos palabras. *Por favor. Por favor, por favor, por favor, por favor, por favor*, pensaba mientras recorría el pasillo de un extremo al otro. Lo soportaría todo, un marido infiel, una madre desdeñosa, la humillación pública. Lo aguantaría todo con tal de que su hijo se salvara.

—Por favor —dijo en voz alta.

¿Qué haría si perdía a su hijo? Acabaría como Lia. Huiría como un perro apaleado, intentaría encontrar un lugar donde se sintiera mejor, un lugar donde se sintiera como en casa. Pero Filadelfia era su casa ahora, pensó, cuando dio la vuelta al final del pasillo y regresó sobre sus pasos. Tenía una vida aquí, por complicado que fuera el presente. Había dado a luz en este hospital, había paseado con el niño por las calles, se había sentado con él a la sombra del sauce llorón del parque. Sus amigas vivían aquí, y los hijos de sus amigas también, y Julian crecería con ellos. Si llegaba a crecer. *Por favor*, rezó, y caminó con la cabeza gacha, sin apenas reparar en que Lia había tomado su mano. *Por favor, por favor, por favor...*

Oyó a Richard antes de verle, el familiar sonido de sus pasos cuando se acercó por el estrecho corredor. Alzó la vista de la alfombra y vio a su marido en acción: estaba corriendo, como le había visto un millar de veces en canchas de baloncesto de todo el mundo. Richard robando un rebote, entrando a canasta, volando por el aire como si pudiera flotar, saltando más alto que nadie, enviando con precisión la pelota a las manos de un compañero mientras la multitud prorrumpía en exclamaciones de asombro.

—Nena.

Se volvió y descubrió que era incapaz de moverse y de respirar.

—Todo ha ido bien —dijo Richard. Estaba sonriendo. Y de pronto se encontró en sus brazos, abrazándolo—. Hay un agujero, pero es pequeño. Se cerrará solo. Únicamente hemos de vigilarle, pero se pondrá bien.

—Bien —repitió ella.

Notó que le fallaban las rodillas, pero esta vez, Richard la sostuvo antes de que sus hombros golpearan la pared beige.

—Tranquila, cielo —susurró, y la besó en la mejilla. Después la guió pasillo abajo por última vez, en dirección a la isla de sofás y mesitas auxiliares, las revistas atrasadas y los padres de caras tensas y temerosas. Sus amigas la estaban esperando, sentadas en un sofá. Becky con sus pantalones negros y blancos de cocinera, Kelly manoseando el rosario entre las manos, Lia de perfil, tan severo y adorable que habría podido ser un cuadro o el grabado de una moneda. La miraron con las caras levantadas como flores, las manos unidas, como hermanas.

—Se pondrá bien.

ENERO

LIA

—Hola —dije, y sonreí cuando me acerqué a la pareja mayor de pelo blanco. Los abuelos habían ido a pasar una feliz velada a la ciudad—. Me llamo Lia, y esta noche les voy a servir. ¿Puedo comentarles nuestros platos especiales?

—Sólo si nos dice cuánto cuestan —dijo la mujer, y entornó los ojos como si hubiera intentado robarle el bolso—. Me disgusta que los camareros te hablen de los platos especiales, pero no te digan el precio. Luego, cuando llega la cuenta, te llevas una sorpresa. Casi siempre desagradable.

Me esforcé por conservar la sonrisa.

—Por supuesto. Esta noche, tenemos ceviche, que es pescado crudo marinado con zumo de lima...

—Sé lo que es el ceviche —dijo la mujer al tiempo que movía el cuchillo de mantequilla—. No me trates con condescendencia, querida.

Vaya. La Abuela Malvada.

—Nuestro ceviche de esta noche es de salmón marinado con lima y naranja, y cuesta doce dólares. También ofrecemos chuleta de ternera con salsa de pimiento rojo, servida con flan de jalapeño, por dieciocho dólares. Nuestro pescado del día, untado con aceite de oliva, sal *kosher* y pimienta, es dorada. —Hice una pausa. La mujer enarcó las cejas—. La dorada es un pez de carne firme, suave...

—Lo sé.

—Lo siento. Se sirve con plátanos verdes, y cuesta veintidós dólares.

—Queremos las empanadas de cerdo —dijo el hombre.

—Espero que no las hagan grasientas —dijo la mujer.

—Bien, están fritas con abundante aceite —contesté.

Sarah pasó a mi lado, sosteniendo en alto una bandeja. La seguí con la mirada y vi al grupo sentado detrás de la mesa a la que estaba atendiendo. Me quedé sin aliento, y retrocedí dos pasos sin pensarlo.

—Perdón —murmuré.

—¡No hemos terminado! —dijo la mujer.

—Vuelvo enseguida —dije, pasé junto a los tortolitos de la mesa ocho y las tres chicas que intercambiaban chismes de la mesa nueve, y huí a la cocina, donde apreté las manos contra la encimera de acero inoxidable y traté de contener el aliento.

—¿Te encuentras bien? —me preguntó Becky mientras corría con un cuenco lleno de huevos batidos.

Asentí y levanté un dedo.

—¿Has visto un fantasma? —preguntó.

Algo por el estilo, pensé.

—Oye —dije a Dash el lavaplatos—, ¿me das un poco de agua?

—¡Claro! —contestó, y me tendió la botella, como deslumbrado—. ¡Toda para ti!

Tomé un largo sorbo. Después vertí un poco en una servilleta y me la apliqué a la nuca. Mi madre me lo hacía los días de verano. *¿No te encuentras mejor?*, preguntaba, con la mano apoyada entre mis hombros.

Me enderecé, volví a remeterme la camisa blanca dentro de los pantalones negros con un adorno rojo en los tobillos (pantalones de torero, había pensado cuando los compré, muy adecuados para trabajar de camarera en Mas), y miré a través de la puerta. No me había equivocado. Era Merrill, de Padres Juntos, la que no había parado de hablar de que la gente de Make-a-Wish se había negado a facilitar una entrevista a su hijo moribundo con una estrella del porno. Estaba con su marido, el hombre que le había dado palmaditas en el hombro de una manera tan poco eficaz. Merrill, su marido y un niño.

Dejé la factura en la mesa de las chicas cotillas y volví con la Abuela Gruñona.

—¡Vaya! —exclamó la vieja—. ¡Mira quién está aquí!

Yo estaba vigilando la mesa de Merrill con el rabillo del ojo. Vi que se inclinaba hacia el niño y sonreía por algo que había dicho.

—Lo siento —dije—. ¿Alguna pregunta sobre la carta?

El hombre negó con la cabeza.

—Yo tomaré gambas a la plancha.

La mujer señaló un entrante.

—¿Tiene costillar de cordero especiado con costra de chile?

—Sí.

—Bien. ¿Podría ser sin el chile?

El niño de Merrill debía tener dos o tres años. Saltó de su trona, y su padre le ayudó a ponerse un abrigo de lana roja.

—Podría preguntarlo —contesté, sabiendo lo que diría Sarah: si quieren carne a palo seco, que vayan a Smith & Wollensky.

—Hazlo por mí, querida —dijo la mujer.

Merrill se levantó, dejó la carpeta de la factura encima de la mesa y guió al niño hasta la puerta. En Padres Juntos, llevaba vaqueros gastados y una sudadera, el uniforme internacional de los desdichados, pensaba a menudo. Pero esta noche iba muy elegante, con el cabello lacio y reluciente, la boca pintada y los ojos con rímel, pantalones negros, blusa blanca, un cinturón de eslabones dorados y zapatillas chinas rojas y doradas. Su aspecto desmentía cualquier pesar. Era como cualquier otra madre joven, que había salido a cenar. Noté que mis rodillas empezaban a ceder, y me agarré al respaldo de la silla de la anciana, para evitar que mis nuevos pantalones de torero y yo acabáramos en el suelo.

—¿Algún problema? —preguntó la mujer.

—Lo siento —dije. Merrill, su hijo y su marido salieron por la puerta, y sin ni siquiera pensarlo, volví corriendo a la cocina.

—¿Puedes cubrirme? —pregunté a Becky.

—¿Cómo?

—Cubrirme —dije, al tiempo que me quitaba el delantal y le entregaba mis pedidos—. Tengo la siete, la ocho y la nueve. Las personas de la siete son despreciables. —Salí corriendo del restaurante y seguí a Merrill y a su familia por la calle—. ¡Eh! —llamé—. ¡Merrill!

La mujer se volvió y me miró.

—Oh, Dios, ¿me he dejado la tarjeta de crédito? Siempre me pasa...

Calló.

—Soy Lisa. De Padres Juntos. —Fuera hacía frío. *Ojalá hubiera cogido el chaquetón azul de mi madre*, pensé—. Siento molestarte, pero es que...

—Cariño. —Su marido la tomó del brazo—. La película empezará enseguida.

—Adelantaos —dijo a su marido, con la vista clavada en mi cara—. Lisa y yo vamos a tomar un café.

—No quiero entretenerte. No quiero estropear tu noche.

—Tranquila —dijo. Expulsaba el aliento en nubecillas plateadas. Abrió la puerta de la cafetería de la calle Diecinueve. La seguí al interior.

—Es que... —Tragué saliva—. El niño. ¿Es...?

—Mi hijo —terminó—. Se llama Jared.

—Y lo tuviste después de...

Ella asintió mientras se sentaba en una de las mesas del fondo.

—Después.

Ambas sabíamos el significado de la palabra.

—¿Cómo? Eso era lo que quería preguntarte. ¿Puedes explicarme cómo?

La mujer asintió, y con aquel gesto me recordó lejanamente a la mujer que había visto en el grupo de duelo, la que no permitía que la consolaran y que aún parecía presa de un gran dolor.

—Pensaba que no querríamos tener más hijos. Que no podríamos. Pensaba que seríamos como una de esas parejas que todo el mundo conoce: perdieron a su hijo, el matrimonio se fue a pique y se separaron. Pero Ted, mi marido, se portó tan bien durante todo lo ocurrido con Daniel que a veces... —Inclinó la cabeza. Su voz apenas era audible—. Llegó un momento en que estuve a punto de considerar una bendición lo sucedido a Daniel, porque permitió que mi marido me demostrara lo mucho que me quería. De una forma capaz de disipar cualquier duda. Sé que suena extraño, pero...

Apreté las manos contra la mesa con el fin de impedir que temblaran. Me estaba acordando de Sam: un vaso pasó de un lado a otro de una barra, un envoltorio de paja deslizado en mi dedo, un vestido de novia sobre la cama de un hotel. *Ahora yo seré tu familia.*

—Ted me preguntó si quería probar de nuevo seis meses después de que Daniel muriera —dijo Merrill—. Yo aún no estaba preparada. Pensé que si tenía otro hijo estaría conteniendo el aliento toda la vida, esperando que la leucemia rematara la faena. Para destrozar a toda mi familia. Para llevarse todo cuanto tenía, en lugar de sólo a Daniel. Pensaba que cada vez que estornudara o se hiciera un rasguño le arrastraría hasta el médico, que no le permitiría ser un chico. Estaba demasiado asustada.

—¿Y fue así?

—Un poco. Sobre todo al principio. Creo que las madres como nosotras, las que hemos perdido a un hijo, siempre tenemos el miedo en el cuerpo. Pero crecen, nos guste o no, y pese a nuestros deseos, quieren ser chicos y hacer cosas de chicos. Ir en bicicleta, jugar a fútbol, salir bajo la lluvia... —Se frotó las manos—. Tengo un buen marido. Eso debió de contribuir en gran parte. El resto fue obra mía. Decidí que debía elegir. ¿Sabes que dicen que la felicidad es cuestión de elegir?

Asentí. Mucha gente lo decía en California.

—La esperanza también es cuestión de elegir. Sé que parece una tontería...

Negué con la cabeza.

—Recuerdo que, la segunda noche después de que Daniel muriera, estaba tumbada en la cama. Ted y yo tuvimos que encargarnos de los preparativos. Lo llaman así, preparativos, y quiere decir que debíamos elegir el ataúd. Mi madre nos acompañó, y no paraba de decir: «No entra en los planes de Dios que un padre tenga que enterrar a un hijo». Sólo se me ocurrió que no sabía que había ataúdes tan pequeños, y que a él no le habría gustado ninguno. Tenía la habitación llena de carteles y pegatinas de la Asociación de Carreras de Coches de Serie. Detestaba tener que vestirse para ir a la iglesia, y todos los ataúdes eran... —Meneó la cabeza—. No eran adecuados para un chico de once años. Aquella noche volví a casa y me tumbé en la cama. Ni siquiera me quité los zapatos. Me tumbé en la oscuridad, y recuerdo que pensé: puedes elegir entre vivir y morir.

—Y decidiste vivir.

Merrill asintió.

—Me decanté por la esperanza. Fue lo más difícil que había hecho jamás. El primer año, un montón de días, sólo levantarme de la cama y vestirme se me antojaba más de lo que podía aguantar, y había días en los que ni siquiera podía hacer eso. Pero Ted era tan bueno... Tenía mucha paciencia conmigo. Hasta mi madre empezó a sentirse mejor al cabo de un tiempo. Al final, llegó un momento en que la muerte de Daniel no era lo primero en lo que pensaba al despertarme. Podía mirar a los demás niños, otros chicos, y no sentirme celosa o triste. Formaban parte del paisaje. Y lo sucedido con Daniel era parte de mi historia. Una parte importante, una parte terrible, pero no algo que me obsesionaba a cada momento. Se convirtió en algo que me había pasado, no en algo que aún estaba sucediendo. —Ladeó la cabeza—. ¿Te parece lógico?

Descubrí que no podía decir nada, de modo que asentí.

—Si te hubieras quedado, te habría dicho esto en la reunión del grupo. ¿Te asusté?

—Oh, no, no fue culpa tuya —dije—. Supongo que aún no estaba preparada. —Consulté mi reloj. Veinte minutos. Mierda—. Tengo que irme. Mi trabajo... He de volver al restaurante. Gracias —dije, y conseguí levantarme, pese a mis piernas temblorosas—. Muchísimas gracias.

—Llámame —dijo Merrill, al tiempo que anotaba su número en una servilleta—. Por favor. Si necesitas algo, o si sólo te apetece hablar.

Doblé la servilleta y volví corriendo a Mas. Sarah estaba en la barra.

—¿Te encuentras bien? Becky se ha ocupado del grupo de la mesa siete, pero no anotaste los primeros. Les he obsequiado con aperitivos...

Mierda.

—Lo siento —dije. Recogí mis pedidos y el delantal, y volví corriendo a la mesa.

—Bien —dijo la abuela—. Mira quién ha reaparecido.

—Lo siento muchísimo —dije. Toqué la servilleta guardada en mi bolsillo, en la que estaba apuntado el número de teléfono de Merrill, con la esperanza de que me diera fuerzas. La mujer resopló.

—Ya basta, Judith —dijo el marido.

La mujer se quedó boquiabierta.

—¿Perdón?

—Quiere más agua —dijo el hombre.

Asentí. Fui a la barra, serví el agua y regresé a la cocina.

—Oye, si vas a llorar, no utilices una toalla —dijo Dash sin volverse—. Becky me tiene harto con las toallas. Toma. —Me dio un puñado de pañuelos de papel—. ¿Estás bien? ¿Necesitas ir a casa?

Negué con la cabeza, me soné, me sequé con todo cuidado los ojos, tal como me habían enseñado en mi existencia anterior las maquilladoras. Me apliqué de nuevo pintalabios, peiné mi pelo castaño recién teñido y saqué del bolsillo suficientes billetes arrugados para pagar el cordero de la Abuela Gruñona. *Esperanza*, pensé, al recordar el rostro de Ayinde cuando nos había contado que Julian se iba a poner bien. En la cocina, Becky estaba disponiendo puerros sobre un filete.

—Hola —dije.

Me miró y sonrió.

—¿Estás bien?

—Estoy bien —contesté. Pasé las manos sobre el delantal—. Voy a salir un momento. No me voy. Es que he de hacer una llamada telefónica.

KELLY

La clase de música de los Mocosos se reunía en la histórica iglesia de Pine Street, con vidrieras que reproducían a Cristo sobre el altar y carteles de Alcohólicos Anónimos en el sótano, donde tenían lugar las clases. El martes por la mañana Kelly le quitó a Oliver el forro polar, el gorro y la bufanda, y se sentó en la alfombra con su marido al lado. Steve saludó a Becky y Ayinde, mientras Galina, la profesora, empezaba a aporrear el viejo piano e iniciaba los acordes de la canción de bienvenida.

—Hola, buenos días, buenos días a Nick. Hola, buenos días, buenos días a Oliver. —Cantaron a Cody y Dylan, a Emma y Emma, a Nicolette y Ava, y a Julian y Jackson—. Hola, buenos días a las mamás. Hola, buenos días a las canguros —cantaba Galina, dándole a las teclas—. Hola, buenos días a los papás...

Steve hizo saltar a Oliver sobre su rodilla y movió las maracas al ritmo de la canción, mientras el grupo empezaba a cantar.

—¡Si sois felices y lo sabéis, aplaudid! —Kelly reprimió la tentación de mirar su BlackBerry—. ¡Si sois felices y lo sabéis, aplaudid! —Sabía que Elizabeth aún no se sentía feliz por lo de la fiesta de Dolores Wartz—. ¡Si sois felices lo sabéis, y queréis demostrarlo...!

Se derrumbó contra la pared, sintiéndose dividida, fuera de lugar y cansada. Sobre todo, cansada.

—Oye —susurró Steve—, si quieres irte, el Gran O y yo estamos de coña.

—No, me quedaré —susurró Kelly.

Había padres que llevaban a sus hijos a clase de música, incluido un cincuentón que acompañaba a un niño de tres años (Kelly nunca había conseguido deducir si era su hijo o su nieto). Andrew había ido con Ava más de una vez. Hasta Richard Towne, con la gorra de béisbol calada hasta los ojos, había aparecido un martes por la mañana, sin hacer caso de las miradas de los demás padres y la madre de la cámara digital, que le había tomado una foto a escondidas con el niño en brazos, mientras cantaba *The Farmer in the Dell*. Pero aquellos padres tenían trabajos a los que volver, no estaban buscando uno. En teoría, pensó Kelly con tristeza, mientras Steve cerraba los dedos de Oliver sobre una pandereta de tamaño infantil y le ayudaba a sacudirla.

Miró el cartel y reflexionó sobre el primero de los Doce Pasos: «Nos hemos dado cuenta de que nuestras vidas son incontrolables, y les imprimimos más energía». Su vida había llegado a ser incontrolable. Pero ¿había un duodécimo paso para madres estresadas con maridos desempleados?

—¡Vamos a jugar! —dijo Galina, al tiempo que abría una bolsa de gimnasia y ponía en movimiento una docena de pelotas de goma dentro del círculo. Los niños mayores (los de dos y tres años, que ya sabían andar) chillaron de placer y anadearon hacia las pelotas. Oliver lanzó un hipido y se puso a llorar cuando Steve dejó una pelota roja en su regazo.

—Vamos, pequeño, no pasa nada —dijo mientras enseñaba a Oliver la pelota.

Kelly alisó el jersey de Oliver y pensó en la llamada de sus hermanas de la noche anterior.

—¿Cómo está el Señor Perfecto? —había preguntado Doreen.

—¡Muy bien! —contestó ella—. ¡Todos estamos bien!

Después de colgar el teléfono, se había sentado a la mesa de la cocina para extender cheques. Steve se acercó y le entregó su factura de la tarjeta de crédito con aire avergonzado. Mil cien dólares.

—¿En qué te has gastado tanto dinero? —preguntó ella, con más severidad de lo que era su intención.

Steve se encogió de hombros.

—Comida. Ropa. Ah, el cumpleaños de mi madre.

Kelly miró la factura. Steve se había gastado trescientos dólares, seguramente en algo inútil que acumularía polvo en la estantería de su suegra. Había sentido náuseas al hacer el cheque.

—¿Por qué no me dejas vender algunas de nuestras acciones?
—había preguntado él.

Kelly se estremeció. ¿Qué pasaría si se gastaban los ahorros y
Steve seguía sin trabajar? ¿Qué pasaría si no podían pagar la mutua
y uno de los dos se ponía enfermo? Sabía cómo terminaría la historia: el hombre del frac a las siete de la mañana llamando por teléfono. Coches de segunda mano y prendas usadas. Ni hablar. Había
trabajado demasiado para que Oliver tuviera que soportar algo así.

—Una leona que busca comida está atravesando la hierba
—cantó Galina. Kelly también cantó. Todas las madres cantaron.
Todas las canguros cantaron. Steve también cantó, en voz lo bastante alta para que su mujer consiguiera oírle—. ¿Quién conoce
otro animal?

—¡La vaca! —gritó una canguro.

—¿Y qué hace una vaca?

Una canguro se puso a cuatro patas, mientras que la niña a la
que cuidaba (una de las Emmas, pensó Kelly) reía, a sabiendas de
lo que se avecinaba.

—¡Muuuuuuuuuuuuu! —cantó. Los niños rieron, aplaudieron
y la imitaron.

—¿Papá conoce algún otro animal? —preguntó Galina, al tiempo que miraba a Steve.

—Mmm... —murmuró, y miró a Oliver—. ¿El perro?

—¡Perro! ¡Perro está bien! ¿Y qué ruido hace el perro?

Steve sonrió, juguetón.

—¿Guau guau?

—¡Ladra más alto, papá, más alto! —le animó Galina.

—Guau guau —ladró Steve.

—¿Y qué hace el perro?

—¡Menea la cola! —gritaron a coro las dos Emmas, Cody, Nicolette y Dylan.

—¡Que papá menee la cola!

Al otro lado del círculo, Ayinde estaba estudiando la cabeza de
Julian, mientras Becky se mordía el labio. Sabía que no debía reírse, pensó Kelly. Becky había estado en la lista negra de Galina des-

de que había utilizado uno de los xilófonos de los pequeños para tocar *Smoke on the Water*, tres semanas antes.

—¡Menea la cola, papá! —ordenó Galina. Su acento ruso recordaba al de un villano de la serie Bond—. ¡Ánimo!

Steve rió y meneó el culo. Oliver lanzó una risita y trató de aplaudir.

—¡Ánimo, Steve! —gritó Becky.

—Buen trabajo, papá. Muy bien todos. ¡Vamos a guardar las pelotas!

Creo que eso ya lo ha hecho, pensó Kelly, mientras empezaba la canción del adiós. *Adiós, adiós, adiós, mamás... Adiós, adiós, adiós, niños...* Puso a un dormido Oliver el forro polar y el gorro, y Steve y ella se abrieron paso entre la multitud y el humo de los cigarrillos que les rodeaba. En el vestíbulo, Kelly desvió la vista hacia la capilla. La María de la vidriera tenía aspecto sereno con el halo y los ropajes blancos. *Tal vez porque José tenía trabajo.*

En casa, Kelly cambió el pañal de Oliver, besó su barriguita y sus mejillas, y lanzó una mirada anhelante a la cama. *Sólo un momento*, pensó mientras se quitaba los zapatos.

Lo siguiente que supo fue que la estaban sacudiendo para despertarla. Mantuvo los ojos cerrados. Había tenido un sueño maravilloso. Había soñado con Colin Reynolds, su ligue de octavo, a quien había besado con lengua en el gimnasio del instituto. En el sueño, Colin Reynolds era ya adulto, y estaban haciendo algo más que besarse, y no había ningún niño o marido a la vista.

Steve la sacudió de nuevo.

—Kelly, el teléfono.

—Estoy durmiendo.

—Oh. No lo sabía.

Kelly sepultó la cara en la almohada, y oyó un chascarrillo estilo Becky en su cabeza. *Sí, como si estar tumbada en la oscuridad con los ojos cerrados pudiera engañarte.*

—Pásamelo, por favor —dijo, justo cuando el niño se ponía a

llorar. Mierda. Se enderezó y miró el reloj. ¿Las cinco y tres minutos? No podía ser—. ¿He dormido toda la tarde? —preguntó al tiempo que sacaba a Oliver de la cuna y lo depositaba sobre el cambiador mientras Steve la seguía con el teléfono.

—Supongo que estabas cansada —dijo él.

Las cinco, pensó Kelly. No había trabajado nada. Tenía que sacar a pasear al perro, y ni siquiera había mirado sus mensajes. Elizabeth estaría echando chispas.

Sujetó el teléfono bajo la barbilla.

—¿Hola?

—¿Kelly Day?

—Sí.

—Hola, soy Amy Mayhew, reportera de la revista *Power*, me gustaría que me ayudaras en un artículo que estoy preparando.

—¿Sobre qué?

—Tenerlo todo. Mujeres que han logrado triunfar en su trabajo al tiempo que se ocupaban de su familia.

Triunfar. La palabra casi le provoca un ataque de risa. Bueno, en realidad no sabía si echarse a reír o a llorar. Pero si podía salir bien librada, si podía aparecer ante el público como una mujer capaz de triunfar en su trabajo mientras criaba a un niño, tal vez podría reconciliarse con Elizabeth.

—He estado investigando un poco sobre ti. —Kelly oyó que la mujer tecleaba al otro extremo de la línea—. Trabajas en Eventives, ¿verdad?

—Exacto —contestó—. Estaba trabajando como consultora de capitales de riesgo, y me cambié a la planificación acontecimientos. Ahora trabajo con Eventives, que se considera la empresa más importante de Filadelfia en este sector, y estamos estudiando abrir filiales en Nueva Jersey y Nueva York. Pero de momento sólo trabajo a tiempo parcial.

Kelly oyó que la mujer seguía tecleando.

—Acabas de tener un hijo, ¿verdad?

—El trece de julio —dijo al tiempo que le desabrochaba a Oliver los vaqueros y le quitaba el pañal con una sola mano—. Así que sólo trabajo veinte horas a la semana. Bien, en teoría, pero ya sabes cómo son esas cosas.

—La verdad es que no —contestó Amy Mayhew—. Aún no he tenido hijos.

A juzgar por el tono serio y la risita crispada, Kelly imaginó cómo sería Amy Mayhew, su traje azul marino y los zapatos a medida. Sobre su escritorio habría un bolsito que lograría dar cabida a las llaves, un billetero, un pintalabios y unos cuantos preservativos. Sería dieciséis veces más pequeño que la bolsa de pañales que Kelly paseaba por la ciudad. Amy Mayhew no exhibiría ocho centímetros de greñas colgando sobre sus ojos porque no había podido ir a la peluquería desde hacía cuatro meses, y se habría hecho la manicura en las uñas, y olería a algún perfume sutil, en lugar de a sudor, leche materna y desesperación, como Kelly.

—¿Hola?

—Estoy aquí —consiguió contestar Kelly mientras volvía a abrochar los pantalones del niño.

—Escucha, me encantaría entrevistarte. ¿Cómo tienes el mes?

—Bien, soy muy flexible.

Kelly corrió al dormitorio, dejó a Oliver en mitad de la cama vacía y sin hacer, agarró un bolígrafo de la mesita de noche, buscó una página en blanco del libro del niño, que no estaba actualizado desde hacía meses, y empezó a escribir. *Pelo. Manicura. Traje nuevo* (¿). Los viejos aún no le cabían. Zapatos nuevos, también. Tendría que encontrar su maletín. En un tiempo había sido propietaria de un maletín precioso. Piel de becerro, asas doradas. Creía haberlo visto en el ropero, debajo de la silla infantil para el coche que ya se le había quedado pequeña a Oliver.

—¿Te va bien el próximo viernes? Tal vez podríamos comer.

«Comer viernes», escribió Kelly. Antes iba a comer. Llevaba a los clientes al Capital Grille y al Striped Bass, a cuenta de los gastos de representación. Tomaba una copa de vino, una ensalada, pescado a la plancha o pollo asado. Entonces comer no consistía en engullir mantequilla de cacahuete directamente del tarro y lamiéndola de los dedos mientras Oliver dormía, porque no había cuchillos limpios, porque ni Steve ni ella habían cargado el lavava-jillas.

—Estábamos pensando que estaría bien hacerte algunas foto-grafías en tu puesto de trabajo y también en tu casa, con tu hijo...

Mierda. Mierda. Mierda, mierda. Mierda. Tendría que limpiar. El suelo de la cocina estaba más que sucio. Steve habia derramado una botella de leche maternizada junto a la nevera y no había lim-piado bien. Necesitaba flores frescas, necesitaba pasar la aspirado-ra, necesitaba que Steve limpiara el estudio, y encontrar un lugar donde amontonar las bolsas de ropa infantil de cero a tres meses que había pensado llevar a Goodwill... Muebles. También necesita-ba eso. O quizá podría decir que le estaban limpiando los muebles, o algo por el estilo, o que los habían quitado porque iban a sustituir la alfombra...

—... y tu marido.

—¿Mi marido? —repitió Kelly.

—Exacto —dijo Amy Mayhew, y lanzó una risita—. Ya sabes, la unidad familiar.

—Mi marido viaja mucho por cuestión de negocios.

—Vuélveme a recordar qué hace.

—Trabaja como consultor para empresas emergentes de Inter-net. —Las palabras brotaron de su boca como una bandada de aves malvadas. *Oh, Dios*, pensó, *¿y si Amy Mayhew entraba en Go-ogle para investigar a Steve?*—. Está empezando... Oh, nada oficial aún, ni sitios web, ni oficinas, pero viaja mucho. Está trabajando con algunos de sus amigos de la escuela de administración de em-presas. —*Cierra el pico*, se dijo. De esa forma había sabido siempre cuándo sus hermanas mentían. En lugar de una sencilla respuesta, recibía un soliloquio de Hamlet—. Es posible que no esté disponi-ble para las fotos.

—Bien, ¿qué tal este viernes?

—¡Perfecto! —dijo Kelly. Fijaron una hora. Amy Mayhew dijo que tenía muchas ganas de conocerla. Kelly dijo que ella también tenía interés en conocer a Amy. Después colgó y fue con el niño a la cocina. Steve estaba tumbado en el sofá.

—¿Quién era? —preguntó.

—Una encuesta —contestó Kelly—. Voy a pasear a *Lemon*. ¿Le darás a Oliver su cereal de arroz?

—Claro —dijo Steve.

—¿Podrías vestirte?

Steve se miró, como sorprendido de ver que sólo llevaba los calzoncillos y una camiseta.

—¿Por qué? —preguntó—. No voy a salir.

Kelly calló los insultos que deseaba proferir.

—Ya sé que no vas a salir, pero son las cinco y media de la tarde y es día laborable...

Enmudeció.

—Bien —dijo él, y cogió unos vaqueros del suelo—. Pantalones —le oyó mascullar—. ¡Tu madre es una puritana! —informó a Oliver.

Kelly se masajeó las sienes. Notó que su habitual jaqueca de las noches se manifestaba con adelanto. Tomó dos Tylenol, metió un montón de ropa en la lavadora, se hizo una coleta y entró corriendo en la sala de estar.

Lemon estaba sentado junto a la puerta principal, meneando la cola, y Oliver estaba sentado en la trona, con la cara manchada de cereales. Steve estaba en la cocina, dándole de comer.

—Érase una vez —dijo Steve—, un príncipe valiente que vivía en un castillo. —Oliver agitó las manos en el aire y emitió un sonido de placer—. El príncipe era tan valiente que podía navegar a través de fosos infestados de tiburones, caimanes y fanáticos de los Dallas Cowboys —continuó Steve—. Mataba dragones con un solo mandoble de su temible espada, aparcaba en batería incluso en el espacio más diminuto y rescataba a hermosas princesas de hechizos y encantamientos. —Steve suspiró—. Y después le despidieron, y las hermosas princesas ya no quisieron hablar con él.

El corazón de Kelly se encogió. *Lo siento*, quiso decir, pero ¿qué siento? ¿Qué le hayan despedido? Ya se lo había dicho, y no había producido ningún cambio. ¿Que se sienta tan mal? Bien, no se sentiría tan mal si hubiera encontrado un empleo, y Kelly se lo había dicho en demasiadas ocasiones, y si lo encontraba estarían bien, ella dejaría de fantasear con la idea de asesinarle mientras se afeitaba y procurar que pareciera un accidente, con el fin de que le abonaran su seguro de vida.

Carraspeó. Steve levantó la vista.

—Hola —dijo.

—Hola —repitió ella, mientras le ponía la correa a *Lemon*—. ¿Qué tal ha ido?

—La mitad del cereal de arroz, dos sorbos de zumo de ciruela —informó mientras quitaba la bandeja de la trona y la llevaba al fregadero.

—Estupendo —dijo ella—. Voy a... —Su corazón se paralizó cuando Oliver se inclinó hacia adelante—. ¡Steve! —gritó, al tiempo que intentaba sujetar al pequeño, pero no llegó a tiempo. El niño cayó al suelo de cara. Se oyó un golpe seco y un segundo de silencio. Después Kelly levantó al niño en brazos, Oliver abrió la boca y se puso a aullar.

—¡Oh, Dios mío, Dios mío! —dijo Kelly.

—¿Está bien? —preguntó Steve con semblante afligido.

—¡No lo sé! —chilló ella, por encima de los bramidos del niño—. ¿Por qué no estaba sujeto?

—¡Me olvidé! —dijo Steve—. ¿Está bien?

Kelly le dirigió una mirada de odio y fue con el niño a la cocina para llamar por teléfono. Entonces también se dio cuenta de que *Lemon* había vuelto a mearse en el suelo. Marcó el número de teléfono del médico, escrito en la nevera, una y otra vez, hasta que descolgó la enfermera de guardia.

—Hola, soy Kelly Day. Mi hijo se llama Oliver. Tiene cinco meses y se acaba de caer de la trona...

Steve le dio unas palmaditas en el hombro.

—¿Qué puedo hacer? —susurró—. ¿Necesita hielo o algo por el estilo? ¿Llamamos a una ambulancia?

Kelly empujó a Steve a un lado. Sabía que si le miraba a la cara un segundo más, alguien de la casa necesitaría una ambulancia, y no sería Oliver.

—Cálmese —dijo la enfermera—. Un niño capaz de gritar así no se ha hecho mucho daño. ¿Ha caído sobre suelo de madera dura?

—No —contestó Kelly.

—¿Ha perdido la conciencia o dejado de respirar? ¿Está sangrando?

—No —dijo Kelly. Le habían empezado a temblar las rodillas. Se apoyó contra la pared. Oliver sollozó y hundió la cara en su cuello—. Sólo se ha caído. Mi marido no lo ató a la trona.

—Suele pasar —dijo la enfermera—. Y casi siempre no es grave. Si llora así, y si no ha perdido la conciencia ni vomitado, lo más seguro es que no sea nada grave. Procure no agobiarse. Y su marido igual. Vigílelo durante las próximas horas, y llámenos si percibe algún cambio.

—De acuerdo —dijo Kelly—. Gracias. —Colgó el teléfono y acunó al niño en sus brazos—. Tranquilo, cielo... Pobrecito, pobrecito.

Le llevó a la mecedora, se levantó la camisa y le guió hacia el pecho. Oliver la miró, con los ojos llenos de lágrimas, con una expresión de desdicha y de haber sido traicionado, para después emitir un suspiro de resignación y empezar a mamar.

Steve reapareció.

—Parece que está bien —dijo.

Ella no le hizo caso.

—Pero deberíamos llevarle al médico, ¿verdad?

Kelly no dijo nada.

—Lo siento mucho, muchísimo...

—Lo sientes —repitió ella— ¿Por qué no estaba atado?

—¡Ya te he dicho que me olvidé!

—Sí —dijo con desprecio ella. La presa reventó, y el veneno se desbordó—. Igual que olvidaste que tenías una entrevista. Igual que olvidaste poner el lavavajillas. Igual que olvidaste ponerte tus malditos pantalones hasta que yo te lo recordé.

Kelly se abrochó la camisa, se puso en pie y apartó de un empujón a su marido, que estaba paralizado en la puerta.

—He de sacar al perro.

—Yo lo sacaré.

—¡No me hagas favores! —dijo ella, al tiempo que acomodaba en el cochecito a Oliver, que volvía a bramar, le abrochaba el cinturón, cogía la correa de *Lemon*, y los tres entraban a toda prisa en el ascensor para bajar a la calle.

Había llegado a la mitad de la manzana cuando Steve la alcanzó con aspecto contrito y avergonzado.

—Lárgate —dijo ella, y aceleró el paso.

—Pensé que ibas a necesitar esto —dijo Steve. Le dio la bolsa de pañales que había olvidado—. He puesto un biberón, por si acaso.

—Gracias —contestó Kelly. Empujó el cochecito hasta la esquina y paró en el semáforo en rojo.

—Deja que te acompañe, por favor. Me siento fatal.

Ella no contestó, pero se apartó lo suficiente para dejarle sitio. Steve colocó la bolsa de pañales bajo el cochecito y sustituyó a Kelly. Cuando el semáforo se puso en verde, empezó a empujar, y recorrieron tres manzanas en silencio.

—¿Sobre qué iba la encuesta?

La mentira que había dicho sobre la reportera se materializó en su mente.

—Oh, nada importante —explicó con la esperanza de que Steve no se diera cuenta de que había enrojecido—. Ya sabes, qué clase de artículos me parecen interesantes y si he comprado un coche nuevo durante los últimos doce meses.

—Siento haberte despertado por eso —dijo Steve—. Escucha, si has de trabajar, puedes volver a casa. Yo pasearé con Oliver y *Lemon*, y cuidaré del niño cuando volvamos a casa.

¿Para dejarle caer otra vez? ¿O para dejar que le arrolle un camión? Tendría que inventarse una excusa para explicar por qué se había perdido la conferencia que había programado con Elizabeth y una nueva clienta. Un resfriado, una torcedura de tobillo, la regla. Algo que la afectara a ella, pero no al niño, porque Elizabeth había explicado con mucha claridad lo que opinaba respecto a su faceta de madre.

—No, yo me encargaré.

—Kelly, estás agotada. Déjame ayudarte —dijo Steve.

Ella meneó la cabeza, cansada, falta de palabras, y siguió a Steve mientras empujaba el cochecito hacia casa.

LIA

Mi madre llegó a Mas antes que yo, y cuando entré, ya estaba sentada a la mesa, de cara hacia la puerta. Llevaba una cartera negra cuadrada, lo bastante grande para contener los exámenes de toda la clase. La tenía delante de ella, entre el tenedor y el cuchillo, donde habría tenido que estar el plato, con las manos engarfiadas sobre las asas, como si me la fuera a arrojar. A mí o a alguien. Arrojarla, para después ponerse a correr.

—Lisa.

Casi parecía tímida. Y también preocupada. Carraspeó.

—Tienes...

Oí nuestra historia tambaleándose sobre el equilibrio de aquella pausa. *No vas a salir de casa así. Quítate ese pintalabios. Ponte una chaqueta.* Me humedecí los labios mientras recordaba las dos semanas de silencio después de que me tiñera el pelo de rubio a los trece años. Había enterrado el frasco de peróxido en el cubo de la basura del garaje, y le dije que me había vuelto rubia a base de zumo de limón y tomar el sol. Había enterrado también las facturas de todos los cosméticos, después de que mi madre hubiera chasqueado la lengua al ver un frasco de base de maquillaje Chanel, y me dijera que debía ser estupendo tener dinero para gastarlo en tonterías.

—Tienes buen aspecto —dijo por fin mientras manoseaba las asas de la cartera—. ¿Cómo estás?

—Bien.

Paseó la vista a su alrededor: dieciséis mesas, la mitad ocupadas.

—¿Trabajas aquí?

—Sí —dije, y me senté. Ya había pensado en el menú. Los domingos por la tarde, Mas servía una merienda cena a base de bollos de guindilla, chocolatinas espolvoreadas de canela, flautas con gambas al curry, ensalada de huevo, pepino y mantequilla. Yo misma había preparado la bandeja, así como té de ciruela al gengibre—. Sobre todo en la cocina. No soy una gran camarera.

Sus manos aferraron las asas de la cartera con más fuerza. Le serví una taza de té, pero no lo probó.

—He hablado con tu marido —me dijo.

Casí dejé caer la tetera.

—¿Con Sam?

Asintió.

—Empezamos a hablar hace unas semanas.

—¿Qué...? —Tragué saliva y me humedecí los labios resecos—. ¿Qué dijo?

El rostro de mi madre era inexpresivo.

—Bien, al principio se llevó una gran sorpresa al descubrir que estaba viva.

Oh, Dios.

—Quiere saber si vas a volver a casa —dijo. Tomó un solo sorbo de té y volvió a sujetar la cartera—. Parece un joven muy amable.

¿Eran imaginaciones mías o su tono era melancólico? Dejé la tetera sobre la mesa con todo cuidado y me sequé las manos con la servilleta.

—¿Qué le dijiste?

—¿Qué querías que le dijera? ¿Qué sé yo? —preguntó. Tenía la espalda recta como un huso. Sus palabras eran claras y precisas. Era como si se estuviera dirigiendo a una clase de quinto—. No creo que estés bien. No sé si vas a volver a casa.

—Pero... —Sacudí la cabeza. Yo había concertado esta cita, había pensado todo lo que iba a decirle, y ahora todo se volvía contra mí—. ¿Sabías que estaba casada?

—Lisa, soy tu madre. Y no soy estúpida. No has sido invisible precisamente.

Contemplé mi plato. Pensaba que había sido invisible en lo tocante a mi madre. Nunca iba al cine, y yo nunca había actuado en nada que emitiera la ABC, de modo que ¿cómo podía saberlo? ¿Habría visto alguna de las películas estrenadas directamente en vídeo que había rodado o el anuncio que sólo proyectaban a altas horas de la madrugada, de un sistema revolucionario de depilación? Yo había sido la Chica del Bigote. Falso, por supuesto, pero Sam nunca me había permitido olvidarlo.

—Sabías que me había casado.

—Lia Lane —dijo. Sus labios, cuyo pintalábios estaba empezando a correrse, se curvaron hacia arriba—. Parece el nombre de superheroína. Mucho mejor que Lia Frederick.

—Y sabes lo de Caleb.

Tragó saliva. Una vez. Dos veces. Cuando volvió a hablar, su voz sonó frágil y quebradiza, como un espejo antiguo.

—No sabía su nombre.

Introduje la mano en mi bolso. En la guardería del hospital tomaban fotos de todos los bebés, y una de las enfermeras me había dado la de Caleb cuando volvíamos a casa. La había guardado en la bolsa de los pañales, para luego olvidarla hasta que volví a Filadelfia y la encontré de nuevo. O tal vez me había encontrado ella. Era lo único de lo que nunca había querido desprenderme, lo único que no podía tirar. La cara de Caleb estaba roja como un tomate en la foto, arrugada y con expresión contrariada. Estaba envuelto en una manta del hospital, y llevaba una gorra a rayas rosa y azules.

La saqué, alisé los bordes y la apreté contra la mano de mi madre.

Tomó la foto y se puso a temblar. Le temblaron las manos, los labios, la papada.

—Oh, pobrecito —susurró.

Incliné la cabeza. Las lágrimas se agolpaban en sus ojos. Yo pensaba que estaba preparada para cualquier cosa, para su ira, su desprecio, su frío rechazo, sus preguntas con los ojos en blanco, tipo «¿En qué clase de drama te has metido ahora?» Pero ¿estos sonidos de dolor surgían de su garganta? No.

—Basta, mamá. No pasa nada.

Apretó la foto con más fuerza. Oí que el papel empezaba a arrugarse.

—¡Mamá!

Alargué la mano, pero ella fue más veloz que yo. Levantó la foto en el aire. Y entonces se puso a llorar. La gente de la mesa de al lado desvió la vista al instante. Un camarero apareció y me miró. *Servilletas*, dije moviendo los labios. Asintió y volvió corriendo con un montón.

Mi madre se secó los ojos con una servilleta. Sus hombros temblaban mientras lloraba sin emitir el menor sonido. Cuando su presa se aflojó, le quité la foto de la mano y la guardé en el bolso.

Me miró. Tenía los ojos enrojecidos y llenos de lágrimas, y sus labios temblaban. Me pregunté si habría intentado llamarme alguna vez. Me pregunté qué le habría dicho en ese caso.

—Ojalá lo supiera —dijo. Un sollozo ahogó sus palabras.

—¿Saber qué?

—Ojalá supiera lo que te hecho para que me odies tanto.

Sentí que me quedaba sin respiración.

—Tú me odiaste antes —contesté. *Porque él me quería mucho más que a ti*, pensé.

Me miró parpadeando.

—¿Eso piensas?

Me encogí de hombros, insegura. Tenía que creerlo, como..., bien, como se cree en Papá Noel o en el Ratoncito Pérez. Era la historia que me había contado a mí misma, la que había construido de adolescente y jamás la había cuestionado en todos los años que había estado ausente. Yo la había llamado para invitarla al restaurante, decidida a perdonarla, a abrir la mano y seguir adelante. Pero... la posibilidad daba vueltas en mi mente, como una hoja atrapada en un desagüe. ¿Y si me había equivocado? ¿Y si no había nada que perdonar? ¿Y si al final yo era tan culpable como ella?

Mi madre apretó los labios y habló con parsimonia, como si cada palabra le doliera.

—Me acuerdo de cuando eras pequeña. Yo era la que te daba de comer, la que te cambiaba los pañales, te mecía y cantaba para

que durmieras, pero cuando tu padre entraba por la puerta...
—Cerró los ojos y meneó la cabeza un poco—. Tu cara se ilumina-
ba. Era duro para mí. Te quería mucho, pero me daba la sensación
de que sólo le sonreías a él.

No, pensé. Oh, no. No quiero oír esto, no quiero pensar en
ello, no quiero recordar..., pero no pude evitarlo. Las imágenes llegaban aunque no lo deseara: yo en la mecedora con un camisón
manchado, meciéndome sin cesar mientras Caleb chillaba. Yo con
el pantalón del chándal de Sam, porque no me cabía ningún vestido de los que usaba antes de dar a luz y no podía soportar ponerme otra vez los de premamá, paseando de un lado a otro del corto
pasillo como una prisionera, arriba y abajo, arriba y abajo, mientras
las horas se sucedían, toda la noche. Yo sosteniendo a Caleb mientras bramaba en la bañera, yo sosteniendo a Caleb mientras bramaba en el cambiador... Y Sam, que le cogía en brazos cinco minutos
al final de la noche, le levantaba en el aire y le cantaba *Sweet Baby
James*, y Caleb ya no gritaba.

—Le perdoné muchas veces porque tú le querías muchísimo.
—¿Perdonarle? ¿Por qué?
Suspiró de nuevo sin mirarme a los ojos.
—Eso es agua pasada —dijo—. Sucedió hace mucho tiempo.

Di vueltas en la cabeza a los recuerdos de mi padre: el zoo y las
exposiciones de flores, las comidas en restaurantes y los cucuru-
chos de helado en el parque. No me gustaba mucho lo que veía en
la cara B. Cuando tenía ocho, nueve y diez años, a veces volvía a
casa y él estaba allí. Nos escapábamos de casa para ir a sesiones de
cine matinales, y después nos atiborrábamos de regaliz y hambur-
guesas. «No se lo digas a tu madre —decía con sonrisa de conspi-
rador mientras le sacaba un billete de veinte dólares de la cartera y
lo guardaba en la suya—. Es nuestro secreto.» A aquella edad nunca se me había ocurrido pensar por qué estaba siempre en casa,
pero ahora me lo pregunté.

Y había más cosas. A veces una mujer se nos unía en el cine, o
después en el McDonald's, el Friendly's o el Nifty Fifties. «Ésta es
Susan», decía. O Jean, o Vicki, o Raquel. Su mano se demoraba so-

bre la zona lumbar de la mujer. «Una amiga del trabajo.» Susan, Jean, Vicki o Raquel siempre eran más jóvenes y bonitas que mi madre. Jean era rubia platino y reía de una manera entrecortada. Vicki me había regalado un pintalabios que venía en un tubo dorado. ¿Habría imaginado lo que esas mujeres eran en aquella época? ¿Lo había sabido siempre? ¿Y mi madre?

—Tenía amantes —dije. Esperé a que mi madre lo negara, pero no dijo nada.

Su suspiro atravesó la mesa como un viento frío.

—Confiaba en que no lo supieras —dijo—. Confiaba en que hubiera tenido el sentido común, al menos, de no contártelo.

—¿Por qué te quedaste con él? ¿Por qué te quedaste si lo sabías?

Tensó los dedos sobre el asa de la cartera.

—Es diferente cuando tienes un hijo. —Pensé en Ayinde y Richard, y que eso era cierto, que un niño podía hacerte olvidar las peores transgresiones—. No quise divorciarme de él porque sabía que, si lo hacía, nunca más volverías a verle. Se marcharía y volvería a empezar con otra, te diría que vendría a verte y no lo haría. Le conocía lo bastante bien para saber que haría eso.

—Pero eso fue lo que pasó.

—Una de sus amiguitas le dio un ultimátum. —Hablaba en voz baja e inexpresiva—. Yo o tu mujer. Él... —Se humedeció los labios y tomó otro sorbo de té—. Bien. Ya sabes a quién eligió.

A mí no, pensé. No me había elegido a mí. Recordé, con una intensa sensación de vergüenza, que después de que Sam y yo nos casamos, había ido a una elegante papelería de Rodeo Drive, famosa por sus invitaciones de boda con caligrafía hecha a mano. Me hicieron una prueba, pero nunca volví para confirmar el encargo. Sólo deseaba una. Quería que sólo una persona recibiera una tarjeta de color crema anunciando que Lia y Sam se habían convertido en marido y mujer. La había enviado a la última dirección que tenía de mi padre, un complejo de apartamentos en Arizona. Tres semanas después recibí una carta de respuesta, una nota, en realidad, en una hoja de libreta arrancada. «Felicidades —decía con su letra inclinada—. Y ahora que ya eres una estrella de Hollywood, tal vez puedas ahorrar algo para tu papaíto». Nunca se lo dije a Sam. Nunca se lo dije a nadie. *Bien, ya está*, pensé, y guardé la nota. Ya está.

—A su manera, te quería. Tal vez más que a nadie. —Sonrió—. Eras la niña de sus ojos. ¿Recuerdas que siempre lo decía? Cuando volvía a casa...

—De trabajar y me cogía en brazos —dije. Mi voz parecía llegar desde el final de un túnel—. Eres la niña de mis ojos.

—¿Trabajar?, en fin —dijo mi madre—. A veces era trabajo, otras... —Su voz desfalleció. Movió las manos en el aire—. Lo siento. Siento que tuvieras que averiguar eso sobre él. Siento lo de... —Le costó pronunciar las palabras— tu hijo.

—¿Y el edredón?

Mi madre me miró confusa. Era la pregunta menos importante, la menos trascendental entre nosotras, pero sólo se me había ocurrido ésa.

—El edredón. El edredón de Tarta de Fresa. El que no me compraste. El que me compró él, pero luego se fue y nunca me compraste uno nuevo. Dijiste que no nos lo podíamos permitir.

Se miró las manos, y en su rostro distinguí el esbozo de su aspecto cuando envejeciera. Supongo que mi aspecto acabaría siendo también como el de ella.

—Ese edredón fue lo único que te regaló en toda su vida —dijo—. Quería que conservaras ese recuerdo de tu padre.

—Eso no es verdad. Me regaló montones de cosas. Mis Barbies, mi juego de té, mis patines...

Mi madre estaba negando con la cabeza.

—Pero... pero...

Esto sí que dolía. Me acordé de mi padre inclinado sobre mi cama mientras dejaba una bolsa o una caja junto a mi almohada y susurraba: «¡Mira lo que ha traído papá para su chica número uno!»

—Lo siento —dijo—. Quería que fuera mejor padre, un hombre mejor, en realidad, y como no podía, supongo que pensé que lo mejor sería que lo fingiera. Así que yo compraba cosas para que él te las diera, las envolvía y me alegraba saber que te gustaban. Quería que te diera todo cuanto anhelabas. Toda madre desea eso, creo. —Se secó los ojos con la servilleta—. Quería darte un padre mejor, sobre todo, y como no podía...

No supe qué decirle. Tampoco sabía si sería capaz de decir algo.

—Todas esas obras —dije por fin—. Todas esas obras en el instituto... *Bye Bye Birdie*, *Mame* y *Gypsy*. Nunca viniste...

—Tú no querías que fuera —replicó mi madre. Esbozó una sonrisa—. Creo que tus palabras exactas fueron que te suicidarías si vieras mi cara entre el público.

Me encogí de hombros y forcé una sonrisa.

—Bien, era actriz.

Recordaba aquellas discusiones. «No vengas —le decía al tiempo que cerraba de golpe la puerta de mi cuarto—. ¡No vengas, no te quiero ver!»

—Y nunca viste mi cara. Pero estaba.

Mi madre introdujo la mano en la cartera. Sacó una carpeta de papel manila que debía haber robado de una papelería cercana a su colegio. Me la pasó. La abrí y encontré un folleto arrugado de la primera compañía a la que me uní. Tenía diez años de antigüedad y había sido doblado y vuelto a doblar varias veces, y el tacto del papel era como el del hilo.

—¿De dónde lo has sacado?

—De eBay —contestó.

Debajo del folleto había una página recortada de *TV Guide*. Era un artículo sobre una serie ambientada en un instituto, que había sido emitida durante media temporada siete años antes. Yo había salido de extra en todos los episodios. En la foto, se me veía de perfil.

—Ésta no es de eBay —continuó—. Me suscribí. También a *Entertainment Weekly* y *People*. Y a todas esas revistas del corazón. —El mismo fantasma de sonrisa apareció en su cara—. Las llevo a la sala de descanso de los profesores cuando ya los he leído. Me ha hecho muy popular.

Hojeé la carpeta. Yo aparecía en el anuncio de una película rodada directamente para la televisión, emitida por un canal que el sistema por cable de mi madre ni siquiera tenía. Había fotos mías con vestidos y vaqueros, con minifaldas y bikinis, y por fin, una con el vestido de boda en Las Vegas. «El hombre que anuncia hojas de afeitar, Sam Lane, y su esposa, la actriz Lia Frederick.» Llevaba mi rubio pelo en plan Hollywood recogido tal como la peluquera del hotel me había aconsejado. Mi estómago aún era liso, y al fondo se veían las plumas verde botella de uno de los pájaros encerrados en la pajarera del vestíbulo.

—Mira —dijo. Sus manos temblaban.

Al final de la carpeta había una pila de programas de mano amarillentos. Los desplegó delante de mí. Mi nombre estaba en la cubierta, mi antiguo nombre, el nombre del instituto. Lisa Urick.

—Todos. Los de cada noche.

Aferré con fuerza los bordes de la mesa.

—No querías que fuera a Los Ángeles.

—No quería que fueras cuando tenías dieciocho años —contestó—. Quería que antes fueras a la universidad. No sabía cómo convencerte. Siempre estabas enfadada conmigo...

No dije nada. Siempre estaba enfadada, tal vez por su presencia, y no podía estar enfadada con mi padre, debido a su ausencia.

—No obstante, te seguí la pista —dijo mi madre—. Me costó más cuando te cambiaste el nombre, pero creo que he visto todas tus actuaciones. Cuando saliste en *El precio justo*...

—Oh, Dios —gemí, cuando recordé los cinco días que había sustituido a una de las modelos, que se había puesto enferma—. Eso y nada...

—Pero creo que te perdiste mi debut en televisión —dijo con una sonrisa de astucia.

—¿Cómo? No...

Asintió.

—*Jeopardy!*

—¡Oh, mamá! ¡Tu sueño convertido en realidad! ¿Ganaste?

—Tres días seguidos. Mil seiscientos dólares. No lo suficiente para volver al Torneo de Campeones, pero conseguí reparar el tejado. —Agachó la cabeza. Típico de mi madre, pensé. Dale a otra mujer estadounidense mil seiscientos dólares, y se los pulirá en joyas o un balneario. Dáselos a mi madre, y reparará el tejado—. Me costó volver a casa después —admitió—. Sin ninguna perspectiva de futuro. Me pregunté... Bien, a lo mejor, si me veías, querrías ponerte en contacto conmigo.

Mis ojos volvieron a llenarse de lágrimas. Recuerdo que Sam había sintonizado en una ocasión *Jeopardy!* (fue durante nuestra luna de miel, en aquel enorme hotel de Las Vegas), y yo amenacé con tirar el mando a distancia al váter si volvía a poner un concurso.

—Pongo a Dios por testigo —le dije —que tuve que ver *Jeopardy!* cinco noches a la semana durante dieciocho años, y nunca más volveré a verlo.

Accedió al instante, aunque puede que influyera en ello el hecho de que yo llevara puesto el corsé sin tirantes de encaje blanco con un calado sobre los pezones que una amiga me había regalado en broma.

—¿Conociste a Alex Trebek?

Mi madre se rió, se rió de verdad, mientras sus mejillas se sonrojaban como las de una colegiala enamorada. Entonces conseguí ver su historia en su rostro, la bonita muchacha de ojos claros e inteligente que se había casado con Fred Urick, con la esperanza de amar hasta el fin de sus días, pero acabó dando clases de quinto, con un marido que no trabajaba y corría detrás de las mujeres, y una hija que había desaparecido.

—Mamá —dije—, lo siento. Lo siento mucho.

Asintió.

—Lo sé —dijo en voz baja—. Yo también lo siento.

Era un principio, pensé. Tal vez otro día sería capaz de enseñarle las otras fotos que guardaba de Caleb, la huella del pie impresa en tinta que me había llevado del hospital, las fotos que Sam había tomado de los dos en la bañera, el gorrito de punto blanco que le había tejido. *Era un principio*, pensé de nuevo mientras tomaba la mano de mi madre.

BECKY

Becky se incorporó en la cama y sintió un mareo que la obligó a acostarse de nuevo. *Comida envenenada*, pensó mientras la habitación daba vueltas. Los riesgos del oficio. Las mecanógrafas sufrían síndromes del túnel carpiano, los ejecutivos padecían úlceras, los cocineros soportaban diarreas, temblores y vómitos que duraban cuarenta y ocho horas. *Me servirá de lección por comer aquellas ostras*, pensó, y cerró los ojos con un gemido. Vaya suerte enfermarse. La vida era fantástica. No tenía noticias de Mimi desde la Tragedia del Jamón de Navidad. Y Andrew tampoco. Ni una sola llamada telefónica, ni un correo electrónico, ni un vestidito de niña precoz en un paquete dirigido a A. Rabinowitz. A veces Becky experimentaba la sensación de estar viviendo bajo una nube radiactiva que se abriría y derramaría lluvia ácida de un momento a otro, pero la mayor parte del tiempo disfrutaba de una paz maravillosa.

Andrew salió del cuarto de Ava con la niña, que todavía llevaba el pijama rosa.

—¿No te encuentras bien?

—Ay —jadeó ella, cuando otra oleada de mareos la asaltó—. Creo que estoy enferma —dijo, y se derrumbó sobre la cama. Andrew tocó su frente y palpó las glándulas del cuello.

—No tienes fiebre, pero podría ser una infección vírica estomacal. ¿Quieres que llame al médico?

Claro, pensó Becky. Para que me eche un sermón sobre los cuatro (no, seis) kilos que había engordado desde el nacimiento de Ava.

—Ya se pasará —dijo—. ¿Tenemos tónica?

Andrew bajó con Ava a la cocina y volvió a subir, cinco minutos después, con una tónica y un plato de galletas de soda. Becky bebió y comió.

—Mucho mejor —dijo—. Creo que no había comido una galleta de soda desde... —Enmudeció. Miró a Andrew—. Mierda.

Él compuso una expresión complacida mientras llevaba a Ava a su habitación.

—Creo que Ogroña y yo vamos a dar un paseo —dijo.

—Mierda —repitió Becky.

—No nos precipitemos —dijo Andrew. Sonreía cuando salió con Ava de la habitación. Becky le oyó decir—: ¿Te gustaría tener un hermanito o una hermanita?

Mierda, pensó Becky de nuevo, y se tapó la cabeza con el edredón.

Un cuarto de hora después, Andrew y Ava habían regresado con una bolsa de la farmacia.

—¿De qué va vestida la niña? —gruñó Becky mientras examinaba los pantalones de pana a cuadros rojos y amarillos, el *body* verde lima, el jersey rosa y la gorra de esquí azul. Andrew era un buen hombre, pero ciego para los colores. Al menos, había evitado los leotardos rosa rabioso con adornos de semipiel que había enviado Mimi, junto con babuchas a juego.

—No cambies de tema —dijo Andrew mientras la ayudaba a levantarse de la cama y la conducía al cuarto de baño.

—Esto es una locura —dijo Becky—. Tengo un virus, la gripe o algo por el estilo. ¿No crees que lo sabría si estuviera embarazada?

—Compláceme —repitió él—. Antes de ir a por cebras, descartemos los caballos.

—No —murmuró ella, al entrar en el cuarto de baño, donde el «no» se transformó en un «sí» azul intenso.

—¿Cómo ha podido pasar? —preguntó cinco minutos después al tiempo que agitaba la prueba del embarazo en el aire.

—Bien, Becky —contestó Andrew, con una sonrisa satisfecha en la cara y con la niña en brazos—. Creo que sabemos cómo ha pasado.

—¡Pero aún estoy dando el pecho! ¡Y utilicé el diafragma!

Casi siempre, pensó, y recordó las veintiséis noches que habían estado exiliados en el sofá cama, y que no siempre se había sentido motivada para subir de puntillas la escalera y arriesgarse a despertar a Mimi camino del cuarto de baño.

—Bien, nada es infalible —dijo Andrew.

—No puedo creerlo. ¿Cómo voy a hacerlo? Apenas me las apaño con uno, ¿y voy a tener dos que sólo se llevarán quince meses?

—¿Qué quiere decir que apenas puedes con uno? —Andrew, como siempre, parecía perplejo—. Creo que lo estás haciendo muy bien.

—Tú no sabes... —Becky se desplomó sobre la cama y se tapó la cabeza con el edredón—. Le grité una vez. Veníamos de South Street. Tenía que ir a Chef's Market, porque nos habíamos quedado sin azafrán en el restaurante, y se puso a chillar sin parar en la Cuarta con Pine. Estuvo aullando a pleno pulmón durante ocho manzanas. Hice todo cuanto se me ocurrió, la levanté, intenté darle el pecho en la cafetería, pero no dejaba de llorar, y le grité. Metí la cabeza en el cochecito y chillé: «¿Qué quieres que haga?» La gente me miró.

—Nadie miraba.

—Todo el mundo miraba —continuó Becky, y apretó con más fuerza el edredón contra su cara—. No podré trabajar durante un tiempo. Además, Andrew... —Le miró y se secó los ojos—. Me gusta trabajar. Quiero a Ava... O sea, la quiero casi siempre, cuando no llora durante ocho manzanas, pero soy muy feliz cuando la dejo en la guardería y me voy a trabajar. Hay días en que me siento en libertad condicional. Como si fuera Sísifo, y al final consiguiera dejar de empujar la piedra. —Retorció un mechón de pelo—. Soy una madre terrible.

—Ah—gorjeó Ava, como si le diera la razón.

—No le hagas caso —dijo Andrew—. No eres una madre terrible.

Becky suspiró de nuevo y se sonó la nariz.

—Me gusta el restaurante. No podré trabajar con dos niños. Tendré que preguntarle a Sarah si quiere comprar mi parte.

—No seas tonta —dijo Andrew—. No es una sentencia a cadena perpetua. Además, se pueden hacer cosas.

Becky se secó los ojos con la manga.

—Me gustaría acabar de una vez —dijo—. Serán... ¿Cuántos? Dos o tres años más de pañales y de dar el pecho, y después se terminará. De una vez por todas.

—A menos que tengamos otro.

—On, no, señor. Te vas a dar el tijeretazo.

—¿Qué?

—El tijeretazo —repitió ella—. No voy a correr el riesgo de que esto ocurra otra vez.

Andrew dejó a Ava en la cama e inclinó la cabeza sobre su estómago.

—Hola, nene —susurró.

Los ojos de Becky se llenaron de lágrimas. En lugar de sentirse emocionada como cuando había descubierto que esperaban a Ava, se sentía triste, confusa y algo desleal. Ava era la pequeña. Ahora sería una hermana mayor de quince meses. Becky no había deseado eso. Había imaginado que pasarían años juntos los tres, años en los que Ava sería el centro de su mundo, su pequeña estrella. Ahora serían cuatro. Y ella siempre estaría agotada.

—Tienes la hermana mayor más maravillosa del mundo —dijo Andrew mientras acariciaba el pelo de Becky con una mano y le daba palmaditas en el vientre con la otra. Ella apoyó la mano sobre la cabeza de Andrew y le acarició el pelo. ¿Cómo podría amar a otro hijo tanto como a Ava? ¿Cómo se las arreglaría con otro niño? *Dios*, pensó. Sería una de esas mujeres con cochecito doble, cargada como un *sherpa* con mochilas y bolsas de pañales, cuencos llenos de Cheerios, bolsillos atestados de muñecos, sonajeros y cupones de Pampers.

—Tu madre es la mujer más guapa —dijo Andrew.

Becky cerró los ojos y experimentó una oleada de mareos, náuseas y, lo peor de todo, un *déjà vu*. Ya había vivido todo esto antes. Andrew había frotado su piel con manteca de cacao, mientras sus manos se movían en lentos círculos, y en su noveno mes, había leído

Buenas noches, luna contra su estómago. Todo había sido muy especial, muy nuevo. ¿Cómo sería esta vez?

—Becky —dijo. La rodeó en sus brazos.

—¿Te das cuenta de que tendré que volver a llevar ropa de premamá? —preguntó. Inclinó la frente contra él—. Prométeme que todo saldrá bien —dijo—. Prométemelo.

—Si decidimos que la necesitamos, contrataremos una canguro —dijo Andrew—. O la chica de la limpieza puede venir dos días a la semana. Sé que no es perfecto, pero la verdad es que somos afortunados, si te paras a pensarlo.

Afortunados. Pronunció la palabra moviendo los labios contra la piel del cuello de su marido, y supo que era cierto. Si algo había aprendido de sus amigas y de su reciente maternidad, era que debía considerarse afortunada... y que siempre había alguien que estaba peor que tú.

KELLY

El timbre de la puerta sonó a las diez de la mañana del viernes, una hora después de que su marido se marchara, media hora después de que ella se hubiera quitado el pantalón del chándal y la camiseta, y se hubiera puesto el traje bien planchado que había recogido en la tintorería el día anterior. Kelly se calzó, se cubrió el hombro con una pañoleta y cargó a Oliver, vestido con un mono Oshkosh y *body* a rayas rojas y blancas, en brazos. Se pintó los labios y abrió la puerta.

—¡Hola, Kelly!

Amy Mayhew era todavía más joven de lo que parecía por teléfono. Veinticuatro como máximo, pensó Kelly. Llevaba una falda larga hasta la rodilla, jersey azul marino y botas altas hasta la rodilla de tacón bajo. El fotógrafo era un hombre barbudo de unos cincuenta años vestido con pantalones caqui y gorra de béisbol. Le dio una mano cálida e hizo cosquillas a Oliver debajo de la barbilla.

—¡Qué chico más guapo!

—Gracias —contestó Kelly, y les guió hasta el interior del apartamento, a través de la sala de estar vacía que había conseguido terminar de limpiar a las seis—. ¿Os apetece café?

Amy y el fotógrafo, que se llamaba David, aceptaron la invitación. Kelly acomodó a Oliver, al que había dado de comer, hecho eructar, cambiado de pañal y administrado una dosis de Tylenol infantil tres cuartos de hora antes, en su Ultraplatillo, y entró en la cocina reluciente. Canturreó mientras servía café y colocaba las tazas en la bandeja que Becky había dispuesto aquella misma mañana. Había una azucarero con terrones, una jarrita de crema, una plato de galletas en forma de media luna, espolvoreadas con azúcar glaseado. *Perfecto*, pensó Kelly mientras llevaba la bandeja a la sala de estar y admiraba el efecto de la luz del sol al caer sobre el suelo, resplandeciente. Notó el tenue aroma de las velas con olor a pera que había encendido durante la noche. No era posible adivinar lo espantoso que era el sofá del gueto bajo el gigantesco cubrecama de cachemira color crema que Ayinde le había prestado, y las cajas de cartón cubiertas con manteles de encaje antiguo constituían un aceptable sustituto de la mesa auxiliar que Kelly aún no poseía.

Se sentó en el sofá y sonrió a la reportera.

—Bien —dijo—. ¿Qué puedo contarte de mi vida?

La carcajada de Amy Mayhew transmitió cierta admiración. Kelly se preguntó qué habría deducido ella misma de aquella deliciosa escena doméstica cuando era soltera.

—Voy a explicarte un poco lo que quiero. Mi reportaje se centra en una nueva generación de mujeres, las que se han negado a aceptar la dicotomía mujer trabajadora/mamá en casa y han descubierto formas innovadoras de compaginar la familia con su carrera profesional. ¿Por qué no empezamos con tu biografía?

Kelly sonrió mientras recitaba los nombres de sus hermanas, la ciudad donde había nacido, el año que había terminado la universidad, el nombre de la firma consultora de capital de riesgo y como estuvo de viaje doscientos días de los dos años que había trabajado en ella. Oliver saltaba en su Ultraplatillo, y de vez en cuando gritaba mientras Kelly informaba a Amy de que había crecido en Ocean City y había fomentado la locura por los jerbos en su clase. Amy Mayhew lanzó una carcajada cuando Kelly explicó que había llevado un jerbo a su clase, y al aumentar la demanda, había comprado más roedores a precios tirados en la tienda de animales, para luego venderlos a sus compañeras de clase por cinco dólares cada uno. Y después había tenido la suerte de adquirir una jerba preñada, y había ganado más de cien dólares, hasta que su madre le dijo que estaba harta de vivir con jaulas llenas de roedores peludos y puso fin a la incipiente empresa de Kelly.

Contó a Amy que había planificado sus fiestas de cumpleaños y las de sus hermanas desde que tenía cinco años, sin mencionar que aquel talento precoz para la planificación era resultado de que su madre siempre estaba demasiado borracha o desinteresada para preocuparse. Pasó de puntillas sobre la historia familiar, y se demoró en Maureen, que estudiaba filosofía y letras, y dejó fuera a Doreen, que había sido despedida de su último empleo.

—¿Y tus padres? —preguntó Amy.

—Mi padre trabaja en la oficina de correos. Mi madre murió —dijo. La reportera carraspeó y no preguntó de qué, de modo que Kelly no tuvo que inventar una manera elegante de contestar «cirrosis», ni dar a entender que su fallecimiento había significado un alivio.

—*La la la, ga ga ga, da da da* —dijo Oliver, al tiempo que agitaba su osito de peluche por encima de la cabeza.

—¿*Dada?* —preguntó el fotógrafo con una sonrisa.

Kelly se inclinó hacia Oliver, sonriente, y sintió que su corazón se regocijaba cuando él le sonrió. El fotógrafo empezó a hacer fotos justo en aquel momento.

—¡*Dada* está de viaje de negocios! —dijo Kelly en tono jovial. La verdad era que *dada* había sido enviado a Sam's Club con una lista de compras larga como su brazo, después de que Kelly hubiera explicado su frenesí higiénico diciendo que había invitado a sus amigas a comer, pero no hacía falta que la gente de *Power* lo supiera.

Oliver gorjeó, exhibió las encías y sus dos dientes. Extendió las manos hacia Kelly, y el fotógrafo continuó haciendo fotos cuando ella lo cogió en brazos.

—Estupendo —murmuró David, mientras Kelly alzaba al niño por encima de la cabeza. Entonces se oyó un ruido ominoso. Oliver abrió la boca y expulsó un vómito rosado que empapó el traje de Kelly y manchó el suelo.

—¡Oh, Dios mío! —exclamó Amy Mayhew, y retrocedió con tal rapidez que casi se empotró contra las cajas de cartón que simulaban ser muebles.

—Santo Dios —dijo Kelly mientras acomodaba a Oliver, que estaba berreando sobre su hombro—. Concededme un momento. Enseguida vuelvo.

Mierda, pensó, mientras se apresuraba por el pasillo. Habría sido el Tylenol. Corrió al cuarto del niño, le quitó la ropa y buscó a su alrededor una muda. *Claro, yo lavaré la ropa del niño*, llevaba diciendo Steve desde hacía tres días. Abrió la secadora. Estaba vacía. Abrió la lavadora y lanzó un gemido cuando vio toda la ropa de Oliver empapada todavía. Mientras sujetaba al niño con una mano sobre el cambiador, fue abriendo los cajones uno tras otro, hasta darse cuenta, con furia cada vez mayor, de que lo único limpio era su traje del bautismo o el pijama. El pijama, decidió, mientras le ponía un conjunto azul marino, aunque el niño no paraba de chillar y patalear.

—¿Todo bien? —gritó Amy Mayhew.

—¡Sí! —contestó Kelly.

Encontró una manta limpia y llevó a Oliver a su cuarto. Lo tendió sobre la manta encima de la cama. Se quitó su traje manchado y examinó a toda prisa las perchas del ropero, apartando a un lado los trajes abandonados de Steve hasta que encontró una falda limpia que le quedaría bien. Oliver lloraba. Le secó las mejillas y la barbilla con una toallita, y marcó un número de teléfono con su mano libre.

—Hola, soy Kelly Day. Llamo por mi hijo Oliver… —Agitó los pies para desprenderse de los zapatos y tiró de la cremallera de su falda, que no quería cerrarse. Se inclinó hacia delante para apretar la frente contra el estómago de Oliver, con el fin de impedir que resbalara y cayera—. Le di un poco de Tylenol hace una hora y acaba de vomitar…

—¿Tenía fiebre?

Gracias a Dios, pensó Kelly, *era una enfermera diferente de la que había contestado cuando Oliver se había caído de la trona.*

—Perdón, ¿qué ha dicho?

—El Tylenol —dijo la enfermera—. Ha dicho que le había dado Tylenol.

—Oh, sí. Es que le están saliendo los dientes…

Una mentira absoluta, pero ¿qué iba a decir? *¿Estoy medicando a mi hijo para que se porte bien durante una entrevista para una revista?* Entre esto y el accidente de la trona, había perdido su oportunidad de ganar el título de Madre del Año.

—Ahora parece que se encuentra mejor. Intentaré darle el pecho, y ya la llamaré más tarde.

Colgó el teléfono antes de que la enfermera pudiera contestar y rebuscó en el ropero. Su jersey favorito estaba en la pila de ropa para secar, cubierto de pelo de perro. Su segundo jersey favorito le iba ahora tan ceñido que parecía una «chica Varga» después de un largo fin de semana en un restaurante de bufet libre. Pasó la mano derecha sobre la última estantería, llena de polvo, y tocó por fin la caja de Lord & Taylor que Doreen le había enviado por Navidad. La tiró sobre la cama. El jersey que había dentro era color lavanda. Escotado. De angora. Pero al menos estaba limpio. Se lo puso y volvió corriendo a la sala de estar con Oliver en brazos.

—¡Lo siento! —dijo con una amplia sonrisa—. Ahora todo está controlado.

La reportera y el fotógrafo intercambiaron una mirada escéptica. Kelly reprimió un estornudo cuando un poco de angora se le metió en la nariz.

—Así que volviste a trabajar cuando el niño tenía...

—Dieciséis semanas —mintió. De hecho, habían sido doce, pero pensaba que dieciséis sonaba mejor—. Al principio, sólo unos días por semana, y unas cuantas horas cada día. Mi directora permitió que me reincorporara poco a poco.

Otra mentira. Había vuelto a trabajar a tope, comprimiendo cuarenta horas de trabajo en una semana laboral de veinte horas, y todo para no echar mano de sus ahorros y para alejarse unas cuantas horas al día del espectáculo de un marido tirado en el sofá con la bragueta abierta. Lejos de un niño que exigía toda su atención y sus dos manos.

—¿Tienes niñera mientras trabajas?

—Unos parientes me ayudaron al principio, y ahora una amiga me hace de canguro —dijo Kelly—. Es una gran suerte contar con ella.

Eso, al menos, era cierto, siempre que Steve contara como pariente. Y sí tenía suerte, comparada con la mayoría de mujeres del país, que podían considerarse afortunadas si conseguían seis semanas de permiso después del parto y que se veían obligadas a dejar a sus hijos en una guardería o a confiar en un pariente responsable y dispuesto a ayudar a una distancia prudencial. Podía considerarse afortunada porque su familia tuviera acceso a prestaciones sociales concertadas con el gobierno (cierto, sólo les quedaban seis meses más, hasta que el seguro suplementario de asistencia médica de Steve se terminara, aunque eso era mejor que nada). Podía considerarse afortunada por tener amigas que, en un periquete, cuidarían de Oliver si se producía una emergencia.

—Mi jefa me deja trabajar desde casa, de modo que paso mucho tiempo aquí —concluyó al tiempo que daba la vuelta con destreza a Oliver para impedir que practicara su último truco, consistente en agarrar el escote de lo que llevara puesto para tratar de levantarse, con lo que conseguía desbocarle el escote o abrirle, bajándole la blusa. Era la Mentira Número Tres, pero no podía decirles que trabajaba con un ordenador portátil en una cafetería porque su marido había invadido su estudio, que por lo visto necesitaba para dirigir sus equipos ficticios, cada vez más numerosos, de rugby y béisbol.

—¿Cómo han reaccionado tus clientes? —preguntó Amy—. ¿Les molesta que no estés disponible ocho horas al día?

—He descubierto que estoy tan conectada como cuando trabajaba en la oficina. Llevo encima el móvil, por supuesto, y tengo un busca para emergencias.

—Pero ¿qué pasa si surge algo y tu amiga no está aquí? ¿Qué haces con... —Amy lanzó una veloz mirada a su cuaderno de notas— Oliver?

Kelly se mordió el labio. En casos como ése, lo que hacía era entregar el niño a Steve, junto con un montón de libros ilustrados y juguetes.

—¡Le saco de paseo! —dijo en tono triunfal—. Le gusta mucho ir en su cochecito, y hablo por el manos libres, así que puedo utilizar las dos manos para empujar...

Amy la miró con escepticismo.

—Pero ¿y si necesitas consultar un documento, un memorándum, algo? ¿No es difícil trabajar cuando no estás delante de tu ordenador?

—Bien, si necesito algo, puedo imprimirlo y consultarlo mientras paseo. —Sí. Exacto. Se imaginó andando por Walnut Street, con Oliver en el cochecito, el móvil en su oído e intentando leer una hoja impresa arrugada doblada contra el manillar—. O cuando estamos sentados en el parque. O espero a que se haya dormido o... Bien, tengo amigas, que también son madres, y nos ayudamos mutuamente en momentos de crisis. Cualquiera de ellas podría cuidarle en caso necesario. —Ya estaba. Sonaba bien. Entrañable, incluso. Como en *Mujercitas*, todas esas mamás primerizas pasándose bebés y tartas de café caseras a través de la valla de estacas blancas. Se secó las manos a escondidas en la falda cuando oyó que la cámara se disparaba. El corazón se le había acelerado. Si fingir que lo tenía todo era tan difícil, tenerlo todo debía ser imposible—. Muchos eventos son nocturnos, cuando el niño duerme y mi marido ya ha llegado a casa, así que no hay problema.

—Asombroso —dijo Amy—. La idea de cuidar de otra persona... ¡Ni siquiera soy capaz de cuidar de mí misma!

No te imaginas nada, hermana, pensó Kelly.

—Disfruta ahora —dijo—. Pronto ingresarás en el club.

Amy Mayhew sonrió, pero Kelly se dio cuenta de que no la creía. O tal vez pensaba que el mundo se habría reinventado cuando se sintiera capaz de reproducirse, de que la ciencia y la sociología habrían descubierto la solución perfecta, y permitirían que bebés y empleos existieran en excelente armonía.

—Descríbeme un día de tu vida —dijo Amy.

—Bien, me despierto a eso de las seis... —empezó Kelly, y comenzó a enumerar sus actividades, sin hablar del infeliz golden retriever al que debía arrastrar por la manzana de su casa.

David empezó a desembalar cajas de equipo y montó una luz en una esquina.

—¿Tu vida es tal como te la habías imaginado? —preguntó Amy—. Cuando ibas a la universidad. ¿La imaginabas así?

Kelly intentó recordar con exactitud cómo había imaginado que sería su vida. Para empezar, había imaginado que su marido ganaría tanto dinero como ella. Había calculado unos cuantos años de catorce horas al día, viajes, noches en vela, fines de semana, lo que fuera con tal de afianzarse. Había imaginado la boda, por supuesto, y un apartamento como éste, sólo que con más muebles, el cuarto del niño decorado a la perfección, con un bebé silencioso tendido en el centro de una cuna perfecta. Se había imaginado empujando un cochecito, con el pelo bien cuidado, las uñas manicuradas, con vaqueros de la misma talla que usaba en el instituto, haciendo todas las cosas que no podía hacer trabajando: tomar cafés con leche, curiosear en librerías y tiendas de antigüedades, quedar con las amigas para comer, tiempo durante el cual el niño dormiría como un angelito en su cochecito, o tal vez en su regazo, para que las amigas pudieran admirarlo. Se había imaginado en la cocina, preparando comidas improvisadas mientras el niño dormía. Había soñado con un dormitorio iluminado con velas, un marido con el que todavía deseaba acostarse, sexo lascivo y atrevido. Había imaginado todos los aderezos de la maternidad (los protectores y sábanas de la cuna, el cochecito), pero no la realidad. La realidad de un bebé que, en sus fantasías, se le aparecía como una especie de accesorio chic, algo de moda aquella temporada. La realidad de un marido que no era lo que había imaginado cuando prometió amarle y respetarle.

—¿Kelly?

Estaba equivocada, pensó. Muy equivocada.

—Es mucho más duro —dijo sin ambages. Amy Mayhew la estaba mirando. Kelly carraspeó y se quitó otra bola de pelusilla—. Es mucho más duro de lo que había imaginado. —Carraspeó—. Porque resulta que, aunque trabajes a tiempo parcial, tu jefa espera en la práctica que rindas como si trabajaras a tiempo completo, por muy comprensiva que sea. Ésa es la filosofía del mundo laboral: hay que hacer las cosas, con bebés o sin ellos. Y si eres como yo, si eres como cualquier mujer a quien le fue bien en el colegio y le fue bien en el trabajo, no quieres decepcionar a tu jefa. Y quieres criar bien a tu hijo. —Se subió las mangas—. No es como crees que será.

Amy Mayhew compuso una expresión de solidaridad profesional.

—¿En qué sentido es diferente?

—Los bebés te necesitan. Te necesitan en todo momento, a menos que estén dormidos, y si tienes suerte dormirán una hora, como máximo, y entonces tendrás que decidir qué quieres hacer con ese tiempo. ¿Quieres trabajar? ¿Devolver llamadas telefónicas? ¿Vaciar el lavavajillas? ¿Ducharte? ¿Sacarte leche materna para cuando no estés en casa? Por lo general, acabas haciendo cinco cosas a la vez.

—Multitareas —asintió Amy Mayhew.

—Sí. Multitareas —contestó Kelly—. Así que acabas llamando a los clientes mientras estás conectada al sacaleches, pero no puedes tomar notas porque estás utilizando un brazo para sostener el teléfono y otro para sujetar las copas. O bien sientas al niño en tu regazo y les lees propuestas de eventos con la misma voz que utilizarías para leer *Un pez, dos peces, pez rojo, pez azul*, y confías en que no notará la diferencia. Además consumes mucha comida para llevar. Y no duermes mucho.

Kelly se detuvo para tomar aliento, porque no le gustaba la expresión de Amy Mayhew, que estaba empezando a parecer compasiva.

—¿Y tu marido? —preguntó la periodista—. ¿Colabora?

La palabra «marido» devolvió a Kelly a la realidad... o mejor dicho, a la falsa realidad que estaba intentando vender a los inocentes lectores de la revista *Power*.

—Bien, está muy ocupado —empezó—. Viaja...

—¿Te importa si guardo esto aquí? ¿Para que no salga en las fotos?

El fotógrafo sostenía su chaqueta y estaba indicando el armario ropero, en el que Kelly había guardado seis meses antes de todo tipo de cosas: periódicos, revistas, una caja semivacía de pañales demasiado pequeños para Oliver, los palos de golf de Steve, las sandalias que no utilizaba desde hacía meses, la comida y los huesos de *Lemon*, una bolsa de basura llena de ropa de bebé, una caja de zapatos abarrotada de fotografías sin ordenar, libros de la biblioteca, un patético globo deshinchado con la inscripción ¡ES UN CHICO!

—¡Espera!

Kelly vio a cámara lenta que el fotógrafo acercaba la mano al pomo. Dejó a Oliver en el suelo y se puso en pie, pero no fue lo bastante rápida. Se oyó un ruido sordo cuando la puerta se deslizó a un lado, y después su vida se derrumbó como una avalancha sobre el suelo recién aspirado.

—¡Uy! —dijo el fotógrafo mientras continuaba la cascada (un CD de AOL para una conexión gratuita de prueba de seis meses , un montón de facturas sin pagar unidas con una goma elástica, unas gafas de sol rotas, un ejemplar de *Cómo solucionar los problemas de sueño de tu hijo*, de la doctora Ferber, un ejemplar de *La solución del sueño sin llanto*, del doctor Sears, un ejemplar de *Dormir toda la noche*, del doctor Mindell—. Lo siento mucho.

—¡No te preocupes! ¡Ningún problema!

Kelly empezó a embutir cosas en el ropero, pero cuanto más empujaba, más objetos se derramaban (dos ejemplares de *Philadelphia Chickens*, tres ejemplares de *Where the Wild Things Are*, la ridícula manta tejido por Mary que no había tenido ovarios para destrozar o regalar, una caja de discos empapadores para los pechos, una lata de leche maternizada). Se inclinó con la respiración acelerada, empujó con los pies, recogió con los brazos. No sirvió de nada. Por cada cosa que lograba devolver al estante o inmovilizar en el suelo, había tres que esperaban turno. Y o bien estaba imaginando que oía la actividad frenética del fotógrafo disparando fotos, o toda la escena (incluido su culo inclinado, embutido más o menos en una falda de cremallera rebelde) estaba siendo inmortalizada para la posteridad. Se enderezó por fin y sopló para apartar mechones de pelo sudados de su cara.

—Dejémoslo —dijo.

No tiene importancia, se dijo, mientras se alejaba de los restos de los últimos seis meses de su vida.

—No tiene importancia —dijo en voz alta, y pensó en sus amigas. Un hijo muerto, un hijo enfermo, un marido infiel, eso sí que era fuerte. ¿Un ropero desordenado y un marido desmotivado? Poca cosa.

Entonces Oliver se puso a llorar otra vez, y *Lemon* a ladrar, y la puerta principal se abrió, y Steve entró, vestido con una camiseta de manga larga, la barba de dos o tres días, el pelo ensortijado sobre el cuello, y una expresión de estupor en la cara y los brazos cargados de pañales de rebajas.

—¿Kelly?

No. Oh, no.

—¡Tú debes de ser Steve! —dijo Amy Mayhew en tono jovial.

Él asintió y miró a los dos desconocidos.

—¿Dónde está tu hijo? —preguntó.

Amy lanzó una carcajada.

—Oh, no, yo no tengo hijos —contestó.

Steve frunció el ceño y miró a Kelly.

—¿Qué está pasando?

Miente, miente, piensa en una mentira.

—¡Has vuelto pronto!

—Sí, en Sam's Club no había todo lo que querías, de modo que pensé en volver y saludar a todo el mundo.

—¡Creíamos que estabas fuera de la ciudad! —dijo Amy.

—¿Eh? —dijo Steve. Miró a su mujer. Kelly tragó saliva.

—Te presento a Amy Mayhew y David Winters. Son de la revista *Power*.

Steve les miró, sin dejar de fruncir el ceño.

—Han venido para hablar conmigo —explicó Kelly.

—¿Sobre qué? —preguntó él.

Ella se pegó a la cara su mejor sonrisa de buena chica y rezó con todo su corazón. *Cúbreme*, pensó. *Si alguna vez me has querido, cúbreme.*

—Trabajo y familia —dijo—. Tenerlo todo.

—Ah —dijo él, y repitió la frase poco a poco—. Tenerlo todo.

—Te lo dije, ¿recuerdas? —dijo desesperada—. Sé que te lo dije. Te habrás olvidado. Está tan ocupado —explicó a Amy y David.

—Bien, será eso —dijo Amy Mayhew—. El trabajo de consultor es duro.

Steve miró a su mujer. *¿Consultor?*, casi le oyó preguntar. *Por favor*, le suplicó telepáticamente. *Vete, por favor.*

—Estaré en el estudio —dijo. Dio media vuelta, pasó por encima de las cosas diseminadas en el suelo como si no las viera, y salió de la sala.

—¡Espera, Steve! —Kelly rozó su manga con las yemas de los dedos cuando pasó a su lado—. ¿Me disculpáis? —dijo a David y Amy, y después corrió por el pasillo, dejó al niño en la cuna y volvió al dormitorio. Steve estaba delante del ropero. Ya había una maleta abierta sobre la cama.

—¿Qué estás haciendo?

—Pues no lo sé. Supongo que estoy haciendo de consultor, pues eso es lo que le cuentas a la gente últimamente —dijo.

—Bien, ¿qué debería decir? —siseó ella—. ¿Que estás en el paro? ¿Cómo crees que quedaría en un reportaje?

—¿Sabes una cosa? La verdad es que me da igual. Tú eres la que se preocupa siempre por las apariencias —dijo mientras recogía camisas y vaqueros del suelo, donde los había dejado tirados.

—Steve...

Él la fulminó con la mirada, y después cruzó la habitación en dirección al ropero, y cogió montones de calzoncillos y camisetas, los que Kelly había recogido del suelo y rescatado de debajo de las sábanas, los que había lavado, secado, doblado y devuelto a los cajones. *¿Qué se piensa?*, recordó haber preguntado a Becky. *¿Que hay un hada madrina que sustituye por arte de magia su ropa interior cada noche?*

—Muy bien, ¿sabes una cosa? Lárgate —dijo—. Llámame cuando tengas un número de teléfono nuevo. O mejor aún, llámame cuando tengas un trabajo nuevo. No creo que te espere sentada.

—Vuelve a tu entrevista —replicó Steve al tiempo que recuperaba más ropa del suelo—. ¿Por qué no les dices que eres madre soltera?

—¡Casi es lo mismo! —gritó ella al tiempo que se interponía entre Steve y la cama—. ¡Teniendo en cuenta la ayuda que me prestas, podría ser madre soltera! ¿Crees que quería volver al trabajo doce semanas después de que naciera nuestro hijo?

—Te lo diré por enésima vez, Kelly: no tenías que volver al trabajo. Volviste a trabajar porque quisiste. Y si me dejaras ayudarte...

—¡Si dejo que me ayudes, el niño se cae al suelo! —gritó ella—. ¡Si dejo que me ayudes, me dices que el pañal está seco cuando está mojado me dices que el niño no necesita eructar cuando es lo contrario, y yo necesitaba volver al trabajo!

—No —dijo él, con un sonsonete enloquecedor, como si estuviera hablando con un niño retrasado—. No es cierto.

—¡Lo hice porque no quería fundirme todos nuestros ahorros —gritó—. ¡Porque, al contrario que tú, me molesta estar sentada todo el día! ¡Ojalá fuera una madre soltera! Porque las madres solteras no han de recoger los platos sucios del marido ni botellas de cerveza vacías todas las noches. Las madres solteras no han de lavar la ropa sucia de los demás, ni ordenar los desastres de los demás, ni bajar la tapa del váter cada noche porque no hay que molestar al marido para recordarle...

—Baja la voz —susurró él.

—¿Por qué?, están demasiado ocupado viendo culebrones.

Steve dio una sacudida como si le hubiera abofeteado.

—Oh, sí, lo sé todo. ¿Crees que no me di cuenta de que el vídeo grababa cada episodio de *As the World Turns*?

—¡No soy yo! —gritó Steve—. ¡Lo vi una vez, y la estúpida máquina se puso a grabar sola!

—Sí, claro —dijo Kelly—. Yo me voy a trabajar, me ocupo de la compra, la lavadora, la cocina, la limpieza, todo...

—No porque tengas que hacerlo.

Ella no le hizo caso.

—Estoy criando sola a nuestro hijo, salvo por los diez minutos al día que dejas de navegar por Internet para leerle un libro repugnante, y yo ¡lo hago todo! ¡Y estoy harta! —Tiró con fuerza del dobladillo del jersey, que se había subido sobre su vientre—. Estoy harta.

—¡Pues tómate un descanso! —chilló Steve—. ¡Tómate un

descanso! ¡Echa una siesta! ¡Deja el trabajo! ¡O no! —Lanzó las manos al aire—. ¿No quieres tenerlo todo? Pues adelante.

—No puedo tomarme un descanso —dijo Kelly, y se puso a llorar—. No lo entiendes. No puedo. Porque después, ¿qué? ¿Y si no vuelves a trabajar nunca más? ¿Y si se nos acaba el dinero? ¿Qué será de nosotros?

—Kelly... —La estaba mirando, con una expresión casi perpleja y... ¿qué? Lo supo al instante. La misma expresión de Scott Schiff, su ex novio, cuando habían entrado en el camino de acceso de su casa en Ocean City. Compasiva—. No nos va a pasar nada. —La atrajo hacia él, y ella se dejó, cerró los ojos—. ¿De qué estás hablando? Tenemos un montón de dinero. Ya te lo he dicho un millón de veces...

—No el suficiente —replicó ella, y volvió a secarse la cara—. Nunca hay suficiente.

—Tenemos mucho dinero.

—No lo entiendes. —Le apartó de un empujón y se secó la cara con una camiseta de la cama—. No me comprendes.

—Pues explícamelo. —Extendió las manos hacia ella con los dedos separados—. Háblame. Habla conmigo.

Ella meneó la cabeza. En el instituto, los ocho O'Hara habían recibido uniformes donados y comidas gratis. Pero para la comida gratis tenías que entregar a la señora de la cafetería un billete amarillo en lugar del rojo con el que pagaban los chicos. El primer día de noveno, Mary le había arrebatado el billete amarillo, lo había roto en pedazos y le había puesto en la mano una lata de Coca-Cola *light*.

—Bebe esto —le había dicho—. No necesitamos limosna.

Durante años había vivido de acuerdo con aquel código, se había abierto camino, pagado sus comidas. *No necesitamos limosna...* y había terminado casada con un hombre que cobraba el paro, se pasaba los días tirado en el sofá y proponía que gastaran los ahorros.

—Cometí un error —susurró Kelly mientras volvía a secarse los ojos—. Me equivoqué contigo.

—No —dijo Steve, y sacudió la cabeza—. No, Kelly, no...

—Cometí un error —repitió—. Vete, por favor.

Se secó una vez más los ojos y salió del dormitorio, de regreso a su sala de estar perfecta, y al cuarto perfecto donde la esperaba su hijo, a la vida que era casi exacta a la que había imaginado y no se parecía en nada a la que había imaginado.

Llevó a Oliver a la sala de estar. Amy y David estaban sentados en el sofá, tan inexpresivos que no pudo adivinar (tampoco le importaba) si habían oído algo.

FEBRERO

LIA

Sam me había dicho que no era necesario que fuera a recibirle al aeropuerto.

—No te preocupes. Tomaré un taxi.

—No —dije, y sentí que un sollozo se estrangulaba en mi garganta cuando oí la familiar voz tejana. Sólo quería apretar el teléfono contra el oído y escucharle sin parar. Pero deseaba hacer un gesto, enviarle una señal. Quería estar presente cuando llegara a Filadelfia. Caminé hasta la estación de la calle Trece y tomé un tren al aeropuerto, con una hora de adelanto. Paseé de un lado a otro delante de la recogida de equipajes, pensando con añoranza en los días anteriores al 11-S, cuando podías cruzar las puertas para recibir a la persona que habías ido a recoger.

El tiempo se fue desgranando. Vi pasar a la gente, ancianas en silla de ruedas, estudiantes con mochilas, familias de aspecto agotado que empujaban carros cargados de maletas. Una familia pasó a mi lado con gemelos en un cochecito y un bebé, un recién nacido, en los brazos del padre. Cuando la madre me vio mirar, le sonreí.

—Buen viaje —dije. Vi círculos oscuros debajo de sus ojos, llevaba el pelo recogido en una coleta desastrada y se movía como si le dolieran los huesos. *Me acuerdo*, pensé.

—Lo intentaré —dijo. Se fueron, noté una palmada en el hombro, y allí estaba Sam.

—Hola.

Al oír su voz, sentí la sangre más caliente, y mi piel también, como si hubiera tenido frío y no me hubiera dado cuenta hasta que alguien me había ofrecido un jersey.

—¡Sam!

—Chisss —dijo él, y me dedicó una sonrisa cariñosa—. No quiero verte llorar. —Su voz se redujo a un susurro. Me alejó un poco y me examinó—. Aquí estás.

—Aquí estoy.

Y allí estaba él, más alto de lo que recordaba, con sus hombros anchos cubiertos por la chaqueta forrada de lana, una gorra de punto inclinada sobre la frente, la cicatriz en forma de estrella en mitad de la barbilla, recuerdo de cuando se había caído del triciclo a los cinco años. Miré su frente, que había recibido el impacto de la manzana lanzada por la sin techo, y después sus manos, que habían ayudado a sacar a nuestro hijo de mi cuerpo. «Felicidades, papá», habían dicho las enfermeras, y Sam se había agachado para besar mi frente sin decir palabra.

Sentí que las rodillas me fallaban cuando tomó un mechón de mi pelo entre los dedos y lo estudió bajo las luces brillantes del aeropuerto.

—Tienes el pelo distinto.

Me encogí de hombros.

—Bien, sí. Es lo que pasa cuando no estás en el candelero.

—¿Quieres decir... —apoyó la mano sobre su corazón— que eres rubia natural?

Sentí que me ruborizaba por una cosa tan tonta. Y por las demás mentiras que le había contado.

—Lamento decepcionarte.

—Lo superaré algún día. Es bonito. —Se encogió de hombros y colgó la bolsa de su hombro—. Ya hay bastantes rubias en Hollywood.

—Yo... —Mis manos y rodillas temblaban. Quería preguntarle un millón de cosas. *¿Estás bien?* y *¿Me perdonas?* y *¿Comprendes por qué me fui, por qué tuve que marcharme?* Y por supuesto: *¿Quieres que vuelva?*—. Hay un tren de vuelta a la ciudad —fue lo único que me salió.

—No. Lo haremos con estilo. He alquilado un coche.

—¿De veras? —Quería enlazar mi brazo con el suyo, abrazarle o apretar su mano, pero no sabía si aún tenía derecho o si volvería a hacerlo de nuevo. Tal vez mi aspecto fuera diferente, pero el de Sam era el de siempre: bronceado, fuerte y seguro de sí mismo—. Qué bien.

—No me des las gracias a mí, sino a la cadena. Les dije que pasaría por la filial para saludar, y estuvieron encantados de pagarme el viaje. Billetes de avión, coche y chófer, habitación en el hotel... —Hizo una pausa para sacar del bolsillo posterior los billetes y consultar un pedazo de papel metido en medio—. El Hotel Rittenhouse. ¿Sabes dónde está?

Respiré hondo.

—En la misma calle de mi apartamento.

—Ah —dijo. No añadió nada más. Miré su rostro familiar y traté de averiguar qué sentía. *Irritación*, pensé, y mi corazón dio un vuelco. *Dios, ha de estar enfadado conmigo. Perder a un hijo y a una esposa en menos de un mes...*

—Lo siento —dije, a sabiendas de que las palabras eran inadecuadas.

Se encogió de hombros. Sus ojos eran opacos, indescifrables.

—¿Quieres...? —empecé. Callé. Me pregunté dónde viviría, ¿se había trasladado o se había quedado en el mismo lugar donde había vivido Caleb? Sentí que mi corazón se partía de dolor por él. Por mi hijo. Por todos nosotros.

El chófer, con gorra y chaqueta oscuras, alzó una tablilla en la que se leía el nombre «JAMES KIRK*». Sam aguantó la puerta para que yo pasara y después se sentó a mi lado. Entonces el coche se alejó del bordillo.

—Bonito seudónimo —dije.

Sam asintió.

—¿Qué intentabas preguntarme?

Había muchas cosas que deseaba preguntarle (¿te quedarás conmigo? era la primera de la lista), pero me oí decir:

—¿Todavía me quieres?

—Oh —dijo. Y de repente me encontré en sus brazos, apreta-

* Legendario capitán de la nave *Enterprise*, de la serie *Star Trek*. (*N. del T.*)

da contra él, y me sentí rodeada por el olor de su jabón y su piel, y oí el latido de su corazón—. Oh, Lia...

Busqué sus manos, con el deseo de sujetarlas con las mías... y de hacerle otra pregunta. Aún llevaba la alianza. La noté contra las yemas de mis dedos. Al menos la seguía llevando.

—Eres la madre de Caleb —dijo—. Siempre te querré por eso. —Me acarició la cabeza de nuevo—. Y tu nuevo color de pelo es muy excitante.

Besé sus mejillas, sus labios, su frente, su pelo bajo la gorra. Me abrazó con fuerza.

—¿Así que desapareces nueve meses, después me llamas haciendo una señal con el dedo y yo acudo corriendo? —murmuró en mi pelo—. ¿Se trata de una nueva versión de hacerse de rogar?

Las palabras quisieron acudir en tropel a mi boca, pero las contuve. Me deslicé en su regazo y le besé un poco más.

Me apartó para mirarme.

—Debo suponer que me has echado de menos. —Lo dijo casi sin respiración, y noté que temblaba cuando me abrazó. No habíamos hecho el amor desde la muerte de Caleb. Lo habíamos intentado una vez, una noche en que ninguno de los dos podía dormir, pero habíamos acabado llorando y perdiendo nuestras buenas intenciones.

—Te he echado mucho de menos —dije antes de inclinar la cabeza para volver a besarle—. Muchísimo.

Apretó un botón, y una hoja de cristal tintado descendió entre nosotros y el chófer.

—Mejor sin espectadores... —dijo mientras forcejeaba con mi chaqueta, mi jersey, mi pañuelo—. Tanta ropa. Dios mío. Estos chicos de la costa Este lo habrán pasado fatal.

—Nada de chicos de la costa Este —susurré—. Sólo tú.

Me recliné en el asiento, y con un veloz movimiento me quité la chaqueta y el jersey por encima de la cabeza. Sentí que el corazón se me aceleraba cuando me miró.

—Muy hábil —dijo—. Déjame... —Se desabotonó la camisa. Sus dedos temblaban. Su piel estaba muy caliente—. Ven aquí —dijo, y me apretó contra él—. Necesito sentirte.

Me levanté de su regazo y me bajé los vaqueros y las bragas hasta las rodillas. Lancé una exclamación ahogada cuando sentí sus dedos sobre mí. Quise decir algo acerca de cuánto le había deseado, cuánto había pensado en él, de que no había habido nadie más, pero ya me estaba levantando en sus brazos, sosteniéndome como si no pesara nada, hasta que encajamos como las piezas de un rompecabezas. Nos mecimos juntos, primero despacio, y después cada vez más deprisa...

—¿Señor? —dijo la voz del chófer por el intercomunicador. Miré por la ventanilla, y vi árboles, tiendas y aceras.

—Ya hemos llegado —susurré.

—¡Siga conduciendo! —jadeó Sam. No pude evitarlo. Me puse a reír—. ¡Vaya a... algún sitio!

El coche se detuvo. Después el semáforo se puso en verde y avanzamos de nuevo, y yo me mecí sobre él, aferrando sus hombros con las manos, mirándole a los ojos, al principio despacio, y después más deprisa, mientras nuestro aliento teñía las ventanillas de gris.

—Oh —gimió Sam.

En el último momento, en el último instante, cuando pudo respirar y se controló lo bastante para hablar, le oí susurrar la pregunta en mi oído.

—¿Llevas puesto el diafragma?

Habría podido contestarle que nunca se tomaban las suficientes precauciones, y que por más cuidadoso que fueras y por más que te esforzaras, había accidentes, trampas ocultas y emboscadas. Podías matarte en un avión o cruzando la calle. Tu matrimonio podía irse a pique cuando mirabas a otro lado. Tu marido podía perder el empleo. Tu hijo podía enfermar o morirse. Podría haber dicho que nada era seguro, que la superficie del mundo es bonita, pero debajo no hay más que fallas y terremotos, a la espera de desencadenarse. En cambio, me limité a susurrarle «sí» al oído. Un minuto después él jadeó algo que no entendí. Y después reinó el silencio, sólo se oía el sonido de nuestra respiración.

AYINDE

Tres semanas más tarde de que Ayinde y Richard hubieran vuelto a casa con Júlian después de la consulta del cardiólogo, Clara llamó con los nudillos a la puerta del cuarto de Ayinde.

—Alguien quiere verla —anunció.

Ella la miró con curiosidad.

—¿Quién?

Clara se encogió de hombros. Después sus manos dibujaron un estómago en el aire.

—Embarazo —dijo.

Ayinde sintió que se le erizaba el vello de la nuca, mientras levantaba a Julian y seguía a Clara escaleras abajo.

La mujer que esperaba en la puerta llevaba un vestido rosa y blanco demasiado ligero para el invierno de Filadelfia. En sus piernas pálidas se veían venas azules abultadas y llevaba tacones altos y un caro bolso de piel rosa colgado de una muñeca. Ayinde reconoció la cara de esa mujer rubia, la había visto en las revistas del corazón. No llevaba abrigo de invierno porque en Phoenix no era necesario.

Ayinde se quedó sin aliento, como si fuera un neumático desinflado.

—Clara, encárgate del niño —dijo mientras la mujer (una chica, en realidad) temblaba en el porche—. ¿Qué quieres? —le preguntó Ayinde, mirándola de arriba abajo. Se dio cuenta de que se sentía incómoda a causa del frío, pero no le importó—. Richard no está.

—Lo sé. —La voz de Tiffany era grave y gangosa. Alargaba las vocales. Su indumentaria, peinado y maquillaje eran propios de alguien mayor que ella, pero cuando hablaba parecía que tuviera doce años—. He venido a verla a usted, Ayinde.

Pronunció el nombre con cuidado, como si hubiera estado practicando.

—¿Por qué?

La mujer se rodeó el cuerpo con los brazos y hundió la barbilla en el pecho.

—He venido a decirle que lamento lo que hice.

Ayinde parpadeó. Estaba preparada para una confesión escabrosa o una petición de dinero, pero no para esto.

—Lo siento —repitió la muchacha.

—¿Cómo has encontrado esta dirección?

—La noche que conocí a Richard... —*Muy bien expresado*, pensó Ayinde—. Cuando se quedó dormido, miré su móvil. Encontré el número de teléfono de su casa, y a partir de ahí obtuve la dirección. Por si alguna vez necesitaba ponerme en contacto con él.

—Yo diría que supiste hacer muy bien lo de ponerte en contacto con él —dijo Ayinde.

La muchacha tragó saliva.

—Obtuve la dirección, y después... —Se encogió de hombros, forcejeó con la cremallera del bolso y sacó un papel—. Con un buscador de Internet conseguí este mapa.

—Qué lista —contestó Ayinde con frialdad—. Tus padres estarán orgullosos de ti.

La chica estaba temblando.

—No, señora. —Levantó la barbilla—. Sé que no me creerá, pero no me educaron para... —contempló su barriga— esto. Están avergonzados de mí. —Agachó la cabeza de nuevo, y sus palabras casi se perdieron en el viento—. Estoy avergonzada de mí misma.

Ayinde apenas dio crédito a lo que estaba haciendo cuando abrió la puerta.

—Entra.

Tiffany caminaba como si sus piernas pertenecieran a otra persona y las hubiera alquilado para aquel día. Su barriga oscilaba a cada paso que daba mientras seguía a Ayinde hasta la sala de estar y se sentó en el borde del sofá. La cocinera entró en la habitación con una bandeja de té y galletas, y después salió a toda prisa con la cabeza gacha.

—¿Qué quieres? —preguntó Ayinde.

—Sólo quería decirle que lo siento —contestó la chica—. Siento los problemas que le he causado.

—¿Qué sabes de mis problemas? —preguntó ella.

—Leí que su hijo estaba enfermo —dijo la chica.

Ayinde cerró los ojos. «¡EL CORAZÓN DEL HIJO DE TOWNE EN PELIGRO!», habían proclamado los titulares de los periódicos sensacionalistas, y el hospital les había escrito una carta en la que prometía llegar al fondo del incidente y descubrir quién había violado su intimidad como pacientes.

«Así que alguna celadora perderá su empleo» —dijo Ayinde a Richard con voz cansada. El daño ya estaba hecho, pero al menos no había fotos. Y Julian se encontraba bien.

—Sólo quería decírselo —siguió la muchacha. Inclinó la cabeza sobre la taza de té, después dejó el platillo en la mesa y se frotó las piernas con las manos, dejando marcas rosadas sobre la piel—. Sé que suena raro viniendo de mí, pero su marido es un buen hombre.

Por lo que va a pagarte, deberías pasearte por toda la Quinta Avenida anunciándolo, pensó Ayinde.

—Le pregunté si quería volver a verme cuando regresó a la ciudad para jugar, y me dijo que no, que quería a su mujer. —Carraspeó y la miró—. Pensé que debía saberlo. Lamento lo que hice. Supongo que quería lo mismo que usted, ¿no? Lo que proclamaban las fotos de usted y de él. Tan felices.

Ayinde descubrió que era incapaz de hablar.

—Pero él le quiere, y ésa es la verdad —dijo Tiffany.

—Eso no le impidió... —*follar*, quiso decir— acostarse contigo —dijo.

—No creo que fuera su intención —dijo Tiffany.

Ayinde tuvo ganas de soltar una carcajada.

—¿Qué pasó, pues? ¿Se enamoró?

—Más o menos —contestó la chica con cautela—. Y lo lamento. También siento haber hablado con los periodistas. Fue una equivocación. Perdí el juicio. —Meneó la cabeza y se masajeó las piernas de nuevo—. Mi madre dice eso.

La mía también, pensó Ayinde.

—Y siento... —Tiffany se rodeó el cuerpo con los brazos y osciló de un lado a otro. Ayinde la miró y se preguntó de cuánto estaría, si dormiría o se pasaría las noches en vela, sola, notando las pataditas del niño—. Sé que cometí una equivocación. He cometido un montón de equivocaciones, y quiero enmendarlas. Por el niño.

—Por el niño —repitió Ayinde. No podía creerlo, pero sentía (¿era posible?) compasión por la mujer que le había causado tanta desdicha. Su hijo no lo tendría fácil, ni blanco ni negro, y tampoco ella, una madre soltera. El mundo no había cambiado tanto desde que los padres de Ayinde le habían dicho que era una pionera. No había mejorado con suficiente rapidez.

Tiffany se secó los ojos.

—Voy a volver a la universidad —dijo con voz temblorosa—. No creo que esto de la danza vaya a funcionar, a menos que me marche a Los Ángeles o Nueva York, y ahora... —Apretó una almohada bordada contra el regazo—. Estaba pensando en sociología, pero no sé.

Sus frases acabaron por ser auténticas afirmaciones, no parecía tener nada seguro. *Veintiuno*, recordó Ayinde. Sólo tenía veintiún años.

—Creo que es una buena carrera —dijo—. Y también pensé... —Sus palabras salían en tropel—. No sé lo que pensará de esto, pero me gustaría que mi hijo conociera a su padre. Y a su hermano. Hermanastro, en realidad. Quiero que el niño sepa que tiene uno.

Ayinde contuvo la respiración.

—¿Podría llamar de vez en cuando? Cuando haya nacido el niño... No quiero molestarla, ni a usted ni a su marido, pero...

Ayinde cerró los ojos para borrar la visión rosa que era Tiffany. Era demasiado. Era demasiado para ella, para cualquier mujer. ¿Qué diría Lolo? Arquearía una de sus finísimas cejas, ladearía apenas la cabeza y murmuraría algo que sonara agradable en la superficie, pero devastador en el fondo.

Ayinde oyó la respiración de Tiffany, los crujidos del sofá cuando se removió. Recordó que sus padres le hablaban cuando estaba acostada en la cama con dosel, con la cara inclinada sobre ella, y decían que era una chica afortunada por vivir tan bien, por ir a un buen colegio y viajar a lugares bonitos en vacaciones, y que su obligación, como chica afortunada, era ser amable con los que no gozaban de su suerte. Recordó las instrucciones de llevar siempre unos dólares en el bolsillo para los sin techo que dormían delante de su edificio, de que, si no terminaba su cena, debía guardarla en un *tupper* y dejarlo en una estación de metro, porque siempre había alguien pobre y hambriento que se lo agradecería. Has de ser valiente porque eres afortunada, le había dicho Lolo. Todavía era afortunada... pero ¿podía ser valiente?

—Lo siento —dijo Tiffany, después de que la pausa se prolongara en exceso—. Supongo que no tendría que haber venido. Es que... Bien, estoy un poco asustada, supongo, con la idea de tener un hijo... Supongo que habría debido pensarlo antes... —Bajó la voz—. Mi madre no me habla. Dice que yo me he metido en este lío, y que yo he de salir de él. Dice que es culpa mía por... ya sabe, por lo que hice.

Ayinde oyó el ruido de la garganta de Tiffany cuando tragó saliva. Oyó que Julian farfullaba con Clara arriba, sonidos que parecían palabras, a veces parecían chino y otras un idioma propio. Con el tiempo, su corazón sanaría, habían dicho los médicos. Ella no les había creído. «¿Se puede vivir bien con un agujero en el corazón?» El doctor Myerson se había encogido de hombros con semblante irónico. *Le sorprendería saber con qué es capaz de vivir la gente*, dijo.

—Tiffany.

—¿Sí? —contestó la joven, ansiosa.

—Creo que no me sentiría cómoda si vinieras aquí.

—Ya me lo imaginaba —dijo con tristeza—. Creo que yo reaccionaría igual.

—Pero podrías darme tu número —continuó Ayinde—. Podría llamarte.

—¿De veras lo haría?

—Te llamaré. Cuídate, ¿de acuerdo? Y cuida del niño.

—¡Gracias! —dijo la chica—. ¡Muchísimas gracias!

—De nada —dijo Ayinde.

En cuanto Tiffany se marchó, subió la escalera poco a poco. Clara estaba acunando a Julian en sus brazos. Se lo dio sin decir palabra, y Ayinde lo cogió entre sus brazos y besó sus mejillas.

—Vas a tener un hermanastro o una hermanastra —le dijo. El niño gorjeó y agarró sus pendientes. Ella cerró los ojos. *Afortunada*, le habían dicho sus padres. Supuso que hasta podía ser verdad.

BECKY

Durante los años de matrimonio y paternidad de Becky y Andrew, Mimi Breslow Levy jamás les había enviado una carta.

Llamadas telefónicas, sí. Correos electrónicos, muchos de ellos marcados como urgentes y engalanados con señales de exclamación rojas, desde luego. Cientos de faxes, docenas de paquetes a nombre de A. Rabinowitz. Pero nunca habían recibido una misiva de su puño y letra hasta el jueves por la tarde en que Becky volvió a casa del trabajo y encontró a Andrew sentado en el sofá, contemplando con semblante fúnebre un par de hojas manuscritas.

—¿Qué es eso? —preguntó. *Malas noticias*, pensó, a juzgar por la expresión de su cara.

—Es Mimi —contestó él—. Reniega de nosotros. Dice que no quiere vernos nunca más.

Becky, gracias a un esfuerzo descomunal, logró reprimir su primera reacción: empezar a dar saltitos mientras cantaba a pleno pulmón *Happy Days Are Here Again*.

—¿Qué quieres decir?

No le contestó, cogió a Ava de los brazos de Becky y le dio la carta. Ella se sentó en el sofá y empezó a leer.

«Andrew:

»No sé si podré encontrar palabras para expresar hasta qué punto me han herido vuestros actos del mes pasado. Está claro que tu mujer y tú habéis decidido que no queréis que intervenga en vuestra vida, ni que me relacione con mi nieta. No sé qué he podido hacer para que os comportéis así...»

—Oh, por favor —murmuró Becky, y miró de soslayo a Andrew, derrumbado en el sofá con aspecto de haber perdido varios litros de sangre.

«... pero desde que os casasteis, y en especial desde que nació mi nieta, no habéis hecho otra cosa que tratarme con una falta de respeto monstruosa.

»Siempre he intentado hacer todo lo posible por vosotros, incluso cuando no era fácil y yo corría con los gastos. Sacrifiqué mis deseos para que siempre tuvierais todo cuanto queríais y necesitabais.»

¿Sacrificar qué?, se preguntó Becky. Por lo que había visto de Mimi en acción, poco había hecho para sacrificarse y mucho para conseguir sus deseos, aderezado con un poco de «Merezco respeto» y un chute de culpa como postre.

Siguió leyendo. «Tu comportamiento ha sido vergonzoso. Como hijo, eres una decepción.»

—Esto es ridículo, Andrew —dijo Becky. Él apretó los labios y no dijo nada—. ¡Eres un hijo maravilloso! Eres muy bueno con ella. Eres paciente, eres cariñoso y generoso. Te portas mucho mejor que cualquier hombre. Has sido amable con ella, la has incluido...

—¿Has leído toda la carta? —preguntó él.

Becky bajó la vista hacia los últimos párrafos.

«Voy a repudiarte... Los abogados se pondrán en contacto contigo... Te burlaste de la Navidad que, deberías saber, es muy importante para mí... No quiero saber nada de vosotros nunca más.» Una frase saltó de la página como una bofetada. «Me has rechazado y prefieres a tu mujer y a su familia, unos impresentables que no saben comportarse como la gente decente...»

Becky dobló las páginas. Andrew se incorporó.

—¿Sabes una cosa? —dijo él—. Tal vez deberíamos dejar que se fuera.

Ella le miró y parpadeó. Se quedó boquiabierta.

—¿Qué?

Andrew se puso en pie y se pasó las manos por el pelo, mientras paseaba de un lado a otro de la sala de estar.

—Tienes razón. Es una mujer horrible. Es horrible para mí, horrible para ti, y debe de ser horrible para Ava cuando no estamos delante. —Le arrebató la carta de la mano y la metió en el sobre con tanta fuerza que el papel se rompió—. ¿Quiere repudiarnos? Estupendo. Ya era hora. Estaremos mejor sin ella.

Becky cerró los ojos. Esto era lo que más había deseado, soñado, aquello por lo que había rezado, y ahora se lo entregaban en bandeja de plata. Entonces, ¿por qué se le antojaba una victoria tan mezquina?

—Andrew —dijo.

—¿Qué? —preguntó él, mientras doblaba el sobre y lo guardaba en el bolsillo.

—Tal vez nos lo deberíamos pensar.

—¿Qué hay que pensar? —preguntó—. Es tan manipuladora, tan exigente, tan agobiante...

—Pero es la abuela de Ava —dijo Becky, casi sin dar crédito a las palabras que habían salido de su boca—. Y del futuro jugador anónimo. —Se dio unas palmadas en la barriga—. También es la abuela de este niño.

Su marido la miró como si le hubiera crecido otra cabeza.

—¿Estás defendiendo a Mimi?

—No, claro que no. Tienes razón. Ha hecho cosas terribles, y llegar a decir que eres una decepción como hijo es, bueno, increíble. Pero... —*Santo Dios*, pensó, *¿qué estoy haciendo?*—. Siento pena por ella. Imagina lo sola que se sentirá sin nosotros.

Andrew entornó los ojos.

—¿Te han abducido los ladrones de cuerpos?

Ella le tendió el teléfono.

—Llámala —dijo—. Hemos de solucionar esto.

Mimi había accedido a quedar con ellos un domingo por la tarde. Tres días después de que su carta llegara, Becky y Andrew dejaron a Ava con Lia y se desplazaron hasta Merion. Mimi no contestó al timbre, y después de que Andrew abriera la puerta con su llave, la encontraron sentada en una butaca dorada de respaldo alto, vestida con un top sin hombros y con la cabeza muy alta.

—No pienso —dijo señalando a Becky y alzando la nariz como si hubiera olido a podrido— hablar con ella.

—Mi mujer tiene un nombre —dijo Andrew.

Mimi le miró como si le estuviera observando a través de un microscopio.

—No tengo nada que deciros a ninguno de los dos. —Becky reprimió una risita. Le reina Mimi, *grande dame* de un reino que sólo existía en su imaginación—. El único motivo de que haya accedido a concederos esta entrevista es porque quiero ver a mi nieta.

—Tu nieta se llama Ava —dijo Andrew.

—He sido insultada —dijo Mimi, al tiempo que agitaba un dedo en dirección al cielo—. He sido amenazada. Me habéis puesto en ridículo. He sido más que generosa con vosotros dos, más que generosa... —repitió por si no lo habían oído—. Y mi generosidad ha sido recompensada con nada. Como hijo, eres una decepción —concluyó—. Y tú —dijo mientras fulminaba a Becky con la mirada, olvidando al parecer que no quería dirigirle la palabra—, la forma en que me has hablado es imperdonable. Eres mucho más que despreciable.

Se puso en pie.

—Tendría que haber guisado el maldito jamón —murmuró Becky. Después habló más alto—. Vuelve, Mimi. Siéntate —dijo. Su suegra no aminoró el paso—. Si no quieres hacerlo por Andrew o por mí, hazlo por Ava. —Becky tragó saliva y se obligó a pronunciar las palabras—: Tu nieta.

Dio la impresión de que la pausa se prolongaba una eternidad. Terminó cuando Mimi se dio media vuelta.

—¿Qué? —preguntó con frialdad.

Becky no había preparado un discurso. No había preparado nada, salvo estar sentada en silencio al lado de Andrew. «Deja que hable yo», había dicho su marido, y ella había accedido porque si algo tenía claro de su matrimonio, era que no tenía ni idea de qué pasaba por la cabeza de Mimi, y Andrew, al menos, sabía tratarla, aunque su rollo se redujera a una sola estrategia barata: *Dale lo que quiere.* Pero Andrew ni quería ni podía hablar. Lo cual dejaba la situación en manos de Becky.

Observó a Mimi, quien había vuelto a sentarse y les miraba echando chispas. La mujer que había arruinado su boda, que la había insultado a ella y a su familia, que había desairado a su madre, abrumado de culpabilidad a su marido y vestido a su hija como una desvergonzada adolescente. Respiró hondo. *Sentid vuestra relación con todo ser vivo*, recordó que les había dicho Theresa en la clase de yoga, cuando sus amigas y ellas estaban embarazadas. Se obligó a respirar poco a poco y a no ver a la mujer que tenía delante, con sus huesos de pajarillo y el pelo negro ralo, sus amenazas, exigencias y pretensiones. Se obligó a imaginar a Mimi cuando era una niña pequeña, una Mimi del tamaño de Ava, de pie en la cuna, llorando, con las manos aferrando los barrotes. Llorando y llorando sin que nadie fuera a levantarla, a ayudarla.

La visión adquirió tal claridad que Becky casi pudo tocarla: el pañal empapado y el pijama mojado, las lágrimas en el rostro de la niña. Y oyó los sollozos de esa pequeña, que utilizaba el mismo tono indignado y farisaico que utilizaba Mimi... Pero imaginar el llanto de aquella niña convertía a su suegra en un ser diferente. Imaginó la cara húmeda de la pequeña Mimi, sus labios temblorosos, los hipidos antes de empezar a llorar de nuevo. Llorar y llorar, sin que nadie acudiera en su ayuda.

—Lo siento —dijo en voz baja.

Y lo sentía por la niña que había visto en su imaginación. ¿Dónde estaban sus padres? Andrew no le había contado casi nada de los padres de Mimi. Habían muerto antes de que él naciera, cuando ella era una adolescente, un año antes de que se embarcara en su serie de matrimonios. El padre de Mimi había alcanzado el éxito durante una breve temporada, y después había perdido todas sus inversiones y descubierto que su socio le estafaba, algo acerca de un desfalco. Había pasado un tiempo en la cárcel. Bueno, Andrew no estaba seguro si el socio o el padre. La madre de Mimi era rara. «¿En qué sentido?», había preguntado Becky, y Andrew había sacudido la cabeza, había encogido los hombros, le había dicho que no podías fiarte demasiado de Mimi, y que nunca sabría con seguridad la verdad de la historia. Sólo contaban con la prueba que tenían delante de los ojos, y esa prueba sugería daños. ¿Qué le había dicho Lia meses antes? «Es así porque ha sufrido.»

Becky alzó la vista.

—Lo siento —repitió.

Mimi la miró como si estuviera a punto de escupirle.

—¿Qué has dicho? —preguntó con voz estridente.

Becky la miró sin verla. Aún estaba viendo a aquella niña abandonada en la cuna. «Ven aquí, nena», diría, y la tomaría en brazos, como había hecho con Ava un millar de veces. Le cambiaría el pañal, le pondría ropa limpia, le daría de comer, la calmaría y le cantaría una nana para que se durmiera. *Adiós y adiós, adiós y adiós, la luna es media tarta de limón.*

Los dedos de Andrew apretaron su rodilla con tal fuerza que no dudó de que le dejarían morados. Becky intentó imaginar pájaros con alas rotas, perros con patas aplastadas y la niña en la cuna llorando porque sus padres no acudían. Pensó en lo que sería crecer sin la seguridad que merecían todos los niños *(cuando sienta dolor, frío o miedo, alguien vendrá a cuidarme)*, y en que esa ausencia podría empujarte a rechazar a la gente que amabas, a ahuyentarla cuando lo único que deseabas era atraerla hacia ti. Y en aquel momento cada palabra de disculpa era sincera.

—Siento haber exagerado por lo de Navidad —dijo—. Ahora comprendo cuánto significaba para ti.

Mimi boqueaba como un pez.

—Creo que no me sentiría cómoda con un árbol en casa, pero el año que viene te ayudaré a organizar la cena de Navidad aquí en tu casa —dijo Becky—. Tienes más sitio. Y dos hornos.

—Yo... Tú... Ya nos hemos perdido la primera Navidad de mi nieta —dijo Mimi. Sus manos manicuradas aferraron convulsivamente los brazos de la butaca. Parecía confusa, pequeña, vieja y desdichada—. ¡Fuiste a casa de tu madre!

—Sí —contestó con calma Becky—, pero ir a ver a mi madre no significa que no te queramos. Ava celebrará su primera Navidad el año que viene. —Curvó los dedos de los pies dentro de los zapatos y trató con desesperación de retener en la mente la imagen de Mimi cuando era pequeña, intentó recordar lo mal que lo había pasado, en lugar de recordar cuánto daño les había infligido Mimi—. Es afortunada de tener una abuela como tú.

Mimi agachó la cabeza. Becky advirtió que asía los brazos de la butaca. Y después vio algo que jamás habría imaginado. Su suegra parpadeaba con rapidez. Se llevó una delgada mano a la cara y la retiró contemplando la humedad de sus dedos sorprendida. Becky se preguntó cuánto tiempo hacía que Mimi no derramaba lágrimas que no fueran de cocodrilo.

—He de lavarme la cara —dijo, y salió disparada.

—De acuerdo —contestó Becky—. ¡Feliz Año Nuevo!

Después, como no deseaba tentar su suerte, obligó a Andrew a ponerse en pie y se fueron a toda prisa.

Era un día frío pero soleado, y el viento azotó las mejillas de Becky mientras caminaban por la galería en dirección al coche.

—¿Qué ha pasado? —preguntó él, con el aspecto perplejo de un hombre que ha sido atado y amordazado en espera del verdugo, y luego ha descubierto que las balas del pelotón de fusilamiento eran de chicle.

—No lo sé. ¿Leche de bondad humana? —Sonrió. Era la broma de Sarah sobre la tarta de tres leches que servían en Mas. Cuando los clientes preguntaban cuáles eran las tres leches, contestaba: «Evaporada, condensada y la leche de la bondad humana».

—Leche de bondad humana —repitió Andrew.

—No hace falta que pongas esa cara de asombro. Siento pena por ella. —Aferró el brazo de Andrew mientras rodeaba una placa de hielo—. Debe sentirse sola. Y lo más seguro es que no tenga ni idea de cómo son las niñas, o qué quieren, así que igual sigue comprando ropa de adolescente procaz para Ava...

—¿De qué?

Oh, Dios.

—Bien, ya sabes, todos esos tops que ponen sexy, ligona y cosas por el estilo.

—Debe creer que está de moda.

—Siento pena por ella. De veras —dijo Becky. Andrew sujetó

la puerta para que entrara en el coche—. Creo que estaba pensando en mis amigas. Si Ayinde es capaz de perdonar a Richard y hablar con la chica de Phoenix, y si Lia... —Suspiró y agachó la cabeza—. Nosotros estamos muy bien, ¿verdad? —Bostezó y se estiró en el asiento—. Por supuesto, estás autorizado a recordarme todo esto la próxima vez que haga algo impresentable.

Pero incluso mientras lo decía, pensó que no habría una próxima vez. Sospechaba, o tal vez esperaba, que su suegra había quedado fuera de combate.

Aunque quizá eso era mucho esperar. Tal vez tendrían que ir tirando de día en día, de semana en semana, de festivo en festivo, saltando de una crisis y un estallido al siguiente, en un círculo cerrado de recriminaciones y furia. Tal vez Mimi sería una pesadilla para ellos hasta el día en que muriera. Pero con tanta dicha en su vida, decidió Becky, un poco de dolor no estaba de más. Era como la salsa de rábano de la Pascua judía: la amargura te recordaba lo dulce que era la vida.

Andrew entró en la autopista.

—¿Así que vas a preparar la cena de Navidad del año que viene?

—¿Por qué no? —contestó Becky—. Guisar un jamón no me hará daño, si tanta importancia tiene para ella. Y en cuanto a las cosas que nos importan, como dónde vamos de vacaciones, o dónde vivimos, o en qué gastamos el dinero o qué nombre ponemos a nuestros hijos...

—¿Qué haremos? —preguntó Andrew—. ¿Mentirle?

—Le diremos lo que necesita saber. Y después haremos lo que nos dé la gana. Lo que sea mejor para nosotros, para Ava y para el pequeñín —dijo acariciando su vientre.

—Ah, el pequeñín. —Andrew sonrió a Becky—. ¿Cuándo informaremos a Mimi sobre la inminente llegada?

—Vamos a esperar un poco, ¿de acuerdo?

Pese al cariño que sentía por Mimi, sabía que cinco meses y medio de interrogatorios acerca de la dieta, el aumento de peso y por qué seguía dando el pecho sería demasiado para ella.

—Creo que eres increíble —dijo Andrew. Carraspeó—. El día que nació Ava, pensé que nunca te querría más que entonces, pero estaba equivocado. —Se acercó, acarició su cara y la besó con suavidad—. Me asombras.

—Yo también te quiero —susurró ella. Tiró el asiento hacia atrás y ajustó la rejilla de ventilación para que el aire cálido le diera en las mejillas—. Estoy muy cansada —dijo, y bostezó.

—Duerme un poco —dijo Andrew, y carraspeó—. Y gracias. Por si olvido decírtelo después. Muchísimas gracias.

—De nada —contestó Becky. Enlazó las manos encima de su barriga y cerró los ojos. En algún momento se adormeció, y cuando despertó, su marido estaba dando marcha atrás para aparcar.

—¿Andrew?

—¿Sí? —preguntó él, al tiempo que miraba por encima del hombro mientras movía el volante.

—¿Crees que seremos unos buenos padres?

Andrew aparcó y se volvió hacia su mujer.

—Creo que ya lo somos.

KELLY

Cuando se cumplían veintitrés días de su separación, Kelly abrió el buzón y encontró dos cartas: un aviso de la biblioteca de que el préstamo de un libro había vencido y un sobre grande que contenía un ejemplar de la revista *Power*.

Kelly subió a su cuarto y se sentó con el sobre en el regazo, mientras Oliver gateaba por el suelo con su mono de juguete.

—¡Bah! —chillaba—. ¡Bah!

Después se volvió para mirarla, y ella le saludó con la mano y forzó una sonrisa.

—¡Bah! —chilló el niño de nuevo, y siguió gateando.

Por fin, Kelly abrió el sobre. Sostuvo la revista y allí estaba, en la portada, con su horrible jersey lavanda manchado de vómito en el hombro, de pie delante del ropero, sepultada hasta las rodillas en las ruinas de su vida. La expresión de su cara, a pesar del peinado y del cuidado maquillaje, sólo podía ser descrita como de desconcierto. Desconcierto y derrota. «¿Tenerlo todo? —preguntaba la portada—. ¿Por qué una mujer que trabaja no puede triunfar?

Cerró los ojos, y la revista cayó al suelo. Oliver gateó y la agarró con un puño regordete. Ella se la arrebató, arrancó la tarjeta de suscripción de la boca de Oliver y buscó la página que Amy Mayhew había señalado con un clip. Había una nota sujeta. «Querida Kelly: muchas gracias por tu ayuda. Como puedes ver, no he escrito el artículo que mis directores me habían pedido, pero creo que lo que he acabado escribiendo ha sido mucho más sincero, y es posible que resulte de más ayuda para las generaciones de mujeres venideras.»

—De más ayuda —dijo Kelly, y lanzó una carcajada ronca. Dejó al niño en la trona y abrió un tarro de papilla de avena con melocotón, para la cena de su hijo y de ella. Después bajó la vista hacia la revista y leyó las frases iniciales, bajo letras mayúsculas entre comillas. Tardó un momento en reconocer que la frase era suya: «ESTO ES MUCHO MÁS DURO DE LO QUE HABÍA IMAGINADO».

Kelly sintió que sus ojos se movían casi sin querer hacia el tercer armario de la cocina, donde guardaba el whisky y el vodka. Un bonito vaso lleno de alguno de los dos, acompañado tal vez de uno de los Percocets que habían sobrado de cuando la cesárea, y nada de esto le dolería demasiado. Lo había hecho la noche que Steve se marchó, cuando le fue imposible ponerse en contacto con Becky, Ayinde o Lia, y no podía dejar de llorar. Pero sólo había un paso del vodka y los analgésicos al whisky y Tab. Estaba decidida a no seguir por ese camino, pero estaba empezando a comprender por qué su madre lo había hecho. Cuando tu vida se convertía en una gran decepción, un frenético torbellino de trabajo y niño sin nadie que te amara o te dijera que lo estás haciendo bien, el whisky y el Tab empezaban a adquirir cierto encanto.

Suspiró y empezó a leer.

«En justicia, Kelly O'Hara Day debería tener el mundo a sus pies.»

—Sí, debería —murmuró Kelly, mientras introducía un poco de papilla en su boca.

—¡Yi! —gritó Oliver. Le dio un poco de papilla a él y siguió leyendo.

«Magna cum laude en económicas por la Universidad de Pensilvania. Una carrera prometedora en una firma de capital de riesgo, seguida por el éxito en planificación de acontecimientos de alto copete. Casada con un mago de Wharton. Pero con el primer hijo surgieron los problemas.»

—Oh, no —dijo Kelly, mientras metía otra cucharada de papilla de avena en la boca de Oliver—. No fue culpa tuya, cariño. La prensa miente.

«O'Hara Day volvió a trabajar tras apenas doce semanas de permiso de maternidad. Al principio, todo el mundo estaba entusiasmado, la jefa, los clientes. También Day, que tenía que compaginar el trabajo con la crianza de su hijo Oliver.»

»Pero durante los tres meses que O'Hara Day lleva trabajando de nuevo, nada ha salido de acuerdo con sus planes. Colegas y clientes se quejan de que O'Hara Day, veintisiete años, está distraída y despistada, ausente y poco comunicativa.»

Kelly cerró los ojos. Sabía que su trabajo no había sido perfecto, y que se había saltado demasiadas llamadas telefónicas, o las había hecho desde casa con Oliver en su Ultraplatillo (que se convertía con frecuencia en Oliver en su regazo u Oliver chillando en su oído u Oliver intentando morder el teléfono o tirarle del pelo o hacer ambas cosas al mismo tiempo). No podía olvidar, por supuesto, la desventurada fiesta de Dolores Wartz y el pañal sucio de Oliver, tan poco grato. Pero no había nada como el dolor de ver lo que tus compañeros de trabajo pensaban de ti, escrito en negro sobre blanco.

«En persona, O'Hara Day, una rubia menuda y vital, es cordial y extravertida, y al cabo de diez minutos estábamos charlando como amigas. No obstante, parece una mujer al borde del proverbial ataque de nervios, tensa y agotada, dependiente de una frágil red social compuesta por una canguro y un marido que trabaja desde casa para posibilitar su vida laboral. «Esto es mucho más duro de lo que había imaginado», dice, sentada en una sala de estar que es un decorado perfecto, gracias a que unos cuantos meses de trastos se han escondido detrás de las puertas de un ropero. Y si O'Hara Day, con su inteligencia, su desparpajo y su licenciatura de la Ivy League no puede compaginar con éxito una carrera y una familia, cabe pensar que las cosas no serán muy diferentes para otras mujeres trabajadoras. Asimismo, no parece que después de treinta y pico años de que las feministas lanzaran una supuesta revolución, el puesto de trabajo vaya a convertirse en un lugar más amable y llevadero para las mujeres que seguirán sus pasos.

Kelly secó la barbilla de Oliver. Descubrió que no le importaban gran cosa las mujeres que seguirían sus pasos. Tampoco le importaba si en la revista aparecía como una estúpida, o si estaba ridícula en la foto, ni qué cosas desagradables habrían susurrado sus compañeros de trabajo en el oído de Amy Mayhew. Estaba demasiado agotada, demasiado tensa y demasiado harta para que todo eso le importara.

—¿Sabes de qué deberían preocuparse las mujeres que seguirán mis pasos? —preguntó a Oliver—. De que sus maridos no pierdan el empleo.

¿Y qué era esa mierda sobre «una rubia menuda y vital»? Como si algún hombre hubiera sido descrito alguna vez de esa manera en letra impresa. ¿Y «charlando como amigas»? *En tus sueños, Amy Mayhew*, pensó. *Mis amigas no me apuñalan por la espalda.*

Pasó la siguiente hora y media como en una nube: bañó al niño, le puso el pijama, le leyó un libro de cuentos mientras él intentaba romper las páginas y trataba de morder la contraportada, le dio el pecho, le meció, le depositó en su cuna mientras el niño arqueaba la espalda, se ponía de pie y chillaba durante los diez minutos habituales, antes de sucumbir al sueño. Después volvió a la mecedora y se sentó con los pies sobre la alfombra de Peter Rabbit. Las sábanas de gingan a cuadros rojos y blancos hacían juego con el edredón. La pantalla de la lámpara y el tapiz con el nombre de su hijo pintado. Las mantas y jerseys de Oliver estaban doblados y guardados. Todo parecía perfecto. Tal como lo había imaginado, cuando se mecía aquí durante el embarazo. Vaya broma.

No podía seguir trabajando en Eventives. Eso estaba claro. No después de que la calificaran de... ¿cómo era?, «distraída y despistada». De forma anónima, por supuesto. Los cobardes ni siquiera tenían redaños para añadir su nombre a los insultos. Y si no seguía trabajando, no podría mantener el apartamento. Aunque Elizabeth aceptara pagarle la indemnización y compensarle con dinero los días de vacaciones que no se había tomado, entre el seguro médico y los plazos del coche sería cuestión de meses que no pudiera pagar el alquiler.

Se mudarían. Encontraría un sitio más barato. Después tendría que encontrar otro empleo. A tiempo completo, lo más probable, pues era evidente que no estaba hecha para el trabajo a tiempo parcial, y si iba a ser el único sustento de Oliver, el trabajo a tiempo parcial no le daría dinero suficiente. Quizá Becky la contrataría, ahora que Lia iba a volver a Los Ángeles. O la ayudaría a encontrar algo. Quizá podría ser consultora de restaurantes, ayudarles con sus planes de negocios, investigando en qué barrios tendrían éxito determinados establecimientos. Kelly se dispuso a levantarse de la mecedora para coger un bloc de notas, con el fin de hacer una lista, y descubrió que no podía. Se le habían agotado las energías. La motivación. Se sentía como un juguete con las pilas acabadas.

Tanteó en busca del teléfono con los ojos cerrados y marcó los números de memoria.

—¿Hola? —dijo Mary—. ¿Eres tú, Kelly? ¿Pasa algo?

Kelly se meció atrás y adelante.

—Sí.

—Voy a conectarnos con las chicas —dijo Mary. Se oyó un clic cuando puso a Kelly en espera. Un minuto después, estaba de vuelta con Doreen en Nueva Jersey, Maureen en San Diego y Terry en Vermont.

—¿Qué pasa? —preguntó Terry.

—Steve —dijo Kelly—. Bien, en realidad...

Por una vez, sus hermanas no se rieron de ella.

—¿Qué sucede? —preguntó Mary.

—Steve se ha ido. —Silencio horrorizado—. Perdió el empleo.

—¡Lo sabía! —graznó Terry.

—Eso no le sirve de ayuda —la reprendió Doreen.

—¿Cuándo ocurrió? —preguntó Terry.

—Antes de que Oliver naciera.

Las hermanas lanzaron una exclamación ahogada al unísono.

—Ha sido duro —dijo Kelly—. He estado trabajando y cuidando del crío, y Steve... Bien, no sé qué ha estado haciendo Steve.

—Es un perdedor —dijo Mary.

—¡Vamos a matarle! —añadió Terry.

—Cierra el pico, Terry —dijo Maureen.

—No es un perdedor —dijo Kelly. Se meció con más rapidez, sabiendo que se avecinaba lo peor—. Supongo que no estaba hecho para trabajar en una empresa grande. Creo que quería ser profesor, y yo no le dejé. —Sintió un nudo en la garganta—. Quería ayudarme con Oliver, y yo tampoco le dejé. Pensaba que sólo yo podía hacerlo bien.

—¿Qué me dices? —dijo Mary con sarcasmo—. ¿De veras?

—No te burles de mí, por favor —dijo Kelly mientras se secaba los ojos—. Por favor.

—Lo siento —contestó Mary, y lanzó su carcajada estentórea—. Lo siento.

Kelly sujetó con fuerza el teléfono, al tiempo que imaginaba el rostro de sus hermanas.

—Ha sido horrible. Estaba muy enfadada con Steve, muy cansada y... —Cerró los ojos—. Pensaba que lo tenía todo controlado.

—Como siempre —dijo Mary, pero no lo dijo en tono sentencioso, sino con tristeza—. ¿Necesitas dinero? ¿Un lugar donde descansar una temporada? Tenemos el cuarto de invitados.

—¿Dónde está Steve? —preguntó Doreen.

—Se ha ido —contestó Kelly.

—¡Le encontraremos! ¡Y le mataremos! —insistió Terry.

—Eso no servirá de nada, Terry. Oliver necesita un padre.

Mary murmuró algo similar.

—Deberías llamarle —dijo.

—Lo sé —dijo Kelly. No quería oírlo, pero sabía que era cierto—. Le llamo, y después ¿qué?

—Dile que lo sientes —intervino Maureen. Kelly sintió que le hervía la sangre. *¿Sentir qué? ¿Haberles mantenido? ¿Pagado las facturas?*

—Has de dejar que la gente sea como quiere ser —dijo Terry—. Aunque no sean como a ti te gusta.

—Muy profundo —comentó Kelly.

—¡Lo sé! —contestó Terry, al parecer complacida consigo misma—. ¿Recuerdas aquel verano que querías que trabajara en Scoops contigo, pero yo quería ser asesora de campamentos? ¡Pues es lo mismo!

—Bien, más o menos —dijo Mary.

—Si nos necesitas, aquí estamos —intervino Maureen—. Para

nosotras, no has de ser perfecta. —Hizo una pausa—. Lo de fueron felices y comieron perdices sólo sucede en los cuentos de hadas, Kay-Kay.

—Pero he de intentarlo —contestó Kelly, consciente de que estaba hablando para sí tanto como para sus hermanas. Y fue Terry, la menor, quien contestó por todas.

—Sí —dijo—. Has de intentarlo.

Mary accedió a cuidar del niño el sábado por la tarde. Steve estaba esperando a la puerta de la cafetería donde ella sudaba y maldecía por culpa de su ordenador obsoleto, y Kelly se sintió transportada a la primera vez que le había visto, vestido con aquel traje y corbata incongruentes, inclinado sobre ella en la barra. Vio que hoy no llevaba traje, sino un jersey azul que no reconoció, pantalones caqui y botas de cuyas suelas se desprendía nieve.

—Hola —dijo ella.

Steve alzó la vista. Su expresión era indescifrable.

—Hola, Kelly .—Carraspeó—. Tienes buen aspecto.

No, quiso decir. *De ninguna manera.* Habían transcurrido cinco semanas desde que él se había marchado, y le había echado tanto de menos que era como si padeciera jaqueca durante todo el día. Durante meses y meses había soñado con la idea de que se marchara, cuando no imaginaba formas de asesinarle de manera que pareciera un accidente mientras se afeitaba. No más platos sucios que recoger, no más zapatos desperdigados que guardar en el ropero, no más problemas que solucionar, salvo los causados por Oliver o *Lemon*. No había pensado en el silencio, cuando, después de que Oliver se dormía, oía el crujir de las páginas que iba pasando de la Biblia que su madre le había legado.

Inténtalo, recordó que le habían dicho sus hermanas. *Has de intentarlo.*

—Entremos. Hace frío —dijo Steve, y abrió la puerta para que pasara.

Ella se quedó en la acera. Él la miró con las cejas enarcadas.

—No —dijo—. Antes he de enseñarte algo.

—Enseñarme...

—Vamos a ir en el coche.

Steve sólo se había encontrado con toda la familia de Kelly antes de la boda, el día de la graduación de ella. Kelly había planificado aquel día con minuciosidad. Hizo las reservas en el Hotel Hikaru con meses de antelación, le compró a su padre un traje y una corbata nuevos para Navidad, y llevó a Terry y Doreen a comer *sushi* cuando la fueron a ver al campus aquella primavera. La semana de la graduación había hecho media docena de llamadas telefónicas. Les dijo a sus hermanas lo que debían ponerse, recordó a Terry y Doreen que practicaran el arte de utilizar los palillos, convencida de que había aprendido la lección de Scott Schiff y su familia iba a comportarse como ciudadanos de clase media, no como bebedores de cerveza y fumadores impenitentes de algún pequeño pueblo costero de Nueva Jersey.

El día había sido un desastre, por supuesto. Su padre había atacado el *sashimi* con la punta de un palillo y levantado las rodajas de anguila y platija como si fueran las pruebas de un crimen. Sus hermanas habían reñido y susurrado entre sí, mientras comían pollo *teriyaki*, y después habían salido a la calle para fumar a escondidas junto al contenedor de basura, y su hermano Charlie se había emborrachado con el *sake* que Kelly había pedido, y no había logrado llegar al cuarto de baño a tiempo de vomitar. Los padres de Steve les miraron como si fueran ratas inmundas, mientras Kelly seguía sentada a la cabecera de la mesa con las perlas que Steve le había regalado por la graduación, sin dejar de sonreír y cabecear hasta que se sintió como un tentetieso. *¿Y tú qué haces?*, había preguntado Kenneth Day a su padre, y Kelly contuvo el aliento hasta que su padre recitó lo que ella le había aconsejado. *Trabajo para el gobierno.*

—Es cartero —dijo Kelly, mientras conducía hacia la autopista.

—¿Qué?

—Mi padre —dijo.

Cerró las manos sobre el volante. No había contado gran cosa a Steve acerca de su familia, y jamás le había llevado a la casa en la que había nacido, pero si iban a continuar como marido y mujer, tenía que saber la verdad, toda la verdad y nada más que la verdad.

—¿Adónde vamos, Kelly?

—A casa —contestó, y pisó el acelerador—. Vamos a casa.

Una hora y quince minutos después frenaron ante la casa destartalada de Cape Cod al final del callejón sin salida. Dejó que Steve mirara a través de la ventanilla: el césped con calvas, la pintura desconchada, el camión medio desmontado en el camino de entrada y las etiquetas negras y doradas descoloridas que anunciaban O'HARA en el buzón verde.

Kelly clavó la vista ante ella con las manos en el volante.

—Nunca fui una *girl scout* —dijo—. ¿Sabes por qué? Porque se necesitaba un uniforme, y mis padres no tenían dinero para comprármelo, y no quisieron aceptar caridad.

—Oh —repuso Steve en voz muy baja dentro del coche demasiado grande.

—Siempre que nos invitaban a las fiestas de cumpleaños de otras niñas, comprábamos algo en la tienda de todo a un dólar que nos envolvían con las páginas del periódico dominical, de modo que al final nos excusábamos diciendo que no podíamos ir. Y todas las Navidades... —estuvo a punto de quedarse sin voz— las señoras de la iglesia llevaban una cesta con un pavo dentro y todos los juguetes que habíamos pedido. Nos traían todo lo que queríamos, y también lo envolvían. Y las tarjetas decían: «De Papá Noel», pero imaginábamos de dónde procedían, y dejamos de pedir porque todos sabíamos que aceptar caridad era todavía peor que ser pobres.

Hablaba con voz apagada. Sus manos tenían un aspecto horrible, las uñas estropeadas y mordidas, las cutículas agrietadas y sangrantes.

—Odiaba esta casa. Lo odiaba todo. Odiaba que mis hermanas llevaran la ropa que yo había desechado. Odiaba que todo oliera a

humo de cigarrillos, y que nunca hubiera nada nuevo, bonito o...
—Se secó los ojos—. Cuando nos casamos, me prometí que, si tenía un hijo, le compraría todo cuanto necesitara. Nunca tendría que crecer en una casa similar a un barco que hace aguas, en el que el fondo puede desprenderse. —Se volvió y miró a su marido a los ojos—. Por eso quería que encontraras trabajo. Por eso me importaba tanto. Me enloquecía pensar que íbamos a dilapidar nuestros ahorros porque... —alzó las manos en el aire— ¿después qué? —Miró en dirección a la casa—. ¿Esto?

—Kelly. —Steve buscó sus manos—. No tenía ni idea. Si me lo hubieras dicho...

—Pero no podía. —Reprimió un sollozo—. No quería que lo supieras, no quería que vieras... —Se secó los ojos y le miró de nuevo—. Pensaba que no volverías a quererme.

—Escucha. —Apoyó su cabeza sobre su hombro—. Te querré siempre. Cuidaré de ti. Y de Oliver. Es que... —exhaló un suspiro— pensé que teníamos dinero, que no había prisa, que podía quedarme en casa con el niño. —Sacudió la cabeza apesadumbrado—. No sabía por qué estabas tan nerviosa. —Se masajeó la mejilla—. Creo que ahora lo entiendo. Y pese a lo que pensabas, nunca fue mi intención quedarme tirado en un sofá eternamente.

—Pero eso era lo que hacías.

—Durante seis meses, sí —dijo Steve. Empezó a sacudir la pierna—. No me tomé muy bien lo del despido. Pensé que me iba a tomar un tiempo libre, que dedicaría mis horas al crío, que me recuperaría. —Hizo una pausa y miró por la ventana—. Mi padre nunca estaba en casa. Yo quería ser un padre diferente. —Le dedicó una sonrisa—. De haber sabido todo esto, si me lo hubieras dicho, habría empezado a trabajar de nuevo. Aunque eso significara no ver a Oliver. —Bajó la voz—. Todo con tal de estar contigo...

Ella apoyó la mejilla contra él. Oyó el zumbido del aire acondicionado y, a lo lejos, una madre que llamaba a su hijo.

—Creía que te lo había dicho. Sé que lo intenté. Yo...

Pero al mismo tiempo que hablaba, se preguntó qué le había

contado exactamente, que era lo que había verbalizado y qué había pensado tan sólo.

Steve la rodeó entre sus brazos.

—Hemos cometido equivocaciones —dijo—. Los dos. Pero ahora tenemos un hijo, Kelly. Hemos de solucionar los problemas.

Ella sorbió por la nariz.

—Ojalá lo hubiera sabido —dijo—. Ojalá hubiera sabido lo que iba a pasar.

—No tenemos una bola de cristal. Pero sé que no soy Scott Schiff, y que no soy tu padre.

Se señaló con un ademán y sonrió de nuevo. Kelly recordó que le había mirado, medio borracha sobre un montón de hojas. Él le había llevado patatas fritas. Le había dicho que era guapa. Y ella le había creído.

—¿Lo ves? —preguntó Steve, y señaló—. No llevo una saca de correos. Mi cremallera está subida... —Hizo una pausa para comprobarlo—. Casi siempre. Puede que acabe dando clases, no lo sé, pero haga lo que haga siempre cuidaré de ti y de Oliver.

—¿Lo prometes? —preguntó Kelly. Su voz tembló. Él agachó la cabeza y rozó su mejilla con los labios.

—¿Me creerás si lo hago?

Ella asintió.

—Quiero que las cosas sean diferentes —susurró casi para sí.

—Las cosas serán como tú quieras que sean —sentenció Steve. Kelly se apoyó contra su cuerpo con los ojos cerrados y dejó que Steve aguantara su peso, que acariciara su pelo, se dejó abrazar.

MARZO

LIA

Estaba sentada en el parque con la maleta azul de mi madre y la comida que Sarah había envasado a mis pies. Mis amigas me rodeaban: Kelly, que había venido con Oliver en un cochecito rojo nuevo; Becky, con Ava en una mochila, y Ayinde, alta, seria y hermosa, como esculpida, su rostro parecía una máscara de arcilla acabada al calor de un horno, con Julian en brazos. El cielo era de un gris pizarra, la temperatura inferior a diez grados, pero el viento presagiaba bonanza, y vi los cerezos florecidos, pequeños botones rojos y rosas, heraldos de la primavera inminente. Sam había volado a California dos semanas antes para empezar a amueblar la casa que había elegido, y yo me había quedado en Filadelfia para hacer las maletas, dar las llaves del apartamento y despedirme. Sam volvería por la tarde para llevarme a casa.

—¿Te das cuenta de que vas a partir el corazón de Dash el lavaplatos? —preguntó Becky.

—Lo superará —contesté.

—Te echaremos de menos —dijo Kelly con voz contrita—. ¿De veras has de ir a vivir allí?

—Allí está Sam —contesté—. Y mi trabajo, si es que vuelvo a trabajar. Y... —No estaba segura de poder confiar en mi voz—. Es donde Caleb está enterrado. Creo que siempre querré vivir cerca, para ir a verle.

Las tres asintieron. Becky carraspeó.

—Tengo noticias.

—¿Buenas? —preguntó Kelly.

—Eso creo. Eso espero. —Levantó en los brazos a Ava, que llevaba una chaqueta de lana rosa y pantalones de chándal rosa, y se enderezó—. Estoy... embarazada.

—Oh, Dios mío, ¿hablas en serio? —chilló Kelly—. Has hecho el amor, ¿verdad?

—No puedo ocultarte nada —sonrió Becky.

—¡Has hecho el amor, y ahora estás embarazada!

—¿Quién eres tú, mi profesora de educación sexual de sexto? —gruñó Becky, pero estaba sonriendo. Resplandecía, en realidad—. Es un poco agobiante, pero estamos contentos. Bueno, casi siempre estamos contentos. —Miró a Ava, que arrugó la nariz y lanzó una risita—. No sé cómo se lo va a tomar ésta.

—¿Qué ha dicho Mimi? —preguntó Kelly.

Becky puso los ojos en blanco.

—Aún no se lo hemos dicho. La tregua continúa, aunque a estas alturas he tenido que morderme la lengua tantas veces que me sorprende conservarla todavía. —Se encogió de hombros—. No obstante, he de decírselo si quiero que mi matrimonio siga adelante.

Las tres se volvieron de manera inconsciente hacia Kelly, y desviaron la cabeza con la misma rapidez. Ella se dio cuenta, pese a todo.

—Creo —dijo en voz baja, con la cabeza inclinada sobre el cochecito—, creo que nos va a salir bien. —Se sentó en el banco, mientras empujaba atrás y adelante a Oliver en el cochecito rojo—. Creo que Steve y yo nos habíamos hecho una idea equivocada de lo que era estar casados y de cómo iban a ir las cosas.

—Como todos —dijo Ayinde.

—Ahora será diferente. Vamos a mudarnos a una casa más pequeña —dijo, y sonrió—. Con muebles de verdad. Steve va a empezar a dar clases de profesor interino, en otoño se presentará a empleos de jornada completa y... —carraspeó— voy a volver a la escuela de interiorismo de Drexel. Tienen un programa estupendo. —Nos miró con astucia—. Os gusta el cuarto de Oliver, ¿verdad?

—Oh, es muy mono —dijo Becky—. ¡Será perfecto para ti!

Kelly cogió a Oliver en brazos y le dió un beso en la cabeza.

—Ya no me importa la perfección. Con que sea bueno me conformo.

—Oh, Kelly —dije. Apoyé la mano sobre su brazo y lo apreté, y después, sin poder reprimirme, agarré un muslo de Oliver—. Hola, pequeño.

Oliver tenía piernas como rebanadas de pan de molde, pero daba la impresión de haber perdido una o dos. Examiné al niño con detenimiento. Se había estirado, y su rostro ya no era tan redondo. También le había crecido el pelo. Y de repente me di cuenta: estaba dejando de ser un bebé para convertirse en un niño pequeño.

Parpadeé para reprimir las lágrimas. Todos habían cambiado mucho. Ava tenía seis dientes y, para alivio de Mimi, un poco de pelo por fin. A los diez meses, Julian era alto y espabilado, con aspecto serio, como un banquero que meditara sobre la concesión de una hipoteca. No pude evitar pensar en Caleb y en que podría verlo crecer, cambiar, pasar de los biberones a la comida de verdad, de gatear a correr.

—Míralo bien —dijo Kelly, con una mezcla de orgullo y pesar—. Está adelgazando.

—Está creciendo.

—Es tan increíble —dijo Kelly—. Creo que cuando todo iba fatal, o sea, cuando Steve se quedaba en casa todo el día y yo me las arreglaba como podía, pensaba que siempre sería así. Que siempre sería un niño pequeño. Bien, un niño pequeño grande. Pero está cambiando. —Apoyó a Oliver contra su pecho—. Y yo también.

—Todas hemos cambiado —dijo Becky—. El milagro de la maternidad.

Puso los ojos en blanco.

Kelly me miró.

—Volverás en julio, ¿verdad? Para los cumpleaños de Ava y Oliver.

—Pero también tendrás que volver en otoño —dijo Becky—. Para mi cumpleaños.

—Pues claro —dije.

Ayinde carraspeó.

—Lia —dijo—, creo que tu madre ha llegado.

Vi a Sam y a mi madre, que se acercaban desde Walnut Street

cogidos del brazo. *Los prodigios nunca cesan*, pensé mientras me levantaba.

—No me gustan nada las despedidas —dije.

—Oh, mierda —dijo Becky, y me rodeó entre sus brazos—. Te echaremos de menos.

—Yo también a vosotras —contesté, y ya no me importó fingir que no lloraba—. Chicas, no lo sabéis, pero me habéis salvado la vida.

—Creo que todas nos hemos salvado mutuamente —dijo Becky.

Los retuve a todos entre mis brazos un momento: Becky, Kelly y Ayinde, Oliver, Julian y Ava.

—Adiós, adiós, adiós, mamás —canté.

—Corta el rollo con esa maldita canción —dijo Becky al tiempo que se secaba los ojos con una manga.

Ava la miró. Oliver se mordisqueó con soleminidad el pulgar.

—¡Adiós! —dijo Julian, mientras abría y cerraba el puño—. Adiós, adiós, adiós, adiós, adiós.

—Oh, Dios mío —dijo Kelly, con los ojos abiertos de par en par—. ¿Habéis oído eso?

—¡Su primera palabra! —exclamó Becky—. Deprisa, Ayinde, ¿has traído tu libro de *¡Bebés exitosos! Historias de éxitos* para anotarlo?

—No, está en casa y... Oh, da igual.

—Señoras —saludó Sam a mis amigas—, y caballeros, por supuesto —dijo a Oliver y a Julian.

—Adiós, adiós —farfulló Julian, y agitó el puño en el aire.

—Vámonos antes de que me arrepienta —dije—.

Y tomé el brazo de mi marido.

—¿Lia?

—Mmmm —contesté. Sam me había cedido el asiento de la ventanilla, y yo estaba acurrucada contra él, con una manta en las piernas y la mejilla apoyada contra el cristal frío. Estábamos más o menos sobre el centro de Estados Unidos. El cielo estaba sembrado de nubes, y yo medio dormida.

—¿Te apetece beber algo?

Negué con la cabeza, cerré los ojos y, casi al instante, recaí en el viejo sueño, el que se repetía desde que había regresado a Filadelfia. Estaba en el cuarto de mi hijo, alfombra blanca, paredes color crema y una cortina transparente que se agitaba ante una ventana abierta. Iba descalza y sentía que el viento azotaba la cortina contra mi mejilla, tibio y suave, como la promesa de algo maravilloso, la clase de viento que sólo sopla de noche en California.

Sólo que esta vez el sueño era diferente. Esta vez surgían ruidos de la cuna. No eran sollozos, lo cual habría sido más real, sino sílabas sin sentido que casi se transformaban en palabras. *La la la* y *ba ba ba*. Ruidos que habían emitido Ava, Oliver y Julian mientras los miraba.

—Tranquilo, cariño —dije, y aceleré el paso—. Ya estoy aquí.

Ahora miraré y la cuna estará vacía, pensé, mientras me agachaba como había hecho cien veces en cien sueños diferentes. Ahora miraré y ya no estará.

Pero la cuna no estaba vacía. Me incliné y miré, y allí estaba Caleb, con el pijama azul del pato en la pechera. Caleb a la edad que habría tenido ahora, con los ojos brillantes, la piel sonrosada, las mejillas, las piernas y los brazos rollizos y robustos, el pelo rojizo, tras haber perdido el aspecto de un viejo airado y desnutrido, como un bebé. Mi bebé.

—Caleb —susurré, y le tomé en brazos, donde encajó como una llave en una cerradura. Me pareció familiar, como Ava, como Oliver, como Julian, pero no se parecía a ninguno de ellos. Era mi niño. Mi niño.

En aquel momento, estaba al mismo tiempo dentro y fuera del sueño, en el cuarto y en el avión, y lo veía todo, lo sentía todo: mi marido a mi lado, su mano cálida sobre mi rodilla, la ventana fría contra mi mejilla debido al aire que chocaba contra ella, cargado de gotas de lluvia, el peso del niño en mis brazos.

Adiós, adiós,
mi querido niño, no llores.
La luna aún está sobre la colina.
Las nubes se acumulan en el cielo.

—Caleb —dije.

La campiña se extendía debajo como la falda de una mujer, cuadrados marrones y verdes cosidos con perdón, esperanza y amor. Oí que el viento entraba por la ventana abierta del cuarto del niño. A mi lado, sentí que mi marido volvía su cuerpo hacia mí, noté su aliento dulce en mi mejilla, su mano cálida sobre la mía. En mi sueño, en mis brazos, mi hijo abrió los ojos y sonrió.

AGRADECIMIENTOS

Pequeños contratiempos es una obra de ficción, pero, al igual que Becky, Kelly y Ayinde, tuve la suerte de asistir a una clase de yoga prenatal con un grupo de mujeres maravillosas, que fueron mis amigas y salvavidas durante los nueve meses de embarazo de mi hija, y que fueron lo bastante generosas para contarme la historia de su parto, matrimonio y maternidad, y apoyarme en el curso de mi viaje. Gracias a Gail Silver, Debbie Bilder y el pequeño Max, Alexa Hymowitz y Zach, Carrie Coleman y James Rufus, Jeanette Anderson y Filippa, Kate Mackey y Jackson, y Andrea Cipriani Meccho y Anthony y Lucia.

Estoy asombrada y rindo tributo al inmenso trabajo de Joanna Pulcini, cuyos esfuerzos para mejorar este libro incluyeron estudiar el manuscrito en cafeterías y habitaciones de hoteles desde Los Ángeles a Nueva York. Su corrección diligente, meditada y rigurosa, aparte de sus servicios ocasionales como canguro, fue de lo más valiosa. Es una suerte que sea mi agente, y todavía más que sea mi amiga.

Mi correctora de estilo Greer Kessel Hendricks vale su peso en oro por su lectura hábil y compasiva, tanto como por su bondad. También debo dar las gracias a su ayudante Suzanne O'Neill y a todas las personas de Atria, en especial a Seale Ballenger, Ben Bruton, Tommy Semosh, Holly Bemiss, Shannon McKenna, Karen Mender y Judith Curr, la mejor editora que un escritor puede desear.

Kyra Ryan llevó a cabo una lectura perspicaz y una corrección inestimable del primer borrador, y Alison Kolani hizo la última revisión. Estoy en deuda de gratitud con ambas, así como con Ann Marie Mendlow, cuya generosidad en Planificación Familiar del Sudeste de Pensilvania le ha hecho ganarse un lugar en la posteridad (siempre que este libro signifique posteridad).

Mil gracias a amigos próximos y lejanos: Susan Abrams Krevsky y Ben Krevsky, Alan Promer y Sharon Fenick, Charlie y Abby Glassenberg, Eric y Becky Spratford, Clare Epstein y Phil DiGennaro, Kim y Paul Niehaus, Steve y Andrea Hasegawa, Ginny Durham, Lisa Maslankowski y Robert DiCicco, Craig, Elizabeth, Alice y Arthur LaBan, y sobre todo a Melinda McKibben Pedersen, una de las mejores y más valientes mujeres que he conocido.

Las madres de la guardería Hall-Mercer me contaron sus historias y escucharon la mía. Me alegro de que Lucy y yo pudiéramos frecuentar la compañía de Linda Derbyshire, Jamie Cohen y Mia, Amy Schildt y Natalie, Shane Siegel y Carly, y Emily Birknes y Madeline.

Gracias a los asesores de lactancia del Hospital Pennsylvania por colaborar con mis hijos reales y literarios, y al personal del Society Hill Cosi por los cafés gratis, por no negarme nunca una mesa cerca de la ventana para mí y mi ordenador portátil, y por la toma de corriente.

Un agradecimiento especial a Jamie Seibert, quien llegó a mi vida como un regalo del cielo y se ocupa maravillosamente de Lucy mientras estuve escribiendo.

Nada habría sido posible sin el apoyo de mi familia. Mi marido Adam, mi madre Fram Frumin, mi abuela Faye Frumin, Jake, April, Olivia, Molly y Joe Weiner, y Warren Bonin, Ebbie Bonin y Todd Bonin me dieron su amor y apoyo (y en el caso de Olivia, prendas usadas). Mi hija Lucy Jane hizo este libro posible, y convirtió mi vida en algo maravilloso.

Y siempre estaré agradecida por el cariño que me dio una de mis primeras editoras, mi amiga Liza Nelligan, que murió la pasada primavera.

Creo que nunca sabré expresar hasta qué punto la fe de Liza en mí logró que pudiera escribir, pero creo que su espíritu y su amor por la risa y las buenas historias viven en esta historia, y en todas las demás historias que contaré. La canción de cuna que Lia canta es de *The Rainbabies*, uno de los libros que Liza envió a Lucy al poco de nacer. La he utilizado en este libro como homenaje a Liza.

Visite nuestra web en:

www.umbrieleditores.com